Timothy Holme

Tod in Verona

DuMont Buchverlag Köln

Für die beiden Johns, die darauf bestanden,
daß Peroni lebt

CIP-Titelaufnahme der Deutschen Bibliothek

Holme, Timothy:
Tod in Verona / Timothy Holme. [Aus dem Engl. von T. A. von Bassewitz]. – Köln: DuMont, 1991
(DuMont's Kriminal-Bibliothek; 1030)
ISBN 3-7701-2425-1
NE: GT

Umschlagmotiv von Pellegrino Ritter
Aus dem Englischen von T. A. von Bassewitz

Die englischsprachige Originalausgabe erschien 1980 unter dem Titel »The Neapolitan Streak« bei Macmillan London Ltd, London
Satz: Froitzheim Satzbetriebe, Bonn
Druck: Rasch, Bramsche
Buchbinderische Verarbeitung: Bramscher Buchbinder Betriebe

Printed in Germany ISBN 3-7701-2425-1

Inhalt

Kapitel 1

Achille Peroni

Manche Leute denken bei Verona sofort an Romeo und Julia. Polizeiinspektor Achille Peroni dachte einfach nur an Bohnensuppe. Denn Peroni stammte aus Neapel, und in seiner Heimatstadt legte man beim Kochen Wert auf Einfallsreichtum, feurige Gewürze und einen Schuß Lebensgefahr. Eine Stadt, die Bohnensuppe als ihre Spezialität anpries – wie Verona es tat –, hätte damit allein wohl keine große Anziehungskraft auf ihn ausgeübt.

Nicht, daß Essen alles war. Peroni verspürte ein geradezu unprofessionelles Vergnügen an allen kriminellen Machenschaften, die in ihm seine neapolitanische Liebe für Dramatik wachriefen. Und Verbrechen gab es in Verona zum Glück mehr als genug.

Das war nicht immer so gewesen. 20 Jahre zuvor, als Peroni noch im Süden stationiert war, galt Verona als ein ruhiges Provinzstädtchen mit einer Opernsaison in den Sommermonaten im römischen Amphitheater – gemeinhin nur Arena genannt –, einer Landwirtschaftsausstellung und einer steinernen alten Viehtränke, die man gut als Grabstätte Julias ausgeben konnte.

Aber die Zeiten waren lange vorbei. Verona gehörte neben Mailand und Turin zu den Spitzenreitern in der Liga der Kriminalität, war ein wahrer Hort der Gewalttätigkeit, des Drogenhandels und aller nur erdenklichen Arten von Verbrechen, der seine unerfreulichen Pilger aus ganz Europa magisch anzog.

Dafür gab es Gründe, deren Wurzeln tief in die Vergangenheit zurückreichten. Da waren einmal die Amerikaner, die mit ihrem ungeheuren Reichtum und der chromglitzernden Warenvielfalt der Supermärkte einen nie gekannten Wohlstand mitgebracht hatten, sich dann unter Präsident Johnson fast über Nacht zurückzogen und eine geweckte, aber unerfüllbare Begierde hinterließen. Und dann hatte es natürlich jenes Gesetz zur Schließung der staatlichen Bordelle gegeben, das von einer Senatorin mit dem märchenhaften Namen Merlin durchs Parlament gepeitscht worden war – mit dem Effekt, daß man eine erotische Büchse der Pandora geöffnet und eine bizarre Armee von Huren und Zuhältern auf eine unvorbereitete Stadt losgelassen hatte.

Daneben existierte noch die politische Gewalt, eine echt italienische Spezialität wie die Pizza. Vor allem gab es da die Roten Brigaden, eine gefürchtete Untergrundbewegung, die 1978 den christdemokratischen Präsidenten Aldo Moro entführt und ermordet hatten.

Als Peroni über diese Dinge nachdachte, war es gerade einen Tag her, daß man einem jungen christdemokratischen Stadtrat von Verona beim Verlassen seiner Wohnung in die Beine geschossen hatte. Das Attentat – das die Roten Brigaden in einem ihrer üblichen anonymen Kommuniqués mit dem fünfzackigen Stern am Briefkopf als ›Akt der Gerechtigkeit‹ bezeichnet hatten – war ohne Tötungsabsicht verübt worden. Es diente einzig der Bestrafung und Einschüchterung. In einer Erklärung der Ärzte hieß es, der Stadtrat würde nie wieder richtig gehen können, und eine Menge Leute fühlten sich dadurch in der Tat eingeschüchtert.

Aber das Schlimmste dabei war, daß man den Schützen vermutlich nie zu fassen bekäme. Politische Verbrecher wurden selten gefangen und noch seltener verurteilt, ein Umstand, der Peroni nostalgisch an England denken ließ, wo die Strafe auf die Untat mit der Unausweichlichkeit eines Naturgesetzes folgte – zumindest zog er es vor, das zu glauben.

Zu einem früheren Zeitpunkt seiner Karriere – bevor die Medien die Peroni-Legende in die Welt gesetzt hatten – war er für sechs Monate zu New Scotland Yard abgeordnet worden. Es war eine Zeit, der er in Gedanken immer noch nachhing. Kaum hatte er damals den Flughafen Heathrow verlassen, da hatte er sich auch schon in dieses Land und alles Englische verliebt. Er redete sich sogar ein, das englische Wetter und den englischen Tee zu mögen. Und als er voller Bedauern nach Italien zurückgekehrt war – reichlich eingedeckt mit neuen Kleidungsstücken von Harrods und von Scotch House, mit Würsten, Baked Beans, Bücklingen und Coopers Oxford-Marmelade –, hatte er sich sogar eine beträchtliche Kenntnis der Sprache angeeignet, voller phantastischer Fehler und überlagert von einem schweren neapolitanischen Akzent, aber durchaus als Englisch erkennbar. Er gab manchmal im Familien- und Freundeskreis ein paar Sätze zum besten, womit er dort uneingeschränkte Bewunderung erntete. Wenn es auch an Gegenbeweisen nicht mangeln mochte – er bestand hartnäckig darauf, England als das Paradies auf Erden anzusehen.

In Wirklichkeit hätte ihn natürlich, wäre er dort länger als sechs Monate geblieben, das Klima umgebracht. Sogar in Verona, das 1 500 Kilometer südwärts von England lag, fühlte er sich nicht wirklich wohl; es plagte ihn das Heimweh nach der Sonne und dem Himmel Neapels. Er vermißte die Bettlaken, die wie Fahnen über den Straßen hingen, die üppigen, olivenfarbenen Schönheiten des Südens, die so rasch aufblühten und wieder verwelkten, die Zimmer, in denen ganze Familien lebten, aßen, arbeiteten, liebten, litten, stritten und starben.

Einzig in Neapel, das fühlte er, konnte Peroni ganz Peroni sein. Er hatte schon früher ein Versetzungsgesuch eingereicht, aber es war eine offizielle Bewerbung gewesen, die den Weg der meisten amtlichen, unprotegierten Bewerbungen gegangen war. Was er brauchte, war das rechte Wort am rechten Ort, von jemandem, der Einfluß hatte. Zufällig traf es sich, daß er genau den richtigen Mann dafür kannte. ›Falls es jemals etwas geben sollte, was ich für Sie tun kann‹, hatte der Mann gesagt, ›müssen Sie es mich bloß wissen lassen.‹ Aber natürlich konnte Peroni auf dieses Angebot niemals zurückgreifen. Ein Beamter in seiner Position und bei seiner Herkunft – vor allem bei seiner Herkunft – würde nie einen solchen Mann um einen Gefallen bitten können.

Aber warum eigentlich nicht?

Er zündete sich eine seiner auf dem Schwarzmarkt erstandenen englischen Zigaretten an. Ihr Rauch schien wie aus dem Krater des Vesuvs hervorzuquellen. Er lauschte dem Flüstern der Versuchung. Dann griff er nach einem Blatt Papier.

Im selben Augenblick klingelte auf dem Tisch das Telefon.

Es war eine Aufforderung, sich bei *Dott.* Guerra einzufinden.

Praktisch jedermann bei der *Questura* war ein *Dottore.* Nicht ein *Dott.* der Medizin, sondern der Rechtswissenschaft, da man diesen Titel am leichtesten erwerben konnte und er für einen Polizeibeamten natürlich auch der geeignetste war. Peroni war selbst ein *Dottore.*

Diese Überfülle an gleichen Titeln war angenehm: Sie bot allen Kollegen eine einfache, unverbindliche Form der gegenseitigen

Anrede. *Buon giorno, Dottore! – Buon giorno, Dottore!* – Ach, *Dottore,* vergangene Nacht hat sich ein Mann am Brückengeländer über dem Fluß erhängt. Kümmern Sie sich darum, sind Sie so gut? – Aber sicher, *Dottore.*

Wenn man nicht eine *Eccelenza,* eine *Santità,* ein *Commentatore* oder auch nur irgendein *Professore* war, dann reichte ein *Dott.* vollauf.

Aber *Dott.* Guerra war mehr als ein gewöhnlicher *Dott.,* denn er war außerdem auch noch der *Questore,* der Polizeichef der Stadt.

Verkörperte Peroni den Geist des Südens, so Guerra den des Nordens. Leute, die ihn mochten, nannten ihn tüchtig, die ihn nicht mochten, sagten, er sei wie ein Deutscher. Selbst seine Feinde waren nicht in der Lage gewesen, etwas Skandalöses über ihn auszugraben, denn seine Rechtschaffenheit war unerschütterlich. Er war ein Junggeselle in den späten Vierzigern, hochgewachsen, athletisch und auf eine melancholische Art gutaussehend. Darüber hinaus hatte er eine brillante Karriere gemacht und hatte beste Aussichten auf eine Führungsstelle in Rom oder Mailand – eine Beförderung, die er durchaus verdiente, hatte er doch bei zahlreichen Gelegenheiten einen kühlen Kopf behalten und zugleich Wagemut bewiesen. Er war pedantisch korrekt und penetrant gerecht. Überdies hatte er nie auch nur die Spur eines Vorurteils gegen Peronis südliche Herkunft gezeigt, wie es die meisten Menschen im Norden gemeinhin zu tun pflegten; vielleicht deshalb, weil er selbst einige Jahre zuvor als höherer Polizeibeamter in Neapel tätig gewesen war.

Insgeheim beneidete Peroni Guerra. Guerra war von geradliniger Rechtschaffenheit, während Peroni, obwohl er normalerweise sein Bestes gab, zu einer gewissen Nachgiebigkeit neigte. Im Gegensatz zu Peroni war Guerra frei von Widersprüchen. Vor allem zeigte sich Guerra jeder Situation gewachsen, wohingegen Peroni im Anblick der Gefahr stets ein flaues Gefühl in der Magengrube verspürte.

»Treten Sie ein!« Guerras Stimme klang betont höflich, fast melodiös, als Peroni an die Tür seines Büros klopfte.

Peroni trat ein. Es war ein großes, dunkles, herrschaftlich eingerichtetes Büro. Guerra saß hinter einem massiven Schreibtisch. Über ihm an der Wand hing das übliche Kruzifix, links und rechts von ihm standen in verglasten Bücherschränken wissenschaftliche und juristische Werke, vor ihm türmten sich Formulare, Korrespondenz, Dokumente, Fotos – und alles wirkte so, als wäre es von einem Computer arrangiert worden.

Guerras Ordnungsliebe war eine andere Eigenschaft, um die ihn Peroni beneidete.

»*Buon giorno, Dottore*«, sagte Guerra. »Entschuldigen Sie bitte, daß ich Sie stören muß. Bitte nehmen Sie Platz.«

Peroni setzte sich und wartete; dabei ging ihm durch den Kopf, daß er den richtigen psychologischen Moment, um an jene hochgestellte Persönlichkeit zu schreiben, durch die Bestellung zu Guerra verpaßt hatte, und wer wußte schon, wann er wieder dazu in der Stimmung sein würde?

Eine Sekunde lang schien *Dott.* Guerra Peroni zu mustern, dann begann er wieder zu sprechen. »Ich habe gerade eine Vermißtenanzeige bekommen und möchte Sie bitten, sich darum zu kümmern. Es handelt sich dabei um einen gewissen General Piantaleone.«

»Piantaleone«, sagte Peroni, »der Kriegsheld?«

»Genau der«, sagte Guerra, so, als ob er Peronis Scharfsinn bewundere. »Es sieht so aus, als habe er seine Wohnung am Montagabend verlassen, und seitdem ist er noch nicht zurückgekommen.«

»Vor drei Tagen«, sagte Peroni.

»Die Familie«, fuhr Guerra als Antwort auf die unausgesprochen mitschwingende Frage fort, »hat seine Abwesenheit erst jetzt gemeldet, weil sie glaubte, ihn selbst ausfindig machen zu können.«

»Er ist doch sicher nicht mehr der Jüngste?«

»Er ist 74 Jahre alt«, sagte Guerra, der Genauigkeit schätzte. Dann reichte er Peroni ein amtliches Formular mit den weiteren Details.

»Ich werde die Familie gleich aufsuchen«, sagte Peroni, nachdem er das Blatt Papier überflogen hatte, und stand auf.

»*Buon giorno, Dottore*«, sagte Guerra, sich ebenfalls erhebend. Er reichte Peroni die Hand, die dieser ergriff. »Ach, *Dottore*«, sagte Guerra plötzlich nach dem Händeschütteln.

»Ja, *Dottore?*«

»Die Familie hat uns um Diskretion gebeten. Natürlich werden Sie die Ermittlungen so durchführen, wie es Ihnen notwendig erscheint, aber vielleicht könnten Sie diese Bitte nicht ganz außer acht lassen . . .«

Korrekt wie immer, dachte Peroni. Hätte sich das Ganze in Neapel abgespielt, brächte Guerra jetzt eine Million Lire auf die Bank, und Peroni hätte den strikten Befehl erhalten, die gesamte Affäre zu vertuschen.

»Ja, *Dottore*«, sagte er.

Peroni verließ die *Questura* durch das prunkvolle Portal und ging die Marmorstufen hinab, die vor ihm schon so viele längst verstorbene *Contessine* und *Marchesine* bei Bällen herauf- und herabgeschritten waren. Denn das Gebäude war ein Palast aus dem 17. Jahrhundert, was sehr romantisch, aber auch unpraktisch war, so daß sich so mancher der dort Beschäftigten von Zeit zu Zeit eher die funktionale Nüchternheit eines New Scotland Yard gewünscht hätte.

Draußen war es heiß. Heute schien die Sonne sogar nach neapolitanischen Maßstäben sehr grell. Sie knallte auf die Dächer der Polizeifahrzeuge, die darauf warteten, loszujagen, wenn es irgendwo wieder einen Mord, eine Kindesentführung, einen Bankraub gab oder was auch immer die Heimatstadt der unglückseligen Liebenden als nächstes an Verbrechen und Gewalttätigkeiten anzubieten hatte.

Peroni und sein Fahrer stiegen in einen der Wagen und machten sich auf den Weg zu General Piantaleone. Mit sichtlichem Mißvergnügen entschied Peroni, daß die Umstände den Gebrauch der Sirene nicht erforderlich machten. Peroni mochte die Sirene. Das gräßliche Geheul sandte einen Adrenalinstoß heißer Erregung durch seinen Körper, wenn er sie beim Fahren hörte. Und er genoß es, wenn ihm die Leute mit offenen Mündern nachblickten – vor allem, wenn sie weiblich und hübsch waren.

Während der Fahrt versuchte er, sich sein Wissen über General Piantaleone ins Gedächtnis zurückzurufen. Römisches Profil, Heldentum, Aufrichtigkeit. Er war natürlich ein Faschist gewesen, aber das war in jenen Tagen jeder andere auch. Nach dem Krieg war er zu einem Symbol der Unbestechlichkeit geworden. Als sich die Lage zusehends verschlechterte, als die Korruption anstieg und ein Skandal den anderen jagte, konnte man immer wieder die Leute seufzen und sagen hören: ›Wenn doch bloß der General Piantaleone die Führung übernommen hätte!‹ ›Italien unter General Piantaleone, das war noch etwas ganz anderes als die Zustände heutzutage!‹ Womit man selbstverständlich nicht die Ära Mussolini meinte, sondern ein unbestimmbares Goldenes Zeitalter, das kein Historiker hätte datieren können.

Seit geraumer Zeit hatte sich General Piantaleone aus dem öffentlichen Leben zurückgezogen, obwohl man ihn noch immer als das Symbol all jener Tugenden betrachtete, die jetzt in der politischen Szenerie Italiens so offensichtlich fehlten.

Das Auto hielt im Herzen des mittelalterlichen Teils der Stadt vor einem Gebäude, das einer Festung glich, errichtet in der typischen viereckigen abweisenden Form des 13. Jahrhunderts. Peroni stieg aus und schaute sich das Gebäude genauer an. Es war erbaut worden, um einer Belagerung standzuhalten, und die fahlen roten Ziegel seiner Fassade blickten der Welt finster und feindlich entgegen. Die Fenster waren durch schwere Eisengitter gesichert, und die Eingangstüre war aus massivem Holz.

Peroni ging auf sie zu und zog an einem Glockenzug, und weit entfernt im Innern des Hauses begann es, bedrohlich zu läuten; während er wartete, hatte er das unangenehme Gefühl, daß jeden Augenblick ein Kessel mit siedendem Öl von oben über ihm ausgeschüttet werden könnte.

Volle 60 Sekunden verstrichen, ehe er das Quietschen eines Schlüssels im Türschloß vernahm. Er malte sich aus, daß die Tür von einem leichenblassen Butler kühl und abweisend geöffnet werden würde, und war deshalb mehr als überrascht, als sie aufging und den Blick freigab auf die hübscheste kleine Hausangestellte, die man sich vorstellen konnte, eine kleine Veroneserin mit Grübchen und ernsten, aber strahlenden Augen.

»*Buon giorno*«, sagte sie mit einer anmutigen Mischung aus Respekt und Provokation.

»*Buon giorno*«, erwiderte Peroni und verschlang sie mit Blikken. »*Questura*«, fuhr er fort und bemerkte mit Befriedigung ein Gefühl der Erregung, das seine Ankündigung augenscheinlich bei ihr auslöste.

»Kommen Sie bitte herein.«

Sie hielt die Tür auf, während Peroni in die große, dunkle Halle trat, und schloß dann wieder hinter ihm ab. Schwere altmodische Möbelstücke zeichneten sich undeutlich in der Dunkelheit ab und schienen ihn anzustarren, als seien sie die Wächter dieses Ortes; er konnte sie förmlich knurren hören.

Die kleine Hausangestellte führte Peroni durch die Halle und öffnete ihm dann eine weitere Türe. Als er an ihr vorbeischritt, um einzutreten, schnellte seine Hand mit einem kleinen Schwung nach ihrem runden Popo, die typische Geste des neapolitanischen Mannes. Es war natürlich der Peroni aus einer früheren Zeit, den es offiziell längst nicht mehr gab, der ihm die Hand führte, die Bewegung wurde aber durch den heutigen Polizeiinspektor jäh abgebremst – wenn auch wirklich erst im letzten Augenblick.

»Ich werde Sie der *Signora* melden«, sagte die kleine Veroneserin, aber der Blick, den sie ihm beim Hinausgehen zuwarf, verriet ihm, daß sie instinktiv sehr wohl über jene andere Seite Peronis Bescheid wußte.

In diesem Raum war es genau so düster, wie es in der Halle gewesen war. Er war vollgestopft mit Möbeln, außerdem enthielt er einen großen Flügel, auf dem Familienfotos in dekokrativen Zierrahmen wie Grabsteine auf einem Militärfriedhof aufgereiht standen. Peroni erkannte das vornehme römische Profil General Piantaleones auf etlichen der Bilder, auf einigen in militärisch aufrechter Haltung mit Mussolini oder weiteren führenden Personen der faschistischen Ära, auf anderen weniger förmlich mit Kindern und Mitgliedern der Familie, die Peroni anhand ihrer römischen Gesichtszüge, die denen des Patriarchen des Clans ähnelten, als solche identifizieren konnte.

Peroni hörte, wie die Tür aufging, und drehte sich um. Er fand sich einer nervösen, verhärmten Frau von ungefähr 60 Jahren gegenüber. Man konnte noch erkennen, daß sie einmal schön gewesen sein mußte, obgleich sie jetzt verblüht und zerfurcht aussah und zudem von einem Nervenzucken am linken Auge geplagt wurde. Sie wirkte verzweifelt und hilflos. Aber trotz ihrer schlechten Verfassung lag etwas Aristokratisches in ihren Gesten, und Peroni meinte, sich erinnern zu können, daß der General seinerzeit eine Frau aus dem alten Hochadel geheiratet hatte – durchaus standesgemäß, denn er entstammte ihm selbst.

»Commissario?« sagte sie und ging mit ausgestreckter Hand auf ihn zu.

Geradezu chamäleonartig schien sich Peronis Charakter – und manchmal sogar sein gesamtes Äußeres – zu verändern, je nachdem, mit wem er gerade ein Gespräch führte, und er verstand es, diese neue Rolle schon mit einem einzigen Satz oder durch eine einzige Geste vollendet darzustellen. So auch jetzt – mit einem dezenten Kuß auf ihre ihm gereichte Hand führte er sich ein als eine sympathische Person mit den Manieren der guten alten Zeit.

»Peroni«, stellte er sich vor. Sie hatte ihn, wie er bemerkte, augenblicklich als Süditaliener eingestuft, obgleich sie es sich weder durch ein Wort noch eine Miene anmerken ließ.

»Bitte, setzen Sie sich, *Commissario.*«

»Soviel ich weiß«, sagte er, als er saß, »ist Ihr Gatte am Montagabend verschwunden.«

»Ja.«

»Vielleicht würden Sie mir alles erzählen, was passiert ist?«

»Wir aßen wie gewöhnlich kurz nach acht Uhr zu Abend. Nach dem Essen sagte mein Mann, daß er noch ausgehe. Das tat er – und kehrte nicht zurück.«

»Pflegt er meist nach dem Abendessen auszugehen?«

»Ja. Er geht an den meisten Abenden aus.«

»Um welche Zeit kehrt er zurück?«

»Das kommt drauf an. Zehn Uhr, elf, manchmal sogar erst um Mitternacht.«

»Wo geht er hin?«

»Er geht spazieren. Manchmal kehrt er in eine Bar ein.«

»Irgendeine besondere Bar, *Signora*?«

»Die Dante-Bar an der Piazza dei Signori. Aber dort war er vorgestern nacht nicht. Das war einer der ersten Orte, wo wir uns erkundigt haben.«

»Sie haben die Polizei erst heute morgen von seinem Verschwinden unterrichtet?«

Es war ihr peinlich. »Ja«, sagte sie und vermied Peronis Blick. »Wir waren bemüht, großes Aufsehen zu vermeiden.«

»Aber vermutlich haben Sie Schritte eingeleitet, um ihn aufzuspüren?«

»Oh ja. Sehen Sie, wir Piantaleones sind eine sehr große, weitverzweigte Familie. Wir haben Verwandte in der ganzen Stadt und Provinz. Es schien uns ratsam, zunächst auf diesem Wege Auskünfte einzuholen, bevor wir die Behörden in Aufruhr versetzten.«

Peroni war solchen Familien schon früher begegnet. Sie breiteten sich aus durch eine Stadt wie ein Eichbaum, der seine Wurzeln ausstreckt, bis sie in alle Richtungen und Ebenen vorgedrungen sind. Sie formten eine Mafia von Schwägern und Schwägerinnen, von Vettern und Tanten, Neffen und Nichten. Letztendlich, überlegte Peroni, stellten Familien wie diese die eigentlichen Machtzentren Italiens dar.

»Aber niemand aus Ihrer Familie wußte etwas über ihn?«

»Nein. Es ist, als ob er spurlos verschwunden wäre.«

»*Signora*«, sagte Peroni, »hat Ihr Gatte in letzter Zeit in irgendeiner Weise bedrückt oder geistesabwesend gewirkt?«

»Nein.«

Ihre Antwort kam zu schnell, und Peroni wußte, daß sie etwas verbarg. Was es auch war, hier lag möglicherweise die Erklärung für die Verzögerung, mit der man die Polizei über das Verschwinden des Generals informiert hatte.

»Gibt es irgend jemanden, der aus irgendeinem Grund einen Groll gegen Ihren Gatten hegen könnte?«

»Mein Mann wird von allen nur geliebt«, sagte sie mit Nachdruck, und es lag mehr als nur ein Hauch aristokratischen Dünkels in ihrer Stimme.

»Verzeihen Sie«, sagte Peroni so unaufdringlich wie ein päpstlicher Legat, »aber politische Leidenschaft schlägt in Italien zuweilen hohe Wellen, und Ihr Gatte war doch ...« Er machte eine taktvolle Pause.

»Ein Faschist!« sagte sie und beendete den Satz für ihn. »Das war damals doch jeder! Der einzige Unterschied ist, daß mein Mann sich seiner Überzeugung nie zu schämen brauchte. Er hat an die gute Sache geglaubt, und es war nicht seine Schuld, wenn sie korrumpiert worden ist.«

»Aber er hat in den letzten Jahren nichts mehr mit Politik zu tun gehabt?«

»Mein Mann ist über die Politik hinausgewachsen!«

Peroni fragte sich, ob irgendein Mensch in Italien über Politik hinauswachsen könnte. Drehte sich in Frankreich letztendlich immer alles um Sex, so in Italien immer um Politik. Oder doch fast immer.

»Wie verbringt Ihr Gatte seine Zeit, *Signora*?«

»Nun, er ist recht häufig in Rosaro.«

»Rosaro?« erkundigte sich Peroni, dem der Name neu war.

»Das ist ein Dorf, etwa eine halbe Stunde Autofahrt von Verona entfernt. Die Familie besaß dort einst eine Villa, die aber schon lange vor dem Krieg aufgegeben worden ist. Heute stehen dort nur noch Ruinen. Aber wir haben da noch ein Gut, auf dem wir Wein und Obst anbauen. Mein Mann begibt sich fast jeden

Tag dort hinauf. Er ist sehr stolz auf den Piantaleone-Wein, und er sagt oft, daß er sich nur in Gesellschaft der Bauern dort vollkommen wohl fühlt.«

Peroni sah den General bildlich vor sich, wie er, der patriarchalische Großgrundbesitzer, seinen Dialekt hervorkehrte und genüßlich Wein in bäuerlichen Küchen trank. Laut sagte er: »Und Sie haben natürlich Erkundigungen eingezogen, auch da, in –«

»Rosaro«, half sie ihm. »Ja. Man hat dort nichts von ihm gesehen.«

»Fährt er selber dort hinauf?«

»Nein. Unser ältester Sohn fährt ihn immer, Loris.«

»Welche anderen Mitglieder Ihrer Familie waren vorgestern beim Abendessen noch zugegen?« fragte Peroni.

»Paolo, das ist unser Jüngster, und unser Neffe, Gabriele.«

Peroni hatte das Gefühl, bei der Erwähnung des dritten Namens so etwas wie Abneigung herauszuhören.

»Ja«, sagte sie, und ihre Abneigung wurde deutlicher, »seine Eltern sind beide bei einem Autounfall umgekommen, als er noch klein war. Er ist bei uns aufgewachsen.«

»Ihr ältester Sohn – Loris, sagten Sie, glaube ich? – war bei diesem Abendessen nicht anwesend?«

»Er war in Mailand. Er kam am nächsten Morgen zurück, sobald er hörte, was passiert war.«

»Ich würde gern mit allen dreien sprechen, wenn ich darf.«

»Gewiß. Ich werde sie sofort zu Ihnen bestellen.«

Peroni erhob sich mit ihr und berührte abermals leicht mit seinen Lippen die ihm gereichte Hand.

Als sie gegangen war, lauschte sein in Neapel geschultes inneres Ohr in das mittelalterliche Kastell hinein, das ihn umgab. Er vernahm das Toben machtvoller Gefühlsregungen in der Luft und kam zu dem Schluß, daß es hier bestimmt genug latente Konflikte gab, um eine Tragödie heraufzubeschwören.

Es klopfte überraschend an der Tür.

»Herein«, rief Peroni, der hoffte, daß es das hübsche Dienstmädchen sein würde.

Doch weit gefehlt. Es war ein scheuer, gutaussehender junger Mann in Jeans und T-Shirt, der eben erst dem Knabenalter entwachsen zu sein schien. Er wirkte sehr aufgeregt, und Peroni hätte gern gewußt, ob es die verständliche Nervosität war, die

die meisten Leute verspürten, wenn sie von der Polizei vorgeladen wurden, oder ob noch etwas mehr dahintersteckte.

»Ich bin Paolo Piantaleone«, sagte der Junge. »Mama hat gesagt –«

»Ja natürlich«, sagte Peroni, plötzlich ganz erfüllt von väterlicher Herzlichkeit. »Seien Sie unbesorgt. Ich wollte einfach nur von Ihnen eine Darstellung darüber hören, was letzten Montag vorgefallen ist –«

»Nun, ich war fast den ganzen Tag draußen –«

»Wo?«

Immer noch in seiner väterlichen Art stellte Peroni die Frage völlig zwanglos. Die Reaktion darauf war interessant. Paolo wurde rot im Gesicht. »Hier und da«, nuschelte er. »Ich bin außerhalb von Verona ein bißchen herumgefahren, um frische Luft zu schnappen. Es war schrecklich heiß.«

»Irgendwo speziell?«

»Nein, nein, bloß so in der Gegend herum.«

»Mit Freunden?«

»Nein, allein.«

Zum zweitenmal hatte Peroni den sicheren Eindruck, daß etwas vor ihm verborgen gehalten wurde. Er nickte verständnisvoll und speicherte die Information zur späteren Verwendung. »Um welche Zeit sind Sie zurückgekommen?« fragte er.

»Gegen halb acht, rechtzeitig zum Umziehen.«

»Umziehen?«

»Papa erwartet immer von uns, daß wir uns zum Abendessen im Schlips und Anzug zeigen.«

»Aha, verstehe. Und dann?«

»Ich kam gegen acht runter zum Abendessen, und als das vorbei war, bin ich in den Garten gegangen. Das ist eigentlich alles.«

»Was gab es zu essen?« fragte Peroni, den kulinarische Details immer mit Neugierde erfüllten.

Paolo blickte einen Moment verdutzt drein, dann runzelte er die Stirn und dachte angestrengt nach. »Risotto, glaub' ich, als erstes. Oder waren es Spaghetti? Und dann – nein, ich weiß es nicht mehr.«

»Macht nichts. Wie kam Ihnen Ihr Vater während des Essens vor?«

»Ganz normal, so wie immer.«

»Worüber haben Sie während des Essens gesprochen?«

»Weiß ich nicht mehr.«

Was immer der Grund für Paolos Erregung gewesen sein mochte, das Gespräch hatte sich offensichtlich davon entfernt, denn er war jetzt merklich ruhiger. Peroni fuhr fort, ihn auszufragen, erfuhr aber nichts von praktischem Wert. Als er freundlich die Hand des jungen Mannes geschüttelt und ihn beim Hinausgehen aufmerksam beobachtet hatte, blieb ihm lediglich die Gewißheit, daß sowohl Mutter als auch Sohn versuchten, etwas vor ihm zu verbergen.

Fast augenblicklich wurde die Tür wieder geöffnet, ohne daß vorher angeklopft worden wäre, und Peroni sah sich ein weiteres Mal mit dem nun schon vertrauten Piantaleone-Profil konfrontiert. Aber der Geist, den er dahinter spürt, war nun ein anderer. Eher klein, mit schwarzen Haaren und Augen, vermittelte der Mann, der jetzt in das Zimmer trat, den Eindruck von brennender innerer Leidenschaft und einer ihn heftig vorwärtspeitschenden nervösen Energie. Er ließ Peroni an einen schwarzen Panther denken.

»Loris Piantaleone«, stellte er sich förmlich vor, ohne ihm die Hand zu reichen.

Peroni wandelte sich nun in einen jener südlichen Paragraphenreiter, der stur an den Vorschriften festhielt, weil er zu ignorant war, um von ihnen abzuweichen, der sich zwar auch nicht scheute, Bestechungsgelder anzunehmen, der aber vor allem eine sichere Beamtenstelle mit Pensionsberechtigung innehatte, an die er sich klammerte – komme, was wolle.

»Name?« fragte er.

»Den habe ich Ihnen bereits genannt.«

»Es muß alles seine Ordnung haben, wenn ich bitten darf. Name?«

»Piantaleone, Loris.«

Umständlich und ziemlich unnötig schrieb sich Peroni den Namen auf. »Anschrift?«

»Ich wohne hier!«

»Die Adresse, bitte, *Signore.*«

Peroni trieb diese Prozedur zehn Minuten lang weiter, und selbst Loris Piantaleones Arroganz war machtlos gegen diese bleierne Schwerfälligkeit.

»Jetzt kommen wir zu dem Tag des Verschwindens«, sagte Peroni. »Ich verstehe das doch richtig, Sie waren abwesend?«

»Ich war in Mailand.«

»Wann hatten Sie Verona verlassen?«

»Am selben Morgen.«

»Auf welche Weise?«

»Mit dem Wagen.«

»Haben Sie Ihren Vater vor der Abfahrt noch gesehen?«

»Ganz kurz.«

»Ist Ihnen etwas Ungewöhnliches an ihm aufgefallen?«

»Nicht das Geringste.«

»Welcher Art waren Ihre Geschäfte in Mailand?«

»Ich habe landwirtschaftliche Maschinen für das Landgut unserer Familie gekauft.«

»Und erforderte das Ihren Verbleib über Nacht?«

Loris betrachtete Peroni mit kalter Abneigung. »Ich mußte eine ganze Reihe von Firmen aufsuchen«, sagte er, »und ich sehe nicht ein, was das mit dem Verschwinden meines Vaters zu tun hat.«

»Ich kann nicht einfach die korrekte Vorgehensweise außer acht lassen, *Signore«,* sagte Peroni mit der ganzen Hartnäckigkeit eines vollkommenen Trottels. »In diesem Stadium könnte alles von Bedeutung sein.«

Nach einer Reihe von Fragen über die Gewohnheiten des Generals, die nur bestätigten, was Peroni schon in Erfahrung gebracht hatte, fragte er noch: »Was für eine Art von Mensch ist Ihr Vater?«

»Mein Vater ist ein großartiger Mensch!«

Als Loris gegangen war, überlegte sich Peroni, welch nützliche Verkleidung die Dummheit doch sein konnte. Wenn er nicht so begriffsstutzig aufgetreten wäre, hätte Loris wahrscheinlich nie das Gefühl verraten, das er bei der Antwort auf seine letzte Frage gezeigt hatte. So aber hatte Peroni auf seinem Gesicht einen Ausdruck fanatischer Vergötterung ausmachen können. Vielleicht würde ihm das einmal weiterhelfen. . .

Der Vetter Gabriele, von dem die Frau des Generals so offensichtlich geringschätzig dachte, hatte die Gesichtszüge eines dekadenten griechischen Gottes unter einem wilden Schopf goldener Haare. Er war bekleidet mit handgebleichten Jeans – die auf der Gesäßtasche das Signet eines berühmten Couturiers hatten. Er trug Sandalen von der Art, wie sie üblicherweise in Schaufenstern einzeln auf rotierenden Spiegeln präsentiert werden, und um seinen Hals hing an einer goldenen Kette etwas, das wie eine aztekische Gottheit aussah.

»Wie ich höre, *Commissario«,* sagte er, »untersuchen Sie das geheimnisvolle Verschwinden meines Onkels Orazio. Ich werde Ihnen mit dem größten Vergnügen auf jede nur erdenkliche Art und Weise behilflich sein.«

Noch neapolitanischer als eine knoblauchgewürzte Pizza blickte Peroni den jungen Mann an und zwinkerte ihm zu. War es das komplizenhafte Zwinkern eines Schauspielers zu seinem Kollegen? Oder war es nur ein unbeabsichtigtes Zucken des Lides? Was auch immer es war, es hatte den beabsichtigten Effekt.

»Gabriele Piantaleone?« sagte er, nachdem er auf diese Weise dem jungen Mann gegenüber die Oberhand gewonnen hatte. »Der Sohn des verstorbenen Bruders vom General?«

»Ganz recht.«

»Und Sie wohnen hier.«

»Tu ich.«

»Sie waren beim Abendessen dabei, am Montag abend, kurz bevor Ihr Onkel verschwand?«

»Das stimmt.«

»Irgend etwas im Verhalten Ihres Onkels, das Ihnen ungewöhnlich vorkam?«

»Es gibt immer etwas Ungewöhnliches im Verhalten meines Onkels, *Commissario.«*

»So?«

»Er ist ein großer Held, wußten Sie das nicht? Es ist immer etwas Ungewöhnliches an großen Helden. Sehen Sie sich Napoleon an.«

»Sie sind nicht gerade ein großer Bewunderer Ihres Onkels?«

»Wie können Sie so etwas sagen? Jeder in diesem Haus ist ein großer Bewunderer meines Onkels. Es ist das sine qua non unserer Existenz.«

»Wissen Sie, ob irgend jemand ihm übel gesinnt sein könnte?«

»Oh, diese großen Helden haben immer ihre Feinde.«

»Namen?«

»Keine Ahnung. Onkel Orazios politische Betätigungen sind für mich ein Buch mit sieben Siegeln.«

»Ich dachte, er hätte sich aus der Politik zurückgezogen?«

»In der Vergangenheit, meine ich.«

»Und er vertritt immer noch extrem rechtsgerichtete Ansichten?«

»In der Tat, das tut er. Alle Piantaleones sind Faschistenschweine. Es liegt der Familie im Blut.«

»Sogar in Ihrem?«

»Nein, ich bin das schwarze Schaf der Familie, oder vielleicht sollte ich sagen, das weiße Schaf. Ich bin ziemlich unpolitisch, was sehr untypisch für die Piantaleones ist.«

»Glauben Sie, Ihr Onkel könnte aus eigenem Antrieb aus irgendeinem Grund fortgegangen sein?«

»Vor dem ersten August? Niemals.«

»Was ist denn so Besonderes am ersten August?«

»Das wissen Sie nicht? Da müssen Sie aber erst vor sehr kurzer Zeit aus Neapel hergekommen sein, *Commissario.* Der erste August ist das traditionelle Datum für den jährlichen Maskenball des Veroneser Adels, all der großen Familien, die zurückreichen bis in die Zeiten, als das Heilige Römische Reich noch etwas bedeutete. Es ist eine große Sache mit bunten Laternen, Orchester, Kaviarschnittchen und französischem Champagner – nicht Ihrem italienischen Spumante! Kostüme aus dem 18. Jahrhundert sind Pflicht. Das verlangt die Etikette. Onkel Orazio glaubt daran mit all der Inbrunst seiner edlen und heldenmütigen Seele. Nichts könnte ihn veranlassen, dabei zu fehlen.«

»Merkwürdig, so viel Getue um diese Titel zu machen, wo es doch längst keine Monarchie mehr gibt«, sagte Peroni, der, wenn er es sich so recht überlegte, der Republik den Vorzug gab.

»Sie kennen den Adel nicht, *Commissario«,* sagte Gabriele. »Seine Reihen schlossen sich mit der Abschaffung der Monarchie. Er wandelte sich um in eine Art Geheimgesellschaft – nicht unähnlich Ihrer Mafia, könnte man sagen.«

Peroni ignorierte das Possessivpronomen, aber es fiel ihm auf, daß damit bereits zum zweiten Mal in dieser Ermittlung die Mafia erwähnt worden war. Er fragte sich, ob tatsächlich diese Organisation hinter der Angelegenheit steckte? War er nur deshalb in den Norden gezogen, um in eine der Besonderheiten des Südens hineingezogen zu werden? Vor seinem inneren Auge erstand eine Vision von *Omertà,* dem Gesetz der Verschwiegenheit, von Schutz- und Bestechungsgeldern, die um ihn herabfielen wie Blätter im Herbst – und er wußte nicht, ob ihm das gefallen sollte oder nicht.

»Sie können also gar keine sachdienlichen Angaben über den Verbleib Ihres Onkels machen?« fragte er.

»Wie wär's, wenn Sie den Gardasee mit einem Schleppnetz absuchen ließen?« sagte Gabriele.

Es gab ziemlichen Widerstand, als Peroni darum bat, die Dienstboten befragen zu dürfen. Aber indem er seinen südlichen Charme spielen ließ, setzte er sich schließlich durch und wurde hinuntergeführt in eine dunkle, mit Steinfliesen ausgelegte Küche, wo er auf eine wohlgenährte Köchin, zwei Gärtner, ein verhärmt aussehendes Frauenzimmer, einen untadeligen Diener und, zu seiner großen inneren Befriedigung, auf das hübsche Dienstmädchen traf.

Man stellte ihm den Aufenthaltsraum des Hauspersonals zur Verfügung, und er empfing zunächst die Köchin. Er richtete die üblichen Fragen an sie und erhielt die üblichen Antworten. Der General war ein Held, es war eine hohe Auszeichnung, für einen solchen Mann zu arbeiten, und sie war in höchstem Maß bestürzt über sein Verschwinden. Aber wie es dazu gekommen war, darauf konnte sie sich überhaupt keinen Reim machen.

Als nächstes kam das essigsaure Frauenzimmer, und auch sie war höchst beunruhigt über das Verschwinden des Generals. Wieder erhielt Peroni auf die üblichen Fragen die üblichen Antworten, und auch die Gespräche mit den Gärtnern und dem geschniegelten Herrn verliefen ähnlich ergebnislos.

Als letzte kam das hübsche Dienstmädchen herein, und da er sah, wie wenig ihm die üblichen Fragen eingebracht hatten, entschied sich Peroni zur Abwechslung, einmal zwei unübliche zu stellen.

Zum Mittagessen gab es Spaghetti mit Muschelsoße. Daheim in Neapel wären die Muscheln frisch aus den verseuchten Gewässern der Bucht gekommen. Hier stammten sie aus der Konserve, aber Peronis Schwester, Assunta, schaffte es gleichwohl, das Gericht echt neapolitanisch schmecken zu lassen.

Bei Bruder und Schwester lebte die Erinnerung an die Vergangenheit in Neapel fort wie ein Gespenst, das für alle anderen unsichtbar blieb. Und vielleicht begann auch bei ihr die Erinnerung zu verblassen, denn ihr Ehemann, Giorgio, war ein wirkungsvoller Exorzist, besonders deshalb, weil er nicht an Gespenster glaubte. Er war ein ausgelassener, fröhlicher Norditaliener, von Beruf Architekt, der seine gesamte Familie – und dazu gehörte auch Peroni – mit Unmengen von Zuneigungsbeweisen überhäufte.

Er und Assunta hatten zwei Kinder. Das jüngere, Stefano, war ein zehnjähriges, bebrilltes Schachgenie. Das ältere, Anna Maria, war 14 und sah aus wie die personifizierte Seele von Neapel. Peroni liebte sie alle beide abgöttisch.

»Hattest du heute irgendeinen aufregenden Fall, Onkel Achille?«

»Ich weiß nicht«, sagte Peroni. »Jemand namens General Piantaleone ist Montag nacht aus seiner Wohnung verschwunden.«

»Piantaleone?« sagte Giorgio, dem die Spaghetti wie lange Papierstreifen aus dem Mund baumelten. »Das ist doch der Kriegsheld, oder?«

»Genau der«, sagte Peroni.

»Ich kann mich noch an ihn erinnern«, sagte Assunta. »Ein gutaussehender Mann. Es hing doch damals überall ein Bild von ihm.«

»Ermordet?« fragte Stefano und blinzelte dabei ernst durch seine Brillengläser.

›Warum eigentlich nicht?‹ dachte Peroni. Wenn das große, mafiaähnlich verzweigte Netz der Familie Piantaleone ihn in drei Tagen nicht hatte aufspüren können, dann mußte diese Möglichkeit durchaus erwogen werden.

»Ich weiß es nicht«, sagte er.

»Hat er eine Familie?« fragte Anna Maria.

»Oh, in der Tat, die hat er. Eine enorm große Familie, man hat fast den Eindruck, als gäbe es Piantaleones überall.«

»Aber hat er eine eigene Familie?« beharrte Anna Maria.

»Ja. Da gibt es eine Ehefrau, zwei Söhne und den Neffen des Generals, die alle im selben Haus wohnen.«

»Und was haben die dazu zu sagen?« fragte Stefano.

Peronis Familie war immer ganz versessen auf Details seiner Ermittlungen, und er war gewöhnlich bereit, sie mitzuteilen. Die Kinder, das hatte er früher schon oft festgestellt, konnten überaus hilfreich sein – Stefano mit seinem schachtrainierten Verstand und Anna Maria mit ihrer oft geradezu unheimlichen Intuition.

»Also«, begann er und gab dann einen ausführlichen Bericht über die verschiedenen Unterredungen, in dem kein Detail fehlte, sieht man mal von der Kleinigkeit ab, daß er das Dienstmädchen der Piantaleones unerwähnt ließ. Sie hätten das nicht gutgeheißen – das tat er ja selber nicht –, und es hätte Assunta nur wieder veranlaßt, auf ihrem Lieblingsthema herumzureiten: die Notwendigkeit, sich eine Ehefrau zu suchen.

»Weißt du, was ich glaube, Onkel Achille?« sagte Anna Maria, als er seinen Bericht beendet hatte.

»Nein«, sagte er und blickte rasch zu ihr auf, »was denn?«

»All dieses ganze Zeug, was für ein großer Held er ist, damit stimmt irgendwas nicht. Es ist so, als ob ...«, sie suchte nach einem passenden Vergleich, »es ist wie eine Maske. Ich glaube, daß das Gesicht dahinter ganz, ganz anders aussieht.«

Nach dem Mittagessen fuhr Peroni hinaus nach Rosaro, dem Dorf, wo die Piantaleones ihr Landgut hatten. Die Atmosphäre dieser Ortschaft ließ ihn Überlegungen darüber anstellen, wieviel langsamer die Zeit hier voranschritt als in der Stadt. Gewalttätigkeit, Pornographie, Drogen, Abtreibungen, der mit harten Bandagen betriebene Verkauf der ENCYCLOPAEDIA BRITANNICA waren schlechterdings noch nicht bis Rosaro durchgedrungen, denn es schien freundlich und – an der Oberfläche jedenfalls – glücklich im vergangenen Jahrhundert zu schlummern.

Überall an den Häuserwänden waren Streifen mit Buntpapier angebracht, auf denen stand: ›Lang lebe unser Dorfpfarrer!‹ Hühner pickten auf der einzigen Straße des Dorfes herum, uralte Weiblein, ganz in Schwarz gekleidet, gingen zittrig ihren Alltagspflichten nach, rotznasige Kinder mit Apfelbäckchen spielten draußen vor einer Kneipe, wo bereits ihre Väter, ihre Großväter und Generationen vor ihnen Wein getrunken, Karten gespielt und aus vollster Kehle gegröhlt hatten.

Peroni ging hinein und fragte eine gutgelaunte, tonnenförmige Frau, die umringt von Kleinkindern aus einer nach hinten gelegenen Küche herauskam, ob sie ihm den Weg zum Gut der Piantaleones zeigen könne. Dann, nachdem er ihre Anweisungen, so weit es in seinen Kräften lag, aus ihrem schweren Dialekt übersetzt hatte, stieg er wieder in seinen hellroten Alfa, den er einem Dienstwagen vorzog.

Das Gut lag ein Stück außerhalb des Dorfes, und als er darauf zufuhr, sah er die noch majestätische, aber bereits arg verfallene Ruine einer Villa, die, wie er annahm, wohl diejenige war, von der *Signora* Piantaleone gesprochen hatte. Das Gebäude stand ein Stück abseits der Straße und war umgeben von einem Dschungel aus Pflanzen, der einst ein Garten gewesen sein mußte.

Er kam zu einer kleinen Ansammlung von Häusern, die um einen Innenhof gruppiert waren. Hier wohnten die Bauern der Piantaleones. Die Ansiedlung wirkte verlassen, bis plötzlich ein großer und furchterregend aussehender Hund herangeschossen kam und ihn wild anbellte. Peroni hatte eine Höllenangst vor Hunden und spielte mit dem Gedanken, zu seinem Alfa zurückzurennen, überlegte sich dann aber, daß das den Hund nur noch mehr reizen würde. Also versuchte er, furchtlos dreinzublicken und weiterzugehen. Dann trat zum Glück eine Frau aus einem der Häuser hervor.

»Eh! Bobbi!« rief sie. »Bei Fuß!«

Der Hund gehorchte aufs Wort.

»Buon giorno«, sagte Peroni dankbar.

»Buon giorno«, sagte die Frau und betrachtete ihn mit unverhohlener Anerkennung.

»Ein hübsches Hundchen«, sagte Peroni.

»Er ist ein guter Wachhund«, sagte die Frau und fuhr dann beinahe kokett fort: »Kommen Sie doch herein, und trinken Sie ein Glas Wein. Es ist heiß hier draußen.«

»Mit Vergnügen«, sagte Peroni.

Er folgte ihr in den kühlen, mit Steinfliesen ausgelegten Vorraum und nahm ein Glas herben roten Wein, das man ihm anbot, entgegen. Alles lief wie am Schnürchen, bis er ihr sein Anliegen vorbrachte; er beobachtete, wie sofort ein Ausdruck höchster Aufmerksamkeit in ihr Gesicht trat.

»Haben Sie gehört«, fragte er, »daß General Piantaleone letzten Montag seine Wohnung in Verona verließ und seitdem verschwunden ist?«

»Ja«, sagte sie ausweichend und blickte ihm nicht einmal mehr in die Augen, »ja, ich habe so etwas gehört.«

Mit jeder weiteren Frage wandelte sich ihr ausweichendes Verhalten zunehmend in Halsstarrigkeit. Sie hatte keine Ahnung, wo er sein könnte. Sie wußte nicht, wann oder wie häufig er nach Rosaro heraufkam. Sie sah ihn nie, denn sie verließ nie das Haus, und ihr Mann und die Söhne erzählten ihr nichts.

Vielleicht könne ihr Mann ihm helfen, sagte sie und wies ihm den Weg zu dem Feld, wo die Männer arbeiteten. Aber ehe er ging, bestand sie darauf, daß er ein weiteres Glas Wein trinke, und während er es leerte, schien ihr Blick ihm zu sagen, wie bereitwillig sie über alles mit ihm gesprochen hätte – ausgenommen die Angelegenheiten der Familie Piantaleone.

Ihr Mann war, wie Peroni erwartet hatte, nicht besser. Auf der ganzen Linie herrschte höfliche Verschwiegenheit.

Peroni kannte das Strickmuster: Es war das gleiche wie bei der Mafia. Augen, die nichts sahen, Ohren, die nichts hörten. Aber warum? Schwiegen die Leute aus Loyalität gegenüber den Piantaleones – oder weil sie etwas ganz Bestimmtes wußten?

Dann hatte Peroni plötzlich eine Idee.

Don Adriano legte die Maske sorgfältig an und klemmte seine Soutane in die Hose, damit sie ihm nicht in die Quere kommen konnte. Er war eben dabei, eine überflüssige Königin aus dem einen Bienenstock in einen anderen zu verpflanzen, eine Aufgabe, bei der man kein Risiko eingehen durfte. Er hielt Bienen schon seit 40 Jahren und war zu einer führenden Autorität auf diesem Gebiet herangereift. Ganz abgesehen davon, daß es in der ganzen Provinz Veneto keinen köstlicheren Honig gab als den seinen.

Don Adriano war außerdem auch der Dorfpfarrer von Rosaro, und er spielte eine führende Rolle im Leben seiner Gemeinde. Er hieß die Dorfbewohner in dieser Zeit willkommen, unterrichtete sie, ermahnte sie, verheiratete sie und stand ihnen bei, bevor sie ihre Reise in die Ewigkeit antraten. Dann geleitete er ihre sterblichen Überreste zu dem Dorffriedhof mit seinen Blumen, seinen kleinen Grablichtern und den Fotografien der Verstorbenen.

Als Don Adriano den Stock öffnete, schwärmten die Bienen ärgerlich um ihn herum. Er nebelte sie mit Rauch ein, was sie einschläfern und es ihm ermöglichen würde, die zweite Königin zu entfernen. Er war gerade mit dem Einräuchern fertig, als er hinter sich eine Stimme hörte. *»Buon giorno, Reverendo!«*

»Bleiben Sie, wo Sie sind!« röhrte er, ohne sich umzudrehen. »Bienen stechen!«

Er hatte den Sprecher sofort an seinem Akzent als einen Süditaliener identifiziert. Die aus dem Süden waren seiner Erfahrung nach allesamt faule Taugenichtse, und er glaubte fest daran, daß eine Trennlinie irgendwo ein kleines Stück südlich von Rom quer durch das ganze Land gezogen werden sollte.

Er beendete die Verlegung der Königin und brachte die Bienenstöcke in Ordnung; erst dann wandte er sich um. Durch den Sehschlitz seiner Maske konnte er den Südländer erkennen, der verdächtig gut aussah. Eine Gefahr für die gesamte weibliche Bevölkerung des Dorfes!

»Buon giorno«, sagte der Südländer noch einmal. »Verzeihen Sie, daß ich Sie störe.«

»Buon giorno«, ließ sich nun auch Don Adriano zu einer Antwort herab. ›Der Südländer macht einen ganz liebenswürdigen Eindruck‹, dachte er, während er die Maske abnahm und seine Soutane lockerte. Nicht, daß ihn das weniger gefährlich machte – ganz im Gegenteil. »Womit kann ich Ihnen behilflich sein?« sagte er.

»Questura«, entgegnete der Südländer und streckte ihm die Hand entgegen. ›Ein Polizeibeamter‹, dachte Don Adriano und schüttelte die gebotene Hand mit Zurückhaltung.

»Kommen Sie lieber mit hinein ins Pfarrhaus.«

»Danke sehr«, sagte der Südländer.

»Margherita!« rief Don Adriano, als sie ins Haus kamen. »Eine Flasche Wein und zwei Gläser. Hier entlang«, fuhr er fort. »Setzen Sie sich. Also dann, was kann ich für Sie tun?«

»Stimmt es, daß eine Bienenkönigin nach nur einer einzigen Paarung bis zu einer Million Eier in ihrem Leben legen kann?«

Für den Bruchteil einer Sekunde war Don Adriano sprachlos. Der Südländer war an Bienen interessiert? Das änderte natürlich alles! »Das stimmt tatsächlich«, sagte er. »Also wenn ich Ihnen auch nur einen Bruchteil von dem erzählen würde, was ich in den letzten 40 Jahren alles über die Bienen herausgefunden habe, Sie würden Ihren Ohren nicht trauen. Wußten Sie beispielsweise ...«

Don Adriano war bei seinem Lieblingsthema gelandet. Er schwätzte glücklich drauflos. Als seine ältliche Haushälterin, Margherita, den Wein hereintrug, bemerkte er sie kaum. Mechanisch füllte er die Gläser, trank und füllte sie von neuem. Der südländische Polizeibeamte stellte die scharfsinnigsten Fragen. Er schien ein intensives Verständnis für die Bienenzucht zu besitzen.

Don Adriano kam zu dem Schluß, daß er hier die glänzende Ausnahme zu seiner allgemeinen Regel über die Südländer vor sich hatte. Nach ungefähr einer halben Stunde bremste er sich und sagte ein wenig verlegen: »Sie müssen mich entschuldigen, Sie haben mich auf mein Lieblingsthema gebracht, und ich fürchte, ich lasse mich gern etwas zu weitläufig darüber aus.«

»Ganz im Gegenteil«, sagte der Südländer, »ich finde das Thema fesselnd.«

»Ja, aber Sie sind ein vielbeschäftigter Mann. Sie haben Ihre Zeit nicht gestohlen. Sagen Sie mir, womit ich Ihnen helfen kann.«

»Vielleicht haben Sie gehört, daß General Piantaleone aus seiner Wohnung in Verona verschwunden ist.«

»Ja, ja, der arme Mann. Eine außerordentliche Geschichte. Irgend jemand hat mir davon erzählt, vor ein paar Tagen erst. Offenbar war die Familie dabei, Erkundigungen über seinen Verbleib einzuziehen. Möge der Herr geben, daß ihm nichts zugestoßen ist.«

»Sie kennen ihn?«

»Wir sind nicht gerade das, was man eng befreundet nennen würde. Ich kenne ihn nur flüchtig.«

»Verbringt er viel von seiner Zeit hier oben?«

»Doch, ja. Bis vor ungefähr anderthalb Jahren.«

Don Adriano hatte das Gefühl, als ob Peroni ein Stromstoß durchfahren hätte; der bis dahin so gelassene und freundliche Polizeibeamte aus dem Süden wirkte regelrecht elektrisiert.

»Bis vor anderthalb Jahren, sagten Sie?«

»Ja«, sagte Don Adriano und wunderte sich, was an dieser Feststellung so dramatisch sein könnte.

»Sie meinen«, sagte Peroni, »daß General Piantaleone während der letzten anderthalb Jahre nicht mehr sehr oft hier herauf gekommen ist?«

»Kaum noch. Selbstverständlich sehe ich ihn nicht unbedingt jedesmal, aber ich würde meinen, er kommt nicht öfter als einmal im Monat. Ich erinnere mich noch, wie ich einmal gedacht habe, daß er alles Interesse an dem Besitz seiner Familie verloren zu haben schien.«

Wie die meisten Neapolitaner empfand auch Peroni eine tiefe Verehrung für den heiligen Januarius, den Schutzheiligen von Neapel, dessen Blut sich noch immer auf wundersame Weise zweimal im Jahr verflüssigt. Er trug immer ein Medaillon mit dem Bild des Märtyrers bei sich und flehte ihn in Augenblicken der Gefahr um seinen Beistand an. Und er fühlte sich glücklich bei dem Gedanken, daß ihn der heilige Januarius bislang noch nie im Stich gelassen hatte.

Davon abgesehen allerdings neigten seine religiösen Überzeugungen dazu, ein wenig widersprüchlich zu sein. Er vertrat jedoch die Theorie, daß ein guter Priester einem immer die Wahrheit sagen wird, vorausgesetzt, er kennt sie und wird richtig behandelt. Und wieder einmal, dachte er, als er mit hoher Geschwindigkeit nach Verona zurückfuhr, hatte sich seine Theorie bewahrheitet.

Anderthalb Jahre lang hatte General Piantaleone regelmäßig in Begleitung seines Sohnes Loris das Haus mit der offiziellen Absicht verlassen, nach Rosaro zu fahren. Und ebenso regelmäßig war er ganz woanders hingegangen.

Wenn Peroni die Antwort darauf, wo sich dieses ›Woanders‹ befand, kennen würde, dann wüßte er mit Sicherheit auch, warum der General verschwunden war.

Und er machte sich große Hoffnungen, daß seine nächste Unterredung ihm genau diese Antwort liefern würde.

Samantha war so aufgeregt, daß sie in Versuchung geriet, den Lidschatten zu rasch aufzutragen, was den ganzen Effekt ruiniert hätte. Sie zwang sich also, langsam vorzugehen, und pinselte jedes Auge mit der Sorgfalt eines Künstlers an, der an einer großen Leinwand arbeitet.

Endlich war das Werk vollbracht. Sie untersuchte den Gesamteffekt mit kritischem Wohlgefallen, nahm ihre Handtasche und verließ das Haus. Ihr Blick war bescheiden gesenkt, blieb auf das vor ihr liegende Straßenpflaster geheftet, aber ihr entging nicht ein einziger der Männerblicke, die aus allen Richtungen auf sie abgefeuert wurden. Das flinke, verstohlene Schielen des Priesters, das harte, anzügliche Starren zweier Carabinieri, das freche Glotzen eines Straßenkehrers, der sehnsuchtsvolle, resignierte Blick eines Alten. Samantha registrierte sie und heftete sie alle ab, um sie später in aller Ruhe zur weiteren Bearbeitung hervorzuholen.

So aufgeregt sie wegen dieses Ausflugs auch war, so vergaß sie doch keineswegs ihren Entschluß, nichts Indiskretes zu verraten. Es war ihnen allen ausdrücklich eingeschärft worden, vorsichtig zu sein mit dem, was sie sagten, und man durfte schließlich nicht außer acht lassen, wem man zur Treue verpflichtet war.

Sie gelangte an ihr Ziel, wo die Blicke der Männer sich von überall her an sie krallten.

Aber sie hatte bereits den einzigen Mann erspäht, der sie im Moment in Verona interessierte. Er sah umwerfend gut aus – besser als jeder andere Mann, den sie je zuvor gesehen hatte. Sehr süditalienisch natürlich, aber es paßte zu ihm. Die Köchin sagte, daß die Zeitungen ihn den Rudolfo Valentino der italienischen Polizei nannten.

Und was für eine Art er an sich hatte! Als sie am Morgen zu ihm hineingegangen war, hatte sie bereits erwartet, daß er sie alles mögliche fragen würde – nur das nicht. Ob Detektive wohl gewöhnlich Verabredungen zu einem Rendezvous trafen, während sie im Dienst waren? Ihre Erfahrung aus Film und Fernsehen bot ihr keine Vergleichsgrundlage.

Nun hatte er sie gesehen. Er sprang auf und bot ihr einen Stuhl an. Sie lächelte und setzte sich. Ja, ein Eis, das wäre jetzt genau das richtige.

Während er es bestellte – zusammen mit etwas für sich, das Chivas Regal genannt wurde –, fühlte sie sich, als wären alle Blicke auf sie gerichtet, und sie spürte einen kleinen, eisigen Splitter der Furcht in sich, daß man den Piantaleones von diesem Treffen mit ihm berichten könnte, aber der Splitter schmolz in der Glut seiner Sonne.

Er wollte alles über sie wissen, woher sie kam, ihre Familie, ihre Schulzeit, die Lieder, die sie mochte. Er fragte sie sogar nach ihrer Lieblingsblume, und als sie sagte, es seien Veilchen, tauchte auch schon wie aus dem Nichts ein Junge mit einem ganzen Korb voll auf, und er kaufte ihr ein Sträußchen.

Die Fragen folgten einander so weich und geschmeidig, daß sie fast meinte, von ihnen gestreichelt zu werden. Dann begann er, ihr auch Fragen über die Familie zu stellen.

»Natürlich ist es eine große Ehre, für einen so bedeutenden Mann zu arbeiten«, sagte sie. »Mama hatte früher ein Bild von ihm im Wohnzimmer hängen, als ich noch ein kleines Mädchen war. Ich glaube, sie hat damals ein wenig für ihn geschwärmt. Es wäre ein ziemlicher Schock für sie, wenn sie wüßte, wie er jetzt beieinander ist.«

In weiter Ferne gab es etwas, das wie ein Alarmglöckchen klang, aber der südländische Polizeibeamte hing auf eine solche Weise an ihren Lippen, daß sie es nicht weiter beachtete.

»Na ja, das ist natürlich das Alter bei ihm«, fuhr sie fort. »Alte Männer werden eben ein bißchen komisch, das kann man ihnen nicht übelnehmen. Arterienverkalkung und solche Sachen.«

»Was genau macht er denn?« fragte der Polizeibeamte.

»Nun, was mich betrifft«, sagte sie und errötete dabei leicht, »das Schlimmste von allem ist das Anfassen. Ich muß immer sehr darauf achten, daß ich nie allein mit ihm bin. Und selbst in Gesellschaft versucht er manchmal – nun, Sie wissen schon, was ich meine. Und dann müssen wir immer aufpassen, daß die Schnäpse weggesperrt sind. Und die Szenen, die er macht! Er ist schrecklich empfindlich. Die winzigsten Kleinigkeiten bringen ihn schon in Rage. Bloß gut, daß die Mauern so dick sind, sag' ich immer, sonst würden es die Leute hören. Aber es ist schon so, wie die Köchin sagt: ›Wie ein Mann im Alter ist, das ändert nichts daran, was er früher war. General Piantaleone war ein Held, und die Familie tut ganz recht daran, die Erinnerung an ihn zu schützen.‹«

»Wie lange ist er schon so?« fragte Peroni.

»Richtig schlimm ist es mit ihm erst in den letzten paar Monaten geworden. Als ich meinen Dienst bei der Familie antrat, da war er noch völlig in Ordnung.«

Aber er fuhr immer noch nach Rosaro hinauf, nicht wahr?

Ja, soweit Samantha wußte, tat er das. Herr Loris fuhr mit ihm praktisch jeden Tag weg. Nein, sie konnte nicht sagen, was der General dort oben machte, weil sie noch nie dagewesen war. Und sie wußte ganz bestimmt auch von keinem anderen Ort, wo er hinfahren könnte. Warum sollte er irgendwo anders hinfahren? Die Köchin sagte, er führe nach Rosaro, und die Köchin wußte doch sonst immer alles.

Ja, noch ein Eis, das wäre eine herrliche Idee.

Das Ende des Gesprächs war unangenehm gewesen. Als er seine Fragen gestellt hatte und die Verzauberung nachzulassen begann, bemerkte Peroni mit Bedauern, wie sie ihre Verstandeskräfte zurückgewann, ganz so wie jemand, der aus der Narkose erwacht. Er hatte diese Erfahrung bei aussagewilligen, attraktiven Zeuginnen schon oft gemacht und sich schon beinahe daran gewöhnt, aber das Gefühl des Verlustes, das damit einherging, verringerte sich nie.

Er sah, wie sich ihre Augen langsam vor Panik weiteten, als ihr zu Bewußtsein kam, daß sie ihm all das gesagt hatte, was sie eigentlich geheimhalten wollte. Wie sie ihn nun so flehend anstarrte, fiel ihm die englische Redewendung ›einen sitzenden Vogel erschlagen‹ ein.

Also mußte man sie zuerst einmal beruhigen; dann mußte man sie loswerden. Nicht etwa, daß Peroni dem Angebot abgeneigt gewesen wäre, das er in ihren Augen so deutlich lesen konnte, als die erste Panik verflogen war. In der Tat, der frühere Peroni wäre sofort bereit gewesen zuzupacken. Aber der *Dottore* wollte davon nichts wissen. Widerwillig und erst nach einem für ihn wenig ehrenhaften inneren Kampf riß sich Peroni von Samantha los.

Also hatte Anna Maria doch recht behalten, überlegte Peroni auf dem Weg zurück in die *Questura.* Das Gesicht hinter der Maske war tatsächlich ein anderes; es war das Gesicht eines streitsüchtigen, wollüstigen alten Uhus. Das erklärte auch das ausweichende Verhalten der Frau des Generals – sie stellte sich schützend vor sein Heldenbildnis.

Aber das Rätsel von Rosaro löste es nicht. Wo war der General hingegangen? Es gab einen Menschen, der das wußte, auch wenn er es sicher niemals jemandem sagen würde. Peroni kam zu dem Schluß, daß man noch eine ganze Menge mehr über Loris Piantaleone in Erfahrung bringen müßte.

Kapitel 2
General Piantaleone

Zwei Stunden brauchte Peroni am nächsten Morgen, um alle Landmaschinenfabriken in Mailand anzurufen. Während dieser Aktion wählte er zig falsche Nummern, darunter die des Planetariums und die einer *Signora* Martini, die so klang, als hätte sie sich etwas Zärtlicheres erhofft als die *Questura* von Verona; er sprach mit einem Apotheker und einem kleinen Mädchen, das sagte, es täte ihr leid, aber Mama sei nicht zu Hause.

Zum Schluß war Peroni heiser, erschöpft und ziemlich sicher, daß Loris Piantaleone am Tag des Verschwindens seines Vaters nicht eine einzige landwirtschaftliche Maschinenfabrik in Mailand aufgesucht hatte.

Die Gewitterwolke aus Zweifeln, die über dem Haupt von Loris hing, verdüsterte sich zusehends. Ob er wohl seinen Vater entführt haben könnte? Peroni dachte an das Aufglühen einer fanatischen Heldenverehrung, das ihm auf Loris' Gesicht aufgefallen war, und kam zu dem Schluß, daß – wenn man es im Zusammenhang sah mit dem, was er von Samantha erfahren hatte – es durchaus schon irgendwie so sein könnte. Sicherlich war es möglich, daß Loris wußte, wo sich der General aufhielt, und wenn man ihn diskret beschattete, könnte er die Polizei vielleicht direkt zu ihm führen.

Nach einer Beratung mit *Dott.* Guerra wurde entschieden, Loris rund um die Uhr observieren zu lassen. Der Mann, der für die erste Schicht ausgewählt wurde, war Lenotti. Lenotti, ein Märtyrer seines Magens, lebte anscheinend ausschließlich von Kamillentee und wirkte wie das personifizierte Leid; ständig trug er die bekümmerte Miene eines Spürhundes zur Schau, den man fälschlich bezichtigte, aufs Sofa uriniert zu haben. Es hieß, daß sein trübsinniger Einfluß sich sogar auf das Wetter auswirkte. Obwohl Peroni abergläubisch war wie die meisten Neapolitaner, hatte er dies denn doch nie geglaubt und hätte es auch als bloßen Zufall bezeichnet, als ein tiefes Donnergrollen zu hören war und die ersten fetten Regentropfen aufs Pflaster zu klatschen begannen, kurz nachdem Lenotti seinen Wagen ein Stück weit entfernt von der grimmigen mittelalterlichen Fassade des Piantaleone-Domizils auf der Straße geparkt hatte.

Eine militante Feministin wohnte im tiefsten Herzen von Franca Verdi, aber Franca war zu ängstlich, um sie je aus sich herauszulassen. Die Folge war, daß sie bereits im Alter von 25 Jahren an chronischen Verdauungsbeschwerden litt. Franca arbeitete für die ARENA, Veronas Tageszeitung, die von männlichen Chauvinisten beherrscht wurde, und sie befaßte sich hauptsächlich mit Themen, für die sich ihre männlichen Kollegen zu gut waren – wie von Missionspatres organisierte Ausstellungen afrikanischer Handarbeitskunst. Gelegentlich durfte sie auch schon mal Artikel schreiben, die nur für Frauen interessant waren. Wenn sie diese Aufträge zugeteilt bekam, wehrte sich die Feministin in ihrem Innern stürmisch dagegen, während Franca äußerlich milde lächelte und sie willig annahm.

Im Moment war sie im Büro allein mit einem älteren Redakteur, der mechanisch Ausschnitte aus Agenturmaterial für eine Innenseite zusammenstellte wie ein Puzzlespiel, das er bereits mehrere tausend Mal zuvor zusammengesetzt hatte.

Das Telefon klingelte, und der Redakteur machte eine Bewegung, um den Hörer abzuheben, erinnerte sich dann, daß eine weibliche Sklavin im Büro anwesend war, und sagte, ohne aufzublicken: »Hebst du mal ab, Franca?«

»Ja, natürlich«, sagte Franca mit einem Lächeln, das er nicht einmal registrierte, während die Feministin in ihr ungehört aufschrie: »Heb das blöde Ding doch selbst ab!«

Franca ergriff den Hörer. »ARENA«, meldete sie sich zuckersüß.

»Hier sind die Roten Brigaden«, sagte eine tonlose männliche Stimme ohne lokalisierbaren Dialekt.

Zuerst glaubte Franca, es würde sich um einen Scherz handeln. So etwas passierte bei den großen Zeitungen wie dem CORRIERE DELLA SERA. Die gefürchtete Gruppe gnadenloser politischer Killer würde sich doch gewiß nicht mit so einem trüben Lokalblättchen wie der ARENA abgeben?

Unterdessen sprach die Stimme weiter: »Gehen Sie durch den Vordereingang Ihres Redaktionsgebäudes nach draußen«, sagte der Sprecher, »und biegen Sie dann nach rechts ab. Nach 20 Metern sehen Sie einen Abfallkorb. Hinter diesem Abfallkorb eingeklemmt in der Halterung finden Sie ein Kommuniqué.«

Die Stimme verstummte, und in der Leitung machte es klick.

»Was gibt es denn, Franca?« fragte der Redakteur.

»Die Ursulinen wollen, daß ich hinkomme und mir ihre neue Kapelle ansehe«, improvisierte Franca wild drauflos, begleitet vom stillen Beifall der Feministin in ihrem Innern.

»Schön, schön«, sagte der Redakteur, der eben ein Stück über ein Hotelfeuer in Aberdeen gefunden hatte, das genau in das Loch paßte, das es zu füllen galt.

Ohne gleich loszuspringen, erhob sich Franca ruhig, verließ das Büro und ging die Stufen hinunter. Ein schwerer Regen prasselte draußen nieder, und der Donner grollte bedrohlich, aber sie war zu aufgeregt, um sich auch nur mit einem Blick nach einem Regenschirm umzuschauen.

Als sie hinaustrat, war es, als ob sie unter eine riesige vollaufgedrehte Dusche gestiegen wäre. Unmittelbar hinter der Eingangstür bog sie nach rechts, und dort – wer hätte das gedacht – vor ihr im prasselnden Regen stand der Abfallkorb. Sie mußte mehrere hundert Mal an ihm vorbeigegangen sein, ohne ihn je zu bemerken. Ihr Herz klopfte wie wild, während sie darauf zurannte. Sie hatte gelesen, daß ein Abgesandter der Roten Brigaden immer aufpaßte, wenn eine Mitteilung abgeholt wurde. Ob ein Rotbrigadist jetzt auch sie beobachtete? Der junge Mann dort in der Toreinfahrt gegenüber? Die junge Frau, die vor der Trinkhalle in ihrem parkenden Auto saß?

Mit zitternder Hand griff sie hinter den Abfallkorb. Sofort fühlte sie das Papier. Sie zog einen gewöhnlichen orangefarbenen Umschlag hervor, von der Sorte, wie er bei Geschäftsbriefen viel benutzt wird, und öffnete ihn unter einem Dachvorsprung, um ihn nicht naß werden zu lassen. Er enthielt ein einziges Blatt faseriges, rauhes Papier. Sie faltete es auseinander und sah oben auf der Seite den berüchtigten fünfzackigen Stern der Roten Brigaden. Wenn das ein Witz sein sollte, hatte sich jemand viel Mühe damit gemacht.

Sie begann zu lesen: ›Der Volksfeind General Orazio Piantaleone, der wegen Verbrechen gegen das Volk vor einem proletarischen Gericht stand, ist in allen Punkten, die gegen ihn vorgebracht wurden, für schuldig befunden worden. Das Todesurteil wurde ausgesprochen. Besagtes Urteil ist nun vollstreckt worden. Die Erfüllungsgehilfen und gedungenen Büttel der multinationalen Lakaien können sich die Leiche des faschistischen Mörders in dem verlassenen Gebäude abholen, das in der Lungadige San Giorgio zum Abbruch bestimmt ist. Soviel zum ersten Jahrestag des 31. Juli.‹

Der letzte Satz war unklar, aber der Rest war deutlich genug. Jetzt konnten die Männer tun, was sie wollten, sie würden niemals die Tatsache ändern können, daß es Franca war, die die Nachricht vom ersten Mord der Roten Brigaden in Verona erhalten hatte. Sie ging mit stolz erhobenem Haupt zurück durch den niederprasselnden Regen.

Diesmal hatte Peroni keine Hemmungen, die Sirene einzusetzen, und der Polizeiwagen, in dem er und zwei Kollegen saßen, brauste mit wildem Gejaule durch die regenüberfluteten Straßen. Aber zu seiner Enttäuschung drehten die Köpfe sich nicht mehr so danach um wie früher, und das hatte nicht nur etwas mit dem Wetter zu tun. Es war einfach allzu alltäglich geworden. Die Italiener hatten sich schon so an Tragödien und Katastrophen gewöhnt, daß ihr Appetit auf Sensationen nur noch von den stärksten Reizen geweckt wurde. Und als ob das noch nicht genug wäre, gab es auch viel zu viele Fahrer von Krankenwagen, die Blaulicht und Martinshorn anstellten, um durch langweilige Verkehrsstaus zu kommen, auch wenn sie bloß auf dem Weg zurück zur Einsatzzentrale waren und nicht einmal einen geschienten Knöchel transportierten.

Es dauerte nicht lange, bis sie zur Lungadige San Giorgio gelangten, und die Sirene verendete in einem tiefen Baßton, als Peroni und seine Kollegen aus dem Wagen sprangen. Man konnte unmöglich das im Kommuniqué gemeinte Gebäude übersehen. Es war ein zerfallenes zweistöckiges Haus, dessen Tür und Fenster mit Brettern verrammelt waren. Beim Näherkommen sahen die Männer aber, daß der Bretterverschlag nicht solide festgenagelt, sondern offenbar vor kurzem entfernt worden war. Sie nahmen ihn von neuem ab und gingen hinein.

Das erste, was sie bemerkten, war der Geruch, ein beißender Gestank fortgeschrittener Verwesung, bei dem einem übel werden konnte. Peroni, dem solche Dinge wenig zusagten, zündete sich eine seiner englischen Schwarzmarktzigaretten an. Der

Raum, in dem sie sich befanden, war dunkel und enthielt nichts außer einer uralten Spüle voller Putz und Bauschutt sowie zwei verriegelten und verbarrikadierten Fenstern. Wenn nicht der üble Geruch und das Kommuniqué der Roten Brigaden gewesen wäre, hätte man die Gestalt auf dem Boden für einen Haufen alter Lumpen halten können. Sie war in altes Sackleinen eingewickelt, aber nachdem sie es entfernt hatten, erkannte Peroni sofort das römische Profil der Piantaleones.

Der verwesende General trug einen dunklen Anzug, schwarze Schuhe, eine Krawatte und ein einst weißes Hemd. In der Hemdbrust befanden sich fünf Perforierungen, die von Brombeerflekken umringt zu sein schienen.

»Das erste Todesopfer der Roten Brigaden in Verona«, sagte Peroni.

»Ich frage mich, warum sie sich wohl gerade ihn ausgesucht haben«, sagte einer der beiden anderen.

»Weil er etwas symbolisierte«, sagte der zweite, der selbst eher noch zur alten Garde zählte. »Die suchen sich ihre Opfer immer sehr sorgfältig aus.«

Peroni dachte an Samanthas Enthüllungen und blieb skeptisch. Aber wo die Familie die verkalkten Narreteien des Generals vor der Öffentlichkeit verborgen hatte, konnten sie für Außenstehende keine Bedeutung haben. Der General war immer noch Repräsentant einer Idee.

»Warum haben die bis heute damit gewartet?« fragte der erste Mann. »Sie müssen ihn doch schon vor mehreren Tagen getötet haben?«

»Das haben sie in dem Kommuniqué erklärt«, sagte Peroni. »Soviel zum Jahrestag des 31. Juli. An dem Tag kamen letztes Jahr zwei ihrer Schlüsselfiguren bei einem Feuergefecht mit der Polizei ums Leben. Erinnert ihr euch noch?«

Der andere nickte. »Die haben's mit den Jahrestagen, da sind sie ganz groß drin, die Rotbrigadisten«, sagte er.

»Und sie tun nie etwas ohne Grund.«

Das stimmt, dachte Peroni. Sie waren solch erbarmungslose Gefolgsleute ihrer eigenen verdrehten Logik, wie man es als Italiener eigentlich gar nicht sein konnte. Aber natürlich durfte man nicht vergessen: Auch wenn sie italienische Staatsbürger waren, die Ausbilder kamen aus Deutschland und vom KGB. Eine Menge Arbeit würde es jetzt geben, endlose Überprüfungen und

Nachprüfungen, Straßensperren, Durchsuchungen von Wohnungen; und für jeden noch so kleinen Fisch der Roten Brigaden, den das Polizeinetz an Land zog, würde es außerdem einen riesigen Schwarm von Kleinkriminellen geben, den man sonst in Ruhe hätte weiterschwimmen lassen. Man würde alles durchsieben müssen und dann an die zuständigen Abteilungen weiterleiten.

Und in diesem Moment wurde Peroni bewußt, daß der Fall Piantaleone nicht mehr in seine Zuständigkeit fiel. Wo die Roten Brigaden so offensichtlich die Patenschaft beanspruchten, ging die Sache an den Staatsschutz über. Eine Woge der Erleichterung durchströmte ihn.

Da wäre natürlich noch die ungeklärte Frage, was Loris an dem Tag in Mailand gemacht hatte, aber vermutlich gab es dafür irgendeine andere Erklärung.

Man hörte das Heulen sich nähernder Sirenen, dann ein Quietschen von Reifen und das Geräusch abgestellter Motoren, dem das dumpfe Klatschen mehrerer zugeschlagener Autotüren folgte. Peroni blickte nach draußen und entdeckte eine kleine Armee der Bereitschaftspolizei mit Maschinenpistolen, die das Haus umstellte und die rasch anschwellende Menschenmenge auf die gegenüberliegende Straßenseite zurückdrängte.

Der kommandierende Offizier der Carabinieri-Einheit war ein Sizilianer. Er und Peroni schüttelten einander mit einer gewissen Komplizenschaft die Hände, so wie Landsleute, die einander im feindlichen Ausland begegnen.

»Es stimmt also?« fragte der Carabinieri-Offizier. Peroni nickte. »Sieht aus, als hätten wir noch eine Menge schlafloser Nächte vor uns«, sprach der Offizier weiter.

Ein dunkelblauer, hochoffiziell aussehender Fiat fuhr vor, und *Dott.* Guerra, der so unbeteiligt wirkte, als ob er zur Eröffnung eines neuen Postgebäudes gekommen wäre, stieg aus. Er warf Peroni einen fragenden Blick zu, und der nickte.

»Bitte sorgen Sie dafür, daß die Staatsanwaltschaft sofort davon in Kenntnis gesetzt wird«, sagte er.

Nach einer ersten Untersuchung erklärte der Gerichtsmediziner, daß der General zwei oder drei Tage zuvor erschossen worden sei und alle Anzeichen darauf hinwiesen, daß die Tat bereits in der Nacht seines Verschwindens ausgeübt worden sei. Allerdings sei die Leiche wohl erst innerhalb der letzten zwölf Stunden an ihre gegenwärtige Ruhestätte gebracht worden.

Die Befragung der Leute, die in der Gegend wohnten, erbrachte nichts Brauchbares, außer der Tatsache, daß verschiedentlich berichtet wurde, man habe während der Nacht das Geräusch an- und abgestellter Motoren vernommen; aber da sich knapp 100 Meter entfernt eine Verkehrsampel befand, hatte das nicht viel zu bedeuten.

Der Staatsanwalt traf ein, untersuchte den Toten und nahm die protokollarische Aufzeichnung des Sachverhaltes für die Staatsanwaltschaft vor. Danach gab er den Leichnam frei, um ihn in die gerichtsmedizinische Abteilung überführen zu lassen. Gleichzeitig gab *Dott.* Guerra Anweisungen, daß die Kleidung in die kriminaltechnische Untersuchungsstelle gebracht werden solle.

»In einer halben Stunde werde ich eine Einsatzbesprechung in meinem Büro abhalten«, sagte Guerra zu Peroni und dem Carabinieri-Offizier. »Sie beide, meine Herren, werden so gut sein, daran teilzunehmen.«

»Ja, *Dottore«,* sagten sie.

Im Gegensatz zu den meisten italienischen Vorgesetzten meinte *Dott.* Guerra, wenn er eine halbe Stunde sagte, genau 30 Minuten, und die Mittagspause war längst überfällig. Die Roten Brigaden hatten wirklich den Tagesrhythmus im Lande empfindlich durcheinandergebracht, überlegte sich Peroni, wenn man ihretwegen auf seinen gewohnten Teller Spaghetti verzichten mußte.

Er fuhr zurück zur *Questura* und fand eben noch Zeit, sich in der nächstgelegenen Gastwirtschaft ein getoastetes Sandwich zu bestellen, belegt mit je einer dünnen Scheiben rosa Löschpapier, genannt Schinken, und gelbem Löschpapier, genannt Käse. Dazu trank er ein Glas Spülmittel, bekannt als Valpolicella.

Dott. Guerras Büro hatte sich für die Besprechung gefüllt. Anwesend waren der Leiter der DIGOS, der Antiterrorismusabteilung des Staatsschutzes, ein unerwartet rundlicher Mann, der aussah wie der Weihnachtsmann ohne Bart, der aber hinter seinem milden Äußeren eines der schärfsten Gehirne Italiens versteckte. Weiterhin waren da der Carabinieri-Offizier, den Peroni am Morgen getroffen hatte, und zwei seiner Kollegen; dazu ein aufbrausender Carabinieri-General, verschiedene DIGOS-Beamte, der stellvertretende Polizeichef und *Dott.* Guerras Sekretär.

»Seit einiger Zeit schon sind, wie Sie alle wissen, meine Herren«, begann *Dott.* Guerra, »die Roten Brigaden in Verona aktiv.

Wir haben verschiedentlich ›Strafaktionen‹ erlebt, bei denen prominente Christdemokraten in die Beine geschossen und schwer verletzt wurden, und dann, vor kurzem erst, die bewaffneten Überfälle auf die Druckerei von Mondadori und die Kleidungsfabrik Aquarama. Jetzt haben wir auch noch einen Mord, und dazu noch den Mord an einem Mann, der zum Besten gehörte, was es in unserem rapide verkommenden Staatswesen noch an Gutem gibt.«

Peroni fragte sich, ob Guerra, der anscheinend über alle Vorgänge in Verona Bescheid wußte, sich wohl auch über den katastrophalen Verfall des Generals im klaren war.

»Der Minister hat sich bereits mit mir in Verbindung gesetzt«, fuhr Guerra fort und schnippte dabei gegen das Telefon auf seinem Schreibtisch. Er blickte mit ernstem Gesicht auf die aufmerksam zuhörenden Anwesenden. »Und er erwartet Resultate.«

Noch einmal gratulierte Peroni sich selbst, daß er aus der Sache heraus war: Das Los des Polizisten war ein hartes – oder wie lautete dieses englische Sprichwort? –, vor allem, wenn Minister von ihnen rasche und zufriedenstellende Ergebnisse erwarteten.

»Ich darf wohl annehmen, es besteht kein Zweifel«, sagte der Carabinieri-General, »daß dieses Attentat auf das Konto der Roten Brigaden geht?«

»Ich habe den detaillierten Bericht über das Bekennerschreiben, das heute morgen hinter dem Abfallkorb gefunden wurde, noch nicht zur Hand«, sagte *Dott.* Guerra liebenswürdig, »aber die vorläufige Untersuchung weist darauf hin, daß es echt ist. Die Schreibmaschine ist wahrscheinlich nicht identisch mit jener, die die Roten Brigaden bei ihren Kommuniqués der allerjüngsten Zeit verwendet haben, aber vermutlich besitzen die Leute mehr als nur eine Maschine.«

Es kam nicht oft vor, daß *Dott.* Guerra einen Scherz machte, und die Äußerung bewirkte ein respektvoll belustigtes Gemurmel; erst als es verebbt war, begann Peroni sich zu fragen, ob die Bemerkung wirklich als Witz gemeint gewesen war.

»Im übrigen«, fuhr Guerra fort, »tragen alle anderen Aspekte dieser Affäre deutlich den Stempel der Roten Brigaden.«

»Hmarr-umpf«, machte der Carabinieri-General – wohl als Zeichen seiner Bereitschaft, es erst einmal dabei bewenden zu lassen.

»Was unsere allgemeine Vorgehensweise betrifft«, sagte Guerra, »so hat der Minister um größtmögliche Zusammenarbeit zwischen der DIGOS und den Carabinieri ersucht. Die DIGOS wird Agenten einschleusen, verdeckte Ermittler einsetzen und ganz den Erfordernissen der Umstände entsprechend bei ihrer Ermittlungstätigkeit freie Hand haben.«

Der Weihnachtsmann von der DIGOS sah noch rundlicher und mildherziger aus als gewöhnlich, und Peroni fragte sich, welche Pläne zu geheimen Verhören und ähnlichem wohl gerade in seinem Schädel herumschwirren mochten.

»Und Ihre Männer, General«, fuhr Guerra fort, »werden nach Plänen, die wir gemeinsam ausarbeiten, und nach Informationen der DIGOS Straßensperren aufstellen, ausgesuchte Gegenden durchkämmen und Razzien durchführen.«

Der General und der Weihnachtsmann nickten sich steif zu. Sie waren nicht gerade Freunde. Das Gleichgewicht der Kräfte zwischen den Carabinieri und der öffentlichen Sicherheitspolizei, aus deren Reihen sich die DIGOS rekrutierte, war ein sehr heikles. Jeder glaubte vom andern, er habe zu viele Machtbefugnisse. Die Carabinieri verdächtigten die Sicherheitspolizei – oft zu Recht –, von den Kommunisten unterwandert zu sein. Umgekehrt behauptete die Schutzpolizei, daß die Carabinieri rückschrittlich und reaktionär seien und deshalb paarweise umherliefen, weil jeweils nur einer von ihnen schreiben und der andere lesen könne.

Während Guerra fortfuhr, Maßnahmen für eine massive Jagd auf die Roten Brigaden zu umreißen, begann Peroni sich innerlich von der ganzen Angelegenheit zu verabschieden. Der Fall ging ihn nichts mehr an. Die DIGOS und die Carabinieri würden sich die Kritik und den Ruhm teilen. Alles, was Peroni zu erwarten hatte, waren verschiedene Nebenprodukte der Ermittlungen. Er war sich dessen so sicher, daß Guerras nächste Ankündigung ihn wie ein Blitz aus heiterem Himmel traf.

»Die vorläufigen Ermittlungen über das Verschwinden des Generals wurden von *Dott.* Peroni geleitet, der folglich auch weiterhin für den Fall verantwortlich sein wird.«

Konsterniert richteten sich – wie Peroni bemerkte – die Blicke aller Anwesenden im Raum auf ihn und sprachen ihn mit überwältigender Mehrheit schuldig, ein Neapolitaner zu sein. Er suchte nach den Augen des sizilianischen Carabinieri-Offiziers, und sie funkten ihm eine Solidaritätsbekundung herüber.

Seine anfängliche Beunruhigung wich einer nicht zu unterdrükkenden Welle der Genugtuung, die ihn bei dem Gedanken durchflutete, daß er ausgewählt worden war, einen solch spektakulären Fall wie diesen zu leiten. Augenscheinlich war Guerra, bei all seiner für den Norditaliener so typischen Zurückhaltung, nicht vollkommen gegen den legendären Ruf, den er hatte, gefeit.

Wie dem auch war, Peroni war umsichtig genug zu wissen, daß es alles andere als ein Pizzafestessen werden würde. Die Situation barg das Risiko in sich, gefährlich zu werden, wobei er zum Sündenbock gemacht würde, wenn die Dinge schiefliefen, während der Carabinieri-General und der Weihnachtsmann den ganzen Ruhm kassieren würden, wenn alles glattlief. Er würde seine Karten mit Bedacht ausspielen müssen. Aber Peroni wußte nur zu gut, daß Neapolitaner – und vor allem Neapolitaner seiner Herkunft – Meister in der Kunst waren, die Asse im Ärmel zu bewahren, und nicht nur da, sondern an jeder nur erdenklichen Stelle am menschlichen Körper sowie ihrer Bekleidung.

Nachdem Peroni nun diese Aufgabe übertragen worden war, wurde der Weihnachtsmann um ein Resümee über die Aktivitäten der Roten Brigaden in Verona bis zum gegenwärtigen Zeitpunkt gebeten. Er stand auf und blickte sich um, als ob er an alle Anwesenden Spielsachen austeilen wollte.

»Der sogenannte Veroneser Stützpunkt der Roten Brigaden, der seit etwas über einem Jahr aktiv ist«, sagte er, »wurde an der Universität gegründet, obgleich die Initiatoren und die Männer und Frauen in Schlüsselpositionen jetzt unabhängig operieren. Wir haben zwei ihrer konspirativen Wohnungen aufgespürt, die eine dank eines Tips von einem Informanten, die andere aufgrund eines Hinweises aus der Öffentlichkeit – jemand, der im selben Gebäude wohnte, hatte Verdacht geschöpft. Aber in beiden Fällen konnten die Betreffenden rechtzeitig entkommen, wobei sie alles wirklich belastende Material mitnahmen, jedoch Waffen, falsche Dokumente, Vervielfältigungsapparate und dergleichen zurücklassen mußten. Kein großer Verlust für eine Organisation, die sich mit Geiselnahmen, Schutzgelderpressung und Bankraub in Höhe von vielen Milliarden Lire finanziert.

Wir haben auch verschiedene Verhaftungen vorgenommen, aber dabei handelte es sich bisher nur um Mitläufer oder Sympathisanten, die kaum mehr als telefonischen Kontakt durch einen öffentlichen Fernsprecher zu den zentralen Leuten der Kommandoebene gehabt hatten. Unser wirkliches Problem mit den Roten Brigaden war allerdings, daß wir diesen Leuten einfach nicht gewachsen waren – und es immer noch nicht sind. Die wurden jahrelang in den hochspezialisierten Terrorismusschulen der Welt ausgebildet, während unsere Männer gerade mal auf randalierende Fans vom Fußballplatz vorbereitet wurden. Es war, als ob man eine Schwadron uralter Propellermaschinen hinter einer Weltraumrakete herjagen wollte.

Aber wir lernen stetig dazu. Die Infiltration ist zunächst einmal das vorrangige Ziel. Wir müssen lernen, sie zu infiltrieren, so wie sie gelernt haben, uns zu unterwandern.« Er warf den Anwesenden einen gleichgültigen Blick zu, und dennoch hatte es den Anschein, als ob er nach einem im Raum befindlichen Spion der Roten Brigaden suchen würde.

Durchaus möglich, dachte Peroni, der für keinen von ihnen die Hand ins Feuer gelegt hätte.

Der Carabinieri-General räusperte sich ärgerlich, als ob er entrüstet eine solche Anschuldigung zurückweisen wolle.

»Aber zum Infiltrieren«, fuhr der Weihnachtsmann fort, »braucht man Zeit. Erst einmal die Zeit, um die verdeckten Ermittler auszubilden, sie müssen gut vorbereitet sein. Der kleinste Hauch von Verdacht, und wir haben einen toten Polizeibeamten. Dann brauchen wir Zeit, bis die Undercoveragenten sich ihren Weg in die Organisation hinein gebahnt haben, bis sie akzeptiert worden sind. Und schließlich Zeit, bis sie an Informationen rankommen, die wir auch wirklich verwenden können.«

Er reichte drei Phantombilder von Veroneser Brigadisten herum. Der eine hatte einen schweren, herabhängenden Schnauzbart und Schlitzaugen. Ein anderer hatte ein rundes, fettes, glattrasiertes Gesicht, während der Dritte asketisch aussah, mit einer Nickelbrille und kurzem Haar. Instinktiv mißtraute Peroni der ganzen Phantombildtechnik, die er für einen hochgradig überschätzten wissenschaftlichen Schwindel hielt. Er war freilich gezwungen zuzugeben, daß sie gelegentlich doch zu Resultaten führte.

Also bat er, als die Sitzung vorbei war, den Chef der DIGOS um Abzüge der Bilder.

»Oh, *Dottore«*. Guerra hielt Peroni zurück, als er im Begriff war, das Zimmer zu verlassen.

»Ja, *Dottore?«*

»Die Medien warten bereits auf eine Stellungnahme. Natürlich muß hinsichtlich unserer Ermittlungstätigkeit die strikteste Zurückhaltung gewahrt bleiben, aber wir werden ihnen die noch ausstehenden Fakten nicht vorenthalten können. Ich habe eine Pressekonferenz für fünf Uhr anberaumt, und ich wäre Ihnen zu großem Dank verpflichtet, wenn Sie diesen Termin wahrnehmen würden.«

»Gewiß, *Dottore.*«

Fünf Uhr, überlegte sich Peroni. Zu spät für die Abendblätter, aber gerade noch rechtzeitig für die Fernsehnachrichten um acht, der Haupteinschaltzeit. Mit etwas Glück könnte er es schaffen, den Aufmacher des Abends zu liefern.

Der Raum mit seinen prächtigen Fenstern mit Blick auf den Fluß, seinen stuckverzierten Säulen und der hohen Decke, auf der noch immer vergilbte und abgeblätterte Nymphen und Faune herumtollten, war einst ein Ballsaal gewesen. Jetzt benutzte die Polizei ihn als eine Art Bar, und ihre zweideutigen, ungehobelten oder einfach banalen Gespräche hatten die geistreiche Konversation, den Klatsch der High-Society und das amouröse Geflüster, das hier einst erklungen war, abgelöst.

Als Peroni eintrat, verschaffte er sich trotz der bereits dichten Rauchwolke mit einem einzigen Blick einen Überblick über sein Publikum. Es waren Fernsehkamerateams vom RAI und – wie er mit Befriedigung registrierte – von den Fernsehgesellschaften aus Monte Carlo und der Schweiz da. Ebenfalls anwesend waren Korrespondenten vom CORRIERE DELLA SERA, LA STAMPA, IL GIORNALE, IL GIORNO, der kommunistischen UNITÁ und all der anderen auflagenstarken Tageszeitungen.

Peroni glitt durch die Menge, schüttelte hier eine Hand, lächelte da und nickte dort. Hier zwischen den Medien war er in seinem Element. Und die Journalisten mochten ihn. Nicht umsonst hatten sie ihn mit dem Spitznamen ›Rudolfo Valentino der italienischen Polizei‹ belegt. Er verkörperte das, was sie sich unter einem idealen Polizeibeamten vorstellten – er war herzlich, aufgeschlossen, immer für eine Überraschung gut und hatte ein professionelles Verständnis dafür, was eine gute Schlagzeile ausmachte.

Und dies war wieder solch ein Fall. Die Männer der DIGOS hatten mit ihrer fast morbiden Leidenschaft für Geheimniskrämerei das Kommuniqué der Roten Brigaden konfisziert und die ARENA durch Androhung gerichtlicher Schritte zum Stillschweigen gezwungen. Also hatte Peroni einen Soloauftritt und beabsichtigte, das Beste daraus zu machen.

»Guten Abend, meine Damen und Herren«, sagte er und nahm seinen Platz auf dem Podium am Ende des Saales ein. Die Kameras schnurrten ermutigend.

»Heute vormittag, um 11 Uhr 37«, fuhr er fort, indem er ihnen ohne Umschweife gleich die Fakten gab, »wurde in einem verlassenen Gebäude in der Lungadige San Giorgio der Leichnam eines Mannes aufgefunden. Man hatte fünf Schüsse auf ihn abgegeben. Bei dem Toten handelt es sich um General Orazio Piantaleone.«

Auch wenn er daran gewöhnt war, Sensationen zu verbreiten, diesmal war sogar Peroni verblüfft. Zuerst schnappten die Anwesenden förmlich nach Luft, dann ging eine Art elektrisiertes Summen durch den Saal, Stifte kritzelten wie wild drauflos, Kameras zoomten ihn heran. Monte Carlo bekam sein rechtes Profil, die Schweiz sein linkes, und das italienische RAI hatte ihn frontal.

»Die Verantwortung für den Mord haben die Roten Brigaden in einem Bekennerschreiben übernommen, das durch einen telefonischen Hinweis einer Journalistin des Veroneser Tageblatts ARENA zugespielt wurde. Das Kommuniqué war hinter einem Abfallkorb unmittelbar außerhalb des Zeitungsgebäudes hinterlegt worden.«

Mit jener Art von neapolitanischem Lächeln, das immer wieder die Presse und die Öffentlichkeit bezauberte, gab Peroni zu verstehen, daß seine Mitteilungen damit beendet waren und die Fragen nun beginnen konnten.

»Ist das Kommuniqué echt?« Mit der Frage schoß ein Mikrofon unter Peronis Kinn.

»Die vollständige Untersuchung ist noch nicht abgeschlossen, aber die Experten halten es für echt.«

»Wer hat die Leiche gefunden?«

»Ich selbst – im Beisein von zwei Beamten der *Questura.*«

»Wurde er in dem verlassenen Gebäude erschossen?«

»Nein.«

»Wo wurde er erschossen?«

»Darüber sind die Ermittlungen zur Zeit noch im Gang.«

»Wann wurde General Piantaleone zuletzt lebend gesehen?«

»Am Montag abend.«

Wieder brauste ein erregtes Stimmengewirr auf in dem vornehmen, rauchgeschwängerten Salon.

»Dann wurde er also schon volle drei Tage lang vermißt?«

»So ist es.«

»Wo wurde er zuletzt gesehen?«

»In seinem Haus. Er aß mit seiner Familie zu Abend und ging dann noch auf einen Spaziergang hinaus, von dem er nicht zurückkehrte.«

»Entführt?«

»Ich bin gegenwärtig nicht befugt, darüber nähere Angaben zu machen.« Das klang lediglich etwas besser als ›Ich weiß es nicht‹.

»Ist schon etwas über seine Aktivitäten bekannt, nachdem er das Haus verlassen hatte?«

Die kurze Antwort darauf wäre ›Nein‹ gewesen, aber die hätte nicht zu der Legende Peroni gepaßt. »Ich muß Sie um Verständnis bitten, daß ich im Interesse unserer weiteren Ermittlungen nicht auf alle Details im einzelnen eingehen kann.«

»Wieso General Piantaleone?«

Peroni begann zu glauben, daß er – wenn er die Antwort darauf wüßte – der Lösung ein gutes Stück näher wäre.

»Weil er all das verkörperte, was es in unserem rapide zerfallenden Staatswesen noch an Gutem gibt«, sagte er und dachte, daß *Dott.* Guerra damit zufrieden sein würde.

Die englische oder amerikanische Presse hätte einen derartigen Spruch wohl nie widerspruchslos hingenommen, dachte er sich, aber die Italiener schrieben ihn alle eifrig in ihre Notizblöcke, was nur einmal mehr bewies, daß sie – der Roten Brigaden zum Trotz – ein tiefsentimentales Völkchen waren. Und sogar die Kämpfer der Roten Brigaden mußten irgendwo noch Erinnerungen an ihre Mamas versteckt halten.

Die Fragen prasselten weiter auf ihn nieder. Peroni wich aus, zog sich zurück, parierte, gab schlagfertige Antworten. Es war eine vollendete Darbietung, und als er sich, getragen von enthusiastischem Beifall, seinen Weg nach draußen bahnte, staunte er nicht zum ersten Mal, wie einfach es doch war, die Medien zu befriedigen.

Vorausgesetzt, man hatte das richtige Fingerspitzengefühl.

Es gab einen Spiegel im Wartezimmer der *Questura* von Verona, in den die Leute sich selten die Mühe machten, hineinzusehen. Die Rückseite allerdings, die sich in einem anderen Zimmer befand, wurde weit häufiger benutzt, um hinein- bzw. hindurchzublicken, denn es handelte sich um einen durchsichtigen Spiegel, und die Polizeibeamten schätzten die Möglichkeit, ihre Kundschaft vor einem persönlichen Zusammentreffen begutachten zu können.

Durch diesen Spiegel sah Peroni sich nun die Mitglieder der Familie Piantaleone an, die er hatte vorladen lassen. Sie sahen aus, fand er, wie Personen auf der Suche nach einem Autor. Sie trugen alle Trauerkleidung – mit Ausnahme des Neffen, Gabriele, der auf die gleiche nachlässig-luxuriöse Weise gekleidet war wie am Vortag.

Nach professioneller Einschätzung rechnete Peroni damit, daß die nervenaufreibende Prozedur, in der *Questura* warten zu müssen, inzwischen ihren Zweck erfüllt hatte, jedenfalls bei der Witwe und den beiden Söhnen.

Er begab sich in sein Büro und ließ *Signora* Piantaleone zu sich bitten, sprang auf, als sie hereinkam, küßte ihr die Hand, drückte sie in den Stuhl und murmelte seine Beileidsbekundungen.

»Ich bin bestrebt«, sagte er, »alles über die Aktivitäten Ihres Mannes herauszufinden, für den Fall, daß es dabei irgend etwas gab, was die ... die Aufmerksamkeit der Roten Brigaden auf ihn gelenkt haben könnte.«

»Ich habe Ihnen bereits gesagt, er verbrachte praktisch seine gesamte Zeit auf unserem Familienbesitz oben in Rosaro.«

»*Signora*«, sagte Peroni, »während der letzten anderthalb Jahre seines Lebens ist Ihr Mann so gut wie überhaupt nicht mehr nach Rosaro hinausgefahren.«

Der Effekt war dramatisch. Ihr Mund klappte auf, als ob ihr Unterkiefer mit einem Mal zu schwer für sie geworden wäre. Zwar hatte sie sich rasch wieder in der Gewalt und schloß ihren Mund wieder, doch konnte sie nicht verhindern, daß Entrüstung, Angst und Verwirrung sich in ihren Augen spiegelten. Es war alles zu spontan, um nicht echt zu sein.

»Ich begreife, daß das ein Schock für Sie sein muß«, sagte Peroni, »aber können Sie sich irgendeinen Ort vorstellen, irgendwo, gleichgültig, wo es auch sei, wo Ihr Mann seine Zeit zugebracht haben könnte, während er vorgab, in Rosaro zu sein?«

»Nein, nein – das kann ich nicht.«

Aber Peroni hatte den Gedanken erahnt, der durch ihren Kopf huschte, um eilends im tiefsten Inneren verborgen zu werden, wie all die anderen peinlichen Wahrheiten über den General Piantaleone. Er hatte diese ganze Zeit – so glaubte sie – mit einer anderen Frau verbracht.

›Und warum nicht?‹ dachte Peroni. In Anbetracht von Samanthas Aussage war es sogar recht wahrscheinlich.

Er fuhr mit der Befragung der Witwe fort, ohne mehr von ihr zu erfahren, also holte er zum Schluß die drei Phantombilder hervor, die er von der DIGOS bekommen hatte. Er legte das erste vor sie hin. »Haben Sie jemals einen Mann gesehen, dessen Gesicht diesem hier ähnlich sieht?«

Sie betrachtete das Bild voller Abscheu, zwang sich aber, es genau anzuschauen, ehe sie ihren Kopf verneinend schüttelte. Die gleiche Prozedur wiederholte sich bei den beiden anderen Bildern. Peroni sammelte sie ein, legte sie in die oberste Schublade seines Schreibtischs, begleitete die *Signora* dann zur Tür und verbeugte sich leicht, als sie hinausging.

Paolo, der jüngste Sohn, war auch nicht in der Lage, Licht in die Frage nach den Aktivitäten seines Vaters zu bringen. Solange er zurückdenken konnte, hatte Papa immer seine Zeit oben auf dem Landgut zugebracht, und die Nachricht, daß er im Lauf der letzten 18 Monate so gut wie überhaupt nicht dorthin gegangen sei, verblüffte und erstaunte ihn über alle Maßen.

Ohne große Hoffnung auf eine Identifizierung breitete Peroni dann die drei Phantombilder vor Paolo aus. Um so mehr war er überrascht, als er sah, wie der junge Mann beim Anblick des dritten Gesichts – es war das asketische mit der Stahlbrille – eine Sekunde lang zusammenzuckte. Peroni glaubte, Angst bei ihm zu spüren.

»Sagt Ihnen sein Gesicht irgend etwas?«

»Nein«, sagte Paolo.

»Sind Sie da sicher?«

»Ganz sicher. Ich hab' ihn vorher noch nie gesehen. Oder vielleicht hab' ich ihn auch schon oft gesehen. Es ist ein Dutzendgesicht, so sehen heutzutage zig junge Leute aus.«.

Da war was Wahres dran. Peroni glaubte aber nicht, daß das die Erklärung war. Er spürte ein leichtes Kribbeln der Erregung.

Bei Gabriele konnte er keinerlei Anzeichen feststellen, daß er die Person auf der Zeichnung kannte. Peroni beobachtete ihn genau, als er sich das Gesicht des asketisch aussehenden jungen Mannes anschaute, aber es gab keine Reaktion. Entweder besaß er eine ungewöhnliche Selbstkontrolle, oder aber das Gesicht sagte ihm nichts.

»Wissen Sie, woran die mich erinnern?« sagte er. »An all die anderen Phantombilder, die ich gesehen habe. Ich glaube, Ihr zaubert die einfach aus dem Hut.«

›Zwei zu eins‹, dachte Peroni, während er auf den ältesten Sohn wartete.

»Setzen Sie sich«, sagte er, ohne aufzublicken, als Loris hereinkam, und kritzelte unablässig weiter – ein Musterbeispiel des fleißigen Bürokraten.

›Der Elefant ging raus aufs Land‹, schrieb er, mangels besserer Ideen, den Text eines Songs, der ihm gefallen hatte, als er in England gewesen war. ›Er nahm die Spinne bei der Hand. Paß auf, wir tanzen jetzt in deinem Spinnennetz den Boogie-Woogie, bis es fetzt.‹

»Wohin haben Sie Ihren Vater gefahren«, sagte er, als er Loris für ausreichend verunsichert hielt, »wenn Sie ihn angeblich nach Rosaro brachten?«

»Was meinen Sie mit ›angeblich‹?« fragte Loris, »ich habe ihn nach Rosaro gefahren.«

»Das entspricht nicht meinen Informationen.«

»Dann sind Ihre Informationen eben falsch.«

Und er blieb dabei. Peroni fügte in seiner Inventur von Loris Piantaleones Charakter zu Fanatismus und Beschränktheit noch Starrköpfigkeit hinzu.

»Dann könnten Sie mir vielleicht verraten«, hakte er nach, »wo Sie am Tag seines Verschwindens waren, als Sie – wie Sie behaupteten – Landmaschinenbetriebe in Mailand aufgesucht haben?«

Auf nahezu perverse Weise hoffte er, daß Loris auch hierbei an seiner ursprünglichen Geschichte festhalten würde, und er wurde nicht enttäuscht. Hier ergab sich nun eine interessante Fragestellung. Wenn der Mord so offensichtlich das Werk der Roten Brigaden war, warum sollte dann Loris so hartnäckig und dumm lügen? Konnte es sein, daß der Mord am Ende doch nicht so eindeutig das Werk der Roten Brigaden war? War Loris auf irgendeine Weise involviert? Oder war es etwas vollkommen anderes, das er zu verbergen trachtete?

Seine Berufserfahrung sagte Peroni, daß er durch die Observation mit größerer Wahrscheinlichkeit zu Ergebnissen gelangen würde als durch weiteres Nachbohren. Er blies die Backen mit bürokratischer Verärgerung auf und griff nach den Phantombildern.

»Erkennen Sie irgend jemanden auf diesen Bildern?« fragte er.

Diesmal konnte man die Reaktion nicht falsch deuten. Loris krallte sich an dem dritten Bild fest und betrachtete es ausführlich mit dem Ausdruck reinster Boshaftigkeit.

»Ja«, sagte er, nachdem er sich eine Ewigkeit dauernde 30 Sekunden lang daran geweidet hatte, »das Gesicht erkenne ich wieder. Es ist Policarpo Pillipopoli.«

Todschick gekleidet führte der junge Mann ein Glas Rotwein an den Mund, doch noch ehe er den ersten Schluck zu sich genommen hatte, stieß sein kleiner Sohn gegen seinen Ellenbogen, und der Wein plätscherte dunkel auf das weiße Hemd. Sein Gesicht verzog sich vor Ärger.

»Den Fleck kriegt man nie mehr raus!« schnaubte er.

»Doch, Liebling«, korrigierte ihn seine Frau, die dicke Lippen hatte, lächelte und überlegen wirkte. »Mit Bio-Movi kriegt man jeden Fleck raus.«

»Mit Bio-Movi«, wiederholte eine männliche Stimme sehr viel nachdrücklicher, während die Kamera auf ihrem gefrorenen Lächeln hochkroch, »kriegt man jeden Flecken raus.«

Das Bild verschwand, und auf der Mattscheibe wurde es still und schwarz. Es folgten die Nachrichten.

Nach seiner Unterredung mit Loris Piantaleone war Peronis nächster Schritt, Policarpo Pillipopoli nachzuspüren. Loris hatte seiner anfänglichen Enthüllung entweder nichts mehr hinzufügen können oder wollen. Das Gesicht, da war er sich sicher, war das eines gewissen Policarpo Pillipopoli, eines früheren Schulkameraden. Er kannte Policarpos Adresse und rückte sie auch heraus, bestritt aber jede Kenntnis einer Beziehung zwischen ihm und General Piantaleone.

»Das sind doch Kommunisten!« fügte er giftig hinzu. »Alle Pillipopolis sind Kommunisten!«

Peroni ordnete Loris ein in die Gruppe jener, die Kommunisten unter jedem Bett vermuten, fand die Information aber trotz allem interessant.

Auch Paolo gab zu, nachdem er wieder zurückgerufen worden war, daß er die gleiche Schule besucht habe, und gestand ein, daß es sich bei dem Gesicht auf der Phantomzeichnung um Policarpo Pillipopoli handeln könnte. Er leugnete zwar, daß ihm die Ähnlichkeit schon vorhin aufgefallen sei, doch seine nur mühsam verborgene Aufregung ließ das wenig überzeugend erscheinen.

Gabriele, der ebenfalls noch einmal zurückgerufen worden war, wiederholte, daß ihm das Gesicht unbekannt sei. Da sich jedoch herausstellte, daß der General ihn auf ein Internat geschickt hatte, in der Hoffnung, daß man dort seinen indolenten und ganz allgemein verwerflichen Charakter geradebiegen werde, gab es Grund zu der Annahme, daß er die Wahrheit sagte. Was Peroni aber interessant fand, war der Ausdruck boshafter Belustigung, den der Name Pillipopoli ihm aufs Gesicht zauberte.

Die Witwe des Generals schreckte zusammen, als sie den Namen hörte, obgleich sie darauf bestand, daß die Phantombilder ihr nichts sagten. Offenbar war Policarpo nur ein entfernter Schulfreund von Loris und Paolo gewesen; warum also rief sein Name solch starke Reaktionen bei allen Mitgliedern der Familie hervor? Die Antwort auf diese Frage mußte wohl im Haushalt der Pillipopolis selbst gesucht und gefunden werden.

Als er die Unterredungen beendet hatte, war es beinahe Zeit für die Acht-Uhr-Nachrichten, und Peroni beschloß, sie sich zu Hause anzusehen, bevor er sich auf den Weg zur Residenz der Pillipopolis machte. Er konnte einfach der Versuchung nicht widerstehen, die Reaktionen auf seine Vorstellung bei seiner Familie zu beobachten.

Im Fernseher erklang das dröhnende Fanfarensignal der Nachrichtensendung. Das Logo von Tg 1 wirbelte über die Bildfläche, und dann erschien Peronis Gesicht noch vor dem des Ansagers – eine Ehre, die sonst nur dem Papst vorbehalten war.

»Heute vormittag, um 11 Uhr 37«, hörte er sich selbst sagen, »wurde in einem verlassenen Gebäude in der Lungadige San Giorgio der Leichnam eines Mannes aufgefunden.«

Normalerweise sah sich sonst nur Giorgio, Peronis Schwager, die Nachrichten an, aber die vertraute Stimme bewirkte nun, daß der Rest der Familie sich rasch um den Apparat scharte, und es gab Ausrufe wie ›Onkel Achille! Warum hast du uns nichts davon gesagt?‹ und ›Du hättest wenigstens anrufen können!‹ Wohl zufrieden mit dem Effekt, den er erzielt hatte, sonnte sich Peroni in der glühenden Heldenverehrung, die ihm von den vier anderen Personen im Raum zuteil wurde.

»Ist das *alles*, was du herausgefunden hast?« fragte Stefano, als man sich nach der Piantaleone-Geschichte nun den Spaghettis widmete.

»Nein, nein«, sagte Peroni, »ich weiß noch eine ganze Menge mehr, aber man kann nicht herumlaufen und alles an die Zeitungen und das Fernsehen ausplaudern.«

»Du bist aber schlau, Onkel Achille«, sagte Anna Maria. »Erzähl uns alles.«

»Jetzt nicht«, sagte Peroni, »ich muß noch mal fort und jemanden namens Policarpo Pillipopoli aufsuchen.«

»Was für ein blöder Name«, sagte Stefano, »hat ihn jemand wirklich so getauft?«

»Muß wohl so sein«, sagte Peroni. »Es ist wahrscheinlich ein alter Name in der Familie.«

Die Residenz der Pillipopolis war, wie sich herausstellte, eine herrschaftliche Villa im Stil des späten 16. Jahrhunderts mit eigenem Park, zwei liegenden Löwen aus Stein vor dem imposanten Eingang und gemeißelten steinernen Balkonen an einer Fassade, die mit einem nunmehr fast verschwundenen Fresko dekoriert war. Hier und da konnte man noch die Schenkel von Nymphen erkennen, Diademe aus Weinlaubblättern und einen dünnen Strahl Wein, der sich aus dem Nirgendwo in einen goldenen Becher ergoß. Es war ein schönes, lichtdurchflutetes Gebäude, dem die Rosen sanft übers Antlitz wehten.

Eine diskret-moderne Sprechanlage mit einer Klingel war in das alte, schmiedeeiserne Tor eingelassen worden. Peroni drückte auf den Klingelknopf und wartete.

»Wer ist da?« tönte eine sanfte Stimme aus dem Lautsprecher.

»Questura«, sagte Peroni.

Die Stimme fand nichts, was sie darauf antworten könnte, aber das Tor öffnete sich mit einem Klicken. Peroni schritt den Kiesweg entlang, bewunderte die Rasenflächen, die wie Samt aussahen und ihn an die Parks der Colleges in Oxford erinnerten, und die makellosen Blumenbeete. Es bedurfte einer Menge Arbeit, um solch ausgedehnte Anlagen so perfekt zu erhalten, dachte er und fragte sich, ob wohl etwas dran sein könnte an Loris' Geschichte, daß die Pillipopolis Kommunisten seien.

Als er die Stufen erklommen hatte und zwischen den beiden steinernen Löwen hindurchgegangen war, öffnete sich die Eingangstür, und ein Butler erschien, der aussah, als sei er in England und einzig zu Exportzwecken herangezüchtet worden. Der Butler hob fragend die Augenbrauen.

»*Questura!*« wiederholte Peroni. »Ich hätte gern mit Policarpo Pillipopoli gesprochen.«

»Der junge Herr Policarpo befindet sich momentan nicht auf dem Anwesen.«

»Ach? Wo ist er dann?«

»Ich bin außerstande, es Ihnen zu sagen, mein Herr. Vielleicht möchten Sie mit *Il Signor Conte* sprechen?«

›Tatsächlich ein Graf‹, dachte Peroni, ›und dazu noch ein kommunistischer?‹

»*Il Signor Conte* ist der Vater des jungen Herrn Policarpo«, erklärte der Butler sanft.

»Unter diesen Umständen würde ich ihn ganz gerne sehen«, sagte Peroni.

»Wenn Sie mir folgen möchten, Sir.«

Peroni trat ein. Die Möbel in der Eingangshalle waren zugleich diskret und kostbar. Auf dem Boden lag ein Perserteppich, der den Torraum eines Fußballfeldes ausgefüllt hätte, und an der Wand hing ein Gemälde, das von einer verborgenen Lampe angestrahlt wurde. Peroni blieb nicht die Zeit, um zu entscheiden, ob es sich dabei um einen echten Canaletto oder nur ein Werk aus seiner Schule handelte.

Der Butler brachte ihn in einem glitzernden, mit Teppich ausgelegten Aufzug hinauf zu einem Korridor im ersten Stock, wo er Peroni in einen Salon führte und ihm mitteilte, daß er *Il Signor Conte* von seiner Anwesenheit unterrichten würde.

Der Raum war in hellblau gehalten. Das Mobiliar war hellblau, die frisch gepflückten Blumen waren hellblau, sogar auf den Gemälden dominierte Hellblau. Das eine war eine Szene am Gardasee von Angelo Dall'Oca Bianca, dem Veroneser Maler des 19. Jahrhunderts, das andere eine hellblau kolorierte Bleistiftskizze eines Mädchens von Renato Guttuso, der praktisch der offizielle Künstler der italienischen KP war.

Peroni ließ seinen Gedanken freien Lauf und ertappte sich dabei, wie er sich ausrechnete, daß die beiden Bilder zusammen wohl mehrere Millionen Lire wert waren, und was noch besser war: Er wußte, wie man sie zu dem genau richtigen Mann in der Schweiz bringen konnte, der ...

Hastig brachte er den alten Peroni zum Schweigen, als sich auch schon die Tür öffnete und der *Signor Conte* eintrat. Er war ein großer Mann mit silbergrauer Mähne und einem gutgeschnittenen, etwas aufgedunsenen, von tiefen Linien durchfurchten Gesicht. Er trug ein Seidenhemd mit offenem Kragen, aus dem die Silberhaare auf seiner Brust wie kleine, sich kräuselnde Wellen hervorlugten, dazu eine Cordhose in dunkelrotem Karmesin.

»Pillipopoli«, stellte er sich vor, »Gino Pillipopoli.«

»Peroni«, sagte Peroni, der nun ganz der höfliche höhere Polizeibeamte war, der weit mehr wußte, als er verlauten ließ. Er nahm die ihm entgegengestreckte Hand und fühlte, daß die Handfläche vor Angst feucht war.

»Ich höre, Sie sind von der *Questura?*«

»Ganz recht«, sagte Peroni leise.

»Bitte, setzen Sie sich«, sagte Pillipopoli und zeigte auf einen ausladenden hellblauen Sessel. Er war sichtlich verstimmt durch Peronis Weigerung, sofort zur Sache zu kommen, wagte es aber auch nicht, weiter nachzuhaken.

»Danke«, sagte Peroni und ließ sich in den Sessel sinken. Er nahm eine englische Zigarette an und akzeptierte auch einen kleinen Chivas Regal, den Pillipopoli über eine Haussprechanlage bestellte.

Während sie darauf warteten, führten sie ein belangloses Gespräch, was *Il Signor Conte* sichtlich Mühe bereitete. War Peroni schon lange in Verona? Gefiel ihm die Stadt? Hatte er schon Gelegenheit gehabt, die Reliefs auf den Torflügeln von San Zeno zu bewundern?

Es klopfte an der Tür, und der englische Butler erschien mit einer Flasche Chivas Regal und zwei geschliffenen Kristallgläsern auf einem Silbertablett, das er zwischen ihnen abstellte.

»Signor Conte«, sagte er dabei mit respektvoll leiser Stimme, »die Kostüme für den Ball sind eingetroffen. Der Mann dringt darauf, daß Sie und *Signorina* Francesca sie sobald wie möglich anprobieren, für den Fall, daß noch Änderungen erforderlich sein sollten.«

»Ah, ausgezeichnet«, sagte der Graf, »seien Sie so gut, und informieren Sie *Signorina* Francesca. Ich werde auch in Kürze hinunterkommen.«

»Gewiß, *Signor Conte«*, sagte der Butler und ging hinaus.

»Der Ball?« erkundigte sich Peroni.

»Ja, es ist ein Ball, der am ersten August eines jeden Jahres für bestimmte ältere Veroneser Familien veranstaltet wird. Eine etwas altertümliche Angelegenheit, zweifellos, aber amüsant, wenn man –« Der Satz blieb unvollendet.

»Gewiß«, sagte Peroni. Das folgende Schweigen lag bedrükkend schwer im Raum. Dies war das zweite Mal, daß der Ball am ersten August erwähnt worden war, und Peroni begann sich zu fragen, ob es sich lohnen könnte, daran teilzunehmen.

»Wie kann ich Ihnen helfen?« fragte der Graf schließlich, unfähig, das Schweigen länger zu ertragen.

»Ja natürlich«, sagte Peroni, »verzeihen Sie. Ich würde gern mit Ihrem Sohn, Policarpo, sprechen. Aber man hat mir zu verstehen gegeben, daß er zur Zeit nicht hier wohnt?«

»So ist es.« Pillipopoli vermied Peronis Blick.

»Vielleicht können Sie mir sagen, wo ich ihn erreichen kann?«

Der Graf kippte seinen Whisky hinunter. »Ich fürchte, ich habe keine Ahnung, wo Sie ihn erreichen können.«

»Wieso?«

»Er verließ unseren Haushalt vor fast einem Jahr, und ich habe seitdem nichts mehr von ihm gehört.«

»Unter welchen Umständen ist er von zu Hause fortgegangen?«

Der Graf leckte seine fleischigen Lippen. »Ich bin sicher, das ist nichts, was eine Angelegenheit für die Polizei sein könnte«, sagte er. »Policarpo ist hochsensibel und nervös, und es würde mehr schaden als nutzen, wenn Sie hinter ihm herrennen. Können wir die Dinge nicht so belassen, wie sie sind?«

Dann sah Peroni, daß Pillipopoli seine Jacke geöffnet hatte und an einem Scheckheft herumfingerte, das aus seiner Innentasche hervorragte. Der unkorrumpierbare Norden wollte also den moralisch verlotterten Süden bestechen – oder es wenigstens versuchen.

Der moralisch versumpfte Süden äugte mit hungrigem Blick nach dem Scheckheft. Und warum auch nicht? Bestechungsgelder waren schließlich die Wurst auf dem kargen Brot eines Polizeibeamten, oder etwa nicht? Und mit dem, was er hier zu erwarten hätte, würde er sich eine Menge von den Dingen leisten können, die Peroni am liebsten hatte: teure englische Schuhe und Kisten voll Chivas Regal. Wie wär's also mit ein, zwei Milliönchen für den Anfang?

»Warum ist er von zu Hause weggegangen?«

Es war, als hätte ein Fremder gesprochen. Es gab Zeiten wie eben jetzt, da schien der *Dottore* im Innern Peronis wie ein feindliches Wesen aus dem All, das in entscheidenden Momenten dazwischenfunkte und alles verderben mußte. Und in solchen Momenten ergriff den früheren Peroni eine solche Wut auf den *Dottore,* daß er sich nichts sehnlicher wünschte, als ihm einmal nachts an einer dunklen Straßenecke seiner Seele zu begegnen und ein für allemal mit ihm Schluß zu machen. *Ciao,* Chivas Regal!

Pillipopoli seufzte, das Scheckheft wurde zurückgeschoben. »Er machte eine schwierige Phase durch«, sagte er, »ich glaube, er mußte eine Zeitlang alleine sein.«

»Haben Sie darüber mit ihm gesprochen, bevor er ging?«

»Nicht im einzelnen«, sagte der Graf, wobei seine kleinen Äuglein mißtrauisch hin und her flitzten, als ob sie ein Loch suchten, in das sie sich verkriechen konnten.

»Er ist einfach weggegangen?«

»So könnte man sagen.«

»Wirkte er auf irgendeine Weise beunruhigt?«

»Gefühlsmäßig ein wenig durcheinander – etwas ganz Natürliches in seinem Alter.«

»Und doch haben Sie die Polizei nicht eingeschaltet?«

Pillipopoli brutzelte längst wie eine große Forelle auf dem Bratgrill: »Er ist volljährig . . .«

»Und Sie haben seither nichts von ihm gehört?«

Pillipopoli begnügte sich mit einer Ohnmachtsgeste.

»Ist es Ihnen nie in den Sinn gekommen, daß ihm etwas zugestoßen sein könnte?«

»Keine Nachricht ist eine gute Nachricht«, sagte der Graf, und es klang fast verzweifelt. Dann konnte er es plötzlich nicht länger ertragen. »Warum ziehen Sie eigentlich diese Erkundigungen über Policarpo ein?«

»Bevor ich Ihnen eine Antwort darauf gebe, dürfte ich einmal ein Foto von ihm sehen?«

Pillipopoli blickte unsicher zu ihm hinüber, dann erhob er sich und verließ den Raum. Einige Minuten später kehrte er zurück, in der Hand zwei Fotos, die er Peroni schweigend reichte. Auf dem einen war ein junger Mann, der eine Nickelbrille trug, in Begleitung eines dunklen, hübschen Mädchens zu sehen. Beide waren auf die unteren Äste eines Olivenbaums hinaufgeklettert und saßen dort nebeneinander. Sie hatten ihre Arme einander um die Schultern gelegt, und während sie lachte, war sein Gesichtsausdruck ernst. Aber das Foto war nicht detailliert genug, um es mit dem Phantombild vergleichen zu können.

»Eine Freundin von ihm?« sagte Peroni und zeigte auf das Mädchen.

»Seine Schwester.«

Das andere Bild war ein typisches Paßfoto; es zeigte nur Kopf und Schultern; verlegen, ernst, steif. Indem er sich jede Einzelheit des Phantombilds ins Gedächtnis zurückrief, kam Peroni zu dem Schluß, daß es durchaus dieselbe Person darstellen konnte – oder auch nicht, ganz so, wie es mehr oder weniger immer mit Phantombildern der Fall zu sein pflegte. Er öffnete die Aktentasche, die er bei sich trug, nahm das Phantombild heraus und legte es vor den Grafen.

»Könnte dies Policarpo sein?«

Der Graf sah beunruhigt aus. »Möglicherweise«, räumte er ein, »ich weiß es nicht. Warum?«

»Dies ist das Phantombild eines Mitglieds der Roten Brigaden.«

Pillipopoli wurde ganz blaß im Gesicht. »Nein«, sagte er, »nein ...«

Peroni goß beiden einen Chivas Regal ein und hielt Pillipopoli ein Glas hin, der es mit zitternden Händen ergriff und gierig trank, wobei er die gelbe Flüssigkeit an seinen schweren Backen herabtropfen ließ.

»Unter den gegebenen Umständen«, sagte Peroni, »denke ich, wäre es am besten, wenn Sie rückhaltlos mit uns zusammenarbeiten würden.«

Pillipopoli bot nun keinen weiteren Widerstand. »Es ist wahr«, sagte er, »Policarpo neigte zu ... zu extremen politischen Ansichten. Aber er ist ein sehr sensibler Junge, überhaupt nicht gewalttätig. Er gehört einfach nicht zu der Art von Leuten, die man mit den Roten Brigaden in Verbindung bringt.«

Welche Art brachte man denn mit den Roten Brigaden in Verbindung? fragte sich Peroni. Auch die mochten Musik, hatten Mütter und Schwestern und kauten auf den Fingernägeln.

»Ich weiß noch, als er klein war«, sprach Pillipopoli weiter, fast als hielte er das Plädoyer der Verteidigung, »war meine Frau – sie ist inzwischen verstorben – eines Tages gerade dabei, einige Insekten mit einem Spray zu vernichten, als er ins Zimmer trat.

Bei dem Anblick, wie sie sich krümmten und zuckten, mußte er sich übergeben. Jemand wie er, der schließt sich doch nicht den Roten Brigaden an!«

»Wo könnte er denn noch sein?« sagte Peroni.

Pillipopoli hob seine Arme und ließ sie ratlos wieder sinken.

»Was ist mit seinen Freunden?«

»Er hat nie sehr leicht Freundschaften geschlossen.«

»Mädchen?«

»Keine, von denen ich wüßte.«

»Sie sagten, sein politisches Denken sei extrem radikal? Wie ist es dazu gekommen?«

»Nun, wie Sie wissen«, sagte Pillipopoli, »bin ich ein aktives Mitglied der Kommunistischen Partei Italiens.«

Peroni fragte sich, warum er das wissen sollte, ließ es aber auf sich beruhen.

»Die Pillipopolis sind immer schon politisch engagiert gewesen – und sind es noch. Aber meine Kinder bildeten, wie es schien, die Ausnahme von dieser Regel. Ich hielt sie für apolitisch. Doch das änderte sich, als Policarpo auf die Universität hier in Verona ging. Man hat ihn einer Gehirnwäsche unterzogen. Die ganze Leidenschaft unserer Familie für Politik wurde in ihm geweckt, aber unglücklicherweise für die falsche Sache. Er setzte sich für einen militanten, außerparlamentarischen Kommunismus ein, was natürlich etwas ganz anderes ist als der wahre Kommunismus – in der Tat sogar das genaue Gegenteil davon. Wir hatten verschiedentlich Diskussionen über Politik. Sie verliefen oft hitzig, und es war nach einer von diesen Diskussionen, daß er . . . das Haus verließ.«

»Kennen Sie die Familie Piantaleone?« fragte Peroni.

Ein Ausdruck, den er nicht deuten konnte – war es Verwunderung? Überraschung? Verängstigung? –, erschien plötzlich im Gesicht des Grafen, um ebenso plötzlich wieder zu verschwinden. »Entfernt«, sagte Pillipopoli, »genauer gesagt, ich habe von ihr gehört.«

Ein neuer Gedanke ließ ihn erbeben: »Sie wollen doch wohl nicht behaupten, daß Policarpo damit etwas zu tun hatte?«

Peroni war sicher, daß die Erwähnung der Piantaleones eine Gefühlsregung im Grafen geweckt hatte, noch ehe ihm Policarpos mögliche Teilnahme an der Ermordung des Generals zu Bewußtsein gekommen war.

»Ich habe keine Ahnung«, sagte er wahrheitsgemäß. »Wir versuchen nur einfach, all jene aufzutreiben, die irgendeine Beziehung zu den Roten Brigaden haben könnten.«

Der Graf nickte stumm.

»Sie sagten eben, auf dem Foto sei Ihre Tochter«, fuhr Peroni fort. »Wohnt sie hier bei Ihnen?«

Der Graf nickte wieder.

»Leben sonst noch Mitglieder Ihrer Familie hier?«

»Nein, ich habe hier allein mit den Kindern gewohnt, seit meine Frau starb.«

»Dann könnte ich vielleicht mit Ihrer Tochter sprechen?«

»Natürlich.« Pillipopoli erhob sich. »Wenn Sie fertig sind, drücken Sie einfach auf diese Klingel; ich begleite Sie dann hinaus.« Er bewegte sich mit schwerfälligen Schritten auf die Tür zu.

»Gab es einen bestimmten Grund, warum Sie Ihren Sohn Policarpo genannt haben?«

»Es ist ein alter Name in unserer Familie«, sagte Pillipopoli tonlos und verließ den Raum.

Sobald das Mädchen hereinkam, erkannte Peroni sie als diejenige auf dem Foto. Sie war ungefähr 17 Jahre alt und trug einen Schottenrock, den Peroni als echt Scotch House identifizierte.

Augenblicklich wurde er zu der Gestalt, die die Zeitungen gern aus ihm machten, und während er ihr die Hand hinhielt, schenkte er ihr das sonnige, südländische Lächeln, das seine Wirkung auf fast tödliche Weise nie verfehlte.

Konsterniert mußte er feststellen, daß es bei ihr nicht ankam.

»Guten Morgen«, sagte sie, nahm seine Hand und schüttelte sie höflich, aber ohne eine Spur von leidenschaftlichem oder auch nur schüchternem Dahinschmelzen.

»Guten Morgen, *Signorina*«, sagte er.

Sie saß da, als wolle sie vermeiden, daß ihre Haltung irgend etwas über sie verriete. Peroni betrachtete sie mit einem Gefühl frustrierter Lüsternheit und setzte sich dann selbst.

»Könnte ich bitte Ihren Namen erfahren, *Signorina?*«

»Francesca Pillipopoli.«

Er wollte gerade sagen, daß Francesca ein hübscher Name sei, ließ es dann aber bleiben. »Haben Sie irgendeine Ahnung«, sagte er statt dessen, »wo sich Ihr Bruder aufhalten könnte?«

»Nein«, sagte sie traurig, »nein.«

»Haben Sie und Ihr Bruder ein gutes Verhältnis zueinander, vertraut er Ihnen persönliche Dinge an?«

»Früher tat er das, vor dieser Sache.«

»Hat er Ihnen gesagt, daß er weggehen würde?«

»Nein.«

»Gab es irgendein Lebenszeichen von ihm, seit er fort ist? Ein Telefonanruf? Eine Nachricht durch Freunde?«

»Nein«, antwortete sie traurig. »Nichts.«

»Verstehe ich das richtig, daß Ihr Bruder extreme politische Ansichten hatte?«

»Ja, die hat er von den Leuten an der Universität angenommen. Die haben ihn verändert.«

»Wie meinen Sie das?«

»Die haben ihn zu einem anderen Menschen gemacht, er ist nicht mehr der Mensch, den ich kannte. Es war auch wegen der Politik, daß er weggegangen ist. Er und Papa haben sich immer gestritten.«

»Hat er je mit Ihnen über Politik gesprochen?«

»Nein.«

»Signorina«, sagte Peroni, »kennen Sie die Familie Piantaleone?«

Diesmal hatte er das irritierende Gefühl, voll ins Schwarze getroffen zu haben, ohne überhaupt zu wissen, welches Ziel er eigentlich anvisiert hatte. Für den Bruchteil einer Sekunde sah Francesca zu Tode erschrocken aus. Der Ausdruck verschwand sogleich wieder, aber er w a r dagewesen.

»Nein«, sagte sie rasch. »Das heißt, ich habe den Namen gehört. Das ist der General, der ...« Dann machte sie denselben Gedankensprung wie ihr Vater, und ihre großen dunklen Augen weiteten sich vor Schrecken. »Sie denken doch nicht –«, sagte sie.

»Ich denke gar nichts, *Signorina«*, sagte Peroni. »Ich versuche nur herauszufinden, was passiert ist.« Er nahm das Phantombild hervor. »Könnte es sich bei der Person auf diesem Bild um Ihren Bruder handeln?«

Sie betrachtete es gründlich. »Ich nehme an, daß er das sein könnte«, sagte sie. »Was ist das?«

»Es ist das Phantombild eines Mitglieds der Roten Brigaden.«

»Oh nein!« sagte sie. »Policarpo würde so was nie tun. Er hat vielleicht komische politische Ideen, aber er ist ein viel zu sanftmütiger Mensch, um sich so etwas Gräßlichem wie den Roten Brigaden anzuschließen.«

»Wenn Sie ihn so genau kennen, *Signorina,* fällt Ihnen dann irgendeine andere Erklärung für sein Verschwinden ein?«

»Ich glaube, er hat sich verliebt«, sagte sie langsam.

»Kennen Sie irgendeine seiner Freundinnen?«

»Nein, er ist Mädchen gegenüber immer sehr schüchtern gewesen. Aber das könnte der Grund dafür sein, warum er so plötzlich auf und davon ist, ohne jemandem auch nur ein Wort zu sagen.«

»Meinen Sie nicht, daß er Ihnen etwas gesagt hätte?«

»Man weiß nie, was einer tut, wenn er verliebt ist«, sagte sie. »Verliebte Leute machen die verrücktesten Dinge.«

Während der Rückfahrt zur *Questura* in seinem roten Alfa überdachte Peroni noch einmal Francescas Theorie.

Er neigte dazu, ihr recht zu geben, aber mit einem Unterschied: Es war sehr wohl möglich, daß Policarpo sich verliebt hatte, aber nicht in einen Menschen, sondern in eine Idee. Die Sorte von Idee, die ihre Jünger dazu bringt, jeden zu erschießen, der ihr nicht folgt.

Aber da war noch etwas anderes, was ihn interessierte. Der Ausdruck, der auf Francescas Gesicht und auf dem ihres Vaters erschienen war, als er die Familie Piantaleone erwähnte – bei beiden war dieser Ausdruck erschienen, noch ehe sie eine Verbindung zu Policarpo hergestellt hatten. Das gab Peroni zu denken.

Wieder zurück in der *Questura* sagte man ihm, daß *Dott.* Guerra auf ihn warte.

»Ein stellvertretender Staatsanwalt ist von der Magistratur eingesetzt worden, *Dottore«*, sagte Guerra: *»Dott.* Spinelli.« Spinelli war einer der unangenehmsten Untersuchungsrichter in Verona, arrogant und der Polizei feindlich gesinnt. Seine Einberufung würde die Dinge noch zusätzlich erschweren. »Irgendwelche weiteren Entwicklungen, *Dottore?«*

Peroni erzählte ihm von dem Phantombild, das ihn zur Familie Pillipopoli geführt hatte, von seinen Gesprächen mit dem Grafen und Francesca und seinen verschiedenen Schlußfolgerungen.

»Die Pillipopolis«, sagte Guerra. »Hmmm. Eine große Familie – mit Zweigen, die sich durch die gesamte Stadt ranken.«

»Die gleiche Art von Familie wie die Piantaleones«, sagte Peroni.

»Genau das, *Dottore.* Das ist doch ein ziemlicher Zufall, nicht wahr? Nur mal angenommen, daß dieser Policarpo und das Subjekt auf diesem Phantombild miteinander identisch sind.«

»Und beide Familien nehmen morgen abend an einem Kostümball teil.«

»Der alljährliche Ball des Veroneser Adels.«

»Ich dachte, es könnte vielleicht nützlich sein, wenn ich mich dort einmal umsehen würde.«

Guerra blickte rasch zu ihm hinüber, und Peroni fragte sich, ob er da nicht ein Aufblitzen von spöttischer Belustigung in seinen Augen entdeckt hatte. Wenn, dann war seiner Stimme jedenfalls nichts anzumerken. »Das könnte es in der Tat«, sagte er. »Wie es sich trifft, bin ich in meiner offiziellen Funktion eingeladen worden, und Sie wären der ideale Stellvertreter für mich.« Er studierte Peroni einen Augenblick lang, wie um seine Fähigkeit einzuschätzen, sich einer größeren Belastungsprobe gewachsen zu zeigen. »Sie müssen natürlich ein Kostüm tragen«, sagte er schließlich.

»In dem Fall trage ich eben ein Kostüm, *Dottore*«, sagte Peroni.

Es klang, als ob er dieser Sache mit stoischer Gelassenheit entgegensähe, aber in Wirklichkeit bereitete ihm die Aussicht darauf eher ein geheimes Vergnügen.

Kapitel 3
Regina

Die Kniehose ist zu eng«, sagte Peroni.

»Du solltest weniger Nudeln essen«, sagte seine Schwester Assunta ungerührt.

»Einen Bauch habe ich noch nicht«, sagte Peroni und betrachtete sich sorgfältig im Spiegel.

»Noch nicht«, sagte Assunta. »Zieh den Mantel an, und setz die Perücke auf, dann hat man mal einen Gesamteindruck.«

Der Gesamteindruck war gut. Anna Maria sagte, er sähe wundervoll aus, und Assunta brummte beipflichtend. Peroni überlegte sich, daß er gerne im 18. Jahrhundert gelebt hätte. Es hätte zwar keine Polizei von Bedeutung gegeben, für die er hätte arbeiten können, aber wahrscheinlich hätte er für die verschiedenen europäischen Mächte etwas Spionage treiben können.

»Also, die ganze Sache ist jetzt doch ziemlich unkompliziert«, sagte sein Schwager Giorgio. »Die Roten Brigaden haben ihn erschossen, und mehr ist nicht dran an der Sache. Ein Glas Wein, Achille?«

»Danke, gern, Giorgio.«

»Stell es lieber auf den Tisch, Onkel Achille«, sagte Anna Maria, »sonst verschüttest du noch alles auf den schönen roten Samt.«

»Ich weiß nicht, ob die Sache wirklich so einfach ist, wie es aussieht«, sagte Peroni und tat, worum man ihn gebeten hatte. »Zunächst ist da diese merkwürdige Angelegenheit mit General Piantaleone, der vorgab, jeden Tag auf seinen Landsitz in Rosaro zu fahren. Aber wo war er wirklich?«

»Bei einer Frau«, sagte Assunta nüchtern. »Reichst du mir bitte die Stecknadeln, Anna Maria?«

»Dann haben wir die Geschichte mit Loris, der behauptet, er hätte an dem Tag, als sein Vater verschwand, landwirtschaftliche Maschinenbetriebe in Mailand besucht, was er offensichtlich nicht getan hat.«

Stefano sah aus, als sinne er über ein Schachproblem nach. »Ich bin geneigt, dir recht zu geben«, sagte er. »Diese Familie hat etwas entschieden Rätselhaftes.«

»Genau der Ausdruck, nach dem ich gesucht habe«, sagte Peroni. »Aua!«

»Tut mir leid, Achille, aber du mußt stillhalten!«

»Ich kann mir nicht vorstellen, daß sich die Roten Brigaden die Mühe machen würden, einen alten Mann, der bereits dreiviertel senil war, zu töten«, sagte Anna Maria.

»Aber es ging doch um das, was er verkörperte«, sagte Giorgio.

»Ach Unsinn, Papa!« sagte Anna Maria. »Ich glaube nicht an all diesen Verkörperungsquatsch! Das bedeutet einfach nichts. Die Roten Brigaden sind ein übler Haufen, aber selbst sie töten nicht ohne guten Grund.«

»Was ist mit dem Kommuniqué?« fragte Stefano, der sich noch nicht endgültig geschlagen geben wollte.

»Ach, das könnte gefälscht worden sein«, sagte Anna Maria. »Wär' doch möglich, oder nicht, Onkel Achille?«

»Also, es sah ziemlich echt aus«, sagte Peroni, »aber hundertprozentig sicher können wir nicht sein. Es war zwar nicht dieselbe Schreibmaschine, die sie vorher benutzt haben, aber das hat nicht viel zu bedeuten. Es war allerdings dieselbe Marke – eine IBM.«

»Was hat es mit diesem Policarpo auf sich, den du gestern abend aufsuchen wolltest?« fragte Stefano. »Ich war furchtbar gespannt darauf, mehr darüber zu erfahren, aber bedauerlicherweise war ich schon im Bett, als du zurückkamst.« Er warf seiner Mutter einen vorwurfsvoll-eulenhaften Blick zu.

»Darauf wollte ich gerade kommen«, sagte Peroni. »Policarpo Pillipopoli hat vor ungefähr einem Jahr sein Elternhaus verlassen, und seitdem hat man nichts mehr von ihm gehört.«

»Überaus aufschlußreich«, sagte Stefano.

»Und darüber hinaus«, fuhr Peroni fort, »sind die Pillipopolis alle Kommunisten – allerdings ganz normale, respektable –, während Policarpo während seiner Studienzeit anscheinend von den extremen, außerparlamentarischen Kommunisten infiziert worden ist.«

»Höchst aufschlußreich«, sagte Stefano.

»Na, und sein Vater – ein reichlich schlaffer Schwätzer, dieser Graf – versuchte sogar, mich zu bestechen, damit ich die ganze Geschichte auf sich beruhen lasse.«

»Du hast doch nicht etwa angenommen?« sagte Assunta alarmiert.

»Nein, nein«, sagte Peroni. »Der Gedanke ist mir zwar gekommen, aber ich habe ihn wahrhaft heldenmütig in seine Schranken verwiesen.«

»Also«, sagte Stefano, »dann ist jetzt Policarpo Pillipopoli unsere verdächtige Person Nr. 1?«

»So könnte man es sagen«, stimmte Peroni zu.

»Hebst du mal den rechten Arm hoch, Onkel Achille?«

»Ich nehme an, du suchst schon nach ihm?« sagte Stefano.

»Also, nicht ich persönlich«, sagte Peroni, »dafür bin ich zu wichtig. Ein DIGOS-Beamter bemüht sich gerade, seine Spur zu finden.«

»Und welche Spur verfolgst du?«

»Also, ich gehe zu diesem Ball, nicht wahr?«

»Ich neige dazu, die Nützlichkeit eines solchen Vorgehens in Frage zu stellen«, sagte Stefano.

»Ach, hör doch auf, immer so neunmalklug zu sein, Stefano!« sagte Anna Maria. »Onkel Achille benutzt seinen Spürsinn, und Onkel Achilles Spürsinn ist unfehlbar. Das steht sogar in den Zeitungen!«

»Hebst du mal den linken Arm, Achille?«

»Bezüglich des Spürsinns habe ich so meine Bedenken«, sagte Stefano. »Eines scheint mir jedoch von äußerster Wichtigkeit zu sein.«

»Und das wäre?« fragte Peroni.

»Du mußt unbedingt herausfinden, was General Piantaleone während der Zeit gemacht hat, in der er oben in Rosaro hätte sein sollen.«

»Darin stimme ich voll und ganz mit Stefano überein«, sagte Anna Maria. »Er kann von den Roten Brigaden umgebracht worden sein oder auch nicht. Aber an der ganzen Familie ist etwas ausgesprochen Verdächtiges – genaugenommen an beiden Familien. Ich meine, wir müssen noch sehr viel mehr über sie in Erfahrung bringen.«

»Ich werde mein Bestes tun«, sagte Peroni.

»So, das hätten wir«, sagte Assunta und trat zurück, um ihren Bruder kritisch zu betrachten. »Jetzt kannst du es wieder ausziehen, Achille, sonst bekleckerst du dich nachher noch ganz mit Fleischsoße.«

Patti bewunderte sich im großen Ankleidespiegel ihres Schrankes. Die hohe, gepuderte Perücke, das üppige, in der Taille anliegende zartblaue Satinkleid mit dezentem Rückendekolleté und dem Saum, der – entsprechend gelüpft – den Blick freigab auf die verführerischen Fesseln – das alles war zwar weit entfernt von ihrem üblichen Stil, aber sie mußte sich eingestehen, daß es ihr ausgezeichnet stand.

Sie sah auf ihre Uhr. Kurz vor neun. Es wurde Zeit, daß Gabriele sie abholen kam. Natürlich war er wieder spät dran – wie immer. Man mußte wenigstens eine Stunde mehr einkalkulieren, wenn man sich mit Gabriele verabredete. Sie seufzte. Wäre es irgendein anderer gewesen, hätte sie das nicht mitgemacht.

Sie betrat ihr kleines, teuer eingerichtetes Wohnzimmer mit Postern aus den 30er Jahren, den schwedischen Möbeln und dem kleinen Fernsehapparat mit seinem guten Design. Daneben gab es in dem Zimmer noch einen hohen Glaszylinder, in dem eine ölige dunkelblaue Flüssigkeit langsam hin- und herschwappte wie ein endlos wogendes, sonnenloses Miniaturmeer. Es war ein Geschenk von Gabriele, und wie alles, was von ihm kam, versetzte es sie in eine zwiespältige Gemütsverfassung. Es gab Zeiten, in denen sie dachte, daß sie es haßte, wie es hypnotisierend vor- und zurückrollte – eine Welle wie die andere. Dann wiederum gab es auch Zeiten, in denen sie es faszinierend fand. Dann konnte sie minutenlang dasitzen und dem langsamen Auf und Ab zusehen. Es wirkte Wunder bei Kopfschmerzen. Sie stand davor und fragte sich – wie sie es jedesmal tat –, wieso Gabriele ausgerechnet hierauf verfallen war, wieviel er wohl dafür bezahlt hatte – sicher sehr viel – und wie er an das Geld gekommen sein mochte. Dann löste sie sich mit einem Blinzeln aus dem Bann und ging, um sich einen amerikanischen Martini zu machen. Sie hatte auch noch Zeit für einen zweiten, ehe es an der Tür klingelte. Es war Gabriele, der in seinem Kostüm des 18. Jahrhunderts genauso wie ein Held aus einem Stück von Goldoni wirkte.

»Wir beide sehen aus, als kämen wir direkt aus einer Komödie von Goldoni«, sagte er mit der ihm eigenen verwirrenden Art, als könne er ihre Gedanken lesen. »Florindo und Rosaura. Was ist denn das – ein Martini? Es paßt zwar überhaupt nicht zu unseren Kostümen, aber ich hätte trotzdem gerne einen, wenn ich darf.«

Sie schenkte ihm ein Glas ein. »Sollten wir uns nicht allmählich auf den Weg machen?«

»Keine Eile. Weißt du, es ist sowieso nur eine sehr langweilige Angelegenheit. Die Leute meinen bloß wegen all der bunten Lichter und des Champagners, den es umsonst gibt, es sei das große gesellschaftliche Ereignis.«

»Warum gehst du dann hin?«

»Es kann sehr nützlich sein. Wenn die ganze Hautevolee von Verona in einem Garten voller Gebüsche, Lauben und Sommerhäuschen versammelt ist, kann man unendlich viel aufschnappen. Es war im Jahr meiner Erstkommunion, als ich zum erstenmal beim Augustball etwas belauschte. Das hat mir damals 1000 Lire eingebracht, wie ich mich entsinne, und seitdem ist kein Jahr vergangen, wo ich nicht das eine oder andere aufgeschnappt hätte. Die Preise haben natürlich angezogen.«

»Du bist gräßlich.«

»Du etwa nicht?«

»Also, wenigstens bilde ich mir nichts darauf ein.«

»Heuchelei – das macht es noch viel schlimmer.« Er sah sie eine Sekunde lang mit einem Gesichtsausdruck an, wie ein kleiner Junge, der weiß, daß er einen bloßstellen wird und es so lange wie möglich auskosten will. »Aber dieses Jahr«, sagte er, »werde ich nicht meine Energien an Kleinkram verplempern. Dieses Jahr werde ich sie mir für etwas Wichtiges aufheben.«

»Was denn?« fragte sie rasch und beugte sich aufgeregt zu ihm hinüber, wobei sich ihre Brüste gegen das zartblaue Satin preßten, das sie nur teilweise bedeckte.

Wieder machte er eine Pause, um den Effekt zu verstärken. »Wie es sich so trifft«, sagte er, »habe ich herausgefunden, wo Onkel Orazio in der Nacht, als er verschwand, hingegangen ist.«

Sie pfiff leise durch die Zähne. »An einen Ort, der von Interesse ist?« Beide belegten dieses Wort mit derselben Bedeutung. Sie meinten damit etwas, das nicht so sehr ihre Neugier, als vielmehr ihre Habgier befriedigen würde.

»Von großem Interesse, würde ich meinen.«

»Wie klug du bist, Gabriele. Aber wie hast du das bloß herausbekommen?«

»Nun, du weißt doch, daß ich immer recht gern einen Blick auf die Post werfe, bevor die anderen sie zu sehen bekommen. Für gewöhnlich ist es sehr unergiebig, aber hin und wieder findet sich etwas, wodurch einem seine Ausdauer belohnt wird. Heute war einer dieser Tage. Da kam nämlich, so könnte man sagen, der Brief eines Toten an.«

»Der Brief eines Toten?«

»Er war an Loris adressiert, und ich habe die Handschrift sofort erkannt. Es war die unseres heroischen Onkels Orazio.«

»Hat er den geschrieben, bevor –«

»Genau. Der alte Herr wandelte zwar bereits ziemlich nahe am Abgrund, wie du weißt, aber er war immer noch vorsichtig. Für den Fall, daß ihm etwas zustoßen sollte, hielt er es für besser, daß Loris wissen sollte, wohin er gegangen war. Also schrieb er ihm einen Brief.«

»Warum hat er ihn nicht einfach zu Hause gelassen?«

»Ironie des Schicksals. Ich glaube, er wollte verhindern, daß er mir in die Hände fällt. Er dachte wohl, bei der Post sei der Brief sicherer aufgehoben.«

»Aber wieso war er fünf Tage unterwegs?«

»Patti, mein Schatz, ich sehe, du schreibst keine Briefe. Und was Onkel Orazio angeht: Er lebte in einer Vergangenheit, wo Mussolini dafür sorgte, daß die Züge – und folglich auch die Post – sich an den Zeitplan hielten. Fünf Tage – das ist gar nichts bei der italienischen Post in den heutigen Tagen der Christdemokratie.«

»Also gut. Aber nun sag mir doch endlich, wo ist denn dein heroischer Onkel Orazio hingegangen?«

Gabriele zog einen Briefumschlag aus der Tasche seines langgeschnittenen Samtmantels. »Lies ihn selbst. Ich hab' ihn über Dampf geöffnet.«

Sie nahm den Brief heraus und las ihn langsam. Als sie fertig war, pfiff sie abermals. »Du hast recht«, sagte sie, »das ist tatsächlich sehr interessant.« Dann sah sie plötzlich erschrocken auf. »Aber es ist gefährlich, Gabriele!« fügte sie hinzu.

»Ich weiß«, sagte er, »das habe ich schon bedacht.«

»Nun?«

»Morgen früh – nein, nicht morgen, da ist Sonntag –, am Montag früh werde ich diesen Brief zur Post dazulegen. Wenn Loris ihn sieht, weiß ich jetzt schon, was er tun wird. Er dürstet nach Rache wie eine Figur aus der griechischen Tragödie. Er hat so überhaupt nichts Goldonisches an sich! Er wird mit fliegenden

Fahnen dorthin eilen. Ich werde die Dinge im Auge behalten – und zwar aus sicherer und diskreter Entfernung. Auf die Weise geht er all die Risiken ein, und ich werde mit etwas Glück herausfinden, wer hinter dem Ganzen steckt.«

»Du bist wirklich gerissen, Gabriele«, sagte sie, und ihr Blick war eine offene Einladung.

»Ich weiß«, sagte er und ergriff die Gelegenheit beim Schopf, der Einladung Folge zu leisten.

Die meisten Veroneser wären wohl überrascht gewesen, wenn sie die Anlagen hätten sehen können, in denen der alljährliche Kostümball zum ersten August gefeiert wurde. Sie waren das Eigentum einer adligen Familie, die sie nicht öfter als einmal im Jahr zugänglich machte – und auch dann nur für einen ausgesuchten Kreis von Ihresgleichen. Abgeschirmt vor den Blicken der Öffentlichkeit durch den Palast der Familie an der Vorderseite und eingegrenzt von hohen Mauern erstreckten sich die Anlagen bis zu einer Terrasse, von der man den Fluß überblickte. Viele Generationen der Familie hatten hier ihre Kindheit verbracht, hatten sich in endlosen Versteckspielen auf den ungepflegten Pfaden und überwucherten Wegen ergötzt und geheimnisvolle Welten entdeckt, die den Blicken der Erwachsenen verborgen blieben.

Als Gabriele und Patti auf dem Weg durch das Haus in diese Anlage kamen, sahen sie einen langen Tisch mit einer leuchtend weißen Decke, auf dem eine verwirrende Vielfalt von Imbissen und Drinks angeboten wurde. Bunte Lampions hingen von den Bäumen, weiß gekleidete Kellner bewegten sich zwischen den Gästen und offerierten Tabletts mit Champagner, während irgendwo in der Ferne ein Orchester wohlklingende, zuckersüße Kaffeehausmusik spielte. Überall standen gebrechliche blaublütige Witwen, Grafen, Barone und Marquisen einer längst vergangenen Ritterschaft beisammen im Gespräch wie Totenvögel, alle ausstaffiert, als wären sie einem Gemälde von Guardi oder Canaletto entstiegen, während aus der Nähe des Flusses das erregte Gekreisch und Gelächter der *Jeunesse dorée* heraufklang.

Als der Champagner sich mit den Martinis wohlwollend zu mischen begann, beschloß Patti, sich nun auch zu amüsieren. Möglich, daß es einen langweilte, wenn man sein ganzes Leben lang hergekommen war so wie Gabriele, aber wenn man es zum ersten Mal sah, war es ausgesprochen zauberhaft. Und wenn man zu allem Überfluß in Begleitung des begehrenswertesten Mannes von ganz Verona gekommen war ...

Gerade als ihr dieser Gedanke durch den Kopf ging, sah sich Patti plötzlich – und erstmals, seit sie Gabriele kannte – mit der Frage konfrontiert, ob er diesen Titel wirklich zu Recht trug. Denn ihr Blick war auf einen anderen Mann gefallen, der – und das war eher untertrieben – zumindest eine ernste Konkurrenz darstellte. Er war Süditaliener und sah aus wie ein Casanova aus dem 18. Jahrhundert auf dem Höhepunkt seiner Karriere. Sie fragte sich, warum er um alles in der Welt ohne Begleitung war.

»Wer ist das?« fragte sie Gabriele.

Er reagierte mit einem seiner typischen schrägen Grinsen.

»Möchtest du ihm vorgestellt werden? Sei aber auf der Hut. Der hat mehr zu bieten als nur sein unwiderstehliches südliches Profil. Er ist der Polizist, der Onkel Orazios Tod untersucht.«

»Stell mich ihm vor.«

»Guten Abend, *Commissario«*, sagte Gabriele. »Darf ich Ihnen eine Ihrer Verehrerinnen vorstellen?«

Patti fühlte den angenehm männlichen Griff seiner Hand, als der Polizeibeamte seinen Namen nannte. Peroni hieß er also. Sie murmelte ihren und gab als Zugabe ein, wie sie hoffte, umwerfendes Lächeln.

Natürlich, überlegte sie sich, während sie ihn sorgfältig musterte, war sie nicht eine Frau, die sich mit Polizeibeamten abgab. Gleichwohl gab es etwas merkwürdig Undurchschaubares an diesem speziellen Polizeibeamten. Sie fühlte es, ohne es genau definieren zu können. Es war nicht, daß er den Eindruck von Korruptheit vermittelte, sondern eher, daß man das Gefühl hatte, man könnte alles von ihm erwarten, sogar das Unerwartetste und Polizeiwidrigste.

»Allein, *Commissario?«* sagte Gabriele gerade. »Oder sind Sie zu beschäftigt mit Ihren Ermittlungen, um sich mit Frauen abzugeben?«

»So beschäftigt könnte ich bei jemandem wie der *Signorina* nie sein«, sagte der *Commissario.*

Plötzlich fühlte sich Patti zwischen den beiden hin- und hergerissen. Sie wünschte sich, die unausgesprochene Einladung des Polizeibeamten anzunehmen, wie sie nie zuvor etwas gewünscht hatte, und doch machte es ihr Angst. Sie hatte immer schon Gabriele für gefährlich gehalten, aber dieser *Commissario* war es noch mehr. Es war daher sowohl eine Erleichterung als auch eine Enttäuschung, als Gabriele seine Hand auf ihren Arm legte, um damit seinen Anspruch auf sie geltend zu machen.

»Wir werden jemanden für Sie finden müssen«, sagte Gabriele. »*Noblesse oblige*. Am besten, wir kümmern uns gleich darum, Patti. *Arrivederci, Commissario!*«

»*Arrivederci*«, sagte der Polizeibeamte aus dem Süden höflich.

Während sie sich mit Gabriele entfernte, hatte Patti das Gefühl, die Chance ihres Lebens verpaßt zu haben.

Peroni blickte dem langbeinigen, teuer aussehenden Geschöpf mit dem honigfarbenen Haar hinterher und fragte sich, ob er recht daran getan hatte, diesen Moment ungenutzt verstreichen zu lassen. Er hätte sie Gabriele mit Leichtigkeit ausspannen können, und Gabriele hätte es nicht besser verdient. Aber der *Commissario* in ihm erinnerte ihn daran, daß er im Dienst war, und traurigen Herzens wandte er seine Gedanken dem Geschäftlichen zu.

Um welches Geschäft es dabei ging, wußte er nicht, aber deutlicher als je zuvor spürte er, daß er bei dieser exklusiven Versammlung der Veroneser Oberschicht etwas über die merkwürdige Welthälfte, in welcher die Piantaleones und die Pillipopolis lebten, und vielleicht als Folge davon auch etwas über den Tod des Generals erfahren könnte.

Als er sich ruhelos von einer Gruppe zur anderen bewegte, sagte ihm sein Instinkt, der in seinen Jahren in Neapel geschärft worden war, daß irgendein Ereignis in der Luft lag.

Er sah Gino Pillipopoli, der prächtig aussah in seinem dunkelgrünen Samtgehrock mit einem Spitzentaschentuch, weiß wie Pulverschnee. Ein Goldoni-Aristokrat in Reinkultur. Was hatte einen solchen Mann bewegt, Kommunist zu werden? Idealismus? Idealistisch sah der Graf nicht gerade aus, und abgesehen davon: Es gab keine Ideale mehr in der Kommunistischen Partei Italiens, seit sie so machthungrig und egoistisch geworden war wie all die anderen. Aus Eigeninteresse? Wohl kaum – falls die Kommunisten je an die Macht kämen, könnte er seinen hellblauen Salons und seinen gepflegten englischen Rasenflächen adieu sagen. Was war es dann? Die Luft Italiens, die die Menschen verrückt machte, entschied Peroni, wobei er sich im Geiste selbst ausklammerte.

Pillipopoli mußte Peronis kritischen Blick gespürt haben, denn er wandte sich unsicher um, erkannte Peroni und zuckte leicht, aber dennoch sichtbar zusammen, um ihn dann mit einem Lächeln und einer angedeuteten Verbeugung zu begrüßen, der man noch die peinlichen Umstände ihres früheren Zusammentreffens anmerkte. Er wandte sich, so rasch es die Höflichkeit gestattete, wieder ab.

Einen Moment später war Peroni seinerseits an der Reihe, sich beobachtet zu fühlen. Er ignorierte diesen Eindruck eine Zeitlang, dann nutzte er die Möglichkeit, eines der hellerleuchteten Fenster des Hauses als Spiegel zu benutzen. In ihm sah er Loris Piantaleone, und selbst dem Spiegelbild war deutlich anzusehen, daß er in ihm einen Feind hatte. Er fragte sich, was Loris wohl hier tun mochte? Suchte er den Mörder seines Vaters in der Veroneser Aristokratie?

Als er um sich blickte, erkannte er das klassische römische Profil der Piantaleones bei einer Reihe von Personen wieder; so langsam entwickelte er einen Blick für Familienmerkmale. Die Piantaleones tendierten dazu, dunkelhäutiger als die meisten Norditaliener zu sein, ihre Männer waren oft gutaussehend, wohingegen die Frauen im mittleren Alter begannen, dürr und verhärmt auszusehen.

Er sah Francesca, die Pillipopoli-Tochter, die in ihrem Kostüm hinreißend aussah. Sie wirkte ebenso wie ihr Vater wie eine Figur aus einem Stück von Goldoni, und Peroni dachte, daß sie einer von jenen entzückenden kleinen Zofen glich, die wie Vögelchen durch Goldonis Bühnenstücke flattern.

In diesem Augenblick hörte Peroni irgendwo hinter sich einen neapolitanischen Akzent. Die Stimme gehörte einem Mädchen, das gerade sagte: »Oh ja, wir lernen auch Spanisch. Wir haben vier Sprachen: Englisch, Französisch, Deutsch und Spanisch.«

Wie kam eine Neapolitanerin auf diese exquisite veronesische Versammlung? Er blickte in die Richtung, aus der die Stimme kam, und sah eine junge Frau mit hohen Wangenknochen und einem schmalen Gesicht mit großen, dunklen Augen. Sie hatte schwarzes Haar, das fast glatt ihren Rücken hinabfloß. Wie alle anderen trug auch sie ein Kostüm des 18. Jahrhunderts, aber aus irgendeinem Grund wirkte sie nicht wie eine Adlige aus Goldonis Spitzenmanschettenwelt. Es war etwas an ihr, das Peroni eher an eine Schauspielerin denken ließ, die Goldoni spielte. Sie unterhielt sich eben mit einer älteren Dame, die ein auffallendes Piantaleone-Profil besaß.

»Wie interessant«, sagte die alte Dame, die offenkundig aus Venedig kam, »ich werde ganz gewiß meiner Nichte davon erzählen müssen.«

»Sagen Sie ihr, sie soll mich anrufen, wenn sie Genaueres darüber wissen möchte.«

»Das werde ich tun. Wie außerordentlich freundlich von Ihnen.«

Die Unterhaltung wurde beendet, und Peroni, der einen Protest des *Commissario* in seinem Innern ignorierte, trat auf das Mädchen zu. »Sie sind Neapolitanerin«, sagte er.

Sie blickte ihn überrascht an und nahm dann den Ausdruck eines Mädchens an, das nicht die Absicht hat, sich ansprechen zu lassen.

»So ist es, wenn Sie nichts dagegen haben!« sagte sie und war im Begriff, sich abzuwenden.

»Verzeihen Sie«, sagte Peroni und begleitete sie. »Es ist bloß so, daß ich selbst auch aus Neapel stamme, und wie ich Sie eben inmitten all der nördlichen Akzente hörte – also, es zauberte vor meinem inneren Auge Visionen hervor von Vomero, Marechiaro, Posillipo und dem Vesuv auf der anderen Seite des Golfs. Ich mußte mich Ihnen bekannt machen.«

Sie lächelte – mit dieser Begründung hatte er sie schon halb für sich gewonnen – und nahm seine ausgestreckte Hand an. »Was hat Sie hierher verschlagen?« fragte sie.

»Das gleiche, was die meisten Süditaliener in den Norden bringt«, sagte er, »meine Arbeit. Wie ist es bei Ihnen?«

»Meine Eltern sind vor ein paar Jahren gestorben«, sagte sie, »und es gab für mich in Neapel nicht viel zu tun. So kam es, da ich einige Verwandte hier habe – die Piantaleones –, daß ich herauf nach Verona gezogen bin.«

In Gedanken pfiff Peroni – es gab eine Verbindung nach Neapel. Könnte es das sein, wonach er suchte?

»Onkel Orazio«, fuhr das Mädchen fort, »wenigstens habe ich ihn Onkel genannt, obwohl wir nicht wirklich so eng verwandt waren – General Piantaleone; Sie haben wahrscheinlich von seinem Tod gehört ...« Plötzlich erstickte ihre Stimme in einem Schluchzen, und sie wandte sich ab.

»Ja«, sagte Peroni. »Ja.«

Mit sichtbarer Anstrengung versuchte sie, sich zu beherrschen, und fuhr dann mit festerer Stimme fort. »Also, er war sehr gut zu mir. Er half mir dabei, hier Fuß zu fassen, er besorgte mir eine kleine Wohnung, bezahlte mir den Besuch eines Dolmetscherkurses –«

»Ah ja«, sagte Peroni und sprach dabei sein eigenes, höchst individuelles Englisch, »es ist von diesem, daß Sie sprachen, wenn ich hörte Ihren Akzent. Sie studieren Englisch, wahr?«

»Ja, natürlich«, antwortete sie auch auf Englisch. »Zuallererst: Man kann heutzutage nichts mehr machen ohne Englisch.«

Ihre Aussprache, wie er mit Verärgerung bemerkte, war nahezu perfekt.

Ein Kellner kam vorbei mit einem Tablett voller Champagnergläser. »Darf ich Ihnen einen Drink besorgen?« sagte Peroni jetzt wieder auf Italienisch.

»Danke, ja.«

»Chin-chin«, prostete Peroni ihr zu, als sie ihre Gläser hatten.

»Chin-chin«, sagte die junge Frau ernsthaft.

Genau in diesem Moment kam Graf Gino Pillipopoli vorbei und bemerkte Peroni ein wenig zu spät, um ihm ausweichen zu können. »Guten Abend, *Commissario«*, sagte er.

»Guten Abend«, sagte Peroni.

»Commissario!« echote das Mädchen mit weit aufgerissenen Augen, nachdem Pillipopoli gegangen war.

»Ja«, sagte Peroni, »macht Ihnen das was aus?«

»Natürlich nicht«, sagte das Mädchen, »es kam nur so unerwartet.«

»Und da Sie es nun wissen«, fuhr Peroni fort, »sollte ich vielleicht ergänzen, daß ich die Ermittlungen über den Tod Ihres Onkels leite.«

»Oh.« Sie sah ihn voller Bestürzung an. »Also, ich hoffe, Sie kriegen sie zu fassen – wer auch immer sie sind. Onkel Orazio war so ein guter Mensch – er hat es nicht verdient, so zu sterben.«

»Wenn ich es richtig sehe«, sagte Peroni, sich vorsichtig vortastend, »ist er in letzter Zeit nicht ganz er selbst gewesen?«

»So, darüber wissen Sie also Bescheid?«

»Ja, ein wenig.«

»Es war sehr traurig. Aber es ändert nichts an dem, was er vorher war.«

»Nein, nein – natürlich nicht.« Plötzlich spürte Peroni den Wunsch, sie in seinen Armen zu halten, und die Musik lieferte ihm dazu einen Vorwand. »Sollen wir tanzen?«

»Wenn Sie mögen.«

»Wie heißen Sie?« fragte Peroni, nachdem sie eine Minute lang getanzt hatten.

»Regina.«

»Hübscher Name.«

»Und Sie?«

»Achille.«

»Der ist auch schön, obwohl ich vermute, daß man Sie damit aufzieht, von wegen Achillesferse und so ...«

»Das kommt vor.«

Eine Zeitlang tanzten sie schweigend, dann sagte Regina: »Es ist schon seltsam ...«

»Was ist seltsam?«

»Diese kleine Welt ...« Sie deutete auf die Canaletto-Szenerie, die sie umgab.

»Es ist doch auch Ihre Welt, nicht wahr?« sagte Peroni. »Sie sind doch eine Piantaleone.«

»Nur eine entfernte arme Verwandte. Ich fühle mich nicht als Teil von alldem. Ich komme von außen, genau wie Sie.«

Er mochte den Anflug von Zusammengehörigkeitsgefühl. »Sie haben recht«, sagte er nach einer Sekunde Schweigen, »es ist eine seltsame Welt. Sie hat mich vom ersten Moment an, da ich mit ihr zu tun hatte, gefesselt. Deswegen bin ich heute abend gekommen. Ich wollte mehr über diese Menschen erfahren.«

Die Musik verklang, und sie ließen sich unter einem Baum nieder. Regina schien über etwas nachzugrübeln. »Ich denke«, sagte sie schließlich, »daß das Wichtigste bei ihnen allen die Vergangenheit ist.«

»Die Vergangenheit?«

»Hm; sie werden von ihr beherrscht. In der Vergangenheit waren sie ein entscheidender und hervorragender Teil der gesamten Weltordnung. Jetzt sind sie ein Anachronismus. Aber ihr Hintergrund reicht zu weit zurück und ist zu belastend, als daß man ihn in zwei Generationen abschütteln könnte. Die können nicht so ohne weiteres ein gewöhnlicher *Signor* Rossi oder *Signor* Verdi sein.«

Peroni stellte fest, daß er ebenfalls so dachte.

»Sprechen Sie nur weiter.«

»Also, es ist so, als ob sie die Anwesenheit ihrer Vorfahren spüren, die sie dafür tadeln, daß sie nichts Bedeutendes mehr darstellen, und die sie dazu anhalten, ihre Größe zurückzuerobern – was sie natürlich nicht können. Sie sind von den Toten besessen.«

»Erzählen Sie mir mehr.«

»Das kann ich nicht. Ich kann es wirklich nicht. Wenn Sie mehr wissen wollen, dann ist die Person, an die Sie sich wenden müssen, die altehrwürdige Gräfin Augusta.«

»Die altehrwürdige Gräfin Augusta?« wiederholte Peroni verwirrt.

»Ja. Sie weiß mehr über diese Leute und ihre Vergangenheit als irgend jemand sonst.«

»Aber wer ist sie?«

»Sie ist die Mutter von jemandem namens Graf Gino Pillipopoli. Ach, aber natürlich, Sie kennen ihn – er ist derjenige, der soeben vorbeigegangen ist.«

Das brachte Peroni aus der Fassung. Die Mutter des millionenschweren Kommunisten – und die Großmutter der hübschen, kleinen Francesca und ihres Bruders, des verdächtigten Rotbrigadisten Policarpo.

»Kennen Sie die Pillipopolis?« fragte er.

»Kennen wäre zuviel gesagt. Ich habe von ihnen gehört. Aber die alte Gräfin ist eine Art Legende. Ich glaube, sie hat seit Jahren ihren Fuß nicht mehr vor die Haustüre gesetzt, aber der gesamte Veroneser Adel weiß über sie Bescheid.«

»Wo wohnt sie?«

»Bei ihrem Sohn, Graf Gino.«

Das war die nächste Überraschung. Pillipopoli hatte doch klar ausgesagt, daß er seit dem Tod seiner Frau mit seinen zwei Kindern allein gelebt hätte. Warum sollte er, was seine Mutter betraf, lügen?

»Ich werde Ihren Rat beherzigen«, sagte Peroni, »ich werde hingehen und die altehrwürdige Gräfin Augusta aufsuchen.«

»Ich bin überzeugt, Sie werden sie sehr unterhaltsam finden«, sagte Regina.

Peroni blieb bis spät auf dem Ball und fuhr dann Regina zurück zu dem Wohnblock am Fluß, den sie ihm als Adresse genannt hatte.

»Kann ich Sie wiedersehen?« fragte er.

»Ja«, sagte sie, »ich glaube, das würde mir gefallen.«

»Wann?«

»Lassen Sie mich das machen, ja? Die Piantaleones klatschen fürchterlich, und wo Sie in die Angelegenheit mit Onkel Orazio verwickelt sind, ist es vielleicht am besten, wenn wir ein ganz klein wenig diskret sind. Ja?«

»Ja, natürlich«, sagte Peroni.

»Geben Sie mir Ihre Telefonnummer – sagen Sie mir, wann ich Sie anrufen kann.«

Er schrieb ihr die Nummer der *Questura* mit seiner Durchwahl sowie seine private Telefonnummer auf. Sie faltete den Zettel sorgfältig und steckte ihn in ihre Tasche. Dann reichte sie ihm die Hand.

»Gute Nacht, Achille.«

Es war ein warmer, fester Händedruck, der – wie er glaubte – mehr versprach.

»Gute Nacht, Regina.«

Er fuhr zurück zur *Questura,* wo noch Arbeit auf ihn wartete, und als er damit fertig war, verbrachte er das, was von der Nacht noch übrigblieb, in seinem Büro. Den Kopf hatte er auf den Schreibtisch gelegt, und er träumte unruhig von Regina und der altehrwürdigen Gräfin Augusta, die in seiner Phantasie die Form einer steinalten Wahrsagerin annahm und in eine Kristallkugel starrte, in der zahllose tote Pillipopolis und Piantaleones ins All hinauswirbelten wie gigantische Schneeflocken in einem heftigen Sturm.

Kapitel 4

Die altehrwürdige Gräfin Augusta

Es hatten sich nun zwei auseinanderstrebende Ermittlungsansätze in der Affäre Piantaleone ergeben. Der eine betraf Policarpo Pillipopoli, den mutmaßlichen Rotbrigadisten, der im Verdacht stand, General Orazio Piantaleone getötet zu haben. Der andere beschäftigte sich mit Loris Piantaleone, dem begriffsstutzigen und fanatischen älteren Sohn des Generals. In beiden Richtungen wurde derzeit ermittelt. Loris wurde weiterhin rund um die Uhr observiert, er verließ allerdings kaum einmal das Domizil der Piantaleones; und die DIGOS tat alles, was sie konnte, um Policarpo aufzuspüren.

Keines dieser Verdachtsmomente beherrschte Peronis Überlegungen, als er erwachte; es war ein schöner Sonntagmorgen, dessen Geräusche von draußen durch das Bürofenster drangen. Seine Gedanken galten der altehrwürdigen Gräfin Augusta, auf die Regina seine Aufmerksamkeit am vorausgegangenen Abend gelenkt hatte. Dieses Problem verfolgte ihn auch noch auf dem Weg die Straße hinab in die kleine Bar, wo er einen Kaffee trank, und dann weiter bis in den Friseurladen. Es trat kurzfristig in den Hintergrund, als er im Frisiersessel die Zeitungen durchblätterte und mit Befriedigung feststellte, daß er noch immer die Titelseiten beherrschte, obgleich sich eine Tendenz in Richtung untere Blatthälfte abzeichnete. Vom journalistischen Standpunkt aus betrachtet, brauchte die Affäre frischen Auftrieb. Aber selbst Peroni hätte sich nicht vorstellen können, welche Entwicklung bereits hinter der nächsten Ecke auf ihn lauerte.

Dann, als der Friseur Aftershave aufzutragen begann – eine englische Marke, die er extra für Peroni aufbewahrte –, mußte dieser wieder an die altehrwürdige Gräfin denken. Er beschloß, sich sogleich damit zu befassen.

Als er zur Villa der Pillipopoli fuhr, brach in Verona der neue Tag an. Der Fluß gleißte in der Sonne. Die ersten durch nichts zurückzuhaltenden Touristen zogen los auf der Suche nach Kultur und Schnappschüssen. Kellner zupften an den Servietten und probten noch einmal auf Englisch, Deutsch und Französisch ihre elementaren Sprüche zum Ködern der Kunden. Die Tauben nahmen ihre sommerliche Tagesroutine auf: gierig zu fressen und vor den Kameras zu posieren. Die Kirchen – in der Haltung altehrwürdiger Witwen – machten sich zum Empfang bereit.

Im Haus der Pillipopolis wurde Peroni wieder in den blauen Salon geführt; kurze Zeit später trat der Graf ein, der zugleich ärgerlich und besorgt aussah.

»Warum haben Sie nicht erwähnt, daß Ihre Mutter hier lebt?« fragte Peroni.

Pillipopoli lief krebsrot an. »Meine Mutter ist eine sehr alte Dame«, stammelte er. »Sie hat nichts mit dem Verschwinden meines Sohnes zu tun, und überdies – also, um Ihnen die Wahrheit zu sagen, sie ist nicht ganz richtig im Kopf.«

Peronis Entschlossenheit, die altehrwürdige Gräfin aufzusuchen, geriet ein wenig ins Schwanken. Er hatte eine fast abergläubische Furcht vor Geisteskrankheiten. Äußerlich jedoch behielt er die Fassung. »Ich hätte trotzdem gerne einmal mit ihr gesprochen«, sagte er.

»Das kann wirklich nicht zweckdienlich sein«, stieß der Graf hervor. Dann, als er sah, daß Peroni auch weiterhin von unerschütterlichem Diensteifer erfüllt blieb, gab er seinen Widerstand auf. »Kommen Sie bitte mit«, sagte er dumpf.

Sie gingen aus dem blauen Empfangssalon in den hellerleuchteten Aufzug, der sie vollkommen lautlos nach oben in den dritten Stock beförderte. Hier gab es eine Treppe, an deren oberstem Absatz sich eine Tür befand. Pillipopoli klopfte, nachdem sie hinaufgestiegen waren. Die Tür wurde von einer drahtigen Frau in den Sechzigern geöffnet, die ganz in Schwarz gekleidet war und ihr weißes Haar zu einem Dutt aufgesteckt hatte.

»Guten Morgen, Nanni«, sagte der Graf unerwartet familiär, »ist Mama schon auf?«

»Ja, Herr«, sagte die Gesellschafterin und äugte dabei unsicher zu Peroni hinüber.

»Dieser Herr würde sich gern einmal mit ihr unterhalten.«

»Aber –«, versuchte sie zu widersprechen.

»Dieser Herr ist von der Polizei.«

Die Gesellschafterin trat widerstrebend beiseite.

»Ich lasse Sie allein«, sagte Pillipopoli, wandte sich um und begann, die Stufen hinunterzugehen. Peroni wäre es lieber gewesen, wenn er dageblieben wäre, er wußte jedoch nicht, wie er ihn hätte zurückhalten können.

»Würden Sie mir folgen, mein Herr«, sagte die Frau.

Für Peronis Ohren klang diese Aufforderung so freundlich wie die Einladung einer Spinne an eine Fliege. Er trat ein und befand sich nun in einer Art dunklen Vorhalle, die das Gefühl vermittelte, als sei er in eine andere Welt hinübergewechselt.

»Würden Sie hier warten«, sagte die Gesellschafterin, betrat vor ihm ein stockdunkles Zimmer, das von der Halle wegführte, und knipste dort eine Lampe an.

Peroni folgte ihr zögernd und hörte, wie sich die Tür leise hinter ihm schloß. Im Licht der Lampe sah er, daß das Zimmer mit Möbeln vollgestopft war. Überall standen Glasvitrinen, angefüllt mit Porzellanfiguren – Vögel und Tiere, Schäfer und Schäferinnen, Obst und Blumen. Alles Museumsstücke, die ein Vermögen wert waren, aber seine normale Reaktion hierauf wurde diesmal durch ein Gefühl der Besorgnis verdrängt. Ihm war gar nicht wohl bei dem Gedanken, von einer verrückten alten Frau angefallen zu werden, sei es nun handgreiflich oder mit Worten, so daß er sich nun, während er wartete, nicht mit unerlaubten Gedanken über das Porzellan abgab, sondern nur ein kurzes Stoßgebet an Sankt Januarius, den Schutzheiligen von Neapel, murmelte.

Die Tür ging auf, und er beobachtete nervös, wie ein Rollstuhl hereingeschoben wurde.

In ihm saß eine alte Frau, die so klein und gebrechlich war, daß Peroni sich erstaunt fragte, wie sie einen so großen Sohn wie Gino Pillipopoli produziert haben konnte. Doch obwohl das Alter ihren Körper hatte schrumpfen lassen, war es ohne Einfluß auf ihren Geist geblieben. Der hatte, wie Peroni augenblicklich erkannte, eine königliche Qualität. Die leicht gebogene Nase und die vogelartigen, ausnehmend hellen Augen legten davon Zeugnis ab.

»Guten Morgen!« sagte sie, und ihre Stimme klang trotz eines leichten Zitterns befehlsgewohnt.

»Guten Morgen«, sagte Peroni und ging auf sie zu. Er fühlte sich seelisch wieder im Gleichgewicht.

Sie hielt ihm die Hand hin, und er verstand sofort, daß er sie nicht schütteln, sondern küssen sollte. Er küßte sie.

»Verlassen Sie uns, Trombetti!« befahl die ehrwürdige Gräfin Augusta.

Die Gesellschafterin knickste und ging hinaus.

»Bitte, nehmen Sie Platz«, sagte die altehrwürdige Witwe. »Ich höre, Sie sind von der Polizei. Ich nehme an, das ist heutzutage nichts Ehrenrühriges mehr. Von Ihrem Aussehen schließe ich zudem, daß Sie aus dem Süden stammen.« Schlüsselwörter sprach sie so prononciert aus, als stünden sie in hörbarem Sperrsatz. »Aus welchem Teil des Südens?«

»Neapel.«

»Wir haben viele Verbindungen nach Neapel. Prinz Tagliabosco, die alte Prinzessin Pasquini, den Marquis Bagnacampi. Sie kennen sie? Nein, das werden Sie wohl kaum. Nicht dieselben Kreise; obwohl Sie außerordentlich gut aussehen. Seit wann sind Sie schon in Verona?«

»Etwas über ein Jahr.«

»Sie mögen unsere Stadt?« Sie betonte es so, als ob es sich dabei tatsächlich um ihr Privateigentum handelte.

»Ich bin hingerissen von ihr«, sagte Peroni. Es traf zwar nicht zu, aber etwas anderes zu sagen, wäre Majestätsbeleidigung gewesen.

»Sie ist der Stammsitz unserer Familie, so lange, wie man das nur irgend zurückverfolgen kann. Wahrhaftig, ich nehme doch an, Sie werden von unseren Vorfahren gehört haben.«

»Nichts Genaueres«, sagte Peroni höflich. Er fühlte sich jetzt ganz locker und fragte sich, warum um alles in der Welt Pillipopoli behauptet hatte, daß seine Mutter nicht recht bei Sinnen wäre? Sie war doch offensichtlich völlig normal.

»Ach, natürlich haben Sie das!« erwiderte sie scharf. »Die Capulets! Es gab da in der Familie dieses Problemkind namens Julia, das eine unglückselige Affäre hatte. Seinerzeit brachte das die Gemüter ziemlich in Wallung. Sicherlich haben Sie schon davon gehört?«

Jetzt verstand Peroni, was Pillipopoli gemeint hatte.

Nach einem nervösen Blick auf die ehrwürdige Gräfin Augusta begriff er, daß ihre herrschaftlichen klaren Augen einen Kommentar forderten. »Ich hatte immer gedacht«, brachte er schließlich hervor, »daß die Geschichte eine Erfindung von Shakespeare sei.«

»Blödsinn! Sie sind bei der Polizei und wissen nicht einmal das! Unsere Vorfahren, die Capulets, sind vollkommen wahrheitsgetreue, historische Gestalten, mindestens ebenso real wie *Signor* Shakespeare selber, ja, ich würde sogar sagen, wesentlich realer, denn, soweit ich weiß, besteht ja ein gewisser Zweifel, ob er überhaupt existiert hat. Einen solchen Zweifel gibt es an meinen Vorfahren nicht. Sie lebten bereits seit mindestens 300 Jahren in dieser Stadt, ehe der vorgebliche englische Dichter seine etwas verworrene Version der Fakten in die Hände bekam, bei denen es sich im übrigen um streng vertrauliche Familieninterna handelte.«

»Das wußte ich nicht«, sagte Peroni zaghaft.

»Ja, ich würde sogar behaupten«, fuhr die ehrwürdige Gräfin fort, ohne von ihm Notiz zu nehmen, »die Angelegenheit wäre überhaupt nie publik geworden, wenn da nicht dieser schwachköpfige Bogenschütze seine Finger mit im Spiel gehabt hätte.«

»Welcher schwachköpfige Bogenschütze?« fragte Peroni.

»Pellegrino, so hieß der Mann«, sagte sie und fügte mit Verachtung hinzu: »Ein Söldner. Er war nach Friaul gegangen, um dort zu kämpfen – und zwar unter dem Kommando des Grafen Luigi da Porto, meines Wissens ein ausgezeichneter Mann und ein heldenmütiger Soldat, der allerdings unter der trübsinnigen Verblendung des Geistes litt, daß er eine Berufung zur Literatur hätte. Übrigens war es nicht das erste Mal, wenn ich das sagen darf, daß eine solche Verblendung Unannehmlichkeiten heraufbeschworen hat.«

»Wieso das?« fragte Peroni, der anfing, gegen seinen eigenen Willen von der Geschichte gefesselt zu werden.

»Weil er natürlich alles aufgeschrieben hat!«

»Weil er was aufgeschrieben hat?« fragte Peroni.

»Mein guter Mann«, sagte die ehrwürdige Gräfin Augusta, »ich sehe schon, ich werde ganz von vorne beginnen müssen.«

»Wenn Sie so liebenswürdig wären«, sagte Peroni mit einem späten Anflug von neapolitanischem Charme.

»Als dieser Mann, Pellegrino, unter dem Grafen Luigi diente, plauderte er die Geschichte unseres unglückseligen Familienskandals aus, welche er, da er im Gegensatz zum Grafen Veroneser war, in seiner Kindheit erfahren hatte. Kurz darauf wurde der Graf im Kampf verwundet und sah sich genötigt, seine militärische Laufbahn zu beenden. Im Ruhestand beschloß er, da er nichts Besseres zu tun hatte, das, was er als sein literarisches Talent betrachtete, zu kultivieren. Und der erste Stoff, der ihm in den Sinn kam, war die Geschichte, die ihm von eben diesem Veroneser Bogenschützen Pellegrino erzählt worden war. Er schrieb sie also auf, was man bei einem sonst leidlich wohlerzogenen Menschen als ein – meiner Familie gegenüber – eher unhöfliches Benehmen betrachten könnte. Die Geschichte wurde in ganz Italien bekannt – und dann in der ganzen Welt.«

»Und die andere Familie?« sagte Peroni, als ihm ein schrecklicher, bereits sehr konkreter Verdacht in den Sinn kam. »Die, aus der Romeo stammte?«

»Die Montagus«, sagte die ehrwürdige Gräfin. »Hochgradig unersprießliche Leute mit einem Hang zur Gewalttätigkeit und ungehobelten Manieren. Nun, wissen Sie, man hat sie zu Beginn des 13. Jahrhunderts aus der Stadt gejagt, und wenn sie nicht zurückgekommen wären, hätte sich die ganze unglückselige Affäre nie ereignet. Aber die Montagus sind wie Unkraut. Wenn man sie auch noch so sehr mitsamt den Wurzeln ausreißt, sie wuchern doch immer wieder hervor. Sie kamen zurück. Man verjagte sie im Jahre 1324 erneut, aber natürlich war es da schon zu spät, denn es war bereits passiert. Die bloße Tatsache freilich, daß man sie ein zweites Mal verbannte, zeigt recht deutlich, daß alles *ihre* Schuld war.«

»Aber, was ich meine«, sagte Peroni, »gibt es denn heute noch irgendwelche lebenden Nachfahren von ihnen?«

»Natürlich gibt es die. Die nennen sich jetzt Piantaleone. Und ich darf sagen, die Jahrhunderte haben nichts dazu beigetragen, um aus ihnen bessere Menschen zu machen.«

»Aber sind 700 Jahre nicht eine ziemlich lange Zeit? Kann man denn einen Stammbaum überhaupt so weit zurückverfolgen?« fragte Peroni so feinfühlig, wie er nur konnte.

»Unsinn«, sagte sie, »ich habe viele adlige Bekannte, die ihre Ursprünge bis zurück zu Kaiser Karl dem Großen zurückverfolgen können, und der lebte gute 500 Jahre früher. Abgesehen davon, für den unwahrscheinlichen Fall, daß irgendein Mitglied dieser Familie unsere Vergangenheit vergessen sollte: Die *Fehde* würde ihn schnell wieder daran erinnern.«

»Die *Fehde*«, sagte Peroni, wobei er unbewußt ihre Betonung kopierte. »Meinen Sie damit, daß die fortgesetzt wurde?«

»Aber selbstverständlich. Die Montagus – oder die Piantaleones, wie sie sich ja jetzt nennen – haben schon dafür gesorgt!«

»Aber mir kommt es so vor, als ob ich etwas von einer Versöhnung in Erinnerung hätte und – was war es doch gleich? Statuen aus purem Gold?«

»Sentimentales Geschwätz!« zischte die altehrwürdige Gräfin, »eine Erfindung von *Signor* Shakespeare! Können Sie sich vorstellen, wieviel Gold man benötigen würde, um eine Statue aus purem Gold anzufertigen – von zweien einmal ganz zu schweigen?« Peroni fühlte sich genötigt, ihr einen Pluspunkt gutzuschreiben. »Es fand mit Rücksicht auf die Obrigkeit eine formelle Versöhnung statt«, fuhr sie fort, »aber können Sie sich vorstellen, daß die Montagus das respektiert hätten? Die doch nicht! Und bedenken Sie auch, daß unser armer Tibalt von denen ermordet worden ist! Sie erwarten doch wohl nicht, daß wir das ungerächt lassen würden? Und Julia – die arme Kleine, kaum erkaltet in ihrem Grab! Wie hätten wir sie vergessen können?«

»Aber sie hat sich doch selbst umgebracht«, widersprach Peroni.

»Weil man sie dazu getrieben hat! Wenn dieser schändliche junge Kerl Romeo sie nicht verführt hätte, wäre sie friedlich mit Paris verheiratet worden, und dieses ganze bedauerliche Mißgeschick hätte nie stattgefunden.«

»Aber sie liebte ihn doch – ich meine, den Romeo – oder nicht?«

»Liebe!« schnaubte die ehrwürdige Gräfin Augusta. »Im Alter von 14 Jahren, was erwarten Sie, daß ein Mädchen da von Liebe weiß? Man hat ihr den Kopf verdreht, das war alles!«

»Und liebte er sie denn nicht?«

»Ha!« Der Ausruf war voller Verachtung. »Wir wissen alle nur zu gut, was es mit dieser Sorte von Liebe auf sich hat. Nein, nein, mein guter Mann, die ganze Sache war ein unverzeihlicher, schändlicher Angriff auf unsere Familienehre, und wenn er nicht so viel Verstand gehabt hätte, sich selbst umzubringen, dann wäre es ihm sehr gründlich von anderen besorgt worden!«

Die zierliche, aber temperamentvolle alte Dame war so aufgebracht, als ob sie selbst in dem Drama mitspielen würde. In ihre Wangen war die Röte gestiegen, ihre Augen funkelten wild, und ihre knöchernen Finger kreisten und wirbelten umher wie wahnsinnig gewordene Schlangen.

»Sie behaupten, die Montagus – die Piantaleones – haben die Fehde fortgesetzt«, fragte Peroni, der nun neugierig geworden war, weiter. »Wie haben sie denn das gemacht?«

»Da gibt es viele Beispiele«, sagte sie. »Als der Konflikt zwischen den Welfen und den Waiblingern ausbrach, stand meine Familie natürlich auf der Seite der Welfen. Es war die einzig vertretbare Politik zu einer Zeit, als das Königreich im Zerfall begriffen war, und tatsächlich hat der Verlauf der Geschichte uns recht gegeben. Aber natürlich waren die Montagus – wie immer reaktionär – auf der Seite der Waiblinger. Und nicht genug damit, daß sie solchen absurden, veralteten Ansichten nachhingen, sie provozierten uns auch noch unablässig, uns – die führende Welfenfamilie der Stadt. Sie können von uns kaum erwarten, daß wir über ein solches Verhalten einfach hinweggesehen hätten, meinen Sie nicht?«

»Wohl kaum«, sagte Peroni.

»Dann, zu der Zeit, als Garibaldi sich edelmütig um die Vereinigung Italiens bemühte«, fuhr sie fort, »hatte er natürlich die vollste Unterstützung meiner Familie. Hing nicht die ganze Zukunft von dieser Einheit ab? Selbstverständlich tat sie das! Während die Piantaleones, wie sie damals bereits hießen, auch weiterhin unablässig die österreichischen Tyrannen hofierten, Bälle für ihre Offiziere veranstalteten, bei denen sich die Frauen der Familie, wie sie es durch Jahrhunderte hindurch getan haben, einfach schamlos aufführten. Nur wenige Familien in Italien reichen im Verlauf der jüngsten schweren Tage, was die Zahl der Widerstandskämpfer angeht, an die Familie Pillipopoli heran, während die Piantaleones zu den Schwarzhemden gehörten!«

Plötzlich spürte Peroni, daß er es nicht länger ertragen konnte. »Sie sind zu gütig gewesen«, sagte er und erhob sich, »ich darf Sie nicht länger ermüden.«

»Ich bin kein bißchen müde«, wies sie ihn königlich zurecht und reichte ihm die Hand zum Kuß hin, »aber ich nehme an, Sie werden jetzt weiter Ihren Pflichten nachkommen müssen.«

»Ich fürchte, da haben Sie recht«, sagte Peroni und küßte ihre Hand.

Die ehrwürdige Gräfin Augusta schüttelte eine kleine Silberglocke an ihrer Seite, und die Gesellschafterin trat verdächtig schnell ein.

»Führen Sie den *Commissario* hinaus«, befahl die Gräfin.

Als er wieder draußen im hellen Sonnenlicht stand, fühlte sich Peroni, als ob er durch einen dunklen Tunnel gegangen und soeben auf der anderen Seite herausgekommen sei. Erst dann wurde ihm klar, daß Regina die Geschichte gekannt haben mußte, die die altehrwürdige Gräfin Augusta ihm soeben erzählt hatte.

»Im Namen des Vaters und des Sohnes und des Heiligen Geistes«, sagte der Priester, als er die Messe am Hauptaltar der Kirche Sankt Trinità begann.

Peroni, seine Schwester, sein Schwager, sein Neffe und seine Nichte bekreuzigten sich andächtig.

»Aber gewiß ist doch diese ganze Geschichte von Romeo und Julia eine reine Legende?« flüsterte Giorgio Peroni zu, der gerade damit fertig geworden war, ihm seine Unterredung mit der altehrwürdigen *Contess* zu schildern.

»Natürlich ist sie das!« flüsterte Peroni zurück. »Offensichtlich ist das ihre spezielle Form des Wahnsinns.«

»Also ist die ganze Sache nur eine falsche Spur«, flüsterte Giorgio.

»Pst!« sagte Assunta, »ich beichte Gott dem Allmächtigen ...«

Aber auch ihre Gedanken mußten sich wohl wie die aller anderen mit der Episode beschäftigt haben, denn untermalt vom Gloria – das von einer Gruppe von Jungen und Mädchen, die sich mit der Gitarre begleiteten, gesungen wurde – nahm sie das Gespräch darüber mit ihrem Bruder wieder auf.

»Was ist mit dem Bogenschützen, Pellegrino?« zischte sie. »Und Graf Luigi da Porto?«

»Was soll mit ihnen sein?« zischte Peroni zurück. Er hatte schon befürchtet, daß seine Schwester, eine unverbesserliche Anbeterin des Unglaublichen und Phantastischen, nichts unversucht lassen würde, ihn von der Authentizität der Geschichte der alten Gräfin zu überzeugen. Aber zum Glück, so hatte er sich ausgerechnet, würde er den gesunden Menschenverstand von Giorgio und den Kindern auf seiner Seite haben.

»Nun? Das alles scheint doch die Geschichte zu untermauern, oder nicht?« flüsterte Assunta.

»Es ist wahrscheinlich nichts weiter als ein bloßer literarischer Kunstgriff«, sagte Peroni ein wenig hochtrabend, während das Gloria anschwoll. »Und überhaupt – etwas Derartiges in einer Morduntersuchung im 20. Jahrhundert –«

»Pst!« zischte Assunta noch mal.
»Die erste Lesung ist aus dem Buch der Könige.«
»Achille hat ganz recht, weißt du«, sagte Giorgio zwischen der ersten und zweiten Lesung.
»Ich danke dir, Giorgio«, flüsterte Peroni zwischen der zweiten Lesung und dem Evangelium und überlegte sich, wie sehr man wohl seinen nüchternen Stil bei New Scotland Yard beklatscht hätte. Die Predigt ließ sie verstummen, und Peroni fragte sich, warum Anna Maria und Stefano ihm nicht zugestimmt hatten. Die Antwort erhielt er, als man das Credo sang.
»Ich nehme doch an, es ist dir klar, Onkel Achille«, flüsterte ihm Anna Maria zu, »daß die Capulets und Montagus schon bei Dante erwähnt werden. Übrigens durchaus auf Tatsachen basierend«, fuhr sie fort, »und er war ein Zeitgenosse. Er zitiert sie als ein Beispiel der schrecklichen Zwistigkeiten, die es in jenen Tagen gab. Irgendwo im Fegefeuer, glaube ich.«
»Im sechsten Gesang des Fegefeuers«, spezifizierte Stefano, »Vers 106–108. Er ist Teil einer Aufforderung an Albert I. von Habsburg, der damals Kaiser des Heiligen Römischen Reiches war, Italien aufzusuchen, um Zeuge der Fehden zu werden, die das ganze Land spalteten, und um ihnen ein Ende zu setzen. ›Kommen Sie, und sehen Sie sich die Montagus und Capulets an‹, heißt es bei ihm wortwörtlich.«
Peroni war erschüttert. Auf Assunta war er vorbereitet gewesen, aber daß Anna Maria und Stefano sich auf ihre Seite schlugen, kam für ihn unerwartet und traf ihn hart.
»Ich danke euch vielmals«, flüsterte er voller Ironie.
»Keine Ursache, Onkel Achille«, sagte Stefano höflich, wobei er entweder die Ironie ignorierte oder sie nicht wahrgenommen hatte.
». . . und das Leben der zukünftigen Welt. Amen.«
Peroni brauchte bis zum Vaterunser, um seine Verteidigungslinien zu ordnen.
»Selbst mal angenommen«, flüsterte er grimmig, »daß die Capulets und Montagus wirklich existiert haben, bedeutet das mit Sicherheit noch lange nicht, daß ihre Nachkommen 700 Jahre später auf den Straßen von Verona herumlaufen!«
»Warum denn nicht?« zischte Assunta aus dem Mundwinkel.
»Weil es unmöglich ist«, sagte er.
»Selbstverständlich ist es das«, murmelte Giorgio.

»Pst!« unterbrach sie Assunta, vielleicht, weil die Gemeinde gerade dabei war, das Agnus Dei zu sagen, vielleicht auch, weil sie eine geeinte Opposition nicht mochte.

»Schließlich gibt es«, sagte sie noch rasch, ehe der Chor mit dem Kommunionslied begann, »noch sehr viel ältere Familien als diese, die immer noch existieren.«

»Wenn du es so sehen willst, dann stammen wir alle von Adam ab«, sagte Peroni, »aber wenn meine Schlußfolgerungen in dieser speziellen Mordermittlung auf literarisch-legendären Theorien basieren sollen, werde ich nie zu irgendeinem Ziel gelangen. Oder besser gesagt: Ich werde überall hinkommen, bloß nicht dahin, wo ich sein sollte.«

Anna Maria war ins Gebet vertieft, nachdem sie von der Kommunion zurückgekommen war. Dann wandte sie sich wieder den weltlichen Dingen zu: »Ein bißchen Phantasie kann nicht schaden, Onkel Achille. Wenn du sie nicht nutzt, kann es dir passieren, daß du etwas ganz Wichtiges übersiehst.«

Damit war die Diskussion beendet, bis die Messe vorüber war. Dann, nachdem sie aus der kühlen Dunkelheit im Innern der Kirche in die flimmernde Hitze, die draußen herrschte, getreten waren, fällte Stefano sein endgültiges Urteil.

»Von einem rein pragmatischen Standpunkt aus besehen«, sagte er, »können wir diese neue Eröffnung nicht aus unseren Überlegungen ausschließen.« Peroni betrachtete ihn finster. »Es steht außer Zweifel«, fuhr Stefano fort, als ob er ein imaginäres Schachbrett an einem entscheidenden Punkt des Spieles in Augenschein nähme, »daß General Piantaleone ermordet worden ist und daß Policarpo Pillipopoli von zu Hause verschwunden ist. Es steht ebenfalls außer Zweifel, daß der eine eine führende Gestalt auf dem extrem rechten politischen Flügel war, während der andere Ansichten einer ebenso extremen linksgerichteten Gruppe vertritt oder vertreten hat. Hinzu kommt die Identifikation des Generals mit dem fraglos historischen Clan der Montagus und andererseits die von Policarpo mit dem nicht minder historischen Clan der Capulets. Und das führt uns zu der einzigen und praktisch so gut wie unausweichlichen Schlußfolgerung.«

»Die wäre?« fragte Peroni hilflos.

»Daß der alte Familienzwist wieder von neuem entflammt ist.«

Kapitel 5

Loris

Zu Peronis Überraschung und Bestürzung stand selbst *Dott.* Guerra der Geschichte nicht ganz skeptisch gegenüber.

»Ich weiß es zu würdigen, *Dottore«*, sagte der Veroneser Polizeichef, »daß Ihnen bei Ihrem pragmatischen Zugriff« – Stefano hatte dasselbe Wort gebraucht, erinnerte sich Peroni und beschloß, es demnächst im Wörterbuch nachzuschlagen – »eine solche Idee absurd erscheinen muß. Andererseits ist es unzweifelhaft wahr, daß viele italienische Adelsfamilien ihren Stammbaum außerordentlich weit in die Vergangenheit zurückverfolgen können. Und die historische Realität der Capulets und der Montagus scheint ganz außer Frage zu stehen.«

»Aber, *Dottore –«*, begann Peroni ohne große Überzeugung.

»Lassen Sie mich es so ausdrücken, *Dottore«*, sagte Guerra und erhob eine manikürte Hand mit einer höflichen Autoritätsgeste, »während wir unsere Überlegungen nicht über Gebühr durch historische oder literarische Betrachtungen strapazieren lassen sollten, so mag es doch nützlich sein, den Gedanken nicht außer acht zu lassen, daß möglicherweise weit zurückreichende Familienverflechtungen eine gewisse Rolle bei diesen Ereignissen spielen könnten. Wollen wir es dabei belassen, *Dottore?«*

»Ja, *Dottore«*, sagte Peroni und kam zu dem Schluß, daß die öffentliche Meinung vollkommen daneben lag, wenn sie dem Süden einen übertriebenen Hang zur Phantasie und dem Norden nüchternen gesunden Menschenverstand zuschrieb. Es war genau andersherum.

Lenotti, jener jammervolle Connaisseur von Kamillentee, hatte mehrere Arbeitsschichten mit der Beobachtung von Loris Piantaleone verbracht, ohne auch nur etwas von entferntestem Interesse zu erfahren. Und auch die Berichte seiner Kollegen waren alle gleichermaßen negativ. Loris verließ den festungsartigen mittelalterlichen Wohnsitz der Piantaleones so gut wie nie. Also wirklich, dachte Lenotti, wenn er nicht in einer solch bescheidenen Position gewesen wäre, hätte er sich durchaus bemüßigt fühlen können, eine gewisse Form von Kritik anzubringen. Warum wurde diese Überwachung fortgesetzt? Schließlich und endlich waren es öffentliche Gelder, die hier verschwendet wurden. Steuergelder. Seine eigenen Steuern – ganz abgesehen von allem anderen. Es war dieser *Commissario* Peroni. Nicht, daß Lenotti auch nur ein einziges Wort gegen seinen Vorgesetzten sagen würde, nein, aber man durfte schließlich nicht vergessen, daß der *Commissario* ein Neapolitaner war, und die Neapolitaner waren allgemein bekannt für ihre Irrationalität. Schon wahr, der *Commissario* hatte sich einen Namen gemacht mit seinen sensationellen Erfolgen, aber der basierte einzig auf Zeitungsberichten, und Lenotti wußte sehr wohl, daß Papier geduldig ist. Überdies waren alle diese Erfolge erzielt worden – wenn es denn wirklich welche waren –, bevor der *Commissario* nach Verona gekommen war. Seither hatte er überhaupt nichts bewirkt. Und er bezog seine Zigaretten vom Schwarzmarkt. Natürlich ging das alles Lenotti nichts an, aber man konnte nicht umhin, gewisse Dinge zu bemerken. Und jetzt, wo dem *Commissario* eine Aufgabe von einer gewissen Bedeutung übertragen worden war, was tat er da? Verschwendete eine wertvolle Arbeitskraft darauf, jemanden zu beschatten, der nirgendwo hinging.

An diesem Punkt wurden Lenottis Gedankengänge durch das plötzliche Erscheinen Loris Piantaleones unterbrochen, der aus dem massiven hölzernen Eingangstor herausgestürzt kam und offensichtlich in einem Zustand höchster Erregung auf einen grauen Sportwagen, der draußen geparkt war, zurannte. Es war das erste Mal, seit die Überwachung auf ihn angesetzt worden war, daß er wegfuhr.

Lenotti konnte sich schon ausmalen, daß er mit Sicherheit seine Beute im Straßenverkehr verlieren und entsprechend dumm vor dem neapolitanischen *Commissario* dastehen würde. Dennoch wartete er, bis Loris um die Straßenecke gebogen war, bevor er sich anschickte, ihn zu verfolgen. Zum Glück gab es an diesem Morgen starken Verkehr, und Lenotti hatte keine Schwierigkeit, ziemlich dicht hinter Loris herzufahren, ohne daß er riskierte, gesehen zu werden. Loris wirkte ohnehin so erregt, daß er es wohl nicht einmal bemerkt hätte, wenn ihm ein Polizeiauto mit Blaulicht und Sirene gefolgt wäre.

Was Lenotti nicht sah, war, daß er seinerseits von einem jungen Mann mit goldblondem Haar verfolgt wurde, den Peroni sofort als Gabriele Piantaleone wiedererkannt hätte.

Zur Überraschung Lenottis – nicht Gabrieles – verließ Loris Verona und fuhr in Richtung Gardasee. Jetzt würden die Dinge bald anfangen schiefzulaufen, entschied Lenotti mit düsterer Befriedigung.

Doch kurz vor dem Dorf Lazise erblickte er zu seiner Linken den See, der dalag wie eine riesige, blankpolierte Silberschüssel, und Lenotti fühlte sich von einer bei ihm seltenen Welle des Optimismus getragen. Schließlich war es ihm gelungen, Loris unbemerkt auf den Fersen zu bleiben.

Vielleicht würde sich doch noch alles zum Guten wenden. Vielleicht würde er zur *Questura* mit wirklich wichtigen Informationen zurückkehren, die er dem *Commissario* Peroni unter die Nase reiben könnte.

Genau in diesem Moment geschah es, daß unmittelbar vor ihm ein Auto auf der rechten Straßenseite aus einer Hoteleinfahrt herausgeschossen kam. Während der Fahrer noch einigen Personen hinter sich fröhlich zuwinkte, lenkte er sein Auto auf die linke Straßenseite.

Lenotti hätte nicht das GB-Schild am Heck des Autos zu sehen brauchen, um sofort zu wissen, daß der Narr am Steuer ein Engländer war, der jetzt – von der Verabschiedung abgelenkt – auf der falschen Straßenseite direkt auf Lenottis Auto zufuhr. Auf die andere Seite auszuweichen, hätte den sofortigen Tod unter den Rädern eines entgegenkommenden LKW-Ungetüms bedeutet. Das Beste, was Lenotti noch zu tun übrigblieb, war, so fest wie möglich auf die Bremse zu steigen, was einen Frontalzusammenstoß mit dem englischen Auto allerdings nicht verhinderte.

Er hatte gerade noch Zeit, sich zu sagen, daß er schon von Anfang an gewußt hatte, daß heute alles daneben gehen würde, als die Wucht der Karambolage ihn faktisch k. o. schlug.

Er ahnte nicht, daß Gabriele Piantaleone, der 200 Meter hinter ihm gefahren war, sich geschickt an dem Unfall vorbeischlängelte und unbeobachtet die Spur seines Cousins Loris weiterverfolgen konnte.

Das dicke Mädchen hatte sich schon oft gefragt, was man eigentlich im einzelnen tun müßte, um in die Reihen der Roten Brigaden aufgenommen zu werden. Sie erwartete nicht, zu den Anführern zu gehören, ja, sie hätte sich vor einer solchen gefährlichen Ehre sogar mehr als gescheut. Aber sie wäre gerne eine aktive Sympathisantin gewesen, eine von denen, die Botschaften hinterließen, eine von jenen, die in Telefongesprächen anonymen Stimmen berichteten, daß ein gewisser Wagen auf einer gewissen Straße zu einer bestimmten Zeit vorbeigefahren wäre. In der Hoffnung, daß man sie für eine solche Mission aussuchen würde, hatte sie sich nun schon seit über einem Jahr an der Universität im Umkreis extrem linker Zirkel bewegt. Bisher hatte sie umsonst darauf gewartet, daß jemand einmal sagen würde: ›Pst! Bist du bereit, der Sache des Proletariats zu dienen?‹ Aber sie hatte die Hoffnung noch nicht aufgegeben. Im Moment saß sie gerade mit einer Gruppe linker Studenten draußen vor der Pizzeria Costa auf der Piazza Dante. Alle Tische waren besetzt – größtenteils mit kamerabehängten, sonnenverbrannten, sich häutenden, erschöpften Touristen, von denen sich die bewußt ungepflegten und schlampig gekleideten Studenten auffällig abhoben.

»Das Problem mit der Studentenpolitik heutzutage ist«, sagte ein aggressives Mädchen mit Schnurrbart, »daß sie zu 99 Prozent ein Spiel ist. Parolen an die Wände sprühen – darauf läuft es doch hinaus! Das – und eine Menge Geschwätz.«

»Nicht immer«, sagte ein dürrer, schlaksiger Junge mit riesigen Augengläsern. »Denk doch mal an Curcio und Margherita Cagol und Paola Besuschio.«

»Das ist das eine Prozent«, sagte das Mädchen mit dem Schnurrbart, »oder genauer, das *war* es – die gehören doch jetzt schon zur Geschichte. Wer macht denn heutzutage überhaupt noch was in der Szene an den Unis?«

»In einem brutalen, repressiven Polizeistaat wie diesem«, wagte sich das dicke Mädchen mit seiner Meinung hervor, »sind die, die überhaupt etwas tun, darauf bedacht, Stillschweigen zu bewahren.«

Das Mädchen mit dem Schnurrbart sah so aus, als ob sie noch etwas sagen wollte, überlegte es sich dann aber anders.

»Es gibt trotzdem Leute, die was machen«, sagte ein fast noch kindlich wirkender Junge namens Toni.

»Und wer zum Beispiel?« fragte das Mädchen mit dem Schnurrbart streitsüchtig.

»Na, zum Beispiel«, sagte der Junge namens Toni und dachte einen Moment nach. »Zum Beispiel – wie wär es mit Policarpo Pillipopoli?«

»Ha!« schnaubte der schlaksige Junge mit den enormen Brillengläsern, »bei der dicken Knete in seiner Familie? Glaubt doch das nicht! Der ist auch bloß so ein Müttersöhnchen, der ein bißchen politisch herumtheoretisiert!«

Wieder sah das Mädchen mit dem Schnurrbart so aus, als ob sie etwas sagen wollte, und wieder überlegte sie es sich anders.

»Er hat sich schon lange nicht mehr blicken lassen«, sagte Toni gedankenvoll.

»Er hat sich wahrscheinlich zu einer Kreuzfahrt rund um die Welt aufgemacht!« feixte der schlaksige Junge.

»Ich frage mich ...«, sagte das dicke Mädchen. In der Tat hatte sie sich schon eine ganze Weile über Policarpo Pillipopoli Gedanken gemacht. Sie wußte, er war der Sohn eines Grafen und gehörte zu einer der reichsten Familien in Verona, aber seine Gedanken waren höchst explosiv gewesen; und nun war er verschwunden. Ob er in den Untergrund gegangen war? Ob er vielleicht blutigen Ernst gemacht hatte?

»Da gibt es überhaupt nichts zu fragen«, sagte der schlaksige Junge, »Policarpo Pillipopoli würde schon beim bloßen Anblick einer Pistole ohnmächtig werden.«

Was auch immer das Mädchen mit dem Schnurrbart gedacht haben mochte, die letzte Bemerkung war zu viel für sie gewesen. »Wollen wir doch mal festhalten –«, legte sie los, wobei sie ihre Worte mühsam hervorpreßte.

Die anderen schauten sie neugierig an. Jetzt konnte sie nicht mehr zurück. Sie zögerte noch einen Moment, dann lehnte sie sich vor. »Policarpo ist ein aktiver Kämpfer der Roten Brigaden«, flüsterte sie.

»Woher willst du das wissen?« fragte der schlaksige Junge.

»Darüber kann ich nicht sprechen«, sagte sie.

»Ach komm, Giulia«, sagte der Junge namens Toni und lachte, »das erfindest du doch nur!«

»Tu ich nicht!« sagte das Mädchen mit dem Schnurrbart und lief puterrot an. »Hört mal zu, wenn ihr mir nicht glaubt«, sprudelte es aus ihr hervor, »aber ihr müßt die Klappe halten!« Die Köpfe der Studenten zogen sich zu einem noch engeren Kreis zusammen. »Erinnert ihr euch an das Christdemokratenschwein, dem sie letzte Woche in die Beine geschossen haben?« Natürlich erinnerten sich alle daran. »Also, ich war dabei, als das passiert ist!« Sie machte eine Pause. »Ich habe da mitgemacht.«

Das dicke Mädchen spürte vor Eifersucht einen schmerzhaften Stich in der Magengrube. Warum hatte man Giulia angesprochen und sie nicht? Kein Wunder, daß es mit der Sache des Proletariats so erbärmlich stand. Krampfhaft dachte sie über eine Möglichkeit nach, es ihnen heimzuzahlen.

»Mein Auftrag«, fuhr Giulia fort, »lautete, an diesem Morgen um 20 vor 8 auf einem genau festgelegten Punkt einer Straßenkreuzung eine Autopanne vorzutäuschen, um den Verkehr für mindestens drei Minuten zu blockieren. Dann sollte ich in eine gegenüberliegende Telefonzelle gehen, um so zu tun, als würde ich den Pannendienst anrufen. Von der Telefonzelle aus konnte ich die ganze Schießerei mitansehen. Es war ein rothaariges Mädchen und ein Mann – und der Mann war Policarpo Pillipopoli! Da gibt es überhaupt keinen Zweifel!«

»Die Pizzas, *Signori!*« verkündete der Kellner, der die Pizzateller auf seinen Armen trug wie ein Ausstellungsstück für die Kunstbiennale von Venedig.

Voller Staunen blickten sie einander an, während die dampfenden Pizzas vor sie hingestellt wurden. Dann begannen sie, nachdenklich zu essen, wobei sich der Mozzarellakäse aus ihren Mündern langzog wie Kaugummi. Nach dem Essen trennte sich die Gruppe, und ihre einzelnen Mitglieder entfernten sich in unterschiedliche Richtungen.

Das dicke Mädchen hatte sich die perfekte Rache ausgedacht. Sie lief zur nächsten Zentrale der Christdemokratischen Partei, um sich dort als Mitglied einzuschreiben.

Das Mädchen mit dem Schnurrbart ging nach Hause und faßte wieder einmal den Vorsatz, jetzt wirklich und endlich damit anzufangen, Karl Marx zu lesen.

Der schlaksige Junge ging sich einen pornographischen Film ansehen, was zwar nicht linientreu und revolutionär war, aber Spaß machte.

Der Junge namens Toni begab sich, nachdem er sich gründlich versichert hatte, daß ihn niemand beobachtete, in die *Questura.*

Er war das jüngste Mitglied der DIGOS in Verona, und er sah noch jünger aus, als er in Wirklichkeit war, weshalb man ihn auch für die Unterwanderung von Studentengruppen ausgesucht und ausgebildet hatte. Er gehörte auch zu jener kleinen Armee von Menschen, deren unmittelbarstes und dringlichstes Ziel es war, Policarpo Pillipopoli, den mutmaßlichen Mörder General Piantaleones, zu finden.

Und Toni hatte jetzt Informationen, die sie weiterbringen konnten. Policarpo und der Terrorist der Roten Brigaden auf dem Phantombild stellten ein und dieselbe Person dar. Und es war noch nicht einmal eine Woche her, daß Policarpo in Begleitung eines rothaarigen Mädchens eine sogenannte Strafaktion durchgeführt hatte, bei der ein Mensch zum Krüppel geschossen worden war.

»Ein Neapolitaner«, sagte Peroni, »sollte nicht versuchen, den Rationalismus des Nordens nachzuäffen.«

»Hast du denn versucht, den Rationalismus des Nordens nachzuäffen, Onkel Achille?« fragte Anna Maria.

»Narr, der ich bin«, sagte Peroni in einem raren Anflug von Bescheidenheit, »habe ich es getan. Ich habe versucht anzunehmen, daß es so etwas wie einen Fluch, der auf Leuten liegt, nicht gibt. Aber jeder Bettler in Neapel hätte mir sagen können, daß Lenotti ein Unglücksvogel ist. Und es mußte natürlich gerade er sein, der heute morgen vor dem Haus der Piantaleones Wache schob, als Loris endlich versuchte, sich aus dem Staub zu machen.

Lenotti heftete sich an seine Fersen. Sie nahmen die Straße Richtung Gardasee. Endlich hätte es uns gelingen können, herauszufinden, wohin General Piantaleone gefahren ist, wenn er oben in Rosaro hätte sein sollen – der entscheidende Schlüssel zu dieser ganzen Geschichte. Und was passiert? Ein Engländer kommt ihm auf der falschen Straßenseite entgegen, knallt voll in Lenottis Wagen und setzt ihn schachmatt. Hätte das irgend jemand anderem auf der ganzen *Questura* zustoßen können? So etwas passiert nur ihm!«

»Wenn ich du wäre, Onkel Achille«, sagte Stefano, »würde ich mit meinem Urteil über den Wert oder Unwert des Aberglaubens bis zu einem Zustand größerer Objektivität warten. Eines scheint auf jeden Fall evident.«

»Und was wäre das?«

»Wenn Loris' Fahrt heute morgen in die gesuchte Richtung ging, dann muß General Piantaleones Ziel anscheinend irgendwo am Gardasee gelegen haben.«

»Der Gardasee ist ein großes Gebiet«, sagte Peroni undankbar.

»Trotzdem ist es ein Schritt vorwärts.«

»Und was wirst du wegen der Sache in der Zwischenzeit tun, Onkel Achille?« fragte Anna Maria.

Peroni antwortete mit einem bedeutungsvollen, düsteren Achselzucken. »Da gibt's nicht viel, was ich von meiner Seite aus tun kann«, sagte er. »Wir müssen einfach warten, bis wir Loris wiedersehen.«

Er konnte nicht wissen, daß man Loris nie wieder lebend sehen würde. Und auch vom toten Loris würde nicht mehr viel zu sehen sein.

Nachdem er den postumen Brief des Generals unter die Montagmorgenpost gemischt hatte, war Gabriele mit der dritten Tasse Kaffee an diesem Morgen zu einem Sessel gegangen, um der Dinge zu harren, die da kommen mochten. Lange brauchte er nicht zu warten. Loris war sofort, nachdem er mit der Lektüre des Briefes begonnen hatte, totenbleich geworden, um dann langsam im ganzen Gesicht rot anzulaufen.

»Irgendwas nicht in Ordnung, Loris?« hatte Gabriele teilnahmsvoll gefragt.

Loris hatte ihm einen giftigen Blick zugeworfen, den Gabriele zwar mit einem verblüfften, aber auch nachsichtigen Lächeln quittierte.

»Ich muß weg ...«, hatte Loris hervorgestoßen und dabei den Brief in seine Tasche gestopft.

Gabriele hatte vom Fenster aus beobachtet, wie Loris davonfuhr. Ein paar Sekunden später war ihm ein anderer Wagen aufgefallen, der weiter unten auf der Straße geparkt hatte und jetzt Loris hinterherfuhr. Er erkannte in dem Fahrer denselben Mann, den er in letzter Zeit zu verschiedenen Gelegenheiten in seinem parkenden Auto am Straßenrand bemerkt hatte. Einem Mann wie dem sah man seinen Beruf auf einen Kilometer Entfernung an. Gabriele hegte keinen Zweifel, daß er ein Polizeibeamter war. Das war ein Ärgernis. Nicht, daß er erwartete, sogleich die Person zu finden, die er suchte ... ob es sich um dieselbe Person handelte, die Onkel Orazio getötet hatte? Wahrscheinlich, sehr wahrscheinlich sogar! Es wäre doch zu schade, wenn die Polizei auf dieselbe Spur stieße wie er. Daran ließ sich allerdings jetzt nichts ändern. Also ließ sich Gabriele Zeit, um den beiden

Wagen einen komfortablen Vorsprung zu geben, bevor er selber losfuhr. Ganz wie er es erwartet hatte, nahm Loris die Straße zum See hinaus. Und dann, kurz vor Lazise, hatte er unwahrscheinliches Glück gehabt. Der Polizeibeamte war von einem englischen Wagen, der auf der falschen Straßenseite fuhr, gerammt und außer Gefecht gesetzt worden. Während er den Unfallort passierte, empfand Gabriele ein Gefühl der Befriedigung. Jetzt hatte er seine Beute wieder ganz für sich.

Er traf in dem Dorf Garda ein, gerade noch rechtzeitig, um seinen Cousin in eine Seitenstraße abbiegen zu sehen, die in die Berge hinaufführte, wo es unmöglich sein würde, ihm zu folgen, ohne erkannt zu werden. Also fuhr Gabriele auf einem anderen Weg zu einem Aussichtsposten oberhalb von Garda, den er bereits bei früheren Besuchen zur Beobachtung gewählt hatte. Es war nur ein kurzes Stück Fahrt, und als er dort ankam, sah er unter sich Loris' Wagen, der gerade vor einem schweren eisernen Tor anhielt. Loris stieg aus, sagte ein paar Worte in eine Gegensprechanlage, dann stieg er wieder in den Wagen. Das Tor öffnete sich für ihn und ging unmittelbar hinter ihm wieder zu.

Gabriele zog sein Hemd aus und legte sich zum Sonnenbaden auf den Bauch. Er würde den Eindruck erwecken – bloß für den Fall, daß zufällig jemand ihn beobachten sollte, und man konnte schließlich nie vorsichtig genug sein –, als sei er nur ein harmloser Tourist. Gleichzeitig jedoch behielt er die Villa, die unter ihm lag, im Auge.

Nicht zum ersten Mal verspürte er den Wunsch, daß er sie von innen betrachten, ein Zimmer nach dem anderen unter die Lupe nehmen könnte. Aber er wußte, daß jeder Versuch Selbstmord bedeutet hätte, und begnügte sich daher damit, das Anwesen aus der Ferne zu beobachten. Es war gegen neugierige Schnüffler gut abgeschirmt. Abgesehen von den hohen Mauern und dem soliden, schier unüberwindlichen Tor standen Bäume rund um die Villa, die sie fast gänzlich vor allen unerwünschten Blicken schützten. Sogar von seinem Adlerhorst aus konnte Gabriele kaum mehr als Teile des Hauses sowie kleine Stücke des Rasens und der Kieswege erkennen.

Einige Wochen zuvor, als die Fahrten des Generals Piantaleone nach Rosaro ihn mißtrauisch gemacht hatten, war es ihm gelungen, seinem Onkel und Vetter nach Garda zu folgen; anschließend hatte er nicht mehr lange gebraucht, um herauszubekommen, was dort vor sich ging. Aber diese Schlußfolgerung hatte er weniger aus dem gezogen, was er dort beobachtet hatte, als vielmehr daraus, *wen* er dort alles das schwere Tor hatte passieren sehen.

Er hatte gleich gewußt, daß er der interessantesten Sache auf die Spur gekommen war, die ihm je untergekommen war, und er war gerade dabeigewesen, der Sache auf den Grund zu gehen, um herauszufinden, wie man aus dieser Situation den maximalen Gewinn machen könnte, als die Dinge durch den Tod des Generals auf den Kopf gestellt wurden – was ihm auf der anderen Seite jedoch auch die Möglichkeit noch größerer Gewinne bot. Dazu bedurfte es aber noch weiterer Kenntnisse, zu denen einzig Loris ihm verhelfen konnte.

Während Gabriele sich dies alles durch den Kopf gehen ließ, die Villa dort unten beobachtete und dazu vier Zigaretten der Schweizer Marke Mercedes hintereinander rauchte, brannte ihm die Sonne auf den ohnehin beinahe schon kaffeebraunen Rücken, und um ihn herum zirpten die Grillen.

Auf einmal durchfuhr ihn ein neuer Gedanke. Wenn Loris einen gewissen Unbekannten in der Villa mit seinem Wissen konfrontieren würde, daß der General sich am Abend seiner Ermordung eben hier an diesem Ort aufgehalten hatte, dann konnte dieser gewisse Unbekannte es kaum zulassen, daß Loris die Villa je wieder lebend verließ.

Nicht, daß ihm der Tod seines Vetters Gabriele etwas ausgemacht hätte. Ja, unter anderen Umständen wäre er ihm sogar sehr gelegen gekommen. Aber jetzt würde er den Verlust des einzigen direkten Kontakts bedeuten, den er zu dem Unbekannten besaß. Die Suche müßte wieder ganz von vorn beginnen, und ohne einen solchen tölpelhaften, ungeschickten Kretin wie Loris würde sich das alles viel schwieriger gestalten.

Und dann, ganz langsam, öffnete sich das Tor, und Loris' Auto kam wieder zum Vorschein. Gabriele überlegte sich, daß er wohl zum ersten Mal in seinem Leben erleichtert war, seinen Vetter wiederzusehen. Er zog sich sein Hemd über und fuhr rasch zur Hauptstraße hinunter, wo Loris soeben aus der kleinen, engen Straße bog, die zur Villa führte.

Wieder ließ er erst einige Autos vorbeifahren, ehe er sich selbst in Bewegung setzte. Ausnahmsweise schien es niemand eilig zu haben. Vielleicht war es zu heiß, oder vielleicht genossen ja auch alle den Anblick des Sees, der am Fuß der gegenüberliegenden Berge im Sonnenlicht glitzerte. Gabriele selbst hatte für die Natur nicht viel übrig, sah man einmal von weiblichen Hügellandschaften ab, also beugte er sich über das Steuer, pfiff durch die Zähne und fragte sich, wohin Loris ihn jetzt wohl führen würde.

Kurz nachdem sie an Bardolino vorbeigekommen waren, hörte er ein Stück vor sich ein Geräusch, das wie ein gigantisches, unterdrücktes Rülpsen klang; gleichzeitig sah er einen Blitz, der so grell war, daß er den See einen Moment lang dunkel erscheinen ließ. Für den Bruchteil einer Sekunde fragte sich Gabriele verwirrt, ob es wohl etwas mit dem vulkanischen Ursprung des nahegelegenen Monte Baldo zu tun haben könnte?

Vor ihm brach das Chaos aus. Bremsen kreischten gequält auf, Fahrzeuge schleuderten auf der Straße umher wie wildgewordene Autoscooter auf einer Kirmes; es folgte eine Reihe von Zusammenstößen – Glas splitterte, Metall barst. Zugleich löste sich der Blitz und der Donner, mit dem alles angefangen hatte, auf zu einer einzigen aufflammenden Feuersbrunst.

Gabriele schaffte es, seinen Wagen am Straßenrand zum Halten zu bringen, ohne irgend jemanden anzufahren oder selbst angefahren zu werden. Er sprang aus dem Wagen und suchte rasch Schutz im Vorhof eines Hotels, bis die tödliche Verkehrswelle annähernd zum Stillstand gekommen war, dann schob er sich vorsichtig durch das Chaos die Straße entlang zu den Flammen, die sich noch immer wie feurige Finger in den Himmel krallten. Er wußte, was er vorfinden würde.

Es war unmöglich, näher heranzukommen, aber das mußte man auch nicht, um zu sehen, daß wenig von Loris' Auto übriggeblieben war und noch weniger von Loris selbst. Gabriele erkannte mit Bedauern, daß er bei seinen Nachforschungen einen neuen Ansatzpunkt suchen mußte.

Menschen rannten in alle Richtungen davon, schrien und gestikulierten. Aber sie würden bald anfangen, wieder vernünftige Gedanken zu fassen, und dann würde es Telefonate geben und jaulende Sirenen und Polizei und Feuerwehr und Sanitäter. Gabriele entschied, daß es das Beste für ihn sein würde, wegzukommen, bevor es losging.

Er stieg wieder in seinen Wagen, wendete rasch – durch das Chaos hindurch nach Verona zu fahren, hatte fürs erste keinen Zweck – und fuhr wieder in Richtung Garda.

Nachdem er einige Kilometer zwischen sich und die Alptraumszene mit der Explosion gebracht hatte, fing er an, den wahrscheinlichen Verlauf der Ereignisse, die zu Loris' Tod geführt hatten, zu rekonstruieren. Loris hatte jemanden in der Villa mit seinem Beweis für die Anwesenheit General Piantaleones dort am Abend seiner Ermordung konfrontiert und eine Erklärung verlangt. Dieser Jemand hatte daraufhin erkannt, daß Loris nicht mehr lebend nach Verona zurückkehren dürfe. Doch ob er nun unfähig oder unwillig gewesen war, ihn sofort zu töten – es mußte ihm jedenfalls gelungen sein, sein Mißtrauen wenigstens zeitweilig zu verbergen – was ihm bei einem Schwachkopf wie Loris keine allzu großen Schwierigkeiten bereitet haben sollte. Dann, nachdem er vorher die Bombe in dem Wagen angebracht hatte oder hatte anbringen lassen, hatte er Loris wohl gut zugeredet, wieder nach Verona zurückzufahren.

Was also würde dieser Jemand jetzt tun? Gabriele nahm an, daß der oder die Betreffenden unter den gegebenen Umständen wohl versuchen würde, aus der unmittelbaren Umgebung des Gardasees so rasch wie möglich zu verschwinden; man würde die Villa aufgeben und sich woanders hinbegeben. Es konnte also nicht schaden, zu seinem Beobachtungsposten zurückzukehren, um zu sehen, ob jemand herauskam. Und er war noch nicht lange dort, als er tatsächlich jemanden herauskommen sah.

Ein Wagen fuhr in die Berge hinauf; vermutlich wollte der Fahrer die seewärts gelegene Hauptstraße nach Verona meiden. Gabriele spielte mit dem Gedanken, dem Wagen zu folgen, überlegte sich dann aber, daß auf der weniger befahrenen Bergstraße die Gefahr, bemerkt zu werden, zu groß wäre.

So tat er statt dessen das, was das Nächstliegende war.

Das DIGOS-Archiv war hoffnungslos überfordert. Schuld daran war nicht etwa der milde, weihnachtsmannähnliche DIGOS-Chef, sondern die Tatsache, daß die Regierung unter dem Druck der Kommunisten in den frühen siebziger Jahren gezwungen war, ihren politischen Spionagedienst, der so mühsam aufgebaut worden war, praktisch aufzulösen; damit war auch sehr vieles, was der Dienst an Informationen zusammengetragen hatte, verloren gegangen. Erst 1978, als sich die Kommunisten in Folge der Entführung und Ermordung Moros als eingeschworene Verteidiger von Recht und Ordnung hervortaten, wurde mit der Schaffung eines neuen Geheimdienstes begonnen. Aber die Menge an gespeichertem Informationsmaterial – war es nun geheim, denunziatorisch, absurd, explosiv, unwahrscheinlich, doppelt überprüft oder auch bloß gehässig –, das den lebenswichtigen Nährstoff einer solchen Organisation bildet, war von erbarmungswürdiger Unzulänglichkeit.

Nichtsdestoweniger wandte sich Toni bei seiner Suche nach dem rothaarigen Mädchen, in dessen Begleitung, wie er ja in der Pizzeria erfahren hatte, Policarpo Pillipopoli das Attentat begangen hatte, nun diesen Informationsbeständen zu. Unter denen, die zur Gruppe der bekannten Terroristen und aktiven Sympathisanten zählten, konnte er niemanden finden, auf den die Beschreibung passen wollte.

Aber es gab noch eine andere, weit größere Kategorie von Menschen – die aus dem Halbdunkel, die bekannte politische Kriminelle und ihre Helfershelfer einerseits und die Bürger andererseits umfaßte, die kein Wässerchen trüben können, christdemokratisch wählen, einen Fiat fahren, und, sobald sich nur die Gelegenheit bietet, eine leichte Steuerhinterziehung begehen. Es gab Hunderte von Namen in dieser Kategorie. Namen von Leuten, die – vielleicht rein zufällig – unter den Schatten eines Verdachts gerieten, und deren persönliche Angaben jetzt in einem archivalischen Zwischenreich langsam Staub ansammelten, bis der Schatten – oder etwas Gewichtigeres als bloß ein Schatten – wieder auf sie fiel und eine Zurückversetzung ihrer Akte in die erste Kategorie zur Folge hatte.

Hier fand Toni drei Rothaarige, die zu dem einen oder anderen Zeitpunkt einmal einer Verbindung mit der außerparlamentarischen Linken verdächtigt worden waren, was wahrscheinlich kaum mehr bedeutete, als daß sie einmal hektographierte Flugblätter vor einer Schule verteilt oder beim Organisieren einer Studentendemo mitgeholfen hatten.

Bei der ersten Adresse trat ihm ein unrasierter, feindlich gestimmter Vater entgegen.

»Sie hat sich vor knapp einem Jahr davongemacht«, grummelte er widerwillig, nachdem Toni ihn schließlich zum Reden gebracht hatte.

Auch wenn er nicht mehr so jung war, wie er aussah, war Toni doch immer noch jung genug, um Begeisterung zu empfinden, und sein Herz schlug vor Erregung bei dieser Antwort höher. Es war fast dieselbe Zeit, in der auch Policarpo von zu Hause verschwunden war.

»Wohin ist sie gegangen?« fragte Toni.

Der Mann spuckte aus. »In eine von diesen Organisationen«, sagte er mit Abscheu in der Stimme.

»Sie wissen davon?« fragte Toni voller Überraschung.

»Aber natürlich weiß ich davon!« sagte der Mann. »Auch wenn man noch so sehr dagegen ist, kommt man wohl kaum umhin, es zu erfahren, wenn die eigene Tochter eine verdammte Nonne wird!«

Peroni hätte sich jetzt wohl überlegt, daß dies ein typisch italienisches Ende einer vielversprechenden Spur bedeutete. Da Toni aber nicht Peroni war, wandte er einfach seine Aufmerksamkeit der zweiten Rothaarigen zu.

Aus den verstreuten Fleischstücken und dem Sortiment durcheinandergewürfelter Gliedmaßen, die durch die Explosion auf der Verbindungsstraße Verona–Garda kurz vor dem Dorf Bardolino – das eher für seinen Wein als für brutale Mordtaten berühmt war – in die Luft geschleudert worden waren, hätte man wohl nur noch mit Mühe und großem Zeitaufwand das Opfer als Loris Piantaleone identifizieren können. Aber Lenotti, der sich im Krankenhaus von seiner Gehirnerschütterung erholte, bestätigte, daß das zerfetzte Auto dasselbe sei, dem er an diesem Morgen gefolgt war, als Loris es in Richtung Garda gefahren hatte.

»Natürlich ist es immer noch denkbar, daß ein anderer während der Rückfahrt am Steuer saß«, sagte *Dott.* Guerra.

Er und Peroni waren seit über einer Stunde an der Explosionsstätte, und Guerra war soeben wieder in seinen Dienstwagen eingestiegen, um die Rückfahrt zur *Questura* anzutreten.

»Wir werden den eindeutigen medizinischen Nachweis wohl kaum vor heute nachmittag haben«, fuhr Guerra fort, »aber in der Zwischenzeit, glaube ich, können wir sicherlich von der Annahme ausgehen, daß der Fahrer wirklich Loris Piantaleone gewesen ist.«

»Ja, *Dottore*«, sagte Peroni, der sich hinunterbeugen und durch das Autofenster sprechen mußte, was ihm das Gefühl gab, Guerra gegenüber im Nachteil zu sein. »Und wenn man bedenkt«, fügte Peroni voller Ärger hinzu, »daß, wenn Lenotti nicht mit diesem englischen Wagen zusammengestoßen wäre . . .«

»Ich hatte es so verstanden, daß es der englische Wagen gewesen sei, der mit Lenotti zusammenstieß . . .«, sagte *Dott.* Guerra, der klare Sachverhalte mochte.

»Also, wie herum es auch immer war, *Dottore«*, sagte Peroni, dessen Geduld sich fast dem Ende zuneigte, »wenn es nicht passiert wäre, wüßten wir jetzt vielleicht, was das alles zu bedeuten hat.«

»Das wüßten wir vielleicht wirklich, *Dottore.* Und was schlagen Sie vor, jetzt als nächstes zu tun?«

»Ich schlage vor«, sagte Peroni, ohne die geringste Idee zu haben, wie er es anstellen sollte, »herauszufinden, wohin Loris heute morgen gegangen ist.«

»Eine ausgezeichnete Idee, *Dottore«*, sagte Guerra und lehnte sich vor, um seinen Fahrer anzuweisen, jetzt nach Verona zurückzufahren.

»Ach, und da gibt es noch einen Punkt, den Sie vielleicht berücksichtigen sollten«, fügte er hinzu, so, als ob ihm der Gedanke eben erst gekommen wäre.

»Was denn, *Dottore?«* fragte Peroni.

»Die Pillipopolis besitzen eine große Villa und ein großes Stück Land am Gardasee.«

Die dunkelblaue, ministeriell aussehende Limousine rollte majestätisch davon und ließ den nachdenklichen Peroni mitten auf der Straße zurück.

Das Telefon begann zu läuten, als Peronis Schwester Assunta gerade dabei war, die Wohnung abzusperren, um in den Frisiersalon unten im Haus zu gehen. Sie spielte mit dem Gedanken, es läuten zu lassen, überlegte sich dann aber, daß es etwas Wichtiges für Achille sein könnte. Also öffnete sie die Haustür wieder und ging an den Apparat.

»Pronto? Ist *Commissario* Peroni zu Hause, bitte?«

Es war die Stimme einer Frau und ausgerechnet die Sorte, der Assunta am wenigsten traute. Überdies hatte die Stimme einen leichten, aber erkennbaren neapolitanischen Akzent, und die Erfahrung hatte sie gelehrt, daß neapolitanische Frauen Gift für ihren Bruder waren. Wenn er sich doch bloß dazu durchringen könnte, mit irgendeinem netten Mädchen aus dem Norden einen Hausstand zu gründen! Sie beschloß, Giorgio wieder einmal damit zu beauftragen, das richtige Mädchen aufzutreiben.

»Pronto«, sagte Assunta, »nein, er ist im Moment nicht hier.«

»Dann wären Sie vielleicht so freundlich, ihn zu bitten, daß er mich heute abend irgendwann einmal anruft, wenn er einen Moment Zeit hat? Ich heiße Regina.«

Assunta schrieb die Nummer auf, die ihr die neapolitanische Stimme diktierte, und sagte dann: »Ich werd's ihm ausrichten.« Dann legte sie schnell auf. Nachdem sie noch eine Botschaft für ihren Bruder hingekritzelt hatte, begab sie sich hinunter in den Frisiersalon.

Im Innern des Salons war es nach der drückenden Hitze in ihrer Wohnung angenehm kühl, und wenig später hatten die Hände von Carlo, dem Meister, die sich mit sanfter Tüchtigkeit an ihrem Kopf zu schaffen machten, das Gemurmel von Frauenstimmen, das Summen der Haartrockner und das Rascheln beim Umschlagen der Illustriertenseiten die Verärgerung verdrängt, die der Anruf in ihr hervorgerufen hatte, und durch vollkommene Entspannung ersetzt.

»Ich kann mir denken, Ihr Bruder hat bei dieser Geschichte mit dem General Piantaleone alle Hände voll zu tun?« sagte Carlo.

»Das kann man wohl sagen!« sagte Assunta, die schon ahnte, daß ringsum die Ohren gespitzt wurden. Die meisten Frauen dort wußten, daß ihr Bruder der berühmte Rudolfo Valentino der italienischen Polizei war, und waren erpicht darauf, Einzelheiten über ihn zu erfahren.

»Schon irgendwelche Anhaltspunkte?« fragte Carlo, der früher schon als Quelle mancher hilfreicher Anregungen gedient hatte.

»Also, da gibt es einen«, sagte Assunta, und das Rascheln der Illustriertenseiten hörte schlagartig auf. »Der Verdächtige, nach dem Achille fahndet, ist ein junger Mann namens Policarpo Pillipopoli. Und das Interessante daran ist ...«, hier machte sie eine dramatische Pause und bemerkte zu ihrer Befriedigung, daß jetzt auch die Föhns abgestellt worden waren, »das Interessante daran ist«, sprach sie gerade noch leise genug weiter, daß alle sich anstrengen mußten, um sie zu verstehen, »daß Achille herausgefunden hat, daß diese Familie Pillipopoli in direkter Linie von den Capulets abstammt – Sie wissen doch, die aus ROMEO UND JULIA.«

Der Effekt war zufriedenstellend. Sie machte eine Pause, um die größtmögliche Spannung zu erzeugen. »Und was noch interessanter ist«, fuhr sie endlich fort, »es scheint, als ob die Piantaleones von der anderen Familie abstammen – von den Montagus.«

Erstauntes, hingerissenes Gemurmel erhob sich im Frisiersalon.

»Somit«, sagte Carlo, der sich auf diese Weise zum Sprecher aller dort versammelten Frauen machte, »ist General Piantaleone umgebracht worden, weil er ein Montagu war.«

Ganz vage erinnerte sich Assunta, daß ihr Bruder diese Sicht der Dinge heftig bestritten hatte, aber was hätte es für einen Sinn gehabt, wenn sie ihrer Geschichte jetzt die Pointe nehmen würde?

»Es sieht ganz danach aus, meinen Sie nicht?« sagte sie.

Die Familie der zweiten Rothaarigen hatte Verona verlassen.

»Aber sie ist noch da«, erfuhr Toni vom Hausmeister.

»Woher wissen Sie das?«

»Ich hab' sie gesehen: Sie muß eine Mietwohnung in einem dieser Kästen bei San Zeno haben – meine Schwiegereltern leben dort. Da hab' ich sie ein paarmal gesehen, wie sie rausgekommen ist.«

»Kennen Sie die Adresse?«

Der Hausmeister kannte sie, und Toni fuhr voller Hoffnung hin. Zeno, der Schutzheilige der Stadt, der die Veroneser zum Glauben zurückgeführt hatte, war ein farbiger Bischof gewesen, der, wie es hieß, so arm war, daß er von Fischen lebte, die er sich selbst aus dem Fluß, der Etsch, angeln mußte. Die Gegend um die Basilika, in der sein Leichnam jetzt in einem Glassarg ruht, ist nach ihm San Zeno benannt. Es ist ein widerspenstiger, unabhängiger Stadtteil, überwiegend von armen Leuten bewohnt – ein idealer Ort für die Roten Brigaden, um unterzuschlüpfen.

Der Gebäudekomplex, den ihm der Hausmeister angegeben hatte, entsprach den typischen Auswahlkriterien der Terroristen: ein zerfallener, schmutziger Bienenstock. Seine Nachforschungen ergaben, daß es hier in Wohnung Nr. 11, Treppenhaus B, tatsächlich eine rothaarige Bewohnerin gab.

Nun hätte Toni nach praktisch allen Regeln, die man ihm jemals eingetrichtert hatte, nicht allein hinaufgehen dürfen. Aber Ungeduld, Neugier und Aufregung ließen ihn das Risiko eingehen, und er stieg mit pochendem Herzen die Stufen der Treppe hinauf.

Vor der Türe mit der Nummer 11 nahm er die Pistole im Innern seines Mantels fest in die Hand. Dann betätigte er den Klingelknopf.

Eine Rothaarige öffnete ihm. Aber statt des Maschinengewehrs, das Toni schon mehr als nur halb in ihren Armen erwartet hatte, lag dort ein sehr kleines Baby. Zwei weitere Kinder hingen an ihren Rockschößen, und ein viertes junges Leben kündigte sich nur allzu deutlich in ihrem erhaben geschwollenen Bauch an.

»Ja bitte?« fragte sie.

Mit derselben Situation konfrontiert, hätte Peroni wohl darüber sinniert, um wieviel weniger die Berufung zur Politik als die zur Mutterschaft dazu beitrug, Italien am Leben zu erhalten. Toni dagegen wurde bloß rot und stammelte etwas zur Entschuldigung.

Dann, als ihm schließlich der Rückzug vor diesem triumphal überdimensionierten Symbol der Mutterschaft gelungen war, wandte er seine Aufmerksamkeit der dritten Rothaarigen zu.

»Ich hab' dir's doch gesagt! Ich hab's doch gewußt!« sagte Assunta aggressiv. »Die Pillipopolis haben eine Villa am Gardasee – genau da, wo Loris Piantaleone umgebracht worden ist. Also, das sieht doch ein Blinder, daß die alte Familienfehde wieder aufgebrochen ist.«

Assuntas Angriffslust resultierte aus einem nagenden Schuldgefühl. Peroni war so in Anspruch genommen, daß er die Nachricht über den Anruf von Regina nicht bemerkt hatte, und obwohl Assunta wußte, daß sie seine Aufmerksamkeit darauf lenken sollte, hatte sie nicht die Absicht, es zu tun. Während sie sprach, servierte sie voller Ungestüm mit einem Schöpflöffel Tagliatelle aus einer Schüssel auf die Teller ihrer Familie. Stefano sandte derweil einen letzten sehnsüchtigen Blick auf ein kniffliges Schachproblem. Peroni sog heftig an einer englischen Schwarzmarktzigarette und grübelte über die vielfältigen Probleme nach, die Loris' Tod aufgeworfen hatte, während Anna Maria mit einem Ohr den Nachrichten eines Lokalsenders lauschte.

»Der Gardasee«, antwortete Giorgio seiner Frau voller Nachsicht, »ist ein großes Gebiet. Massenweise Leute haben da ihre Villen. Wir wollten uns selber mal eine zulegen, falls du dich noch erinnerst.«

Assunta winkte die Bemerkung mit einer verachtungsvollen neapolitanischen Geste beiseite, daß die Tagliatelle nur so durch die Luft sausten.

»Weißt du, was das Problem mit dir ist«, sagte sie zu ihrem Mann, »und mit dir auch«, fügte sie, an ihren Bruder gewandt, hinzu, »daß ihr eine auf der Hand liegende Erklärung nicht akzeptieren könnt, bloß weil sie zufällig auch romantisch ist. Für mich ist es ganz klar, was da passiert ist – die Fehde zwischen den beiden Familien hat jahrhundertelang hindurch geschwelt, ist immer mal wieder aufgebrochen, und jetzt ist sie irgendeinem Pillipopoli-Capulet zu Kopf gestiegen, der herumläuft und Familienmitglieder der Piantaleone-Montagus umbringt. Du hast doch selbst gesagt«, fuhr sie Peroni in anklagendem Ton an, »daß die alte Gräfin Augusta nicht ganz dicht im Kopf ist.«

»Ja, aber sie kann das Haus nicht verlassen«, sagte Peroni.

»Wie willst du das wissen?« fragte Assunta geheimnisvoll, und als Peroni gerade antworten wollte, sprach sie auch schon weiter: »Und selbst mal angenommen, daß sie es nicht kann, was hält sie davon ab, jemand anderen anzustiften, es an ihrer Stelle zu tun? So, und jetzt kommt alle zum Essen.«

»Ich kann mir nicht vorstellen, daß jemand rumgeht und Leute ermordet – noch dazu auf eine solch komplizierte Weise –, bloß weil eine alte Dame ihm sagt, daß er's tun soll«, sagte Giorgio und steckte sich die Serviette zwischen die ansehnlichen Speckfalten unter seinem Hemdkragen.

»Vielleicht sind die ja selbst verrückt«, sagte Assunta. »In diesen alten inzüchtigen Familien sind die das ja ohnehin meistens.«

»Es kommt mir so vor, als ob wir den Kern der Sache aus den Augen verlieren«, sagte Anna Maria.

»Ganz deiner Meinung«, sagte Peroni.

»Und welcher Kern ist das?« fragte Assunta. »Einen Schluck Wein, bitte, Giorgio. Mit Mineralwasser.«

»Der Punkt, auf den es ankommt, ist: Wie kann Onkel Achille herausfinden, wohin Loris Piantaleone heute morgen gefahren ist? Solange wir das nicht wissen, drehen wir uns immer nur im Kreise.«

»Und es wird schwierig sein, das ohne irgendwelche anderen Anhaltspunkte herauszubekommen«, sagte Peroni mit Leidensmiene.

»Garda ist wahnsinnig zugebaut.«

»Um welche Zeit ist der englische Wagen mit *Signor* Lenotti zusammengestoßen?« fragte Stefano.

»Ungefähr um Viertel nach neun«, sagte Peroni.

»Und um wieviel Uhr ging die Bombe hoch?«

»Fünf vor halb elf.«

»Wo gehst du hin, Stefano?« rief Assunta, »du hast deine Tagliatelle noch nicht aufgegessen.«

»Ich komm' gleich, Mama – ich will mir nur eine Landkarte holen.«

Die Familienmitglieder sahen verwundert und erwartungsvoll zu, wie Stefano mit einer Karte zurückkam, seinen erst zur Hälfte geleerten Teller Tagliatelle beiseite schob und die Karte mit größter Aufmerksamkeit zu studieren begann.

»Der Unfall geschah ziemlich genau um 9.15 Uhr – und zwar hier«, murmelte er mehr für sich als an die anderen gewandt. »Also, wo auch immer Loris Piantaleone hinwollte, man kann mit ziemlicher Sicherheit annehmen, daß er dort eine Zeitlang geblieben ist – lange genug, um mit demjenigen zu sprechen, den er dort aufgesucht hat, und lange genug, daß der – oder ein anderer – die Bombe in seinem Auto anbringen konnte. Nehmen wir mal an, das dauerte eine halbe Stunde. Außerdem müssen wir ihm etwas Zeit einräumen, damit er von dem Punkt, wo der englische Wagen mit *Signor* Lenotti zusammenstieß, dorthin gelangen konnte, wohin er wollte, und noch etwas mehr Zeit, damit er nachher bis nach Bardolino zurückkehren konnte, wo dann die Bombe explodierte. Sieht man sich nun die genaue Position der Unfallstelle an, scheint es unwahrscheinlich, daß er weniger als zehn Minuten gefahren ist. Dabei gehe ich natürlich davon aus, daß er nicht eine Verabredung unter freiem Himmel gehabt hat, was ja auch den Einbau der Bombe höchst unwahrscheinlich gemacht hätte. Zusammengenommen läßt sich aus alldem schlußfolgern, daß er mit ziemlicher Wahrscheinlichkeit irgendwo am Ufer des Gardasees – und zwar nicht weiter als h i e r und nicht näher als h i e r – gewesen sein muß.«

Er zeigte ihnen die Karte und wies dabei auf das Stück Küste zwischen den Ortschaften Garda und Torri del Benaco. Sie betrachteten die Karte mit respektvollem Schweigen, das urplötzlich von einem Heureka-Aufschrei unterbrochen wurde.

»Anna Maria!« tadelte Assunta, »was ist denn los?«

»Ich glaube, ich kann es sogar noch weiter eingrenzen«, sagte Anna Maria. »Hört mal zu!«

Ganz unerwartet drehte sie die Lautstärke des Radios auf: ». . . wobei mehrere tausend Liter Wein auf der Straße verschüttet wurden«, dröhnte die Stimme des Sprechers ohrenbetäubend laut durchs Zimmer, »dabei kam es zu Verkehrsstauungen von mehr als einer Stunde, bis der Tankwagen aufgerichtet und abgeschleppt werden konnte.«

»Nicht so laut!« brüllte Assunta. »Und überhaupt: Was hat das damit zu tun?«

»Du hast den Anfang verpaßt!« sagte Anna Maria. »Ein riesiger Sattelschlepper mit Wein hat sich heute morgen um neun bei San Vigilio überschlagen. Seht doch!« Sie zeigte auf die Karte. »San Vigilio liegt knapp hinter Garda auf dem Weg nach Torri del Benaco. Loris kann heute morgen gar nicht weiter als bis nach Garda gekommen sein.«

»Und Stefano hat aufgezeigt, daß er mit ziemlicher Wahrscheinlichkeit nicht vorher angehalten hat«, sagte Giorgio.

»Das bedeutet also –«, sagte Assunta.

»Daß er in das Dorf Garda selbst gefahren sein muß«, schloß Anna Maria triumphierend.

»Da hast du's, Achille«, sagte Giorgio. »Wieder einmal haben sie dir die Lösung auf einem goldenen Tablett serviert.«

»Also, es ist auf jeden Fall eine durchaus überzeugende Kette von Schlußfolgerungen, die eine sehr gründliche Durchsuchung der Ortschaft Garda rechtfertigen würde.« Er leerte sein Glas und stand auf, um ans Telefon zu gehen. »Ich werde es gleich veranlassen.«

»Einen Augenblick noch, Onkel Achille«, sagte Stefano.

»Was denn?«

»Wenn du das tust, ist es wohl durchaus möglich, daß du herausfindest, wo er hingegangen ist, aber gleichzeitig wirst du auch die Gesuchten alarmieren. Nach meinem Dafürhalten wäre es dann höchst zweifelhaft, ob du noch etwas findest, und noch weniger wahrscheinlich, daß du jemanden antriffst, wenn du hinkommst.«

»Ich sehe aber keine Alternative«, sagte Peroni.

»Es gibt eine andere Möglichkeit, Onkel Achille.«

»Die wäre?«

Stefano sagte es ihm.

»Oh nein«, sagte Anna Maria, »das ist zu gefährlich.«

Peroni dachte das gleiche. Es war eine schreckliche Idee, und er hätte sehr viel darum gegeben, den Vorschlag seines übergescheiten Neffen aus der Welt zu schaffen. Aber er existierte nun mal – einleuchtend, unerhört und, wie er zugeben mußte, brillant.

Und die Augen der ganzen Familie – auch, ja sogar vor allem die von Anna Maria, die doch gesagt hatte, daß es zu gefährlich sei! – hafteten an ihm mit einem Ausdruck, der besagte: ›Wir wissen, daß du es schaffen wirst.‹ Oh ja, Peroni hatte solche Sachen bereits früher unter dem Druck dieser bewundernden Erpressung getan, und darauf lief es auch jetzt wieder einmal hinaus. Ganz gleich, wie sehr der alte Peroni auch in seinem Innern ängstlich und zitternd protestieren mochte, der unerschrockene Peroni, der Rudolfo Valentino der italienischen Polizei, würde ihn an seinem eigenen Zopf da wieder herausziehen müssen.

»Gut dann«, sagte er. »Ich tu's. Ich tu's heute abend!«

So überzeugt er auch geklungen hatte, so wenig sicher war er sich in Wahrheit seiner Sache.

Die dritte Rothaarige hieß Monica Branca. In ihrer Akte stand, daß sie an der Universität Verona eingeschrieben war und ohne irgendwelche stichhaltigen Beweise verdächtigt wurde, zu den Organisatoren von Zusammenkünften der extremen Linken zu gehören. Während seiner Nachforschungen an der Universität war Toni nie einer Monica Branca begegnet.

Als er an der für sie angegebenen Adresse ankam – der festen Überzeugung, daß sie mittlerweile eine afrikanische Missionarin geworden war –, öffnete ihm eine verwelkte, neurotisch aussehende Frau, die sich vor Schrecken die Hände vors Gesicht schlug und sogleich »Oh Madonna – Monica!« hervorstieß, als Toni sich als Mitarbeiter der *Questura* vorgestellt hatte.

Sie führte ihn in ein seelenloses, steril sauberes Wohnzimmer, wo der Fußboden blitzte wie ein Eisparkett und der Fernseher mit einer durchsichtigen Plastikfolie abgedeckt war.

»Was hat sie verbrochen?« fragte die Frau und forderte Toni mit einer unsicheren Geste auf, sich zu setzen.

»Nichts, soweit ich weiß, *Signora*.«

»Ja, warum suchen Sie denn nach ihr?«

»Sie könnte uns möglicherweise bei unseren Ermittlungen in einer bestimmten Angelegenheit behilflich sein.«

»Dann steckt sie also doch in irgendeiner Sache drin?«

»Wo kann ich sie finden, *Signora?*«

»Ich weiß es nicht!« sagte die Frau und biß in ihr Taschentuch. »Sie ist vor einem Jahr von zu Hause weggegangen, und ich habe keine Ahnung, wo sie seitdem abgeblieben ist.«

Monicas Chancen, die gesuchte Attentäterin der Roten Brigaden zu sein, stiegen um einige Punkte.

»Warum ist sie von zu Hause fort, *Signora?*«

»Ich weiß es doch nicht!« sagte die Frau wieder, und man fühlte ihre verständnislose Verzweiflung. »Sie hat einfach das Haus verlassen und ist nicht wiedergekommen. Sie hat einen Zettel hinterlassen, daß sie es nicht länger aushalten könne, und wir sollten nicht nach ihr suchen, weil sie bestens allein klarkommen würde.«

»Haben Sie irgendeine Vorstellung, warum sie es nicht länger aushalten konnte?«

»Nein!« Nun kamen ihr doch die Tränen. »Sie hat immer ein gutes Zuhause gehabt. Ihr Papa – mein Mann – ist Verkaufsleiter einer sehr wichtigen Firma, und er verdient außerordentlich gut. Monica hat immer alles bekommen, was sie sich nur wünschte.«

»Haben Sie in den Tagen, bevor sie wegging, nicht etwas an ihrem Verhalten bemerkt, *Signora?* Zeigte sie vielleicht Anzeichen von ... Aufregung?«

»Möglich. Das ist schwer zu sagen. Sie ist immer schon ein nervöses Mädchen gewesen.«

»Sie haben ihr Verschwinden nicht gemeldet?«

»Ich wollte es tun, aber mein Mann hat gesagt, das wäre zwecklos. Sie war 22, als sie ging, und frei, zu tun oder zu lassen, was sie wollte.«

»Und Sie haben seitdem keinerlei Nachricht mehr von ihr bekommen?«

»Nichts.« Sie klang unendlich deprimiert.

»War sie irgendwie an Politik interessiert?«

»Ach, ich weiß nicht«, sagte sie in ihrer verängstigten Art. »Ich glaube nicht. Wir haben uns nie über solche Dinge unterhalten.«

»Worüber unterhielten Sie sich sonst, *Signora?*«

Ihr Blick wurde leer. »Jetzt, wo Sie es erwähnen«, sagte sie, »kommt's mir so vor, als hätten wir über gar nichts gesprochen.«

»Ob ich wohl mal das Zimmer Ihrer Tochter ansehen dürfte, *Signora?*« fragte Toni.

»Wenn Sie meinen, daß es was nützt.« Die Frau erhob sich mit Mühe. »Es ist alles noch genauso, wie sie es zurückgelassen hat.«

Sie führte ihn nach oben, dann einen Flur entlang, wo sie ihm eine Tür öffnete.

»Ich werd' unten auf Sie warten«, sagte sie. Als sie fortging, hörte Toni, wie sie ein Schluchzen unterdrückte.

Toni sah sich um. Das Zimmer sah weitgehend so aus, wie man sich das durchschnittliche Zimmer eines jungen Mädchens vorstellt: Tierposter an den Wänden, ein Teddybär aus Kindheitstagen am Fußende des Bettes, ein Schrank voller Kleider und Schuhe. Ein Plattenspieler mit alten Schallplatten vom Kinderliederwettbewerb ZECCHINO D'ORO, ein paar mit Popsongs, zwei mit Filmmusik. Die Bücher waren eine Mischung aus Kinder- und Jugendliteratur, dazwischen standen verstreut ein paar Schulbücher. Alles war eher wie zu erwarten und nicht sehr hilfreich.

Dann gab es eine Kommode mit Monica Brancas Pullovern, Strümpfen und Unterwäsche, und obgleich er unbeobachtet war, lief Toni rot an, als er sie durchsuchte. Er war der tödlichste Judo- und Karatekämpfer der ganzen *Questura* von Verona und konnte in neun von zehn Fällen ein bewegliches Objekt auf 150 Meter Entfernung präzise treffen, aber hier war er so schüchtern wie ein Priesterseminarist.

Aus seiner Verlegenheit wurde jedoch Neugier, als er neben der Unterwäsche in der letzten Schublade ein Album fand. Und als er es öffnete, wurde aus Neugier pure Erregung. Es war voll von Zeitungsausschnitten über die Aktivitäten der Roten Brigaden, Bildern aller historischen Gründer der Bewegung und blutrünstigen Leitartikeln aus der ultralinken Presse. Offensichtlich hatte sich Monica Branca – wenn auch heimlich – fleißig dem Studium der Aktivitäten der ultralinken Kampfbewegung gewidmet.

Da eine weitere Durchsuchung des Zimmers sonst nichts von Interesse hervorbrachte, ging Toni wieder nach unten, wo die Mutter, ihr rotverweintes, bleiches Gesicht ihm angstvoll zugewandt, auf ihn wartete.

»Es gibt keinen Grund zur Besorgnis, *Signora*«, sagte Toni. »Aber wenn ich darf, würde ich gern dieses Album mit zur *Questura* nehmen. Und hätten Sie wohl ein Foto von Monica, das Sie mir mitgeben könnten?«

Sie ging wieder in das Zimmer, in das sie ihn vorhin geführt hatte, und kehrte mit einem Farbfoto zurück, das sie ihm gab. Das Bild war draußen vor einem Hotel in den Bergen aufgenommen worden, und Monica trug darauf Hosen und einen Anorak. Ihr rotes Haar war bemerkenswert, ihr Gesicht schmal mit einer etwas zu stark ausgeprägten Nase. Ein Gesicht, das ganz attraktiv war, solange die Jugend aus ihm strahlte; im Alter würde es eher verhärmt aussehen. Toni steckte das Bild sorgfältig in seine Tasche.

»Sie lassen es mich wissen, wenn Sie irgend etwas über Monica erfahren?« fragte die Frau sorgenvoll, als sie Toni zur Tür geleitete.

»Natürlich tun wir das, *Signora«*, sagte Toni. »Wir setzen uns dann gleich mit Ihnen in Verbindung.« Sie öffnete ihm die Haustür. »Ach, noch etwas, *Signora«*, sagte Toni, »das hätte ich Sie wirklich schon vorher fragen sollen. Hatte Monica irgendwelche Freunde, männliche Bekannte?«

»Eigentlich nicht. Sie war sehr schüchtern mit den Jungen. Das hat mir ziemliche Sorgen gemacht, um ehrlich zu sein.«

»Sie sagen ›eigentlich nicht‹, *Signora,* als ob Sie da nicht ganz sicher wären.«

»Also, es ist halt so, daß sie manchmal schon mit einem Jungen am Telefon gesprochen hat. Sie hat mir zwar davon nichts erzählt, aber ich konnte ja nicht umhin, das eine oder andere Wort ihrer Gespräche mit anzuhören. Und es ist mir vor allem deswegen im Gedächtnis haften geblieben, weil er so einen komischen Namen hatte.«

»Wissen Sie den Namen noch, *Signora?«*

»Policarpo.«

Von ihrem Platz hinter der Theke – auf der Schüsseln voller winziger, erbarmungslos gebratener Fische standen, die mit ihren kleinen schwarzen Äuglein jetzt wieder so kalt waren wie einst im Leben – warf Rosa einen prüfenden Blick durch die Osteria, in der sie arbeitete. In einer Seitenstraße gelegen, war dies eines der wenigen Lokale in der ganzen Ortschaft, das noch eine gewisse Ähnlichkeit mit dem aufwies, wie Garda vor dem goldenen Zeitalter des Tourismus ausgesehen hatte. Hier gab es noch hölzerne Tische und Bänke, ein Kruzifix an der Wand und einen herbschmeckenden Wein, den Rosa in altertümlichen Maßgläsern servierte. Der Raum war gerammelt voll, vorwiegend waren es Männer, die Karten spielten und dazu stimmgewaltig herumbrüllten. Außerdem gab es einzelne Touristen, die das Leben, so wie es die Einheimischen lebten, in vollen Zügen genossen.

Es war das normale, allabendliche Bild und erzeugte keine Spur von Interesse auf Rosas dunklem, leicht mürrischem Gesicht. Was ihr Interesse dagegen erregte, war der Mann auf dem Hocker am Ende der Bar. Sie hatte den vagen Eindruck, als ob sie ihn vorher schon einmal irgendwo gesehen hätte. Er gehörte nicht zu den Einheimischen, war aber auch entschieden kein Tourist, und er sah nicht danach aus, als ob er Urlaub machte. Er war dunkelhäutig und sah auf seine südländische Weise umwerfend gut aus. Auf Rosas berufsgeschulte Augen machte er den Eindruck, als wäre er leicht angetrunken, was seiner Faszination allerdings nicht den geringsten Abbruch tat. Sie bemerkte, daß er englische Zigaretten rauchte.

Rosa überlegte sich gerade, wie sie mehr über ihn herausfinden könnte, ohne neugierig zu erscheinen, als er ihr auch schon die Möglichkeit dazu gab, indem er noch einen Wein bestellte, gerade als der Betrieb an der Bar etwas abgeflaut war und sich so die natürliche Gelegenheit für ein Schwätzchen bot.

»Sind Sie auf Urlaub hier?« fragte sie und gewährte ihm einen Blick auf den Prachtbusen, der unterhalb des Dekolletés ihres schwarzen Kleides anschwoll.

»Nein, nein«, sagte der Südländer, der seinen Blick enthusiastisch über die Auslage schweifen ließ, »ich bin dienstlich hier.«

»Dienstlich?« sagte sie. »Das klingt ja ganz, als wären Sie bei der Polizei.«

»Bin ich auch«, sagte er.

Dann wurde ihr klar, wo sie ihn schon mal gesehen hatte: im Fernsehen. Dies war der berühmte Achille Peroni, der Rudolfo Valentino der italienischen Polizei. Sie spürte eine Welle der Erregung in sich aufsteigen und wandte sich einen Moment ab, um ihm zu Ehren ganz dezent ihren Busen ein wenig weiter aus seinem Gefängnis hervorlugen zu lassen.

»Ich nehme an, Sie sind hier wegen dieser Bombengeschichte von heute morgen?« sagte sie.

Er blickte über seine Schulter, vermutlich, um sicherzugehen, daß ihnen niemand zuhörte. »Ja«, sagte er in einem Tonfall, der darauf schließen ließ, daß er das auch nicht gerade jedem auf die Nase binden würde. »Ja, das bin ich tatsächlich«, sagte er.

»Aber das war doch drüben in Bardolino«, sagte sie, »was führt Sie dann nach Garda?«

»Ach«, sagte er mit einem Lächeln, das ihren Magen in Schwingungen versetzte, »das ist der springende Punkt.« Wieder hatte sie den Eindruck, daß er zuviel getrunken hatte.

»Der springende Punkt?« drängte sie ihn sanft.

»Der springende Punkt«, wiederholte er. »Der ist zwar in Bardolino in die Luft gesprengt worden, das stimmt schon, aber ich habe entdeckt, daß er vorher, bevor man ihn in Bardolino in die Luft gejagt hat, hier in Garda gewesen ist. Und ich weiß auch, wo er gewesen ist.«

»Nein!« Ihre dunklen Augen schauten ihn mit ehrfurchtsvoller Bewunderung an.

»Doch!« sagte er und schien sich in ihrem Blick zu sonnen.

Sie lehnte sich noch näher zu ihm hinüber. »Und wo war er?« fragte sie.

Er öffnete den Mund und – schloß ihn wieder. »Sie müssen verzeihen«, sagte er, »aber ich darf das wirklich nicht ... sagen – nicht einmal Ihnen zuliebe darf ich das ...«

Dieses ›nicht einmal Ihnen zuliebe‹ machte einiges wett, und als Peroni ein paar Minuten später das Lokal verließ, hatte Rosa das Gefühl, daß sie vielleicht nicht alle Fakten in Händen haben mochte, für eine ausgezeichnete Tratschgeschichte reichte es jedoch allemal.

Und die begann sie dann auch sofort mit besonderem Eifer in Umlauf zu setzen.

Nachdem Peroni dieselbe Vorstellung sicherheitshalber noch zweimal wiederholt hatte, hatte er das Gefühl – immer vorausgesetzt, Stefanos Berechnungen stimmten –, daß die Geschichte nun reichlich Gelegenheit haben müßte, an die richtigen Ohren zu gelangen – beziehungsweise an die falschen. Er fing an, auf die Ergebnisse zu warten; dabei hatte er ein Gefühl im Magen, als müsse er sich vor Aufregung jeden Moment übergeben, und seine Gefühle der Zuneigung, die er normalerweise für seinen Neffen empfand, wandelten sich in bitteren Groll.

Indro Montanelli, Journalist, Geschichtswissenschaftler sowie Begründer und Herausgeber von IL GIORNALE, saß gerade bei einem Teller toskanischer Bohnen in einem Restaurant, in dem er öfter zu essen pflegte, als er ans Telefon gerufen wurde. Es war sein Büro.

»Wir hatten eben einen Anruf aus Verona«, sagte der Chef vom Dienst. »Es sieht so aus, als ob die Polizei eine Theorie entwickelt hat, wonach General Piantaleone ein Nachkomme der Montagu-Familie war, die aus ROMEO UND JULIA – dem Stück, meine ich.«

»Ja«, brummte Montanelli, »ich hab's gelesen.«

»Und anscheinend gibt's da einen jungen Mann, den sie der Tat verdächtigen – mit Namen Pillipopoli –, der soll von den Capulets abstammen. Und der Mann, den sie heute morgen draußen vor Bardolino in die Luft gesprengt haben, war ja der Sohn des Generals; also wenn die Theorie stimmt, war er auch ein Montagu.«

»Woraus dann zu folgern wäre, daß es sich nicht bloß um eine politische Affäre handelt, sondern um das Wiederaufleben einer historischen Familienfehde?«

»Das ist die Idee.«

»Gibt es denn irgendeinen Beweis für das alles?« fragte Montanelli.

»Nichts, was man eigentlich einen Beweis nennen könnte. Ich hab' mich deswegen ebenso mit der Polizei wie den beiden Familien in Verbindung gesetzt. Es war kein Kommentar zu bekommen, aber ich hatte den deutlichen Eindruck, als ob die Familien sehr wohl über die ganze Sache Bescheid wußten.«

»Nun, das reicht doch völlig, um die Geschichte zu bringen – ist ja schließlich nichts Verleumderisches dran, oder?«

»Nein, aber ich weiß nicht recht, wo ich sie plazieren soll. Eigentlich ist das ein Artikel für die dritte Seite, aber Seite drei haben wir schon vor mehreren Stunden abgeschlossen.«

»Dann setz es doch auf Seite eins«, knurrte Montanelli brummig. »Wenn schon sonst nichts, so ist es wenigstens amüsant – und man sollte nie das Amüsante im Journalismus außer acht lassen.«

Nachdem er diese Angelegenheit geregelt hatte, ging Indro Montanelli wieder zu seinen Bohnen zurück.

Es war stockdunkel. In dem schmalen Ausschnitt des Himmels, den die dicht beieinander stehenden Häuser über ihm freiließen, konnte Peroni einige Sterne sehen; der Mond schien nicht. Beim Gehen tat er hin und wieder so, als ob er stolpere. Seine Nackenhaare standen wie bei einem angstverschreckten Igel zu Berge. Einen schnellen Sprint entfernt, winkte die Sicherheit an der hellerleuchteten Seepromenade, wo auch jetzt noch die Touristen flanierten, um in den Restaurants, Bars und Geschäften die angeschlagene Wirtschaft Italiens anzukurbeln. Giornali, Zeitungen, Newspapers, Journaux. Selbstgemachtes Eis. Englischer Tee wie bei Mutter. Peroni zauberte sich dies alles sehnsüchtig vor sein inneres Auge, während er in den dunklen Nebenstraßen umhertappte, jeden Moment in der Erwartung, daß – ja was? Er wußte selber nicht, was er erwartete, aber wenn Stefano recht damit hatte, daß die Villa nicht völlig unbewacht bleiben würde, dann mußte man sich jedenfalls auf etwas sehr Gefährliches gefaßt machen.

Wieder war Peroni versucht, Reißaus zu nehmen, aber dann stellte er sich die enttäuschten Blicke von Stefano und Anna Maria vor, und das – gemeinsam mit dem Gedanken, daß er die Gelegenheit zu einer weiteren spektakulären Heldentat ungenutzt verstreichen lassen könnte – half ihm, der Versuchung zu widerstehen.

Außerdem könnte Stefano auch mal nicht recht behalten. Peroni sah auf seine Uhr und beschloß, noch eine Viertelstunde länger abzuwarten, danach könnte er getrost annehmen, daß Stefano diesmal daneben getippt hatte, und sich nach Hause begeben. Nur noch eine Viertelstunde. Der Gedanke an die baldige Flucht tröstete ihn für eine kurze Zeit, aber dann fiel ihm ein, wie selten Stefano sich irrte, und der Trost schwand und machte einer animalischen Furcht Platz. Peroni stammelte in seiner Not ein heißes Stoßgebet zum heiligen Januarius.

Dann nahm er hinter sich, mehr als Ahnung denn als Geräusch, eine Bewegung wahr. Er schnellte herum und bekam einen Haufen Muskeln und Haare und Sehnen zu fassen, der sich mit einem schweren Eisenobjekt auf seinen Schädel herniederbewegte. Der Mann war breit und stark, aber er besaß nicht Peronis Sonderausbildung, und es dauerte nicht lange, da lag er auf dem Boden und ließ röchelnde Geräusche aus seiner Kehle ertönen, als ob etwas tief in seinem Innern zerbrochen wäre.

Peroni zog seine Pistole, wuchtete den Mann auf die Füße und schob ihn in Richtung auf die am See gelegene kleine Polizeiwache, wo er zuvor schon den dicklichen, besorgten Ortspolizisten gewarnt hatte, daß er eventuell in Begleitung wiederkommen würde. Der Beamte hatte Peroni sein eigenes Büro zur Verfügung gestellt, und in dieses stieß er nun den Mann hinein.

Bei Licht besehen, wirkte er wie ein Fischer: unrasiert, nicht besonders sauber, mit Jeans und einem schmuddeligen Hemd. Er hatte ein breites, dummes, finster dreinblickendes Gesicht mit einer von der Sonne tiefdunkel gebräunten Lederhaut.

»Ihr Name?« sagte Peroni, ohne eine Antwort zu erhalten. »Sie sind sich wohl im klaren«, fuhr er freundlich fort, »daß ich Sie foltern lassen kann?«

Das stimmte zwar nicht, beziehungsweise nicht ganz, aber die bloße Erwähnung solcher Methoden bewirkte manchmal schon Wunder.

Diesmal nicht. Der Fischer saß einfach nur da und bedachte Peroni mit einem feindseligen Blick.

»Warum haben Sie eben versucht, mich anzugreifen?«

Er erhielt keine Antwort, der Mann starrte nur finster vor sich hin.

»Sie haben gehört«, fuhr Peroni fort, »daß ich entdeckt habe, wo Loris Piantaleone heute morgen hingefahren ist, kurz bevor er und sein Wagen durch eine Bombe in die Luft gejagt wurden. Hab' ich recht?«

Immer noch erhielt er keine Antwort. Peroni fühlte, wie sein Zorn anschwoll. Er hatte Kopf und Kragen riskiert, um Stefanos ausgefallenen Plan in die Tat umzusetzen. Zu seiner großen Überraschung war er erfolgreich verlaufen, womit er den Medien einmal mehr eine sensationelle Peroni-Episode geliefert hatte. Und nun, als es gerade so schien, als ob es geschafft wäre, machte der Kerl mit seinem hartnäckigen Schweigen seine Hoffnung zunichte.

Peroni atmete tief ein. Eben in dem Moment, als er die nächste Attacke reiten wollte, öffnete sich die Tür, und der rundliche Stadtpolizist, in dessen Büro sie waren, kam herein, erblickte Peroni und zog sich hastig zurück.

»Kommen Sie herein, kommen Sie«, sagte Peroni, »vielleicht können Sie mir helfen. Ich kann mit aller Mühe kein einziges Wort aus diesem Mann hier herauskriegen – nicht einmal seinen Namen.«

Der Polizist sah zu Peronis Gefangenem hinüber. »Das wundert mich nicht«, sagte er, »er ist nämlich taubstumm.«

Peroni war ein manischer Erzähler. Es war wie eine Droge für ihn, seine Heldentaten vor einem Publikum vortragen zu können, wobei er sie auch schon mal ein wenig ausschmückte. Nicht, daß er ein Lügner war, er war ein neapolitanischer Künstler, der wußte, daß die einfachen Fakten erst durch gezieltes Setzen von Licht und Schatten wirklich anschaulich werden, und diese Kunst bereitete ihm die größte Befriedigung. Es war daher kaum verwunderlich, daß er – nachdem er den Taubstummen in Verona hinter Schloß und Riegel gebracht hatte – enttäuscht war, zu

Hause die ganze Familie im Bett und die Wohnung in Dunkelheit getaucht vorzufinden.

Dann fiel sein Blick auf einen schwachen weißen Schimmer neben dem Telefon. Bei genauerem Hinsehen erkannte er, daß es eine Notiz für ihn war, und knipste das Licht an, um sie zu lesen. ›Achille – ruf Regina an‹, stand dort mit mißbilligender Kürze, dazu eine Telefonnummer. Peroni spürte eine Welle der Erregung, die die Müdigkeit und Frustration davonspülte. Er sah auf seine Armbanduhr. Es war spät. Wahrscheinlich schlief sie schon. Trotzdem wählte er die Nummer.

Der schrille Signalton klang in der Stille unglaublich laut. Iiii-Iiii-Iiii. Er nahm sich vor, es zehnmal schellen zu lassen und es dann aufzugeben und ins Bett zu gehen. Aber als er beim zehnten Klingeln angekommen war, beschloß er, sich noch zehn weitere Versuche zu geben.

Sie antwortete beim siebzehnten Mal.

»*Pronto?*« Es war nicht die Stimme einer Frau, die man aus dem Schlaf gerissen hat.

»*Pronto*«, sagte Peroni.

»Achille!« Sie klang erfreut.

»Ich störe Sie nicht?«

»Nein, nein. Ich konnte nicht einschlafen, da bin ich noch ein wenig draußen spazierengegangen. Als ich reinkam, hörte ich das Telefon läuten. Warum sind Sie noch so spät auf?«

Er sagte es ihr. Selbst wenn er die ganze Familie um sich sitzen gehabt hätte, hätte er sich kein dankbareres Publikum wünschen können. Sie lauschte ihm mit hingerissener Aufmerksamkeit, die nur von kleinen Seufzern des Erstaunens oder der Bewunderung unterbrochen wurde.

»Achille«, sagte sie, als er seine Geschichte beendet hatte, »du bist schrecklich – wirklich, das bist du. So etwas hättest du nie tun dürfen. Wie leicht hättest du dabei ums Leben kommen können!«

»Wenn ich's nicht getan hätte, hätt' ich vielleicht nie herausgefunden, wo Loris Piantaleone heute morgen hingefahren ist, bevor er getötet wurde. Und du darfst nicht vergessen: Das kann sehr wohl derselbe Ort sein, wo auch sein Vater sich aufgehalten hat – in der Nacht, als er umgebracht wurde.«

»Und hast du das rausgekriegt?«

»Noch nicht. Aber die Polizei in Garda hat mir alles erzählt über Minelli. So heißt der Fischer. Morgen werd' ich ihn vernehmen, sobald wir einen Dolmetscher haben, und dann dürfte es eigentlich nicht mehr allzu schwer sein, herauszufinden, um wen oder welche Organisation er sich solche Sorgen gemacht hat, daß er mich deswegen umzubringen versuchte.«

»Das glaub' ich auch. Und ist dann die ganze Geschichte aufgeklärt?«

»Vielleicht.«

»Du bist genial, Achille!«

»Nein, nein – das ist einfach das Glück des Neapolitaners. Übrigens, als du mich neulich abend auf die alte Gräfin Augusta angesetzt hast – wußtest du da schon, was sie mir wahrscheinlich erzählen würde?«

»Über die Montagus und Capulets? Das konnt' ich mir denken – das ist ihre Wahnvorstellung.«

»Warum hast du es mir nicht selbst erzählt?«

»Ich dachte, du würdest es vielleicht gern aus berufenem Munde hören. ›Aus dem Maul des Pferdes‹, wie es bei den Engländern heißt. Zudem hast du mir gesagt, daß dich die Vergangenheit interessiert, und die Gräfin ist wirklich diejenige, die darüber am besten Bescheid weiß.«

»Also dann: Danke, Regina.«

»Nichts zu danken, Achille.«

»Gibt's irgendeinen speziellen Grund, warum ich dich heute abend anrufen sollte?«

»Ach ja, natürlich. Bei all deinen Neuigkeiten ist mir das glatt entfallen. Ich sagte, ich würde dich anrufen, um mich mit dir zum Mittagessen zu verabreden. Wie wäre es mit morgen?«

»Morgen paßt mir ausgezeichnet«, sagte Peroni, entschlossen, daß nichts daran etwas ändern würde, mochten auch noch so viele Pillipopolis oder Piantaleones in den nächsten zwölf Stunden eines gewaltsamen Todes sterben. »Wo wollen wir uns treffen?«

»Du bist der Beschäftigtere – entscheide du. Irgendwas Ruhiges.«

»Also, ich werde wahrscheinlich draußen am See sein, um Minellis Spuren zu verfolgen. Wie wäre es, wenn wir uns dort treffen?«

»Wunderbar.«

»In Lazise? Es gibt da eine Trattoria am Hafen, wo sie Seeforellen auf dem Holzfeuer grillen. Sagen wir um eins?«

»Ich werd' da sein.«

Bevor sie auflegte, erhaschte Peroni ein fast unhörbares Geräusch am anderen Ende der Leitung, das wie ein Kuß klang. Als er in dieser Nacht zu Bett ging, fühlte er sich glücklicher als je zuvor seit seiner Ankunft in Verona.

Kapitel 6

Avvocato Verdi

Als der Sarg mit der sterblichen Hülle des Generals Orazio Piantaleone aus der Kathedrale von Verona getragen wurde, stand eine derart große Menschenmenge auf dem Platz davor versammelt, daß der Leichenwagen eine Viertelstunde und ein Beträchtliches an würdelosem Gehupe brauchte, um durchzukommen.

Nur wenige Begräbnisse hatten seit damals, als man das unglückselige Liebespaar in seine Gruft trug, soviel öffentliches Interesse erregt. Das lag zum Teil daran, daß die Montagu-Capulet-Geschichte an diesem Morgen im IL GIORNALE veröffentlicht worden war und nun das Stadtgespräch bildete. Vor allem die Touristen waren entzückt, daß sich eine der berühmtesten Geschichten der Welt jetzt, sozusagen vor ihren eigenen Augen, wiederholte.

So groß sie auch war, so konnte die Kathedrale doch kaum die Menge fassen, die jetzt – vorbei an den zwei Greifen, die die beiden Säulen des Portals trugen – im Gefolge des Sarges hinaus auf den Kathedralenplatz strömte.

Im Beisein aller Würdenträger war die Totenmesse vom Bischof gelesen worden, und obgleich er nicht direkt auf die Capulets und Montagus zu sprechen kam, so zeigte er doch durch seine Anspielung auf das Übel mörderischer Familienfehden, daß ihm die Geschichte nicht unbekannt war.

Peroni, der auch anwesend war, genoß ein schönes Begräbnis, obwohl er den neapolitanischen Stil mit viel hemmungslosem Gejammer, Haareraufen und einem anschließenden gigantischen Leichenschmaus bevorzugte, der bis in die frühen Morgenstunden andauerte, wenn die letzten der zutiefst betrübten Trauergäste schließlich fast bewußtlos in ihre Betten taumelten. Denn obschon er in seiner Bewunderung für alles Britische wirklich hinter niemandem zurückstand, hielt Peroni doch nichts von dem englischen Phlegma, das bei norditalienischen Begräbnissen der besseren Familien zur Schau getragen wurde – es erniedrigte sie vom hohen Melodrama zur bloßen sozialen Funktion. Dennoch konnte er nicht umhin, zuzugeben, daß diese Beerdigung einiges zu bieten hatte. Die Spannung lag nahezu greifbar in der Luft.

Als der Leichenwagen schließlich den Platz verlassen hatte, setzte sich der lange Trauerzug durch die Straßen Veronas in Bewegung, wobei Peronis roter Alfa immer wieder blitzartig aus der unendlich langen und langsamen Autokolonne hervorschoß und voller Ungeduld wegen des dem Anlaß angemessen gesetzten Tempos ein Auto nach dem anderen überholte.

Nachdem er beim Friedhof angelangt war, parkte er neben einem Blumenstand, ging dann zwischen zwei schlafenden Löwen aus Stein die Stufen hinauf und durch ein Tor, auf dem in riesigen Buchstaben ›Resurrecturis‹ stand, und kam gerade rechtzeitig, um dem Sarg auf seinem Weg in Veronas Vorort der Ewigkeit zu folgen.

Die Piantaleones hatten ihr eigenes privates Mausoleum, ein imposantes Rokokomonument mit einem an Michelangelo erinnernden Kuppeldach und zwei schweren schmiedeeisernen Pforten, die jetzt geöffnet waren und den Blick auf das düstere Innere freigaben, wo eine Betonöffnung in der Mauer für den General hergerichtet worden war, während eine zweite für Loris vorbereitet wurde.

In der Menschenmenge konnte Peroni Vertreter aller führenden Adelsfamilien von Verona ausmachen. Oder genauer, aller, bis auf eine. Die Pillipopolis glänzten durch ihre auffällige Abwesenheit.

Im Schutz des Gedränges der angrenzenden Grabmale konnte Peroni die Trauernden der Familie beobachten, ohne selbst gesehen zu werden. Wenn sie auch erhobenen Hauptes dastanden – das klassische Profil der Piantaleones war wirklich unverwechselbar –, spürte Peroni doch, daß sie alle unnatürlich angespannt waren.

Etwas anderes als bloß eine politische Feindschaft bedrohte diese Familie, so, als ob irgendein unausweichliches dramatisches Schicksal sie überschattete. Sogar Gabriele schien davon betroffen, obgleich das daher rühren mochte, daß er sich zur Abwechslung einmal der Tradition unterworfen hatte und einen dunklen Anzug trug.

Als die traurige Zeremonie beendet war, ließ Gabriele ungeduldig die lästige Händeschüttelei über sich ergehen und nahm die Beileidsbezeigungen der Anwesenden entgegen, aber sobald er nur konnte, setzte er sich von der Gruppe der Familienmitglieder ab in Richtung Friedhofsausgang.

Peroni beobachtete ihn und fühlte instinktiv, daß er ihm folgen müßte. Aber der nüchterne Verstand sagte ihm, daß eine ganze Menge an wichtiger Arbeit auf ihn wartete. So kam es, daß der *Commissario* in ihm – der bei diesen inneren Konflikten fast immer die Oberhand behielt – streng jede neapolitanische Nachgiebigkeit gegenüber dem bloßen Instinkt verhinderte.

Erst später würde Peroni erkennen, daß der *Commissario* hier einen Fehler gemacht hatte.

Draußen vor dem Friedhof stieg Gabriele in seinen Wagen und fuhr zur Veroneser Hauptgeschäftsstelle des ACI, des italienischen Automobilclubs. Hier erkundigte er sich nach einem seiner Bekannten, der, wie man ihm sagte, anwesend war. Gabriele hatte Bekanntschaften in jedem öffentlichen Amt der Stadt und kultivierte sie eifrig, weil sie ihm nicht nur behilflich waren, alle bürokratischen Formalitäten, Schlangen und Wartelisten zu umgehen, sondern ihn auch mit wertvollen Informationen versorgten. Und um Informationen ging es ihm jetzt wieder einmal.

»*Ciao*!« sagte Gabriele und betrat das Büro seines Bekannten mit ausgestreckter Hand.

»*Ciao*!« sagte der Bekannte, streckte ihm seinerseits die Hand entgegen und erinnerte sich an die Flaschen besten Reciottos, den er vergangene Weihnachten von Gabriele geschenkt bekommen hatte. »Kann ich etwas für dich tun?« fragte er, nachdem die Begrüßungsfloskeln ausgetauscht worden waren.

»Wie es der Zufall will, gäbe es da wirklich etwas«, sagte Gabriele. Er reichte ihm das Zettelchen hinüber, auf dem das Kennzeichen des Wagens stand, der am Vortag die Villa in Garda verlassen hatte. »Ich würde gern den Halter des Wagens mit dieser Nummer wissen.«

»Kein Problem«, sagte der Bekannte. »Mach dir's inzwischen bequem, ich bin gleich wieder da.«

Er blieb fünf Minuten fort und kam mit demselben Zettelchen zurück, das er Gabriele hinüberreichte.

Jetzt stand unter dem Veroneser Kennzeichen ein Name in Großbuchstaben, und als Gabriele ihn las, pfiff er leise durch die Zähne.

»Ein Unfall?« fragte der Bekannte höflich.

»So kann man's auch nennen«, sagte Gabriele.

Der See sah aus wie eine polierte Spiegelfläche, als Peroni dort eintraf, und ganz Garda wirkte gegenüber dem Vorabend wie ausgewechselt. Er parkte am Rand des Dorfs und ging zu Fuß, bis er zu einer Adresse kam, die ihm der Ortspolizist am Abend vorher genannt hatte. Es war die Adresse eines alten Fischers, für den Minelli zeitweilig arbeitete.

Das Gespräch, das Peroni an diesem Morgen noch vor dem Begräbnis mit Minelli geführt hatte, war nicht zufriedenstellend verlaufen. Sogar als die Verständigung durch einen Dolmetscher hergestellt war, blieb Minelli finster und verstockt. Er sei am vorausgegangenen Abend betrunken gewesen, sagte er, und hätte nur deshalb versucht, ihn anzugreifen, weil er geglaubt habe, jemand anderen vor sich zu haben. Und trotz aller Beharrlichkeit hatte Peroni nichts von Interesse aus ihm herausholen können. Bei einer solchen Vernehmung, dachte er, hatten die Taubstummen von vornherein alle Vorteile auf ihrer Seite. Er hatte deshalb beschlossen, daß er nach dem Begräbnis nachsehen wollte, was sich vor Ort in Garda selbst herausfinden ließe.

Wie üblich zeigten die Touristen genug nackte Haut, daß es für ein halbes Dutzend Zirkuszelte gereicht hätte. Peroni stierte mit ungläubiger Faszination auf eine junge Schwedin – es war bestimmt eine Schwedin –, deren Shorts kürzer und enger waren, als er es für menschenmöglich gehalten hätte. Waren solche Zurschaustellungen in Italien nicht verboten? Er beschloß, sich darüber beim Ortspolizisten von Garda zu erkundigen. Aber im gleichen Augenblick fiel ihm auch schon ein, wie die Antwort lauten würde: Ja, natürlich war es verboten, aber eine zu strenge Einhaltung der Gesetze würde nur dem Tourismus schaden. Was für Heuchler wir Italiener doch sind, dachte er.

Und dann merkte er, daß er nicht dem Weg zum Haus des Fischers folgte, sondern der Schwedin. Neapel lief in seinem Innern Amok. Der *Commissario* nahm die Angelegenheit in die Hand und brachte Peroni – der sich heftig sträubte – wieder auf den Pfad der Wahrheitsfindung.

Als er die Adresse erreichte, saß dort ein alter Mann vor der Haustür auf einem abgenutzten Stuhl, dessen Sitzfläche aus Stroh war. Der Mann war klapperdürr, und seine Augen wirkten entzündet, aber er hatte noch Kraft in seinen Armen und Schultern.

»*Questura*«, sagte Peroni.

Die wässerigen Augen des Alten blinzelten angestrengt bei dem Bemühen, etwas zu erkennen. »Eh?« sagte er.

»*Questura*«, wiederholte Peroni lauter.

»Heute nicht«, sagte der Alte.

»Sie haben einen Mann namens Minelli, der für Sie arbeitet«, sagte Peroni laut und deutlich.

»Vermicelli?« fragte der Alte.

»Minelli!« brüllte Peroni.

»Ah, Minelli«, sagte der alte Mann. »Da gibt es einen Burschen namens Minelli, der arbeitet für mich.«

»Ich möchte Sie um ein paar Auskünfte über ihn bitten.«

»Sie vertun nur Ihre Zeit – den hat die Polizei gestern abend mitgenommen.«

»Ich weiß!« bellte Peroni, »ich bin von der Polizei.«

»Wieder mal betrunken«, sagte der Alte und kaute zahnlos vor sich hin.

»Hat er außer für Sie noch für sonst jemanden gearbeitet?«

»Ich hab' Ihnen doch gesagt, daß er für mich arbeitet.«

An diesem Punkt wurde die Situation gerettet durch das Eintreffen einer verschrumpelten, ganz in Schwarz gekleideten, alten Dame mit leuchtenden kleinen Äuglein in einem Gesicht, daß so runzelig war wie eine Dörrpflaume. »Aus dem werden Sie kein vernünftiges Wort herauskriegen«, sagte sie. »Armer alter Mann – das kommt von der Arterienverkalkung. Ich hab' da keine Probleme – ich bin noch genauso pfiffig, wie ich als Mädchen mit 16 war. Aber das ist ja immer so, es trifft die Männer viel schlimmer, die ärmsten. Was hätten Sie denn gerne gewußt?«

»Soweit ich weiß, arbeitet ein Mann namens Minelli für Ihren Gatten«, sagte Peroni und schlug dabei den Ton eines braven Sohnes an, der die Alte sofort begeisterte.

»Das ist richtig«, sagte sie, »das heißt, wenn man das arbeiten nennen kann.«

»Wie viele Stunden pro Woche schafft er denn für Sie?«

»Das ist ganz unterschiedlich. Mal so um die 30, dann wieder nur vier oder fünf.«

»Wissen Sie, ob er noch woanders arbeitet?«

»Oh nein!« sagte der Alte, offenbar verstimmt über die Einmischung seiner Frau, »den würde doch sonst niemand einstellen.«

»Nun hör mal, du armer Kerl!« sagte sie. »Hast du mir nicht erzählt, du hättest ihn mit deinen eigenen Augen gesehen!« Sie wandte sich an Peroni. »Er kann sich ja nichts mehr merken«, sagte sie. »Grad eine Woche ist es her, er hat's mir doch selber gesagt. Da hat der Ärmste gesehen, wie der Minelli aus einer Villa rausgekommen ist. Und er hat so verdächtig um sich geblickt, daß der Alte gemeint hat, er müßte wohl was gestohlen haben. Aber ich hab' mich nachher erkundigt und hab' herausgefunden, daß er da halbtags als Hausmeister arbeitet.« Sie wandte sich wieder an ihren Mann. »Na, fällt's dir jetzt wieder ein, du Ärmster?«

Er sah jetzt so verschüchtert aus, wie ein kleiner Junge, der in die Hose gemacht hat. Peroni bedauerte ihn jetzt regelrecht. »Wo ist denn diese Villa?« fragte er und spürte ein Prickeln der Erregung im Nacken.

»Ich führe Sie hin«, sagte der Alte voller Eifer. Und so – mit der Zustimmung seiner Frau – machten sie sich auf den Weg.

Die Arterienverkalkung hinderte ihn nicht daran, den richtigen Weg zu finden, und ein paar Minuten später standen sie vor einem schweren Eisentor, das in eine hohe Steinmauer eingelassen war.

»Hier ist es«, sagte der Alte stolz.

»Wer wohnt denn da?« fragte Peroni.

»Keine Ahnung«, sagte der Alte freundlich. »Leute aus der Stadt werden es wohl sein.«

Peroni dankte ihm, und dann, aus einer momentanen Eingebung heraus, drückte er ihm einen Tausendlireschein in die Hand. Zeugenbestechung war nicht im Sinne des modernen Italiens, und die Kommunistische Partei hätte bestimmt ihr Mißfallen bezeugt, aber das Geld wurde dankbar angenommen.

Als der Alte gegangen war, schritt Peroni um die Mauer herum, konnte aber weder einen Blick ins Innere werfen noch eine Spur von Leben entdecken. Also ging er zurück zu seinem Wagen und fuhr los in Richtung Albisano. Irgendwo entlang des Weges, rechnete er sich aus, müßte es einen Punkt geben, von dem her man die Villa aus der Höhe betrachten könnte. Und richtig, als er um eine Kurve bog, sah er das Anwesen unter sich zu seiner Linken. Er parkte den Wagen und holte einen Feldstecher hervor.

Selbst von dieser Stelle aus hatte man keinen freien Blick auf die Villa, denn hohe Bäume standen um sie herum; dennoch gelang es Peroni, sich einen kleinen Eindruck zu verschaffen. Es war ein großes, dunkles Gebäude aus dem 19. Jahrhundert, bei dem nun ausnahmslos an allen Fenstern die schweren hölzernen Rolläden geschlossen waren. Merkwürdig, dachte er, daß eine Villa am Gardasee im Haupturlaubsmonat August zugesperrt ist.

Dann, nachdem er alles, was es zu sehen gab, gesehen hatte, fuhr er hinunter zur Polizeiwache in Garda, wo er den beleibten Beamten antraf, dessen Büro er am Abend zuvor benutzt hatte, und fragte ihn, ob es in Italien nicht ein Gesetz gäbe, das solche Zurschaustellungen wie die, die er vor kurzem gesehen hatte, unterbinden würde.

»Das gibt es«, sagte der feiste Beamte mit verdrießlicher Miene, »aber es ist unmöglich, so was durchzusetzen. Wo kämen wir wohl mit unserem Fremdenverkehr hin, wenn wir jeden verhaften wollten, der unsittlich angezogen ist?« Er breitete seine schweißfeuchten Handflächen in einer flehenden Geste aus.

»Das hatte ich mir schon gedacht«, sagte Peroni, »ich wollte es nur noch mal bestätigt haben. Etwas anderes«, fuhr er fort, »es gibt da eine Villa, über die ich etwas erfahren möchte.« Er gab eine detaillierte Ortsbeschreibung.

»Die kenn' ich«, sagte der fette Polizist. »Gehört einem Rechtsanwalt namens Verdi. *Avvocato* Verdi.«

»Schade«, sagte Peroni, »es löst sich doch nie alles so glatt auf, wie es sollte. Ich hatte gehofft, es würde sich herausstellen, daß die Villa den Piantaleones oder Pillipopolis gehört.«

»Piantaleone?« sagte der Polizist und runzelte nachdenklich die Stirn. »Jetzt, wo Sie es erwähnen – also, ich glaube die Frau vom *Avvocato* Verdi ist eine Piantaleone.«

Hier gab es nur eine korrekte Vorgehensweise. Peroni würde bei der Staatsanwaltschaft offiziell einen Durchsuchungsbefehl beantragen müssen. Das würde etliche Stunden dauern, und falls *Avv.* Verdi und seine Frau, die gebürtige Piantaleone, Ansehen und Einfluß genossen, könnte es noch länger dauern. Darüber hinaus würde *Dott.* Spinelli, der stellvertretende Staatsanwalt, den Antrag schon allein deswegen verzögern, weil er von der Polizei kam. Alles in allem – bis Peroni endlich offiziell die Genehmigung hätte, die Villa zu durchsuchen, wäre alles, was irgendeine Bedeutung für die Aufklärung der Morde an dem General oder seinem Sohn hätte, längst verschwunden. Daß solche Dinge passierten, wußte Peroni nur allzu gut. Er war einmal an der Aufklärung eines Falles beteiligt, der in Venedig vor Gericht kommen sollte, und im letzten Augenblick ergab es sich, daß Dokumente der Anklage mit überaus wichtigem Beweismaterial rein zufällig in den Canale Grande fielen.

Eine Alternative zur offiziellen Genehmigung gab es natürlich, aber der *Commissario* mochte nicht daran denken. Außerdem wurde es Zeit für das Mittagessen mit Regina.

Er fuhr rasch nach Lazise und parkte in der Nähe des Strandes. Sie war nicht in der Taverne, in der sie sich verabredet hatten, also setzte er sich draußen an einen Tisch, von dem aus er den kleinen Hafen überblicken konnte, und bestellte einen Chivas Regal.

Zehn Minuten später traf sie ein. Sie trug eine enorm große Sonnenbrille, weiße Hosen mit weitem Schlag und ein rotes Hemd, das am Hals bis zum vierten Knopf offen war. Peroni wurde sich bewußt, daß er sie nur ein einziges Mal gesehen hatte – und das bei Nacht in einem Kostüm des 18. Jahrhunderts –, aber auch jetzt noch erinnerte sie ihn an eine Schauspielerin in einem Stück von Goldoni.

»*Ciao,* Achille!«

»*Ciao,* Regina!«

»Was möchtest du trinken?«

»Wodka und Campari, bitte.«

Er bestellte ihn für sie und dazu für sich einen weiteren Chivas Regal. »Sollen wir hier draußen essen?« schlug er ihr vor, nachdem sie es sich mit ihren Drinks gemütlich gemacht hatten.

»Oh ja, bitte«, sagte sie, »ich beobachte so gerne die Boote.«

Sie begannen ihr Mahl mit Risotto, das nach einem jahrhundertealten Geheimrezept mit Fisch aus dem See zubereitet wurde, dazu tranken sie einen kellerkühlen Soave, der aus einem großen, blumenbemalten Steinkrug ausgeschenkt wurde.

»Achille«, sagte sie, als sie mit dem Risotto fertig waren und auf ihre Forelle warteten, »wie bist du eigentlich Polizeibeamter geworden?«

Es war eine Frage, der er normalerweise auswich, und er hätte es auch diesmal getan, wenn Regina nicht eine Neapolitanerin gewesen wäre. Auch so war er nicht besonders erpicht darauf, ihr zu antworten.

»Es ist eine lange Geschichte«, sagte er, um Zeit zu gewinnen.

»Ich mag lange Geschichten.«

Er kippte ein halbes Glas Soave runter und beschloß, es zu riskieren.

»Ich bin nicht immer«, sagte er, »ein *Commissario* gewesen.«

»Das hatte ich mir fast gedacht«, sagte sie lächelnd.

»Was ich meine, ist«, sagte Peroni, »daß ich nicht schon immer auf der Seite des Gesetzes gestanden habe.«

Sie betrachtete ihn mit erhöhtem Interesse und leicht geöffneten Lippen.

»In unserer Kindheit waren meine Schwester und ich *Scugnizzi* – Straßenkinder in Neapel. Wir hatten keinen Vater, und unsere Mutter –« Er ließ den Satz unvollendet, denn er bemerkte ein mitleidig verständnisvolles Aufleuchten in ihren Augen.

»Wir überlebten, so gut wir konnten – durch Stehlen, Kuppelei, Schwarzmarktgeschäfte. Es gibt nicht viele Leute, die ihr Glück machen, wenn ihr Leben in solchen Bahnen verläuft, aber das Komische ist, ich glaube, ich hätte es geschafft. Ich war gut darin, und es hat mir gefallen. Wenn sich die Dinge nicht so gefügt hätten, wie es eben gekommen ist, dann wäre ich jetzt vielleicht einer der Mafiabosse.«

»Du siehst nicht aus, als wärst du der Typ dafür.«

»Dafür gibt es keinen besonderen Typ.«

»Wenn du meinst, dann wird's schon so sein. Doch wie ging's dann weiter?«

»Also, eines Tages –«

In diesem Moment kamen ihre Forellen mit Salat, den sie mit einem Essig anrichteten, bei dem man trotz seiner Schärfe noch den Wein herausschmeckte.

»Und dann?« sagte sie. »Erzähl weiter.«

»Eines Tages begegneten wir einem hungrig aussehenden jungen Mann, der wie eine etwas ältere Version von mir selbst aussah. Es war kalt, und er bot uns ein Bett für die Nacht und zu essen an, aber er sagte, da gäbe es erst noch etwas, das wir über ihn wissen müßten, bevor wir zusagten.« Er machte um des Effektes willen und um sich einen Happen Forelle in den Mund zu schieben eine Pause.

»Und? Was war das?«

»Er war ein Priester. Ich wäre wahrscheinlich nicht hingegangen, als ich das hörte, aber es war sehr kalt, und wir beide meinten, wenn es da was umsonst gäbe, könnten wir das auch ausnutzen. Der Ort, an den er uns führte, war eine angenehme Überraschung. Es war nicht eines von diesen Heimen mit Schlafsälen und gebohnerten Fußböden. Es war ein ganz normales, schäbiges neapolitanisches Haus, sehr behelfsmäßig eingerichtet und nicht allzu sauber. Er sagte uns, wir könnten kommen und gehen, wie es uns beliebt. Es gäbe keine Regeln, aber wann immer wir wollten, gäbe es was zu essen und einen Platz zum Schlafen für uns.

Weißt du, ich habe oft das Fingerspitzengefühl dieses Priesters verwünscht. Wenn er versucht hätte, uns zu bekehren oder zu rehabilitieren oder etwas in der Art, wären wir da raus gewesen wie der Blitz, und ich wäre heute aus einem Guß und nicht ein neapolitanischer Straßenjunge, der als Polizeibeamter verkleidet ist.«

»Aber was hat er denn gemacht?«

»Das ist es ja – gar nichts hat er gemacht. Er ließ dich kommen und gehen und hörte dir zu, wenn dir danach war, mit jemandem zu sprechen. Dann eines Tages erwähnte einer von den anderen Jungen dort zufällig, daß er eine Riesenlust hätte, bei der Eisenbahn zu arbeiten. Zwei Tage später kam der Bahnhofsvorsteher von Neapel vorbei, um sich mit ihm mal darüber zu unterhalten. Er war rein zufällig ein Freund von Don Pietro – so hieß der Priester. Don Pietro hatte ohnehin die unwahrscheinlichsten Freunde an den unwahrscheinlichsten Orten. Wenn einer von uns meinte, er hätte ein Talent zum Kochen, dann kam auch schon zufällig der Chefkoch eines der feinsten Restaurants von ganz Europa vorbei. Wenn ein anderer dachte, er würde gerne schreiben, dann kam irgendwie am nächsten Tag der Chefredakteur vom CORRIERE DELLA SERA zum Mittagessen hereingeschneit.

Nach einiger Zeit wurde das zu einer richtigen Epidemie – sogar meine Schwester ging in einem Hotel arbeiten. Nur ich wußte nicht, was ich tun wollte. So hab' ich das eines Tages mal Don Pietro gegenüber erwähnt, und er sagte einfach: ›Ach, du solltest ein Polizeibeamter werden, Achille.‹ Ich bin fast aus der Haut gefahren. Wenn es eine Sorte von Leuten gab, der ich noch mehr mißtraute als Priestern, so waren es Polizisten. Dieses eine Mal lag Don Pietro völlig daneben, und das habe ich ihm auch gesagt. ›Ich weiß nicht, Achille‹, sagte er, ›mir ist etwas an dir aufgefallen – du hast einen unwiderstehlichen Drang nach der Wahrheit. Der ist stärker als alles andere in dir.‹ Zu meiner Überraschung mußte ich feststellen, daß er recht hatte. ›Denk mal drüber nach‹, sagte er. Nun, natürlich, als er mir die Idee erst mal in den Kopf gesetzt hatte, konnte ich an nichts anderes mehr denken. Und ein paar Tage später schaute ganz zufällig der Polizeichef von Neapel herein. Auch ein Freund von Don Pietro . . .«

Sie waren beim Kaffee, als die Geschichte zum Schluß kam. »Ich finde das Ganze wunderbar, Achille!« sagte Regina und sah ihn beinahe ehrfürchtig an. Dann blickte sie auf die Uhr, und ihr Gesichtsausdruck veränderte sich. »Du liebe Güte!« sagte sie, »ich muß fort, ich hab' um drei eine Stunde.«

Peroni begleitete sie zu ihrem Wagen. »Wann kann ich dich wiedersehen?« fragte er.

»Ruf mich heute abend an«, sagte sie, »dann machen wir etwas aus.«

Sie küßte ihn flüchtig auf die Wange, stieg in ihren kleinen Wagen und brauste davon in Richtung Verona.

Während er ihr nachblickte, fragte sich Peroni besorgt, ob er im Begriff war, sich in sie zu verlieben.

Wenn Peroni leicht angetrunken war, befand sich der *Dottore* und *Commissario* im Nachteil. Das war auch jetzt der Fall. Peroni hatte zwei große Chivas Regals vor, eine ganze Menge Soave beim und Grappa nach dem Mittagessen konsumiert. Als Folge schien der moralische Imperativ, sich beim stellvertretenden Staatsanwalt um einen Durchsuchungsbefehl für die Villa zu bemühen, weniger dringlich. Der ehrbare Teil von ihm leistete zwar noch etwas Widerstand, aber der wurde rasch überwunden.

Er fuhr zurück nach Garda, parkte den Wagen und ging dann zu Fuß zu dem schweren Eisentor, das ihm der Fischer am Morgen gezeigt hatte. Das Schloß bereitete einem Mann mit Peronis besonderen Gaben keine Probleme, und innerhalb weniger Minuten befand er sich im Innern des Grundstücks.

Er hielt mißtrauisch in alle Richtungen nach Hunden Ausschau, vor denen er eine höllische Angst hatte. Zum Glück ließ sich keiner blicken, und Peroni überlegte sich, daß mit einem so aufmerksamen Wächter wie dem taubstummen Fischer wohl auch keine Notwendigkeit für einen Hund bestanden hatte.

Er ging auf die massive, in der Mitte des 19. Jahrhunderts erbaute Villa zu. Das Grundstück war groß und gepflegt, wenn auch durch die Bäume recht dunkel, was bei der Sonnenglut im August eine angenehme Kühle bescherte.

Das Schloß an der Eingangstür überraschte Peroni durch seine Konstruktion – es war kompliziert, sehr teuer und legte die Annahme nahe, daß *Avv.* Verdi besonders besorgt darum war, sich gegen Einbrecher zu schützen. Man würde Spezialwerkzeuge benötigen, um es zu öffnen – und vor allem mehr Zeit, als Peroni jetzt darauf verwenden wollte. Er begutachtete die restliche Vorderfront. Die Fenster hatten alle schwere hölzerne Rolläden, und eine weitere Tür gab es nicht.

Auf den ersten Blick wirkte die Rückseite ebenso uneinnehmbar wie die Vorderseite, aber dann konzentrierte sich seine Aufmerksamkeit auf eine kleine Eisentür. Sie führte wahrscheinlich in einen Keller und befand sich innerhalb eines kleinen Vorbaus, der es ihm erlauben würde, ungesehen zu arbeiten, falls nicht jemand direkt in seine Nähe käme. Er trat unter das schützende Vordach.

Wie er erwartet hatte, führte die Tür wirklich in einen Keller, in dem Brennholz und Gärtnereigeräte aufbewahrt wurden. Es gab noch eine weitere verschlossene Tür an dessen anderem Ende, und als er auch die überwunden hatte, trat Peroni in einen langen Korridor, von dem etliche andere Türen abzweigten. Er leuchtete mit seiner Taschenlampe in die pechschwarze Dunkelheit hinein und versuchte es mit der ersten Tür, die in ein Wohnzimmer führte, das vollgestellt war mit altmodischen Möbeln, auf die seiner Meinung nach wohl niemand gesteigerten Wert legen würde. Selbst eine genauere Untersuchung verriet nichts von Interesse.

Einige Zeit später war er gezwungen, sich selbst einzugestehen, daß auch die genauere Untersuchung des gesamten Hauses nichts von Interesse ergeben hatte. Es war einfach nur der staubige, ungelüftete, muffige, langweilige Landsitz einer begüterten Veroneser Familie. Wieso brauchte man dafür nur einen Wachhund wie Minelli und teure Türschlösser wie bei einer Bank?

Er war bereits an dem Punkt angelangt, wo er das Ganze als zwecklos aufgeben wollte, als er sich vage bewußt wurde, daß er vielleicht doch etwas gefunden hatte. Etwas Ungreifbares, das sich vor ihm her zu bewegen schien, als er durch das dunkle Haus schlich. Wenn er ein Zimmer betrat, hatte er das Gefühl, daß es eben erst verlassen worden war. Wenn er in einem Gang um die Ecke bog, war es, als ob etwas gerade eben vor ihm in den nächsten Korridor gegangen oder die Treppe hinunter verschwunden wäre.

Sobald er sich dessen bewußt war, begann diese Präsenz ihn zu überwältigen. Er ertappte sich dabei, wie er auf Schritte lauschte, auf Bewegungen in der Dunkelheit. Aber es war nichts als eine Sinnestäuschung. Es gab längst keine physische Präsenz mehr in dem Haus, es war der Abdruck einer Seele, den jemand in der Atmosphäre des Hauses hinterlassen hatte. Jemand, der viel Zeit in der Villa zugebracht hatte.

Und ganz plötzlich kam ihm mit furchtbarer Klarheit zu Bewußtsein, daß es jemand war, den er kannte!

Auf einmal drückte ihm die mittägliche Alkoholzufuhr auf die Blase. Da er inzwischen zum Experten im Grundriß der Villa geworden war, fand er rasch den Weg zur nächstgelegenen Toilette. Dann, während er verzweifelt an den Knöpfen fummelte, fiel ihm die Taschenlampe aus der Hand, und selbst sein extremes körperliches Bedürfnis hinderte ihn nicht daran, aus dem Geräusch, das sie beim Aufprall machte, zu schließen, daß der Fußboden, auf dem er stand, hohl war.

In seiner Ungeduld schien es ihm, als ob der mächtige Strom, der ihm Erleichterung brachte, nie enden würde. Nicht zum erstenmal staunte er über die ungeheuerliche Kapazität seiner Blase. Doch langsam verringerte sich der Strahl zu einem Rinnsal, und Peroni knöpfte sich – die letzten Tropfen ignorierend – die Hose wieder zu und kniete nieder.

Er fand bald heraus, daß er vier der Bodenbretter mit den Händen entfernen konnte. Sie waren nur mit Nägeln befestigt, die sich leicht lösen ließen. Danach war es kein Problem mehr, die Planken zu heben.

Aber sobald er das getan hatte, sank Peronis gehobene Stimmung sehr schnell wieder. Der Zwischenraum darunter, den seine Taschenlampe ausleuchtete, war leer. Wer oder was sich darin auch befunden haben mochte, war daraus entfernt worden.

Eine Leiter führte von der Toilette nach unten, und Peroni stieg mit einem Gefühl enttäuschter Erwartungen hinab, das jetzt auch noch von dem zusehends nachlassenden Alkoholrausch verstärkt wurde. Aber als er den Boden erreichte, sah er, daß es dort doch etwas gab. Nicht viel, verglichen mit dem, was er zu finden gehofft hatte, aber immerhin etwas. Als seine Taschenlampe die Wände ableuchtete, sah er ein kompliziertes System von Gestellen und Rahmen. Auch wenn sie jetzt leer waren, so erkannte er doch ohne jeden Zweifel, was sie enthalten hatten. Und dadurch wurde die ganze Angelegenheit um einiges klarer. Ein entscheidendes Teil des Puzzles war an seine Stelle gerückt worden. Wenn es jetzt noch mit der Identität desjenigen in Zusammenhang gebracht werden könnte, dessen Psyche sich so deutlich in der Atmosphäre der Villa eingeprägt hatte, dann würde vielleicht das Gesamtbild klar erkennbar werden.

Er durchstöberte die Villa mit neuem Elan auf der Suche nach einer Spur der Person, die ihm deren Identität preisgeben würde. Aber wer auch immer die Spuren beseitigt hatte, er hatte gründliche Arbeit geleistet. Peroni fand lediglich Hinweise auf die spießige, wohlhabende Familie des *Avv.* Verdi.

Dann, als er in einem kleinen Arbeitszimmer im hinteren Teil des Hauses war, blitzte im Licht der Taschenlampe plötzlich etwas auf. Peroni lenkte den Lichtkegel darauf zurück, ging hin und bückte sich danach.

Es war ein winziger goldener Bleistift von der Art, wie sie zu Taschenkalendern dazugehören, aber er war wesentlich teurer als die Normalversionen solcher Stifte. Er paßte einfach nicht zu der Familie des *Avv.* Verdi, also sprach einiges dafür, daß es dem ›anderen‹ gehörte.

Peroni stand da und betrachtete den Stift im Schein der Lampe. Besitzstücke konnten, wie er wußte, einem etwas darüber mitteilen, wer ihre Besitzer waren. Aber auch wenn er seine Geistesblitze hatte, hellseherisch war Peroni nun auch wieder nicht. Er nahm den Bleistift zwar fest zwischen die Finger und versuchte es, doch der verriet ihm nichts.

Auf einmal empfand er Furcht. Er war hier über eine größere Sache gestolpert, und obgleich er einen der Wachhunde in Gestalt des taubstummen Fischers beseitigt hatte, könnte es sein, daß es andere gab, die genau wie Minelli zu töten bereit waren. Es wurde Zeit, sich zu verziehen – und zwar rasch. Mit einem hastigen Stoßgebet zum heiligen Januarius eilte Peroni zurück zu dem Keller, durch den er hereingekommen war.

Als seine Vorzimmerdame ihm eröffnete, daß zwei Beamte von der *Questura* ihn zu sehen wünschten, durchzuckte *Avv.* Verdi ein Gefühl der Panik. Er hatte von Anfang an befürchtet, daß es Unannehmlichkeiten geben würde. Und da hatte man nun die Bescherung.

Nun, vielleicht auch nicht. Er versuchte, sich mit der Überlegung zu beruhigen, daß die Polizei ihn öfters einmal wegen seiner Klienten aufsuchte. Vielleicht war auch dies nur ein solcher Routinebesuch.

»Bitten Sie die Herren doch, einzutreten, *Signorina*«, sagte er in die Sprechanlage.

Drei Sekunden später öffnete die Sekretärin die Tür seines Büros, und zwei Polizeibeamte kamen herein. Den einen davon kannte er persönlich – ein melancholischer, magenkrank aussehender Mann. Wie hieß er doch gleich? Lenotti. Aber es war der Anblick des anderen, der den Rechtsanwalt beunruhigte. Er kannte ihn nicht persönlich und verspürte auch nicht das geringste Bedürfnis danach, ihn kennenzulernen, aber er hatte ihn schon auf dem Bildschirm und sein Foto in Zeitungen gesehen. Es war *Commissario* Peroni, der Neapolitaner, den man den Rudolfo Valentino der italienischen Polizei nannte. *Avv.* Verdi mochte die Süditaliener nicht besonders, aber jetzt war es weniger Peronis Herkunft, die ihn verstimmte, als die Tatsache, daß er die Ermittlungen über den Tod General Piantaleones leitete.

»*Buon giorno*«, murmelten die drei Männer mit unverbindlicher Höflichkeit, als sie sich die Hände gaben.

»Bitte, meine Herren, nehmen Sie doch Platz«, sagte *Avv.* Verdi und deutete auf zwei Stühle vor seinem Schreibtisch. »Womit kann ich Ihnen behilflich sein?«

»Meines Wissens«, sagte Peroni und wirkte jetzt ganz wie ein gewiefter Rechtsanwalt, der gerade im Begriff stand, ein tödliches Kreuzverhör zu beginnen, »meines Wissens haben Sie eine Villa in dem Dorf Garda?«

Avv. Verdi hatte das Gefühl, als würde sich sein Magen umdrehen. Also war es doch herausgekommen. Er sah sich bereits vor dem beruflichen Ruin, der gesellschaftlichen Ächtung und fast mit Sicherheit im Gefängnis.

»Meine Familie besitzt eine«, sagte er und brachte es fertig, seiner Stimme dabei einen ruhigen Klang zu verleihen.

»Fahren Sie dort öfter hin?«

»In letzter Zeit nicht, nein. Das Gebäude steht meistens ungenutzt.«

»Geht Ihres Wissens noch jemand anderer außer Ihnen dort hin?«

»Die Villa hat immer schon der Familie meiner Frau zur Verfügung gestanden. Ich glaube, einige Familienmitglieder halten sich dort gelegentlich auf.«

»Zu irgendeinem besonderen Zweck?«

Wieder hatte *Avv.* Verdi das unangenehme Gefühl, als säße er auf der Zeugenbank, gnadenlos aller Rückzugsmöglichkeiten beraubt.

»Um dort die Wochenenden zu verbringen«, sagte er.

»Hielt sich der verstorbene General Piantaleone manchmal dort auf?«

»Ich glaube, ja.«

»Und sein Sohn, Loris?«

»Ja, ich denke schon.«

»Nur, um sich dort zu erholen?«

»Soweit ich weiß, ja.«

»*Avvocato*«, sagte Peroni. Sein Tonfall hatte sich unerwartet gewandelt. Er war jetzt nicht mehr schneidend, sondern es lag ein Anflug von Güte in ihm. *Avv.* Verdi spürte einen Hoffnungsschimmer in sich aufkeimen, wenn er auch nicht hätte sagen können, worauf er hoffte. »*Avvocato* – ich weiß, was sich in Ihrer Villa in Garda abgespielt hat ... Es ist allemal genug, um einen Prozeß anzustrengen. Aber natürlich gibt es gewisse Punkte, die mir unklar sind. Wenn jemand, der bei der ganzen Affäre von Anfang an dabei war, mir in diesen Punkten helfen würde – dann, glaube ich sagen zu dürfen, würde der Betreffende mit Straffreiheit rechnen können.«

Auf wundersame Weise sah *Avv.* Verdi sein Leben und seine Karriere, die wenige Sekunden zuvor noch in einem trostlosen Scherbenhaufen um ihn herum gelegen hatten, wieder zusammengefügt im Licht der Sonne erglänzen. Er wäre selbstverständlich ein Verräter! Aber an wem? Piantaleone war tot, Loris war tot.

»Es war meine Frau, Norma, die sich als erste an mich wandte«, begann er, und die Spannung, die auf ihnen gelastet hatte, ließ nach, als allen klar wurde, daß die Entscheidung gefallen war. »Sie sagte mir, daß ihr Vetter, der General, eine Bewegung ins Leben gerufen hätte, deren letztendlicher Zweck es sei, den Kommunismus zu bekämpfen und eine rechtsgerichtete Regierung ans Ruder zu bringen, die dem galoppierenden Verfall des italienischen Staatswesens Einhalt gebieten würde. Sie fragte, ob ich mich der Bewegung anschließen wollte, und ich bejahte das. Meine Überzeugungen stimmten mit denen der Bewegung exakt überein, und ich war sicher, daß General Piantaleone der einzige Mann in Italien war, der genügend Prestige besaß, um eine Gefolgschaft an sich zu binden. Die anfänglichen Zusammenkünfte wurden in meinem Haus in Verona abgehalten.«

»Wann war das?« fragte Peroni.

»Vor ungefähr 18 Monaten.«

»Sprechen Sie weiter.«

»Es zeigte sich, daß wir einen Ort brauchen würden, an dem wir Kampf- und Körpertraining durchführen konnten, der groß, leicht zu erreichen und doch gut geschützt war und über reichlich freies Gelände verfügte. Meine Familienvilla wurde vorgeschlagen. Ich widersetzte mich der Idee aufs entschiedenste, aber meine Frau – nun, sie ist eben eine Piantaleone, und sie war fest entschlossen, das Gebäude der Bewegung zur Verfügung zu stellen. Ich mußte mich dem beugen.«

»Was genau ging dort vor?«

»Körperliches Training, Waffenhandhabung, Kurse in Judo und Karate, politischer Unterricht.«

»Organisiert vom General?«

»Gegen Ende seines Lebens war er ein bißchen ... geistig verwirrt, und er wurde mehr und mehr zu einer Galionsfigur. Meines Wissens war für das Organisatorische vor allem sein Sohn Loris zuständig, der auch umherreiste, um Kontakte mit Gruppen und einzelnen Personen zu knüpfen, die die Idee unterstützen könnten.«

»Und wann fanden all diese Aktivitäten und das Training in der Villa statt?«

»Meistens an Wochenenden.«

»Wer war die restliche Zeit dort?«

»Offen gesagt, ich weiß es nicht. Die ganze Sache war außer Kontrolle geraten. Es war so, als ob die Villa nicht mehr mir gehörte. Neue Schlösser waren an den Türen angebracht worden, und ich hatte noch nicht mal die Schlüssel dafür.«

»Aber Sie wußten, wer die anderen Mitglieder der Bewegung waren?«

»Oh ja, ich kannte sie.«

Er zögerte einen Moment, als es daran ging, ihre Namen preiszugeben, aber da es mehr als klar war, daß er jetzt nicht mehr zurückkonnte, leckte er sich kurz über die Lippen und nannte sie. Es waren Namen, bei denen Lenotti, der große Achtung vor Respektspersonen hatte, vor Erstaunen schlucken mußte. Es waren führende Geschäftsleute aus der Umgebung, Politiker, Schulleiter und einflußreiche Beamte darunter. Es würde einen enormen Skandal geben.

Nur eine Sache störte *Avv.* Verdi jetzt noch wirklich, und er sprach sie an, als Peroni endlich mit seinen Fragen zum Schluß kam. Es war inzwischen drückend heiß und dunkel in dem Büro geworden, denn niemand hatte sich darum gekümmert, das Licht anzuschalten.

»Es gibt da bloß noch eine Sache, *Commissario*«, sagte Verdi, als sich die drei Männer erhoben.

»Ja?« sagte Peroni.

»Ich wäre Ihnen dankbar, wenn meine Frau nicht erführe, aus welcher Quelle Sie Ihre Informationen haben.«

»Ich glaube sagen zu können, das läßt sich machen.«

»Es ist eine große Ehre, mit einer Piantaleone verheiratet zu sein«, sagte Verdi, »aber gelegentlich kann es auch eine große Bürde werden.«

Es war der heißeste Abend des Jahres, was für die Touristen schön und gut war, die in dem großen Rund der römischen Arena dichtgedrängt beieinander saßen und einer Aufführung von Aida lauschten. Es war weniger angenehm, wenn man am Eingang zur *Questura* Wache schob. Der Polizeibeamte schielte auf seine Uhr. Noch anderthalb Stunden, dann hätte er dienstfrei. Er stellte sich schon vor, wie er zu Hause säße, bis auf die Unterhose entkleidet, wenn die Kinder im Bett wären, im Bett mit seiner Süßen – dann könnte er sich sogar ganz ausziehen – und mit einer Flasche Wein aus dem Kühlschrank.

Dann verdrängte er diese Gedanken wieder. Sie waren nicht von der Art, die man sich erlauben konnte, wenn man vor einem Polizeipräsidium in Italien Dienst machte, wo man – egal, wie ruhig auch alles wirken mochte – zu jeder Zeit in der vordersten Front eines endlosen Stellungskrieges stand. Jeden Moment konnte ein Auto um die Ecke biegen. Es würde genau wie jedes andere Auto aussehen, nur daß seine Insassen Rotbrigadisten wären. Dann würde beim Vorbeifahren plötzlich aus dem Fenster eine Schußwaffe auf einen gerichtet, und die Kugeln flögen einem um die Ohren, noch ehe man die Zeit gefunden hätte, an den eigenen Pistolenhalfter zu fassen. So etwas passierte beinahe jeden Tag.

Genau in dem Moment rollte auch schon ein Auto um die Ecke, und die Finger des Polizisten griffen unwillkürlich nach seiner Pistole. Aber dann erkannte er, daß es ein Polizeifahrzeug war.

Es verlangsamte die Fahrt, kam vor ihm zum Stehen und *Dott.* Peroni entstieg dem Wagen, gefolgt von *Dott.* Lenotti. Peroni sah aus, als sei er über irgend etwas erregt. Der Beamte salutierte.

»Warum gehen Sie nicht etwas essen?« sagte Peroni zu Lenotti.

»Schönen Dank«, sagte Lenotti mit einem vorwurfsvollen Gesichtsausdruck, der besagte, daß Peroni es eigentlich besser wissen sollte, als den Eindruck zu vermitteln, daß Lenotti in der gegenwärtigen Verfassung seines Magens ein normales Abendessen vertragen könnte. Aber er ging trotzdem.

Peroni ging zum Empfangstisch, holte sich dort einen Umschlag, nahm dann einen kleinen goldenen Bleistift aus seiner Tasche, steckte ihn in den Umschlag und klebte ihn zu.

»Geben Sie ihn Simoni, wenn er kommt, seien Sie so gut«, wandte er sich an den Polizeibeamten und reichte ihm den Umschlag. »Ich will alles wissen, was er über diesen Bleistift herausbekommen kann.«

»Zu Befehl.«

»Ist *Dott.* Guerra im Haus?«

»Jawohl – in seinem Büro.«

»Dann geh' ich jetzt zu ihm. Nein, Augenblick, erst muß ich noch mal telefonieren.« Und Peroni machte sich auf den Weg zu seinem Büro.

Der diensthabende Beamte am Eingang der *Questura* gelangte zu der Ansicht, daß der fragliche Anruf wohl einer Frau gelten müßte.

»*Pronto*?«

»*Pronto* – Regina?«

»Achille – *ciao*! Bist du nicht schon halb umgekommen in dieser Hitze?«

»Hitze? Die habe ich noch gar nicht bemerkt.«

»Das zeigt mir, daß es etwas Interessanteres gibt, was deine Gedanken beschäftigt.«

»Gibt es auch.«

»Dann erzähl's mir – wenn es kein Geheimnis ist.«

»Ich nehme an, es ist tatsächlich eins. Aber es wird morgen ohnehin allgemein bekannt sein. Ich habe eine faschistische Geheimorganisation aufgedeckt, die von General Piantaleone angeführt wurde.«

»Achille, das ist phantastisch. Wie hast du das bloß gemacht?«

»Also, bevor wir uns heute mittag zum Essen trafen, war ich an den Gardasee hinausgefahren . . .«

Peroni hielt den Hörer zwischen Kinn und Schulter eingeklemmt, zog eine Zigarette hervor und zündete sie sich an. Dann ließ er sich nieder zu der gleichermaßen beruhigenden wie erregenden Tätigkeit, über seine Heldentaten Bericht zu erstatten.

»Oh, Achille«, sagte sie, als er geendet hatte, »du bist wirklich brillant!«

Er machte sich nicht die Mühe, ihr zu widersprechen. »Jetzt muß ich rüber und das alles noch mal *Dott.* Guerra erzählen«, sagte er.

»Wer ist das denn?«

»Ach so, ich vergaß, daß du dich ja hier in der *Questura* gar nicht auskennst – er ist der Chef vom Ganzen hier.«

»Ich bin sicher, er wird sehr mit dir zufrieden sein.«

»Bevor ich aufhänge«, sagte Peroni, »wann können wir uns wiedersehen?«

»Oh, morgen, hoffe ich, Achille. Ich hab' allerdings einen furchtbar schweren Tag vor mir. Kann ich dich anrufen?«

»Ja natürlich. Ich erwarte dann deinen Anruf. *Ciao*, Regina.«

»*Ciao*, Achille.«

Der an den Weihnachtsmann erinnernde Chef der DIGOS spürte die Hitze auch. Ein klappriger elektrischer Ventilator in seinem Büro trug nichts dazu bei, die Bildung großer Schweißtropfen zu verhindern, die sich ansammelten und auf die vor ihm liegenden Papiere fielen, wenn er nicht rasch genug mit seinem ohnehin schon durchweichten Taschentuch zur Stelle war. Die Hitze steigerte sein allgemeines Frustrationsgefühl darüber, wie die Dinge liefen – oder vielmehr nicht liefen. Aber er ließ sich nichts ansehen, und so strahlte er eine vorweihnachtliche Herzlichkeit aus, als es an die Tür klopfte und Toni, der jüngste seiner Männer, eintrat.

»Setz dich, setz dich, mein Junge«, sagte der Chef der DIGOS. »Nimm dir eine Zigarette. Ach so, natürlich, du rauchst ja nicht, das ist sehr vernünftig von dir. Nun denn, was gibt's bei dir heute Neues?«

»Ich fürchte, gar nichts, Chef. Ich kann nicht die geringste Spur finden – weder von Policarpo Pillipopoli noch von der Rothaarigen, Monica Branca.«

»Es sieht so aus, als hätten sie Verona verlassen.«

»So sieht's aus, Chef.«

»Andererseits haben wir nicht einen einzigen auch noch so geringfügigen positiven Hinweis auf sie von irgendwoher sonst. Und das ist schon seltsam – angesichts der detaillierten Beschreibungen, die wir über die beiden ausgegeben haben.«

»Vielleicht haben sie es ja geschafft, sich ins Ausland abzusetzen? Oder sie sind irgendwo untergetaucht.«

»Schon möglich. Wie dem auch sei, wir werden unsere Strategie ändern. Nimm dir morgen den Tag frei, und überleg dir was.« Er sagte das so, als ob er eine besonders schöne Spielzeugeisenbahn aus einem Sack hervorgezaubert hätte.

»Den Tag freinehmen?« sagte Toni fassungslos.

»Genau das«, sagte der DIGOS-Chef und strahlte. »Den Tag freinehmen.«

»Danke, Chef.«

Die Mildherzigkeit seines Chefs schien ihn wie eine Wolke einzuhüllen, als er das Büro verließ.

Aber der Chef der DIGOS war alles andere als mildherzig. Er wußte, daß Toni seit mehr als einer Woche rund um die Uhr gearbeitet hatte und daß es besser wäre, jetzt großmütig einen freien Tag zu gewähren, statt später zehn Tage einzubüßen, wenn der Junge vor Überarbeitung zusammenklappte.

Falls *Dott.* Guerra unter der Hitze litt, sah man es ihm nicht an. Die Krawatte gebunden, die Jacke zugeknöpft, saß er da und lauschte mit höflichem Interesse Peronis Bericht.

»Meinen Glückwunsch, *Dottore*«, sagte er, als Peroni zum Schluß gekommen war.

»Vielen Dank, *Dottore*«, sagte Peroni, der sich – wenn auch vergeblich – bemühte, bescheiden zu klingen.

»Natürlich bedeutet diese neue Entwicklung, daß ganz schön viel Arbeit auf uns zukommen wird. Alle diese Leute«, Guerra klopfte auf die Liste, die ihm Peroni überreicht hatte, »müssen zeitgleich in Gewahrsam genommen werden, das erfordert sorgfältige Planung. Es ist interessant zu bedenken«, fuhr er fort und sah Peroni mit dem Anflug eines Lächelns an, »daß diese Entdekkung, die Sie hier gemacht haben, die Veroneser Berufsstände einer großen Zahl ihrer führenden Mitglieder beraubt. Ich fürchte, daß es sie dem Süden Italiens nicht sehr viel gewogener machen wird.«

Es war zum erstenmal, daß Guerra auf Peronis Herkunft angespielt hatte, und Peroni meinte, es müsse sich um ein Zeichen von Anerkennung handeln.

Der kühlste Platz in Pattis Wohnung war ein kleiner Balkon, der, umringt von zusammengewürfelten rotbraunen Dächern, nur zur Mittagszeit kurz von der Sonne erreicht wurde. Das machte ihn zu einem willkommenen Zufluchtsort im Juli und August. Hier saß sie auch gerade, als sie Gabriele zu Fuß ankommen und im Haupteingang unten verschwinden sah. Eine Minute später läutete die Klingel.

»Wo ist denn das Auto?« fragte sie, als sie die Tür aufmachte.

»Die Batterie muß aufgeladen werden«, sagte Gabriele.

Sie sah sich ihn genauer an und gelangte zu der Annahme, daß er ein wenig betrunken sein müsse. »Was ist los mit dir?« fragte sie.

»Nichts«, sagte er, »nichts – außer, daß ich endlich dahintergekommen bin.«

»Wohinter?«

»Wonach ich schon seit so langem gesucht habe. Ich weiß jetzt, wer der Hintermann bei dem ganzen Schlamassel ist.«

»Gratuliere«, sagte sie und reichte ihm einen Martini. »Wie hast du das fertiggebracht?«

»Ich hab' dir doch erzählt, ich hatte mir die Nummer von dem Wagen gemerkt, den ich gesehen hatte, als er die Villa in Garda verließ. Nun, ich habe herausgefunden, wer der Besitzer ist, und habe ihn beobachtet.« Er machte eine kleine Pause, dann lachte er. »Es war der Ort, der mich stutzen ließ, er paßte in seiner ganzen Art so gar nicht... Jedenfalls gibt es da ganz in der Nähe auf derselben Straße eine kleine Bar, wo ich auf Beobachtungsposten gehen konnte, ohne selbst gesehen zu werden. Und dort bin ich dann für meine schwere Arbeit entschädigt worden.«

»Wie denn?«

»Ich sah jemand anderen da reingehen.«

»Und zwar wen?«

»Den ganz großen Fisch«, sagte Gabriele spöttisch, »den größten Fisch von allen.«

»Ich nehme an, das soll heißen, du willst mir nicht sagen, wer es ist?«

»Mit der Annahme liegst du richtig.«

Patti seufzte. »Und was hast du dann gemacht?«

»Ich bin nach Hause gegangen. Dann hab' ich telefoniert und eine Verabredung getroffen.«

»Und wann hast du diese Verabredung?«

»Wir treffen uns in ungefähr 20 Minuten. Ich muß los. Ich dachte nur, ich schau' kurz vorbei auf meinem Weg, um dir die gute Nachricht zu bringen. Ich komm' anschließend wieder her, dann feiern wir.«

»Du klingst so, als ob du dir sehr sicher seist, daß es einen Grund zum Feiern geben wird.«

»Ich bin mir absolut sicher.«

»Aber ist es auch nicht gefährlich, Gabriele?«

»Vollkommen ungefährlich. Der große Drahtzieher ist heute abend in der Oper in der Arena, also hab' ich ausgemacht, mich mit ihm während der Pause auf der *Piazza* davor zu treffen. Da bin ich von Tausenden von Leuten umgeben. Sicherer als an so einem Ort kann man doch gar nicht sein, oder?«

»Puh! Selbst in Neapel könnte es nicht heißer sein!« sagte Assunta. »Nach Mitternacht, und kein Lüftchen regt sich.«

Die Familie saß draußen auf dem Balkon und verspeiste eine riesige Wassermelone. Die Kinder hatten schon ihre Schlafanzüge angezogen, aber mit der plausiblen Ausrede, daß es zu heiß zum Schlafen sei, hatten sie die Erlaubnis erwirkt, aufzubleiben, bis ihr Onkel Achille heimkam, falls es nicht allzu spät würde.

»Da, jetzt kommt er!« sagte Anna Maria und sprang auf, als sie hörte, wie die Wohnungstür aufging. Sie und Stefano rannten in die Diele.

»*Ciao*, Onkel Achille!«

»Was gibt's Neues?«

»Wir haben General Piantaleones Begräbnis im Fernsehen gesehen!«

»Was hast du aus dem taubstummen Fischer rausgekriegt?«

»Und was hast du den ganzen Tag gemacht? Du hättest ruhig mal anrufen können!«

»Kinder!« sagte Assunta, »laßt euren Onkel sich doch erst einmal hinsetzen. Ein Stück Wassermelone, Achille?«

»Ja gerne.«

»Und jetzt, Onkel Achille, erzähl uns alles!«

Er begann mit einer effektvollen Pause. »Ich habe«, sagte er, »eine geheime faschistische Bewegung aufgedeckt, organisiert von General Piantaleone.«

»Ojojoj!« sagte Giorgio und wischte sich Saft vom Kinn, »also führte der alte Knabe doch was im Schilde. Und das war's also, was er gemacht hat, als er sich angeblich um sein Landgut in Rosaro kümmerte?«

»Genau«, sagte Peroni.

»Wie hast du das gemacht?« fragte Anna Maria.

Peroni berichtete über die Geschehnisse des Tages vom Begräbnis des Generals bis zu dem kürzlichen Gespräch mit *Dott.* Guerra. Einzig sein Mittagessen mit Regina ließ er aus, da es nichts für Kinderohren und in gewisser Weise auch nichts für die von Assuntas war. Bei der Beschreibung seines Besuchs in der Villa ließ er sich vollends hinreißen, aber als er an die Stelle mit der Aura des Unbekannten kam, dessen Präsenz er dort so stark empfunden hatte, wurde er von Stefano abrupt auf den Teppich geholt.

»Verzeih mir, wenn ich das sage, Onkel Achille, aber das ist kein Beweismaterial.«

»Ich weiß, daß es das nicht ist«, sagte Peroni und versuchte, nicht beleidigt auszusehen. »Aber du wirst dich erinnern, daß ich solche Ahnungen schon öfter hatte, und sie haben noch immer zu was geführt.«

»Ich denke«, sagte Stefano mit skeptischer Miene, »wenn du die Fälle sorgfältig analysierst, würdest du feststellen, daß es nicht so sehr diese Ahnungen waren, sondern eher die Fakten, die zu etwas geführt haben.«

»Das ist aber nicht fair von dir, Stefano!« sagte Anna Maria, die zu Peronis Rettung eilte. »Onkel Achilles Instinkt ist immer schon schrecklich wichtig gewesen.«

»Das sagst du, weil du dich selber auf deinen Instinkt verläßt«, sagte Stefano. »Ich persönlich ziehe es vor, meine Schlußfolgerungen von nichts anderem beeinflussen zu lassen als von soliden Tatsachen.«

»Nun, dann ist es ja bloß gut, daß du nicht der einzige bist«, sagte Anna Maria, »oder wir würden niemals Onkel Achilles Fälle für ihn lösen.«

»Kinder, Kinder«, sagte Assunta, »laßt euren Onkel seine Geschichte weitererzählen.«

Sie unterbrachen ihn nicht mehr, bis er zu den Regalen und Gestellen in dem kleinen Raum unterhalb der Toilette kam.

»Aber wenn sie leer waren«, sagte Giorgio, »wie konntest du wissen, was sie enthalten hatten?«

»Es war deutlich an ihrer Form zu erkennen. Sie waren eindeutig dafür konstruiert worden, um dort Waffen zu stapeln.«

»Ach so, ich verstehe.«

Während Peroni seine Unterredung mit *Avv.* Verdi beschrieb, wurde er noch einmal von Stefano unterbrochen. »Das würde, wie es scheint, eine Sache aufklären«, sagte er.

»Nämlich?«

»Loris' Fahrten zu der Zeit, als sein Vater verschwunden war. Er sagte, er hätte landwirtschaftliche Maschinenfabriken in Mailand besucht, was nicht stimmte, wie du herausgefunden hast. Was dieser Rechtsanwalt sagt, könnte darauf hindeuten, daß er wahrscheinlich tatsächlich in Mailand gewesen ist – aber im Auftrag der Organisation.«

Als Peroni schließlich zum Ende seines Berichts kam, sagte Anna Maria: »Also, ich finde, das ist einfach wunderbar, Onkel Achille. Ich wette, es gibt keinen anderen Polizeibeamten in ganz Italien, der das alles an einem Tag geschafft hätte.«

»Es ist sicherlich beeindruckend«, sagte Stefano, »aber –«

»Aber?« sagte Anna Maria. »Du scheinst heute abend nichts als kritisieren zu können.«

»Es tut mir leid, wenn ich diesen Eindruck erwecke. Es ist bloß, daß ich darauf hinweisen muß, daß wir, was die Aufklärung der Morde an General Piantaleone und Loris anbelangt, nicht sehr viel weiter gekommen sind.«

»Oh doch, das sind wir!« sagte Anna Maria. »Wir wissen, daß sie in diese Bewegung verwickelt waren, und das erklärt auch, warum sie getötet wurden.«

»Wirklich?« sagte Stefano.

»Aber natürlich. Der General war der Anführer einer geheimen faschistischen Bewegung. Wenn das kein Grund ist, um umgebracht zu werden, möcht' ich wissen, was sonst.«

»Ja, aber war er das?«
»War er was?«
»Der Anführer einer geheimen faschistischen Bewegung?«
»Ich dachte, das sei der springende Punkt bei alledem, was Onkel Achille heute herausgefunden hat?«
»Da muß ich widersprechen. Gleich zu Beginn dieser ganzen Affäre hat Onkel Achille entdeckt, daß General Piantaleone sich in einem Zustand fortgeschrittener Senilität befand. Wie hätte ein solcher Mann eine Untergrundbewegung organisieren können?«
»Also gut, zugegeben«, sagte Anna Maria. »Dann war er eben die Galionsfigur, was auf dasselbe hinauskommt.«
»Wer war dann der Organisator?«
»Loris.«
»Loris war ein Fanatiker, aber wie uns Onkel Achille erzählt hat, war er nicht besonders helle. Er hätte etwas so Komplexes wie das hier gar nicht alleine leiten können.«
»Also schön, du Schlauberger, was ist denn dann wirklich passiert?«
»Ich glaube«, sagte Stefano langsam, »daß es jemand anderen gibt, der hinter der Organisation steht, jemand, der weder senil noch beschränkt ist. Jemand, der mit Bedacht den General Piantaleone als Galionsfigur benutzt hat, um seine eigenen Ziele voranzutreiben. Dann wurde, glaube ich, der Umgang mit dem General immer schwieriger, weil sich seine Senilität zunehmend verschlimmerte. Wahrscheinlich hat er gedroht, die Identität des wirklichen Organisators publik zu machen, falls seine Forderungen nicht erfüllt würden, und damit hatte er sein eigenes Todesurteil unterzeichnet. An dem Abend, als er verschwand, wurde er mit Versprechungen in die Villa nach Garda gelockt, wo man ihn dann getötet hat.«
»Moment mal«, sagte Assunta, »und was ist mit den Roten Brigaden? Die haben schließlich für den Mord an ihm die Verantwortung übernommen.«
»Es ist nie bewiesen worden, daß es die Roten Brigaden waren«, sagte Stefano, »und es wäre nicht unmöglich gewesen, die Hinweise zu fingieren. Es reicht, ein Kommuniqué mit einem fünfzackigen Stern abzufassen. Tatsache ist«, sagte er und wandte sich dabei an Peroni, »du hast gesagt, die Schreibmaschine, die man benutzt hat, wäre nicht eine von denen gewesen, die bekanntermaßen den Roten Brigaden gehören.«

»Aber wenn das so ist«, sagte Giorgio, »warum haben dann die Roten Brigaden nicht die Verantwortung abgelehnt?«

»Warum sollten sie, wenn sie sich umsonst eine weitere Medaille an die Brust kleben können?«

»Und was ist mit Loris?«

»Angenommen, meine Überlegungen sind richtig. Dann hatte er irgendwie herausgefunden, daß sein Vater an dem Abend, als er starb, nach Garda gefahren war, und fuhr also – gefolgt von *Signor* Lenotti – auch dorthin, um eine Erklärung zu fordern. Klar, daß er mit seinem Wissen nicht lebend nach Verona zurückgelassen werden konnte. Also wurde eine Bombe in seinem Auto angebracht.«

»Warum haben sie ihn nicht gleich dort getötet – wie seinen Vater?« fragte Anna Maria.

»Im Moment kann ich darüber noch keine Mutmaßungen anstellen«, sagte Stefano, »und das ist ein Grund, warum ich sagte, wir sind noch nicht sehr viel weiter, was die Aufklärung der Morde angeht. Mit seinem Zugriff heute hat Onkel Achille den Körper der Schlange gefangen, wenn ich mal diese Metapher benutzen darf, aber ihr Kopf ist ihm entkommen. Ich glaube, du wirst feststellen, Onkel Achille, daß *Avv.* Verdi und seine Frau, ja all die anderen Mitglieder der Bewegung – genau wie wir – keinen blassen Schimmer davon haben, wer wirklich hinter allem steckt.«

»Also bleibt mir so gut wie nichts«, sagte Peroni düster.

»So schlimm ist es auch wieder nicht, Onkel Achille«, sagte Anna Maria, »du hast doch noch die Aura einer Person, die du in der Villa gespürt hast!«

»Das wird mir nicht helfen, die Person zu fassen, deren Aura ich gespürt habe«, sagte Peroni. Dann nahm er sich eine weitere Scheibe Wassermelone und sagte plötzlich wieder optimistischer: »Da bleibt uns nur noch eine Hoffnung.«

»Die wäre?« sagte die ganze Familie und blickte ihn an.

»Der goldene Bleistift.«

Kapitel 7

Policarpo

Als Peroni am nächsten Morgen ins Büro kam, fand er eine Notiz vor, auf der er gebeten wurde, *Dott.* Simoni anzurufen, den Kollegen, dem er den goldenen Bleistift anvertraut hatte. Er wählte die Nummer.

»Simoni.«

»Guten Morgen, *Dottore*. Peroni.«

»Ah, guten Morgen, *Dottore* – ein herrlicher Tag heute, finden Sie nicht auch?«

»Sie haben was Neues über meinen Bleistift?«

»Das kann man wohl sagen. Diesmal haben Sie Glück gehabt. Aber sagt man Ihnen nicht nach, daß Sie immer Glück haben? Wie nennen das doch die Zeitungen – das Glück des Neapolitaners?«

»Ganz recht«, sagte Peroni und unterdrückte nur mühsam seine Ungeduld. Simoni war ein netter kleiner Mann, der sehr hilfreich sein konnte, aber er redete etwas zuviel. »Der Bleistift?« wiederholte Peroni drängend.

»Ah ja, der Bleistift. Also schön. Der stammt aus einem Taschenkalender, hergestellt in der Schweiz von einer Genfer Firma, die Luxusartikel anfertigt, namens Pierre Ronceaux & Cie. Es ist ein teures Produkt, aber das Interessante daran ist, daß es nicht exportiert wird. Somit muß derjenige, den Sie suchen, letztes Jahr zu Weihnachten in der Schweiz gewesen sein.«

»Oder einen Freund haben, der dort war«, ergänzte Peroni.

»Ja natürlich, das wäre auch eine Möglichkeit«, pflichtete Simoni ihm bei.

»Sonst noch was, was Sie darüber sagen können?«

»Bloß, daß in diesem Jahr rund 15000 solcher Kalender in der Schweiz verkauft worden sind. Und das bei einem Preis, für den man hierzulande eine ganze Familie ins Restaurant ausführen könnte.«

»Glückliche Schweizer!« sagte Peroni.

»Oh, die können mit den Neapolitanern nicht mithalten. Schönen Morgen noch, *Dottore*.«

»Ihnen auch, *Dottore*.«

Barbara erwachte mit einem Gefühl freudiger Erwartung, und nur für eine Sekunde konnte sie sich nicht auf den Grund dafür besinnen. Dann fiel er ihr wieder ein – es war Tonis Anruf am Vorabend, in dem er ihr mitgeteilt hatte, daß er den ganzen kommenden Tag frei bekommen hätte. Sie würde Toni ganz für sich haben, von morgens bis abends!

Mit einem Polizisten verlobt zu sein, war eine wunderbare Sache, viel aufregender als mit einem Bankangestellten oder Lehrer. Aber es hatte seine Nachteile, unter anderem den, daß man so wenig von ihm zu sehen bekam. Gerade in letzter Zeit, als diese Geschichte mit dem General Piantaleone und den Roten Brigaden passiert war, hatte Toni fast ununterbrochen gearbeitet. So war die Aussicht, ihn einen ganzen Tag lang für sich zu haben, besonders aufregend.

Sie zog sich, so schnell sie konnte, an und ging hinunter in die Küche, wo ihre Mutter schon den Kaffee aufgesetzt hatte.

»*Ciao*, Mama!«

»*Ciao*, mein Liebes. Du siehst so glücklich aus!«

»Kein Wunder, Mama! Ich bin heute schließlich den ganzen Tag mit Toni zusammen.«

»Ach ja, richtig. Und was werdet ihr mit eurer Zeit anfangen?«

»Oh, mal sehen, wozu er Lust hat.«

15 Minuten später kam Toni mit seinem Wagen, um sie abzuholen, und sie fuhren los. Die Sonne strahlte, und sie wußte, daß sie wunderschön aussah und von Kopf bis Fuß verliebt war in den Mann, der neben ihr am Steuer saß. Die Welt war in Ordnung, und der Himmel hing voller Geigen.

»Ich hab' eine Idee!« sagte Toni. »Warum kaufen wir uns nicht was zu essen und fahren dann hinaus an den See? Wir könnten den ganzen Tag in San Vigilio verbringen, einfach nur schwimmen und bis zum Abend in der Sonne liegen.«

»Das fände ich prima!« Sie hätte wahrscheinlich dasselbe gesagt, wenn er ihr vorgeschlagen hätte, mit ihm in die Hölle zu fahren. »Dort drüben ist ein PAM-Laden, da können wir uns Verpflegung besorgen.«

Sie gingen in den Supermarkt, nahmen sich einen Einkaufswagen und kurvten um die Regale, um sich ihre Mittagsmahlzeit zusammenzusuchen. Das fügte Barbaras Glückseligkeit noch eine weitere Dimension hinzu, weil es sie daran denken ließ, wie es sein würde, wenn sie erst einmal verheiratet wären.

»Laß uns noch eine Flasche Valpolicella mitnehmen.«

»Können wir uns das denn leisten, Toni?«

»Natürlich können wir das. Jetzt brauchen wir nur noch etwas Käse und –« Er brach mitten im Satz ab, und sie konnte spüren, wie sein Interesse an ihrem Mittagessen plötzlich erloschen war. »Was ist los, Toni?«

»Nichts, ich will nur sehen –« Er sprach nicht weiter, sondern brauste urplötzlich mit ihrem Einkaufswagen davon.

Barbara fand sich im Gang allein gelassen, umringt von Dosen mit geschälten Tomaten und Flaschen voller Öl. Sie konnte nicht begreifen, warum er ihr davongerannt war, aber sie hatte bereits eine böse Ahnung, daß etwas nicht stimmte.

Die war mehr als berechtigt, denn als sie seine Verfolgung aufnahm und am Ende des Korridors um die Ecke bog, sah sie Toni wieder.

Er war gerade damit beschäftigt, eine Rothaarige zu verfolgen.

Er stellte es zwar unauffällig an, aber dennoch konnte es gar keinen Zweifel geben. Jedesmal, wenn sie stehenblieb, hielt auch er inne, und obwohl es so aussah, als prüfe er sorgfältig die Waren auf den Regalen, konnte Barbara doch erkennen, daß seine Aufmerksamkeit ausschließlich ihr galt.

Als die Rothaarige an eine der Kassen trat, stellte Toni sich an der etwas längeren Schlange an der Nachbarkasse an. Dann, als sie bezahlt und den Laden verlassen hatte, folgte er ihr, wobei er den Einkaufswagen mit den Sachen für ihr gemeinsames Mittagessen am Strand achtlos zurückließ.

Barbara fühlte sich so, als ob ihr der Himmel auf den Kopf gefallen sei.

Der Apotheker war ein jovialer Mensch, wohlbekannt und gutgelitten, und niemand hätte überraschter sein können als seine eigenen Angestellten, als die Polizei ihn abführte. Sie konnten sich nicht vorstellen, in welche Dinge er möglicherweise verwickelt war. Sie wußten, daß seine politischen Ansichten rechtsgestrickt waren. Er hatte nie mit seiner Meinung hinter dem Berg gehalten, daß das Land eine stärkere Regierung brauche, eine, die härtere Maßnahmen ergreifen würde, um den Vormarsch des Kommunismus einzudämmen.

Aber was seine Mitarbeiter nicht ahnten, war, daß er sich über ein Jahr lang in seiner gesamten freien Zeit, die ihm an den Wochenenden zur Verfügung stand, in einer Villa in Garda auf eine aktive Rolle beim Sturz der Regierung vorbereitet hatte.

Er war bleich geworden, als die Polizeibeamten gekommen waren und ihn baten, sie zur *Questura* zu begleiten. Aber bis sie dort angekommen waren, hatte er ein wenig von seiner üblichen Gelassenheit wiedererlangt. Er hatte schließlich von Anfang an gewußt, daß er ein Risiko einging, und bei dem Rechtssystem, das in Italien herrschte, würde sich die Sache ohnehin endlos lange hinziehen und wahrscheinlich mit einer zur Bewährung ausgesetzten Strafe enden. Und die vielen Millionen Lire, die er in seinem Geschäft verdient hatte, würden wahrscheinlich auch einen Schock wie diesen bequem abfangen. Insgesamt gesehen, entschied er, war es in seinem ureigensten Interesse, wenn er sich jetzt als kooperativ erwies.

Diese Entscheidung wurde noch verstärkt, als er zu einem süditalienisch aussehenden Polizisten geführt wurde, der eine außerordentlich beruhigende Wirkung auf ihn ausübte. Obgleich dieser Polizist es nicht direkt und offen aussprach, gelangte der Apotheker doch zu der Überzeugung, daß er es hier mit einem politischen Sympathisanten zu tun hatte, der alles tun würde, um es ihm so leicht wie möglich zu machen.

Der Polizist ging mit ihm die ganze Geschichte durch, angefangen von dem Tag, als ein anderes Mitglied der neofaschistischen MSI-Partei in Verona vorsichtig seine Bereitschaft erkundet hatte, etwas Konkretes für eine neue politische Ordnung in Italien zu tun. Er machte keinen Hehl aus seiner Begeisterung, etwas über solch eine Möglichkeit zu erfahren, eine Begeisterung, die sich noch steigerte, als er erfuhr, daß General Piantaleone der neuen Bewegung vorstehen würde.

»Vielleicht stimmen Sie mit mir darin überein«, sagte der Apotheker, »daß wir alle beträchtlich besser dran wären, wenn ein oder zwei Männer wie er heute in der Regierung säßen.«

Er sprach über die Ausbildung, die er genossen hatte, über die Sicherheitsmaßnahmen in der Villa, die vorsichtige Rekrutierung neuer Mitglieder, den Geist der Hoffnung und den Enthusiasmus, der die neue Bewegung getragen hatte. Er bestätigte, daß es das letztendliche Ziel des Ganzen gewesen sei, die Staatsmacht zu übernehmen.

Was den Tod des Generals betraf, so stand es für ihn außer Frage, daß dies ein Werk der Roten Brigaden war. Niemand sonst wäre zu einer solchen Tat fähig gewesen, die für den Apotheker praktisch ein Sakrileg war.

Ja, er habe mitbekommen, daß der General zum Ende hin an Arteriosklerose gelitten habe, aber er habe angenommen, daß Loris die Dinge an seiner Stelle leite.

»Haben Sie je den Verdacht gehegt, daß außer General Piantaleone und Loris noch ein anderer hinter dieser Organisation stehen könnte?«

»Nein«, sagte der Apotheker verdutzt, »ein solcher Gedanke ist mir nie in den Sinn gekommen.«

Ebensowenig war ein solcher Gedanke je dem Hauptschullehrer oder dem Bankangestellten, die Peroni zuvor vernommen hatte, gekommen. Es sah allmählich so aus, als ob Stefano mal wieder recht behalten sollte.

Toni hatte Barbara nur mit größtem Widerstreben im Supermarkt verlassen, aber das Auftauchen der Rothaarigen hatte ihm keine Alternative gelassen. Er konnte nicht absolut sicher sein, daß es Monica war, die mutmaßliche Terroristin und Komplizin von Policarpo Pillipopoli, aber die Ähnlichkeit reichte aus, um ihre Verfolgung zu rechtfertigen. Es machte die Sache nicht leichter, zu wissen, daß Barbara mit Sicherheit sehen würde, wie er einem Rotschopf folgte. Sie würde daraus ihre eigenen Schlüsse ziehen, denn in strengem Einklang mit den Regeln der DIGOS besprach Toni seine Arbeit mit keinem Außenstehenden, nicht einmal mit Barbara.

Bei den Manövern, die er anstellte, um weder die Rothaarige zu verlieren noch von ihr gesehen zu werden, tröstete er sich damit, daß die Sache mit Barbara leicht wieder bereinigt werden könnte – falls es sich wirklich um Monica handelte; falls sie ihn zu Policarpo führte; falls die DIGOS die beiden festnehmen könnte – und immer vorausgesetzt, daß er dabei nicht getötet würde.

Immer noch den Einkaufswagen vor sich herrollend, nahm die Rothaarige jetzt den Supermarktlift in die Tiefgarage. Toni nahm die Stufen. Ohne nach rechts oder links zu blicken, ging er direkt auf seinen eigenen Fiat 600 zu, aber er beobachtete aus den Augenwinkeln, daß sie ihre Einkäufe in den Kofferraum eines schäbig aussehenden Fiat 125 mit römischem Nummernschild packte. Das hätte bedeuten können, daß sie aus Rom kam, aber wenn es sich hier wirklich um Monica handelte, durfte man eher annehmen, daß der Wagen gestohlen war. Die Roten Brigaden benutzten immer gestohlene Fahrzeuge, die irgendwo stehengelassen werden konnten.

Toni fuhr nach ihr hinaus. Mehrere andere Wagen fuhren nacheinander die Auffahrt hinauf, so daß keine Gefahr bestand, bemerkt zu werden. Sie verließ das Zentrum stadtauswärts und erreichte schließlich den schäbigsten, ärmsten und übervölkertsten Vorort, in den sich nie Touristen auf der Suche nach Romeo und Julia verirrten.

Sie hielt vor einem großen, heruntergekommenen, lange vor Mussolini erbauten Gebäude, dessen Alter man an den Staub-, Dreck- und Rauchschichten ablesen konnte.

Er fuhr an ihr vorbei, hielt vor einem Pferdemetzger und beobachtete in seinem Rückspiegel, wie sie den Kofferraum leerte und dann mit ihren Einkäufen in das Gebäude hineinging. Toni stieg aus seinem Wagen, überquerte die Straße und folgte ihr. Man betrat das Gebäude, wie er sah, durch einen offenen Vorhof, in dem Wäsche zum Trocknen aufgehängt war, und erreichte dann einen der Eingänge zu den verschiedenen Treppenhäusern. Er kam zu spät, um zu sehen, in welchem von ihnen sie verschwunden war.

Ein Stück die Straße hinunter gab es eine Bar mit einem gelben Schild davor, auf dem eine Wählscheibe abgebildet war, zum Zeichen, daß man hier telefonieren konnte. Toni betrat die Bar, die laut und reichlich verdreckt war, und bat um eine Telefonmarke. Während er die Nummer wählte, dankte er Gott für den Lärm, der verhindern würde, daß man irgend etwas von seinem Gespräch mitanhören konnte.

»*Questura*.«

Toni gab die interne Durchwahlnummer des Weihnachtsmanns an, wurde durchgestellt, wies sich aus und erzählte, was vorgefallen war.

»Blendend, mein Junge«, sagte der Weihnachtsmann, und man hörte durch die Leitung, wie er vor Wohlwollen schnurrte. »Bleib, wo du bist; ich bin sofort bei dir. Sieht so aus, als ob dir's vom Schicksal bestimmt wäre, doch nicht zu deinem freien Tag zu kommen, was?«

»Das ist nicht weiter schlimm, Chef«, sagte Toni, »ich mach' mir nur Sorgen, daß sie es vielleicht gar nicht ist.«

»Darüber denken wir später nach, erst wollen wir sie uns mal ansehen«, sagte der DIGOS-Chef und legte auf.

Patti neigte nicht dazu, sich unnötig Sorgen zu machen – und schon gar nicht um Gabriele. Er war immer schon ein Überlebenskünstler gewesen. Oder zumindest hatte sie sich das eingebildet. Aber jetzt kamen ihr langsam Zweifel. Nicht unbedingt, weil er am vorigen Abend nicht – wie er es versprochen hatte – vorbeigekommen war; das war schon dutzendemal passiert. Es war eher die Sache, der er auf der Spur war, die sie besorgt sein ließ. Sie wußte, daß sie gefährlich war. War er draußen auf der *Piazza* vor der Arena – umringt von Tausenden von Menschen – wirklich so sicher gewesen, wie er es geglaubt hatte?

Sie wünschte sich jetzt, daß er nicht ganz so strikt auf der Anonymität der Person oder Personen bestanden hätte, hinter der oder denen er her war. Wenn sie gewußt hätte, wer sie waren, hätte sie vielleicht eine Idee gehabt, wo sie nach ihm suchen sollte.

Aber da sie das nicht wußte, beschloß sie nach langem ängstlichem Überlegen, bei ihm zu Hause anzurufen.

Sie erkannte die Stimme von Gabrieles jungem Cousin, Paolo, und war froh, nicht die Witwe des Generals an der Leitung zu haben.

»Könnte ich bitte mit Gabriele sprechen?«

»Er ist nicht da«, sagte Paolo.

»Hast du eine Ahnung, wann er ausgegangen ist?«

»Das ist es ja gerade«, sagte Paolo, »er ist seit gestern weg.«

Plötzlich fühlte Patti, daß sie Angst bekam.

Es gab keine Sirenen oder Polizeiwagen. Der an den Weihnachtsmann erinnernde Chef der DIGOS und seine Einheit verteilten sich geräuschlos und – soweit wie möglich – unsichtbar über die Straße. Eben noch stand Toni allein da, im nächsten Augenblick war sein Chef neben ihm, und er konnte zudem ein Dutzend seiner Kollegen ausmachen, die sich zwar im Hintergrund aufhielten, jedoch alle strategischen Punkte besetzt hielten. Er hatte selbst schon an solchen Operationen teilgenommen, aber noch nie zuvor eine als Außenstehender beobachtet, und er war beeindruckt von der hohen Effizienz des Ganzen.

»Tut sich da was?« fragte der DIGOS-Chef.

»Nein«, sagte Toni.

»Dann peilen wir besser erstmal die Lage. Danach entscheiden wir, wie wir vorgehen werden.«

Ein paar Minuten später betrat eine übermäßig geschminkte junge Frau mit gelbgetönter Brille das Gemüsegeschäft. »Ich weiß nicht – ob Sie mir wohl helfen könnten?« sagte sie.

»Ich werde mein Bestes versuchen«, sagte der junge Gemüsehändler, der keine Aversion gegen zuviel Make-up hatte.

»Ich bin eine Vertreterin vom Eurobuchclub und hab' eine Kundin hier irgendwo in der Nähe, aber ich hab' ihr Mitgliedsformular verlegt und werd' in Teufels Küche geraten, wenn ich sie nicht wiederfinde, ganz abgesehen davon, daß ich meine Provision in den Wind schreiben kann.«

»Wie heißt sie denn?«

»Das ist es ja eben – ich erinnere mich nicht.«

»Was wissen Sie denn sonst von ihr?«

»Nun, sie hat rote Haare, und ich glaube, sie lebt in dem Wohnblock da drüben. Ich würde sonst den Hausmeister fragen, aber da gibt es keinen.«

»Da gibt es ganz sicher eine Rothaarige dort drüben«, sagte der junge Gemüsehändler, der offensichtlich einen Blick für solche Dinge hatte. »Im Treppenhaus B, aber ich kann Ihnen nicht sagen, auf welcher Etage.«

»Wissen Sie zufällig ihren Namen?«

»Tommasi – Tommasini – so was in der Art.«

Die junge Frau mit der allzu reichlich aufgetragenen Schminke machte sich nicht allzu viele Gedanken darüber, daß es ein anderer Name war. Terroristen wechselten ihre Namen genauso oft wie ihre Fahrzeuge.

»Sie haben mir sehr geholfen«, sagte sie, »jetzt müßte ich sie eigentlich aufspüren können.«

»Keine Ursache, ich stehe Ihnen jederzeit gern zur Verfügung.«

Eine halbe Stunde später betrat ein höflicher junger Mann vom Gaswerk den Innenhof des Gebäudes. Er war ausgerüstet mit dem offiziellen Ausweis, den die Stadtverwaltung Veronas an alle ihre Gasableser ausgibt, um zu verhindern, daß Betrüger sich unter Vorspiegelung falscher Tatsachen in Privatwohnungen einschleichen können. Und tatsächlich las er bei seinen ersten beiden Besuchen auch lediglich den Zählerstand ab. In der dritten Wohnung fand er eine gehbehinderte alte Dame vor, die am Fenster ihres Wohnzimmers saß und auf den Hof hinabblickte.

»Ob ich Sie wohl um eine Auskunft bitten dürfte?« fragte er, nachdem er den Gaszähler abgelesen hatte.

»Aber gern.« Sie klang hellauf begeistert.

»Ich bin auf der Suche nach einer unserer Kundinnen – sie heißt Tommasi oder Tommasini. Sie wohnt hier irgendwo und hat eine Beschwerde an uns gerichtet. Sie verlangt eine Überprüfung ihres Gasverbrauchs. Aber es sieht so aus, als ob ich sie nicht finden kann.«

»Ja, das ist sicher die rothaarige junge Frau, nicht wahr?«

»Ich fürchte, die Haarfarbe der Dame kenne ich nicht«, log der Gasmann liebenswürdig.

»Nun, es gibt da eine Tommasi drüben im Treppenhaus B, in der Wohnung im obersten Geschoß.«

»*Signorina* Tommasi«, sagte der Beamte und schrieb die Information sorgfältig auf.

»Oh, nein – *Signora*«, korrigierte die alte Dame. »Da gibt es auch einen Ehemann, obwohl ich denke, daß mit ihm irgend etwas nicht in Ordnung ist. Ein sehr dünnes, blasses Gesicht hat er, und er geht so gut wie nie aus. Sie sind sowieso ein sehr stilles Paar.«

»Ich danke Ihnen, *Signora*.«

»Nichts zu danken.«

»Das klingt doch langsam wirklich so«, sagte der DIGOS-Chef, als ihm der Inhalt dieses Interviews übermittelt worden war, »als ob wir bei den beiden endlich an die richtige Adresse gelangt sind.«

»Was ist los mit dir, Achille?« fragte Regina.

»Ich hab' so ein Gefühl, als ob wir bei dieser Angelegenheit mit deinem Onkel nicht recht weiterkämen«, sagte Peroni. »Und das deprimiert mich.«

Sie hatten sich in einem Lokal getroffen, von dem aus man den Fluß, die Etsch, überblicken konnte. Dort saßen sie jetzt mit ihren Drinks in dem winzigen, schattigen und im Moment verlassenen Garten, der zum Lokal gehörte und der vom Gebäude selbst sowie von an einem Eisengitter üppig rankenden Schlingpflanzen und von einem über den Fluß hinausragenden Vorsprung verdeckt wurde.

»Aber das stimmt doch gar nicht«, sagte Regina warmherzig. »Es ist noch nicht mal einen Tag her, seit du die Geheimorganisation des armen Onkels Orazio aufgedeckt hast.«

»Das ist es ja«, sagte Peroni, »an Sensationen mangelt es nicht. Dank deiner Hilfe bin ich auf die Verbindung mit den Montagus und Capulets gestoßen, über die die ganze Stadt gesprochen hat. Dann wurde Loris mit seinem Auto in die Luft gejagt, und die Medien überschlugen sich. Und dann, wie du sagst, enttarnte ich die neofaschistische Geheimorganisation deines Onkels. Aber es ist so, als wäre das alles – Theaterdonner. Und irgendwo hinter dem Schall und Rauch des Ganzen verbirgt sich die Wahrheit – und genauso verborgen wie am Anfang.«

»Das glaube ich nicht, Achille«, sagte sie. »Irgendwie fühle ich, daß du der Wahrheit schon sehr nahe bist.«

Peroni sah sie zweifelnd an. Und dann, ganz unvermittelt, gab sie ihm einen Kuß. Der Kuß schmeckte leicht nach dem Wodka und Campari, den sie getrunken hatte.

»Na, mindert das deine Depression?« fragte sie ihn schließlich.

»Wesentlich«, sagte Peroni.

Die Agentur, die die Wohnung im fünften Stock vermietete, war verwundert darüber, wie eilig der Kunde es hatte, einzuziehen. Aber er hatte bar bezahlt, und der Grund – er wohnte gegenwärtig in einem Hotel und wollte kein weiteres Geld dafür hinausschmeißen – klang plausibel. Also händigte man ihm die Schlüssel aus, und der junge Mann fuhr davon.

Als er draußen vor dem Gebäude eintraf, in dem seine neue Wohnung lag, wurde er schon von zwei Freunden mit Koffern erwartet, und gemeinsam begaben sie sich die Stufen nach oben.

Im Innern der Wohnung schienen sie allerdings weniger damit beschäftigt, sich häuslich niederzulassen, als vielmehr damit, eine andere Wohnung im fünften Stock, die sich auf der gegenüberliegenden Seite eines trennenden Dachfirsts befand, auszuspähen. Auch enthielten ihre Koffer weder Kleider noch Bettwäsche, sondern Funkausrüstung, leistungsstarke Ferngläser und Schußwaffen. Während zwei von ihnen das Funksprechgerät aufbauten, beobachtete der Dritte vorsichtig das Fenster der anderen Wohnung. Er konnte einen Küchentisch und einen Herd ausmachen, entdeckte jedoch keine Spur von den Bewohnern.

»Eins, zwei, drei, vier, fünf – bitte kommen, bitte kommen«, sagte einer der Männer am Sprechgerät.

»*Pronto*«, knatterte eine joviale Stimme, die die Zuhörer sofort als die des Chefs der DIGOS identifizierten. Er sprach aus dem Innern eines zum Blumentransport dienenden Kastenwagens, der auf der Straße genau vor dem Gebäudekomplex geparkt war, dessen Fenster im fünften Stock sie nun beobachteten. »Alles in Ordnung?« erkundigte sich die joviale Stimme.

»Alles in Ordnung, Chef«, sagte einer der Männer.

»Könnt ihr irgend etwas erkennen?« wollte der DIGOS-Chef wissen.

Der junge Mann am Fenster legte sein Fernglas beiseite und ging zum Funkgerät. »Nur das Zimmer, Chef. Es ist eine Küche.«

»Bist du das, Toni?«

»Ja, Chef.«

»Also dann, beobachte weiter. Wenn es eine Küche ist, müssen sie früher oder später mal hineingehen.«

»Ja, Chef.«

Die Stimme am anderen Ende verstummte. Eine, wie es schien, endlose Zeit lang passierte nichts mehr. Eine Fliege summte geräuschvoll im Zimmer umher und knallte immer wieder gegen die Fensterscheibe. Toni spähte weiterhin durch sein Fernglas auf das Fenster gegenüber. Ein Magen meldete geräuschvoll Hunger an.

»Die Jungs könnten uns ruhig ein paar belegte Brötchen oder so raufschicken«, beschwerte sich einer der Männer am Funkgerät, verstummte aber, als er sah, wie Toni plötzlich zusammenfuhr.

»Da ist sie!« sagte Toni.

»Was macht sie?« fragte der Hungrige und stellte den Kontakt mit dem Blumenwagen wieder her.

»Warte 'nen Moment – sie holt Teller und Gläser raus . . . zwei Dosen Bier –«

»Ist sie es?« ertönte die Stimme des DIGOS-Chefs.

»Sagt ihm, ich glaub' schon«, sagte Toni über die Schulter zu seinen Kollegen. »Sagt ihm, soweit ich das von den Fotos her beurteilen kann, ist sie es.«

»Und der Mann?«

»Bisher noch kein Lebenszeichen von ihm.«

Danach lastete wieder eine lähmende Stille auf dem Raum, die nur unterbrochen wurde von gelegentlichen Knackgeräuschen aus dem Sprechgerät. Dann sagte Toni: »Sie spricht mit jemandem, ich glaube, sie ruft ihn zum Essen.«

Sogar das Knacken schien angesichts der Spannung ausgesetzt zu haben. Man konnte das schwere Atmen des DIGOS-Chefs aus dem Kastenwagen vernehmen.

»Da kommt er!« sagte Toni aufgeregt. Wieder trat eine Pause ein.

»Ja, und?«

»Kein Zweifel«, sagte Toni. »Das ist Policarpo Pillipopoli.«

»Mama?« sagte Paolo Piantaleone ein wenig zaghaft.

»Nun?« sagte seine Mutter. Der Tod ihres Mannes und Sohnes hatten sie so altern lassen, daß man sie kaum wiedererkennen konnte, ihr aber auch eine Härte verliehen, die sie vorher nicht besessen hatte.

Sie und ihr jüngerer Sohn Paolo saßen in dem dunklen, vornehmen Speisezimmer der Piantaleones, wo der polierte Tisch aus dem 18. Jahrhundert und das Tafelsilber in aristokratischem Schweigen glitzerten. Kalbfleisch, gekocht in Marsala, war aufgetragen worden, doch schien es beiden am rechten Appetit zu fehlen.

»Denkst du nicht«, sprach Paolo weiter und wählte seine Worte mit Bedacht, »daß wir vielleicht wegen Gabriele etwas unternehmen sollten?«

»Nein«, sagte sie, »das denke ich nicht!«

»Aber wir haben von Gabriele seit gestern abend nichts mehr gehört.«

»Gabriele hat es sich schon immer zur Regel gemacht, zu kommen und zu gehen, wie es ihm beliebt.«

»Ja, aber unter diesen Umständen – angenommen, es ist ihm was passiert?«

»Paolo«, sagte die Witwe des Generals und sah von ihrem Teller auf, »unter den Umständen, auf die du anspielst, habe ich meinen Mann und meinen ältesten Sohn verloren. Das ist mehr, als ich ertragen kann. Ich mache mir keine Gedanken, was mit deinem Cousin passiert oder nicht passiert sein könnte, der – im Gegensatz zu den beiden – noch nie etwas anderes als Schmach und Schande über dieses Haus gebracht hat.«

»Ja, Mama«, sagte Paolo.

Selbst beim Organisieren einer Antiterroraktion, bei der mehrere Menschen ihr Leben verlieren konnten, glaubte der Chef der DIGOS nicht daran, daß sein Magen auch Opfer bringen müsse. Aus dem Innern des Blumenwagens heraus, der sein Hauptquartier für die Dauer des Einsatzes war, hatte er sich per Funk eine Mahlzeit aus dem weltberühmten Restaurant DIE ZWÖLF APOSTEL bestellt. Mit Parmaschinken hatte er begonnen, sich dann den Tortellini zugewandt, und nun genoß er gerade Scheiben eines Hühnchens in Aspik mit Spargelspitzen. Er aß langsam, denn es gab keinen Grund zur Eile. Er hatte den Angriff auf drei Uhr morgens angesetzt, die Stunde, wenn der Widerstand am geringsten sein würde und man mit der größten Wahrscheinlichkeit damit rechnen konnte, die beiden Terroristen im Schlaf zu überraschen. Er hatte viele ähnliche Aktionen organisiert, und bei praktisch allen war mindestens ein Mensch getötet worden. Er würde alles in seiner Macht Stehende tun, um das diesmal zu verhindern. Wenn es dann möglich war. Leider war es das meist nicht.

Der Chef der DIGOS beendete sein Hühnchen und wandte sich den Erdbeeren zu.

Das Menü des Beobachtungspostens im fünften Stock war weniger exotisch. Toni und seine Kollegen hatten sich mit Salami- und Käsebrötchen aus einem nahegelegenen Lokal begnügen müssen. Gleichzeitig waren sie in der Lage, die Mahlzeit zu begutachten, die Monica und Policarpo auf der anderen Seite des Daches zu sich nahmen.

»Es gibt nur eines, was alle Italiener verbindet«, stellte einer der Männer fest, »jenseits aller Religion und Politik.«

»Und was ist das?« fragte Toni.

»Spaghetti.«

Morgens um halb drei saßen die Angreifer – einschließlich Toni – unter dem Kommando des DIGOS-Chefs zusammengepfercht in dem Blumenwagen und empfingen dort letzte Anweisungen.

»Wenn sie die geringste Bewegung in die falsche Richtung machen – schießt. Mir ist es lieber, einer von ihnen wird getötet als einer von euch. Aber versucht wenigstens, sie nur kampfunfähig zu machen. Wir wollen sie aus mehr als einem Grund lebend haben.«

Das wußten sie alle nur zu genau. Ein lebender Terrorist konnte immer noch zu anderen hinführen, aber ein toter Terrorist war nichts weiter als eine Sackgasse in den Ermittlungen.

Um fünf vor drei begannen sie vorzurücken. Ein sichelförmiger Mond am samtblauen Himmel schickte sich eben an, unterzugehen. Es war eine liebliche Nacht, und viele von denen, die die Oper in der Arena besucht hatten, würden noch auf den Straßen sein – aber nicht in diesem Teil der Stadt! Die Straße und der Vorhof, über den die Männer nun huschten, waren menschenleer. Mit gezogenen Schußwaffen traten sie in den Eingang zum Treppenhaus B, das stark nach Katzen und Küche roch. So lautlos wie möglich stiegen sie die Stufen empor.

Als sie oben angekommen waren, gruppierten sie sich um die Tür, die in die Wohnung führte, wo Policarpo Pillipopoli und Monica Branca hoffentlich in tiefem Schlaf lagen. Das exakte Timing der nächsten paar Sekunden war lebenswichtig. Deshalb hatte man es geübt, bis es fast die Präzision einer Atomuhr erreicht hatte. Aber im Umgang mit Terroristen bot selbst eine derartige Präzision keine Garantie dafür, daß nicht etwas schieflaufen konnte.

Die Linke des DIGOS-Chefs war erhoben. Eine lange Sekunde über verharrte sie in der Luft. Dann senkte sie sich, und mehrere Dinge passierten gleichzeitig. In der Dunkelheit hämmerte ein Gewehr gegen das Schloß der Tür, und irgend jemand trat gewaltsam gegen ihre zersplitternde Verkleidung. Zugleich geisterte ein starker Suchscheinwerfer durch die Dunkelheit. Er war grauenhaft grell, denn es war beabsichtigt, damit jedermann, der davon aus dem Schlaf geweckt würde, in absoluter Unbeweglichkeit erstarren zu lassen.

In dieser Beleuchtung barst die Tür, und die Männer konnten das Paar sehen, das auf einem provisorischen Bett auf dem Fußboden unter einer Wolldecke und mit zwei Sitzpolstern als Kopfkissen lag. Die Angreifer schwärmten rasch im Zimmer aus.

»Auf!« befahl der DIGOS-Chef, der zur Abwechslung einmal gar nicht der leutselige Weihnachtsmann war.

Langsam erhob sich das Paar. Beide trugen Hemd und Hose, und zum erstenmal sah Toni in ihnen weniger die Terroristen als vielmehr menschliche Wesen, die man soeben brutal aus ihrem Schlaf gerissen hatte. Er überlegte sich, daß Policarpo fast genau so alt war wie er selbst. Es kam ihm seltsam vor, eine Pistole auf ihn zu richten.

Aber es blieb Toni keine Zeit, über diesen merkwürdigen Umstand weiter nachzudenken.

Fast wie ein Taschenspieler hatte Policarpo auf einmal eine Pistole aus seinem Hemd hervorgezaubert. Sie war auf Toni gerichtet.

Der DIGOS-Chef entschied sich blitzschnell zu schießen, aber in dem Bruchteil einer Sekunde, der zwischen seinem Entschluß und dem Betätigen des Abzugs verging, hatte Monica sich vor Policarpo geworfen, und dic Kugel bohrte sich in ihren Bauch.

Zur gleichen Zeit zerschmetterte eine andere Kugel – aus Policarpos Waffe – das Glas des Suchscheinwerfers, und der Raum stürzte aus dem grellen Licht eines Alptraums in totale Dunkelheit.

Man hörte Rufe, das Geräusch von Menschen, die stolperten und zusammenstießen, dann einen weiteren Schuß, gefolgt von einem Schrei – und endlich, nach einer schier endlos langen Zeit, drehte jemand das Licht an, das nach dem Scheinwerfer so trüb wie eine Kerze wirkte.

Monica lag zusammengekrümmt auf dem provisorischen Bett. Im Türeingang war einer der Männer von DIGOS auf den Knien zusammengebrochen.

Policarpo war verschwunden.

Kostbare Sekunden verstrichen, ehe die Verfolgung aufgenommen werden konnte. Irgend jemand mußte sich um Monica kümmern und ein anderer um den verwundeten DIGOS-Mann, aber schließlich begann dann doch die Jagd. Sie konnten Policarpos Schritte ein, vielleicht zwei Stockwerke unter sich hören. Während sie rannten, sahen sie unter den Türen die überall angeschalteten Lichter durchschimmern, und sie hörten ängstliche, aufgeregte Stimmen.

Zum Glück waren einige der Männer unten im Hof und auf der Straße, so daß Policarpo nicht weit kommen konnte. Die anderen Männer stürmten wie die Wilden die Treppen hinunter und dann den Korridor im Parterre entlang, bis sie auf den Hof hinauskamen.

Falls jemand Policarpo aufgehalten hatte – den Beamten im Hof war es jedenfalls nicht gelungen. Und als sie durch den Haupteingang hinausliefen, sahen sie, daß er auch nicht auf der Straße war.

Einen Moment lang brach alles in einem chaotischen Durcheinander zusammen. Die DIGOS-Männer waren perfekt ausgebildet und diszipliniert, aber wenn alles so schieflief wie hier, kam auch schon einmal ihr südländisches Naturell zum Tragen.

Die Polizei hatte Policarpo die Treppe hinab verfolgt, sie war vor ihm auf dem Hof und auf der Straße gewesen. Zwischen ihnen allen hindurch war er irgendwie entkommen.

Toni war der erste, der den Weg, den sie gekommen waren, zurücklief. Als er am anderen Ende des Ganges im Parterre ankam, wo rechts die Treppe hinaufführte, sah er etwas, was sonst niemand in der Dunkelheit bemerkt hatte. Dort gab es ein Fenster, und es stand offen. Toni kroch hindurch und gelangte in einen Hof, an dessen gegenüberliegender Seite sich eine Mauer mit einem Tor befand. Das Tor war verschlossen, aber mit Hilfe eines davor stehenden Baumes konnte man die Mauer übersteigen. Und genau das hatte Policarpo wohl auch getan.

Toni erreichte die Brüstung der Mauer eben noch rechtzeitig, um ein Fahrzeug in der engen Straße unter sich wegfahren zu sehen. Ebenfalls gerade noch rechtzeitig konnte er sich flach auf die Mauer niederducken, als ein Querschläger knapp über seinem Scheitel hinwegpfiff und losen Mörtel auf ihn herunterprasseln ließ.

Eine Verfolgung kam nicht in Frage, da kein weiteres Auto zur Verfügung stand. Also kletterte Toni hinunter und ging zu dem Blumenwagen, von wo aus er die *Questura* per Funk um Anordnung von Straßensperren rund um Verona bat. Dann stieg er wieder die Stufen hoch in den fünften Stock.

Der verwundete DIGOS-Mann hatte Schmerzen, aber keine ernsten Verletzungen.

Monica Branca war tot. Nur ihr rotes Haar, das auf ihr weißes Gesicht fiel, schien noch zu leben. Ihre rechte Hand war zum Symbol proletarischen Widerstands zur Faust geballt.

»Sie hat sich bewußt für ihn geopfert«, sagte der DIGOS-Chef, der neben ihr kniete. »Wer hätte gedacht, daß sie so etwas tun würde?«

»Nicht einmal eine Fliege könnte jetzt noch ungesehen aus Verona entkommen«, sagte *Dott.* Guerra mit einer gewissen Befriedigung. »Wir haben Sperren an jeder nur erdenklichen Ausfallstraße errichten lassen.«

Die Einsatzbesprechung war eiligst anberaumt worden, um die neue Lage zu analysieren. Abgesehen von Guerra selbst wohnten ihr der DIGOS-Chef, Peroni, verschiedene leitende Polizei- und Carabinieri-Offiziere sowie der Direktor der städtischen Polizei bei.

Draußen begannen eben die ersten Sonnenstrahlen auf den Fluten der Etsch zu schimmern.

»Ich«, sagte der DIGOS-Chef mit der für ihn so typisch gütigen Weihrauch- und Adventskerzenstimme, »habe es schon erlebt, daß die Roten Brigaden an Stellen unbemerkt entschlüpft sind, wo eigentlich nicht einmal eine Mücke hätte durchkommen können.«

»Was schlagen Sie also vor?« fragte ein Carabinieri-Offizier ziemlich gereizt, denn es waren die Carabinieri, die bei Straßensperren die Hauptlast trugen und zudem der größten Gefahr ausgesetzt waren.

»Nein, nein«, sagte der DIGOS-Chef und wedelte begütigend einen Finger in seine Richtung, »Sie mißverstehen mich. Ich wollte damit keinerlei Kritik an den getroffenen Maßnahmen zum Ausdruck bringen. Ich will bloß sagen, daß Pillipopoli und diese Branca nicht autonom gehandelt haben. Sie waren ein Teil des veronesischen Stützpunkts der Roten Brigaden. Also vermute ich, daß er jetzt gar nicht versuchen wird, die Stadt zu verlassen, sondern eine ihrer städtischen Fluchtburgen aufsucht, wo er so unangreifbar sein wird wie eine Maus unter den Dielen.«

»Falls er es schafft, dorthin zu gelangen«, sagte *Dott.* Guerra mit Nachdruck. »Eine so umfassende Operation wie diese ist noch nie zuvor innerhalb der Stadt durchgeführt worden.«

»Dann lassen Sie uns hoffen, daß wir Glück haben.«

Peroni folgte diesem Gespräch mit einem gewissen Maß an Gleichmut. Auch wenn die Jagd nach Policarpo einen Teil der gesamten Ermittlungen ausmachte, so war er doch ein politischer Krimineller und gehörte daher in erster Linie in den Zuständigkeitsbereich der DIGOS. Als Peroni am Abend zuvor erfahren hatte, daß Policarpo und Monica aufgespürt worden waren, hatte er sich selbst gratuliert, daß er zur Abwechslung einmal nicht in vorderster Front stand. Die Schußgefechte, zu denen es kommen könnte, würde er sich auf dem Bildschirm ansehen.

Ein Telefon klingelte, und Guerra hob den Hörer ab. »Ja?« Er lauschte angestrengt und nickte ab und zu mit dem Kopf. »Sehr schön, ich danke Ihnen«, sagte er schließlich und legte auf.

»Meine Herren«, sagte er, »wir haben ihn.«

Ein allgemeines Murmeln verriet das Interesse aller. »Er wurde von zweien Ihrer Leute gesichtet, Oberst«, fuhr Guerra an den leitenden Direktor der städtischen Polizei gewandt fort, den das offensichtlich mit Zufriedenheit erfüllte. »Sie haben ihn sofort erkannt und aufgefordert, anzuhalten. Er zog eine Schußwaffe, und sie brachten sich hinter einem Wagen in Sicherheit. Er nutzte diesen kurzen Moment, um in die aus dem 12. Jahrhundert stammende romanische Kirche Sankt Kunigunde zu flüchten, wo er die Tore hinter sich verbarrikadierte. Es war eindeutig eine unüberlegte Entscheidung, wobei es denkbar ist, daß er damit rechnete, die Kirche durch einen anderen Ausgang verlassen zu können. Aber es gab da etwas, das ihm wohl unbekannt war.«

»Was?« fragten einige der Anwesenden, die mit den Kirchenbauten Veronas nicht so gut vertraut waren wie *Dott.* Guerra.

»Es gibt keinen zweiten Ausgang. Oder um genau zu sein, die einzige andere Tür der Kirche führt zu einem Kreuzgang, über den man seinerzeit in ein Kloster gelangte. Aber dieser Ausgang aus dem Kreuzgang wurde zugemauert, kurz nachdem die Mönche im vergangenen Jahrhundert das Kloster verlassen hatten.«

»Dann brauchen wir jetzt nur noch eins zu machen«, warf einer der Carabinieri-Offiziere ein, »wir holen uns ein halbes Dutzend Männer mit kugelsicheren Schutzschilden und brechen das Haupttor auf.«

»Verzeihen Sie mir, daß ich das so offen ausspreche«, sagte *Dott.* Guerra verbindlich, »Sie sind offenbar kein Veroneser. Sonst wüßten Sie, daß die Relieftafeln an eben diesen Türen zu unseren unbezahlbarsten Kunstschätzen gehören. Selbst wenn sämtliche Terroristen Italiens sich in der Kirche versammelt hätten, wäre es noch immer nicht einmal die berufliche Karriere von uns allen zusammengenommen wert, eine einzige Tafel zu zerstören.« Er stand auf, um aufzubrechen.

»Nur noch eine Sache«, sagte der Direktor der städtischen Polizei. »Um wieviel Uhr ist er in die Kirche hineingegangen?«

»Kurz nach sieben.«

Der Direktor der städtischen Polizei sah erleichtert aus. Die Frühmesse, erklärte er, wäre dann also vorbei und die Kirche leer gewesen.

»Es sei denn«, gab ein anderer zu bedenken, »ein Frühaufsteher unter den Touristen wäre hineingegangen.«

Der Gedanke ließ sie erbleichen. Touristen waren sogar noch wertvoller als Reliefs an den Türen. Wenn einer von ihnen als Geisel genommen oder gar ums Leben kommen würde, würde der Fremdenverkehr, Italiens größter Industriezweig, einen nicht wiedergutzumachenden Schaden erleiden.

»Das Beste, was wir jetzt tun können, meine Herren«, sagte Guerra, »ist hinzugehen und uns selbst einen Eindruck zu verschaffen.«

Peroni folgte ihnen hinaus. Er freute sich auf einen unterhaltsamen Morgen.

Der winzige Platz vor der Kirche Sankt Kunigunde war abgeriegelt worden, und eine große Menschenmenge hatte sich auf den beiden Straßen, die in ihn einmündeten, versammelt. Ein erregtes Stimmengewirr erhob sich, als das Jaulen der Sirenen in der Entfernung hörbar wurde und dann näherkam. Die Menge wurde noch weiter zurückgedrängt, um für die fünf Autos Platz zu machen, die jetzt vorfuhren.

Die Männer, die ihnen entstiegen, waren, wie die Menge erkannte, hochgestellte Polizeibeamte, die jetzt die ohnehin schon große Zahl der anwesenden Polizei und Carabinieri noch verstärkten. Manche Leute erkannten Peroni und winkten ihm zu, aber der *Commissario* in ihm, der an diesem Morgen fest die Zügel in der Hand behielt, unterdrückte jedwedes Bedürfnis, zurückzuwinken, im Ansatz.

»Er scheint keinen Mangel an Munition zu haben«, sagte ein junger Carabinieri-Offizier, der herüberkam, um Guerra und seine Begleiter zu empfangen. »Er schießt, sobald jemand auch nur seine Nasenspitze zeigt.«

»Hat er da drin irgend jemanden bei sich?«

»Sieht nicht so aus. Ich habe mit dem Küster gesprochen, und der meinte, die Kirche sei verlassen gewesen. Er wäre jetzt selbst da drin, wenn er nicht genau in dem Moment eine Zeitung kaufen gegangen wäre, als der Mann hineinrannte.«

Auf die Nachricht, daß kein Tourist als Geisel genommen worden war, brach unter den gehobenen Dienstgraden eine Welle der Erleichterung aus. Wenigstens war die Volkswirtschaft nicht bedroht.

»Ich hätte gern einmal mit dem Küster gesprochen«, sagte *Dott.* Guerra.

»Jawohl.«

Während er auf das Eintreffen des Mannes wartete, begab sich Guerra bedächtig, aber wie üblich seine eigene Sicherheit mißachtend, zu dem kleinen Platz vor der Kirche, um einen Blick auf den Ort des Geschehens zu riskieren. Sofort ertönte das Sirren und Aufklatschen einer Kugel, Guerra kam jedoch so ruhig zurück, wie er hingegangen war, und kommentierte den Zwischenfall mit keiner Silbe.

»Ich glaube mich zu erinnern«, sagte er, als der Küster gekommen war, »daß der einzige alternative Zugang zu dieser Kirche die Tür durch den Kreuzgang ist.«

»Da haben Sie recht.«

»Aber es gibt keinen Zugang zu diesem Kreuzgang, außer durch die Kirche?«

»Nein, man könnte höchstens hinüberklettern.«

»Klettern?« sagte Guerra und blickte überrascht auf.

»Also, es gibt auf der Rückseite eine Mauer, und von der her könnte man auf ein schräges Dach über dem Kreuzgang gelangen. Wenn jemand darüber bis hinten an die Regenrinne liefe, könnte er sich wahrscheinlich an den Gewölbebögen herunterlassen.«

»Ich nehme an, wir könnten eine Gruppe von unseren Männern raufschicken«, murmelte *Dott.* Guerra halb zu sich selbst, halb zu dem Carabinieri-Offizier, der neben ihm stand.

»Nein, eine Gruppe, das ginge nicht«, sagte der Küster. »Sie würden keine Gruppe von Leuten finden, die gut genug klettern könnten, um das zu schaffen. Und selbst, wenn sie es fertigbrächten, würden die Dachziegel ihr Gewicht nicht aushalten. Das ist eine Sache, die entweder ein einzelner macht oder gar keiner.«

»Ja, aber was kann schon ein einzelner ausrichten?« grübelte Guerra.

»Eine ganze Menge vielleicht«, sagte der Carabinieri-Offizier. »Er hätte den Vorteil der Überraschung auf seiner Seite. Wenn wir vorne für Ablenkung sorgen, könnte er von hinten bis zu Pillipopoli vordringen, ohne bemerkt zu werden.«

»Es wäre ein beträchtliches Risiko.«

»Weniger, als Sie meinen. In der Kirche gibt es reichlich Dekkungsmöglichkeiten – schwere Steinsäulen und so weiter.«

»Mag sein, ja.« Guerra schien sich nicht sicher. »Das müßte ein Freiwilliger machen.«

»Ich bin sicher, für eine solche Aufgabe wird sich schon jemand melden.«

Plötzlich begann Peroni, sich ungemütlich zu fühlen.

»Es müßte jemand sein«, sagte Guerra bedeutungsvoll, »der gut klettern kann.«

»Und ein guter Schütze müßte er sein.«

Peroni spürte, wie alle Blicke auf ihn gerichtet waren. Nicht zum erstenmal in seinem Leben verfluchte er die Legende, die sich um seine Person rankte. Er war berühmt als Präzisionsschütze, und jedermann wußte um seine katzengleiche Kletterkunst. Was niemand wußte, war, welche Angst er jedesmal dabei gehabt hatte. Das Problem war, daß er nie widerstehen konnte, den Anforderungen seiner eigenen Legende zu entsprechen.

»Würde sich jemand als Freiwilliger melden?« fragte Guerra und blickte in die Runde.

Ein eisiges Schweigen folgte, und in dieses Schweigen hinein hörte Peroni sich sagen: »Ich könnte es versuchen, *Dottore*.«

Wortlos ergriff Guerra seine Hand und drückte sie. Eine Kamera klickte irgendwo, und es war bezeichnend für Peronis innere Trostlosigkeit, daß ihn das in diesem Moment vollkommen kalt ließ. Er faßte den Vorsatz, wenn er aus dieser Sache lebend herauskäme, vor dem Schrein des heiligen Januarius in Neapel die größte Kerze, die Menschenhand schaffen konnte, aufstellen und anzünden zu lassen.

Eskortiert von Guerra und einer Gruppe hoher Polizeibeamter, ging Peroni zum rückwärtigen Teil der Kirche.

»Dies ist die Wand«, sagte der Küster, so als ob er einer Gruppe von Touristen ein Kunstwerk zeigen würde.

Einen Moment lang glaubte Peroni, man erwarte von ihm, die senkrechte Wand wie eine Fliege hochzusteigen. Selbst seiner Legende zuliebe hätte er das nicht fertigbringen können.

»Die Feuerwehr«, sagte Guerra und setzte ihn über diesen Punkt ins Bild, »bringt Sie nach oben. Der Rest liegt dann bei Ihnen.«

Während man auf die Feuerwehr wartete, zündete sich Peroni eine Zigarette an, die – davon war er überzeugt – seine letzte sein würde.

Das rote Fahrzeug traf ohne Sirenengeheul, das Policarpo alarmiert hätte, ein. Die Drehleiter wurde ausgefahren und an die Mauer gebracht, während jeder einzelne der Polizeioberen Peroni die Hand auf eine Weise schüttelte, die ihn eindeutig an Abschied denken ließ. Dann begann er seinen Aufstieg.

Die Mauer war hoch, und er fühlte sich schon äußerst unwohl, als er erst die Hälfte der Strecke erreicht hatte. Wie würde es erst ganz oben sein? Und selbst wenn er unbeschadet die andere Seite erreichte – statt eines großen Chivas Regal und des Applauses erwartete ihn dort eine wilde Schießerei mit einem Terroristen.

Er tat sein Bestes, um diese Gedanken aus seinem Kopf zu verbannen und der Versuchung zu widerstehen, hinabzublicken oder gar wieder hinabzusteigen. Er erreichte die Brüstung und blickte über sie hinweg auf die andere Seite. Es gab dort in der Tat ein abschüssiges, ziegelgedecktes Dach, obgleich die Dachziegel den Eindruck erweckten, als ob schon die leichteste Brise sie fortblasen würde. Er wagte sich gar nicht auszumalen, was mit einem Mann von 85 Kilo Lebendgewicht passieren könnte.

Als er mühsam auf dieses Dach hinüberkroch, flimmerten ihm bereits die Schlagzeilen vor Augen. ›Todessturz im Kreuzgang – Peronis letztes Abenteuer‹. Oder: ›Valentino der Polizei von Terrorist getötet‹!

Er zwang sich, seine Gedanken auf den Abstieg zu konzentrieren, dann spreizte er die Beine und Arme aus, um sein Körpergewicht auf die größtmögliche Anzahl von Dachplatten zu verteilen. So bewegte er sich langsam wie eine Schlange auf den Kreuzgang unten zu, wobei es ihm flüchtig durch den Kopf ging, daß die Ziegel doch stabiler waren, als sie aussahen.

Aber kaum, daß er das dachte, rutschte ihm auch schon der Halt unter der rechten Hand weg, und die ganze sorgsam aufrechterhaltene Balance brach zusammen. Verzweifelt grapschten und tasteten seine Finger umher, bis er es endlich schaffte, sein – allerdings sehr unsicheres – Gleichgewicht wiederzufinden, während die lockeren Dachziegel abwärtsschlidderten und sich in der Dachrinne sammelten.

Fünf Minuten später und ohne weitere Zwischenfälle hatte Peroni sie erreicht. Von dort konnte er den gesamten Kreuzgang überblicken, der mit der ganzen Friedlichkeit seiner mittelalterlichen Steinmetzarbeit vor ihm lag. Auf der anderen Seite befand sich der Eingang zur Kirche, durch den er gehen müßte.

Die Regenrinne war erst vor kürzerer Zeit installiert worden, was bedeutete, daß er ein gewisses Vertrauen in sie setzen konnte. Behutsam schob er ein Bein über sie und angelte mit dem Fuß nach dem Steinsims. Unter ihm mußte sich – nach den anderen drei Seiten zu urteilen – eine Reihe schlanker Säulen befinden. Er versuchte, sie mit seinen Füßen zu ertasten. Wenn die Regenrinne jetzt nachgab, würde er sich das Genick brechen. Aber sie hielt, und sein Fuß fand schließlich einen runden Stein. Er schaffte es, mit seinen Knöcheln die Säule zu umklammern, und ließ sich dann herab, bis er sie mit den Armen umfassen konnte. Es kam ihm vor, als klettere er ein massives Seil aus Stein hinab.

Unterhalb dieser Säulenreihe befand sich eine weitere, aber die Säulen waren zu dick, um an ihnen hinunterzuklettern. So mußte er sich wie Tarzan zunächst von der oberen Säulenreihe herunterhangeln und dann mit Schwung ein Stück springen. Als das geschafft war, befand er sich schon fast auf dem Boden. Er sprang und landete auf Gras.

Peroni eilte leise hinüber zur Tür; noch im Laufen zog er seine Pistole. Dort angekommen, hob er mit Hilfe eines Taschentuchs einen schweren Fallriegel und schob die Tür einen Spalt breit auf. Sie quietschte – nicht laut, aber ihm kam es vor wie das Quieken eines Schweines, dem man die Kehle durchschneidet. Zum Glück veranstalteten seine Kollegen auf der Vorderseite als Ablenkungsmanöver ein Höllenspektakel. Per Lautsprecher wurde Policarpo aufgefordert, sich zu ergeben, und als Begleitung dazu gab es ein Konzert von heulenden Sirenen.

Zentimeter um Zentimeter erweiterte er die Öffnung, bis sie weit genug war, um sich hindurchzwängen zu können. Dann schloß er die Tür hinter sich.

Es war dunkel. Wie bei allen frühen romanischen Kirchen fiel kaum Licht in das Innere. Es gab nur den schwachen Lichtschein von einigen Kerzen, die irgendwo außer Sichtweite brannten.

Unmittelbar vor sich sah Peroni eine massive Säule, die ihn beim Betreten der Kirche vollkommen verdeckt haben mußte. Da hatte er eine Riesenportion Glück gehabt. Er schlich auf die Säule zu und steckte dann vorsichtig seinen Kopf hinter ihr hervor. Jetzt war er in der Lage, Policarpo zu sehen, der zu einem tiefliegenden

Fenster am anderen Ende der Kirche hinaufgeklettert war und von dort sporadisch Schüsse nach draußen abfeuerte.

Es mußte möglich sein, ihn durch einen gezielten Treffer in das rechte Handgelenk oder zumindest in den Arm bewegungsunfähig zu machen. Nicht leicht in diesem Halbdunkel, aber den Versuch war es wert. Er schlich weiter vor zu einer Position, von wo aus er Policarpo besser sehen konnte. Dabei stieß er aus Versehen mit seinem Fuß an eine Art von Kasten, der an der Kirchenwand lehnte. Glücklicherweise war das Geräusch bei dem Lärm, der draußen herrschte, kaum wahrnehmbar, und Peroni ignorierte es. Er richtete seine Waffe auf Policarpo und wartete darauf, daß dieser seinen rechten Arm wieder heben würde.

»Welcome«, sagte in diesem Moment eine Frauenstimme irgendwo hinter ihm auf Englisch. »Sie befinden sich hier in der Kirche Sankt Kunigunde aus dem 11. Jahrhundert. Die früheste christliche Kapelle an dieser Stätte datiert aus dem 7. Jahrhundert, obgleich man bei Ausgrabungen in jüngster Zeit auf Überreste eines noch früheren, heidnischen Tempels gestoßen ist.«

Vor Entsetzen wußte Peroni eine Sekunde lang nicht, was eigentlich vor sich ging. Dann erkannte er, daß das, was er versehentlich mit dem Fuß umgestoßen und dabei wohl irgendwie eingeschaltet haben mußte, ein Tonbandgerät war, das den Zweck hatte, die Kirche für Touristen auf Italienisch, Englisch, Französisch oder Deutsch zu beschreiben.

Policarpo hatte es auch gehört, und im Bruchteil einer Sekunde später klatschte eine Kugel gegen einen Pfeiler. Peroni fühlte einen stechenden Schmerz an seiner Wange; ihn hatte offensichtlich ein abgesplittertes Stück Marmor getroffen.

Nur wenige Schritte rechts von ihm ragte ein Schatten in der Dunkelheit empor. Es war ein Beichtstuhl. Peroni hechtete in ihn hinein.

»Die Fassade«, begleitete ihn die Stimme höflich unpersönlich, »ist ein herausragendes Beispiel des Stils. Abwechselnd aus Tuffstein und Marmor errichtet –«

Während Peroni in dem vergleichsweise sicheren Beichtstuhl kniete, hörte er, wie oberhalb seines Kopfes eine weitere Kugel in das harte Eichenholz schlug. Seine Stellung erinnerte ihn daran, daß er seit über zwei Jahren nicht mehr zur Beichte gegangen war, und er legte ein Gelübde ab, es zu tun, falls er die Kirche der heiligen Kunigunde je wieder lebend verlassen sollte.

Das Problem war nur, wie er das bewerkstelligen sollte. Und wie sollte er Policarpo – wenn möglich, auch noch lebend – hier herausbringen? Aus dem Beichtstuhl blickte er sich auf der Suche nach Ideen in der Kirche um. Jetzt sah er die Quelle des Lichts, das er schon bei seinem Eintreten in die Kirche bemerkt hatte. Es war eine kleine Ansammlung von Opferkerzen, die vor einem Heiligenbild ihm gegenüber leise vor sich hin flackerten.

So, als habe er keine anderen Sorgen, überlegte sich Peroni, um welchen Heiligen es sich dabei wohl handelte – sicher nicht um Sankt Franziskus oder sonst einen der bekannteren. Seiner Kleidung nach zu urteilen war es ein Bischof. Was hielt er da in seiner Linken? Eine Art Behälter, aus der eine Flüssigkeit hervorquoll. Eine dunkelfarbige Flüssigkcit.

Blut.

Peroni erstarrte vor Erregung. Es sah ganz nach einer Darstellung der wundersamen Blutverflüssigung aus, die nur mit einem einzigen Heiligen in Zusammenhang gebracht werden konnte. Bestätigt wurde diese Annahme, als er die Buchstaben über dem Kopf der dargestellten Figur entzifferte: JANUARIUS EPISC NAP – Januarius, Bischof von Neapel.

Welch glückliche Fügung, dachte Peroni. Er erhoffte sich vom heiligen Januarius eine Inspiration, und als er zu ihm hinübersah, kam ihm tatsächlich ein Gedanke. Es war ein höchst ungewisses Unterfangen, aber schließlich hatten Wunder immer mit dem Ungewissen zu tun.

Er hob seine Pistole, legte an, feuerte und nahm dann mit Befriedigung wahr, wie der große Kerzenständer gegenüber nach hinten umkippte. Jetzt hing alles davon ab, ob die Kerzenflammen die Vorhänge erwischten. Die alten Lappen hingen dort bestimmt schon seit Jahren, wenn nicht seit Generationen, und müßten deshalb so trocken und entzündlich sein wie ein Berg von Spinnweben. Vorausgesetzt, die Kerzen waren bei dem Fall nicht ausgegangen.

Sekunden später teilte ihm ein Knistern und Leuchten und Knastern mit, daß sie das nicht getan hatten. Rauchwolken begannen in sehr zufriedenstellender Weise hochzusteigen, und die hölzerne Orgelbühne oberhalb von Sankt Januarius versprach unbeschränkten Nachschub. In wenigen Minuten würde die gesamte Kirche mit einer einzigen, enormen, undurchdringlichen Rauchwolke angefüllt sein.

Er band sich sein Taschentuch über Mund und Nase und verließ den Beichtstuhl, wobei er sich leise durch die Wolke hindurchtastete.

»Die Nordseite der Kirche ist bedeckt mit einer Reihe von Fresken, die Szenen aus dem Alten Testament wiedergeben«, fuhr die Stimme aus der Dunkelheit unbeirrt fort. »Viele von ihnen gehen bis auf das 11. Jahrhundert zurück, aber sie sind kaum noch zu erkennen.«

Dann hörte Peroni ein anderes Geräusch, das ihm überhaupt nicht behagte. Es waren Schritte, die auf ihn zukamen. Er hatte damit gerechnet, daß Policarpo dort bleiben würde, wo er war – in der Nähe der Fenster am Portal der Kirche. Warum sollte er absichtlich in den Rauch hineinlaufen? Eine Sekunde später hatte Peroni die Antwort auf seine Frage.

»So einfach geht es aber nicht, Bulle«, tönte Policarpos Stimme aus der atemraubenden Schwärze. »Du wartest doch nur auf das Beifallsklatschen deiner bourgeoisen, multinationalen Bosse, oder nicht? Ein kluger Bulle, daß er sich so einen feinen Trick ausgedacht hat, um den bösen Terroristen zu fangen. Aber sei dir deiner Sache nicht zu sicher! Ich weiß doch, daß ich jetzt fertig gemacht werde. Ich hab' nichts mehr zu verlieren. Alles, was ich will, ist bloß noch ein stinkendes Kapitalistenleben, bevor ich gehe. Dein Leben, Polizist.«

Peroni fühlte, wie ihm ein eiskalter Schauer über den Nacken lief.

Policarpo trieb der Mut der Verzweiflung, und was Leute tun konnten, wenn sie in die Enge getrieben waren, wußte Peroni aus Erfahrung.

Seine einzige Hoffnung lag jetzt im Schweigen. Wenn Policarpo ihn weder sehen noch hören konnte, hatte er eine Chance. Peroni stand in der tintenschwarzen, raucherfüllten Dunkelheit und zwang sich, nicht zu husten. Er hatte das unangenehme Gefühl, als hätte er die Rolle gewechselt – aus dem Jäger war der Gejagte geworden.

Mit unendlicher Behutsamkeit schlich er zum Ausgang der Kirche hinunter und hielt alle paar Sekunden inne, um zu lauschen. Er hörte, wie ein Stuhl auf dem Steinfußboden zur Seite gerückt wurde. Es klang schon gefährlich nahe! Und dann drang durch den Rauch das Geräusch von Policarpos rasselndem Atem. Es kam direkt auf ihn zu.

Unschlüssig, wohin er sich wenden sollte, fühlte Peroni, auch wenn er sie kaum sehen konnte, neben sich eine Kirchenbank. Er bückte sich leise und kroch wie eine Schlange hinter die Kniebank. Ein paar Sekunden darauf erklangen Policarpos Schritte an genau der Stelle, an der er eben noch gestanden hatte.

Dann erfüllte ihn eine neue Furcht, die Furcht, durch den Rauch ohnmächtig zu werden. Das Taschentuch reichte kaum mehr aus, und der Gedanke, daß es Policarpo auch nicht besser ging, war kein Trost.

Aber Peroni zwang sich, zu warten, bis die Schritte an ihm vorbeigegangen waren. Dann robbte er vorsichtig nach vorne, bis er das Ende der Sitzreihe erreichte. Mit Mühe rappelte er sich hoch und erkannte, daß er sich wohl im Mittelgang befinden mußte.

»Die Verkündigung auf dem Hauptaltar stammt aus wesentlich späterer Zeit –«

Jetzt gab es nur noch eins, was er machen konnte. Alles hing davon ab, daß er noch ein paar Minuten länger durchhielt, ohne zusammenzubrechen – und davon, daß Policarpo nicht plötzlich irgendwoher aus der Dunkelheit vor ihm auftauchte.

Sich auf der Sitzbank abstützend, strauchelte er – kaum mehr zum Gehen fähig – nach vorn. Er merkte, wie er langsam das Bewußtsein verlor. Es kam ihm so vor, als irre er schon ewig in diesem Rauch umher, der immer dichter und dichter wurde.

Ein Umriß erhob sich direkt zu seiner Rechten vor ihm: Policarpo. Peroni riß die Pistole hoch, um zu schießen, merkte aber noch gerade rechtzeitig, daß es nur ein Weihwasserbecken war.

Er mußte sich in der Nähe des Vordereingangs befinden. Dann stieß sein Fuß unerwartet gegen Stein, und er begriff, daß es die Stufen waren, die zur Tür hinaufführten. Praktisch auf allen vieren krabbelte er hinauf, bis er das Holz eines der riesigen Tore berührte, die die Rückseite der weltberühmten Bildtafeln bildeten.

Er zog sich an einem schweren Holzblock empor, bei dem es sich eigentlich nur um den Querbalken handeln konnte, mit dem man die Tür von innen verschloß. Er war auch fest eingerastet, und Peroni glaubte, daß es ihm niemals gelingen würde, ihn hochzustemmen. Schon unter normalen Umständen hätte ihm das Gewicht schwer zu schaffen gemacht, aber so geschwächt, wie er jetzt durch all den Rauch war, stellte sich die Aufgabe als geradezu eines Herkules würdig dar.

Verzweifelt, ohne auf den Lärm zu achten, kämpfte Peroni mit dem Balken und spürte mit Befriedigung, daß dieser nachgab. Noch ein Ruck, und er wäre gelöst. Peroni wollte sich eben zu dieser letzten Kraftanstrengung aufraffen, als eine Kugel direkt neben seinem Ohr klatschend ins Holz einschlug.

Policarpo bewegte sich auf die Tür zu und feuerte dabei wahllos Schüsse ab.

Die Angst verlieh Peroni Kraft. Er stemmte sich gegen das Holz und schob ein letztes Mal mit aller Macht.

Der Balken löste sich und krachte mit donnerndem Getöse zu Boden. Die schwere Tür sprang auf, Luft strömte herein, und Rauchschwaden zogen nach draußen. Peroni erkannte, daß er jetzt die perfekte Zielscheibe bot – eine scharfe Silhouette gegen das grelle Sonnenlicht. Rasch sprang er zur Seite.

Im selben Moment hörte er einen weiteren Schuß, und er brauchte fast eine ganze Sekunde, bis er begriff, daß diesmal nicht auf ihn gefeuert worden war.

Als er aus der Kirche herausstolperte und dabei keuchend nach Luft japste, hörte er jetzt schon weit hinter sich dieselbe höfliche, unpersönliche Stimme: »Wir hoffen, daß Ihnen der Besuch dieser Kirche gefallen hat.«

Policarpo hatte sich durch einen Schuß in den Mund selbst getötet. Sein ganzer Hinterkopf war hinweggefetzt worden. Als sie ihn schließlich fanden, sahen sie, daß seine linke Hand – so wie Monicas Rechte es getan hatte – noch immer der ganzen Welt zum Trotz krampfhaft zur Faust geballt war.

Kapitel 8
Gabriele

Da ist eine *Signorina*, die Sie sehen möchte«, quäkte die Stimme eines älteren Polizisten, der unten an der Pforte Dienst tat, über das Haustelefon in Peronis Ohr.

Das Wort *Signorina* deckte ein weites Gebiet ab. Wenn man im Englischen ›a young lady‹ sagte, was dem italienischen Wort noch am nächsten kam, ließ das wenigstens noch darauf schließen, daß die Dame jung war. Aber die italienische Sprache, die vielleicht höflicher als andere Sprachen ist, erlaubte da gar keine Rückschlüsse. Es konnte eine spindeldürre alte Jungfer von 70 und genausogut ein birkenschlankes, sinnliches Geschöpf von 17 sein. Sicher war nur, dachte Peroni, daß dies das Wort spannend machte.

»Lassen Sie sie raufkommen«, sagte er und lehnte sich erwartungsvoll zurück.

48 Stunden waren seit Policarpos Tod vergangen, und was die Fortschritte in der Aufklärung anbelangte, so waren diese Stunden ereignislos verlaufen. Es hatte selbstverständlich ein großes Tohuwabohu gegeben, aber Peroni war physisch und emotional zu abgespannt gewesen, um es wirklich genießen zu können. Bis zum Abend hatte er sich wieder soweit erholt, daß er einen Teil des Abends mit Regina verbringen konnte. Bedauerlicherweise hatte sie um neun zu einer Vorlesung gehen müssen, ihr Abschiedskuß zeigte ihm aber, daß der Moment der Wahrheit zwischen ihnen nahe war.

Da nach Policarpos Tod nichts Besonderes mehr passiert war, hatten sich die Zeitungen mit der erneuten feierlichen Weihe der Kirche Sankt Kunigunde begnügt, die durch den Selbstmord, der in ihr stattgefunden hatte, notwendig geworden war. Sie sollte an diesem Morgen durch den Bischof durchgeführt werden, und Peroni hoffte, ihr beiwohnen zu können.

Er hatte bereits telefonisch dafür Sorge getragen, daß eine gigantische Kerze in Neapel geformt und vor dem Schrein des heiligen Januarius aufgestellt würde.

Schritte wurden draußen auf dem Gang vernehmbar, dann klopfte es an die Tür. Der Schleier über der *Signorina* würde sogleich gelüftet werden.

»Herein!« rief Peroni und erhob sich.

Was die *Signorina* anging, so hätte er es wesentlich schlimmer treffen können. Es war Patti. Aber es war eine völlig veränderte Patti im Vergleich zu der, die er eine Woche zuvor beim Adelsball gesehen hatte. Das Funkeln war aus ihren kornblumenblauen Augen verschwunden, und ein verängstigter Ausdruck war an seine Stelle getreten.

»Ich wollte eigentlich nicht zu Ihnen kommen«, sagte sie, nachdem Peroni ihr eifrig einen Platz angeboten hatte.

»Das wollen die Leute in den seltensten Fällen«, pflichtete er ihr beruhigend bei. »Was kann ich für Sie tun?«

»Gabriele ist verschwunden.«

Er blickte alarmiert auf. »Seit wann?«

»Seit Dienstag abend.«

Das war vor vier Tagen gewesen, an demselben Tag, als Peroni die neofaschistische Organisation des Generals aufgedeckt hatte. »Warum haben Sie mir das nicht früher gesagt?«

»Ich dachte, er würde zurückkommen. Außerdem wußte ich, daß es das letzte wäre, was er sich wünschen würde, daß ich zur Polizei renne.«

Peroni nahm es gelassen hin, schließlich war das ganz natürlich. »Und seine Familie?«

»Die weiß auch nichts von ihm.«

»Warum haben die sich denn nicht mit mir in Verbindung gesetzt?«

»Denen ist es doch egal, ob ihm was zustößt.«

»Warum sollte ihm etwas zustoßen?« Patti schwieg. »*Signorina*«, sagte Peroni, »ich verstehe ja Ihr Widerstreben, zur Polizei zu kommen, aber da Sie nun schon mal hier sind, könnten Sie auch noch einen Schritt weitergehen. Ich kann Ihnen sonst nicht helfen.«

Doch sie zögerte noch. »Er hatte herausgefunden, wer der Hintermann bei der faschistischen Bewegung des Generals war.«

»Was?« Der Schock katapultierte Peroni aus seinem Sitz. »Woher wissen Sie das?«

»Er hat es mir gesagt.«

»Hat er Ihnen auch gesagt, wer es ist?«

»Nein.«

»Aber wenn er es wirklich weiß, wenn er es sich nicht bloß aus den Fingern saugt, dann steckt er ganz schön in der Klemme. Denken Sie nur daran, was mit Loris passiert ist.«

»Warum sonst, glauben Sie, bin ich zu Ihnen gekommen?«

»Erzählen Sie mir die ganze Geschichte.«

Widerstrebend begann sie, über den Brief des Generals an Loris zu erzählen, in dem er ihm mitteilte, wohin er in der Nacht seiner Ermordung gehen würde. Das bestätigte, was Stefano bereits geschlußfolgert hatte. Dann beschrieb sie, wie Gabriele den Brief unter die Montagmorgenpost geschmuggelt hatte – mit dem Ergebnis, daß Loris ermordet worden war. Dann berichtete sie, wie Gabriele das Kennzeichen eincs Wagens, der aus der Villa gekommen war, notiert und dessen Besitzer ausfindig gemacht hatte.

»Und ist das derselbe, von dem er behauptet, daß er der Hintermann bei dieser ganzen Affäre sei?«

»Nein, das kann er nicht gewesen sein. Den nannte er, wer auch immer es war, ›den größten Fisch von allen‹. Und er hat diese Person auch erst später gesehen. Er ist dem Besitzer des Wagens irgendwohin gefolgt ...«

»Wohin?«

»Hat er nicht gesagt. Er sagte nur, daß der Ort ›in seiner ganzen Art so gar nicht zu ihm gepaßt hätte‹.«

»Von wessen Art her? Der des Autofahrers?«

»So hab' ich es verstanden.«

»Und weiter?«

»Nun, Gabriele hat gewartet und alles beobachtet, und dann sah er diese andere Person da reingehen.«

»Den größten Fisch von allen?«

»Ja, genau.«

»Was hat er dann gemacht?«

»Er sagte, er sei nach Hause gegangen und habe mit dem Betreffenden eine Verabredung getroffen.«

»Das war etwas sehr Gefährliches, was er da tat.«

»Er sagte, es sei ganz ungefährlich. Er hatte sich auf dem Platz vor der Arena für die Zeit während der Pause verabredet. Er sagte, zu dieser Zeit würden sie von Tausenden von Leuten umgeben sein.«

»So daß der Betreffende in der Oper gewesen sein muß?«

»Bestimmt, denn er sagte noch: ›Der große Drahtzieher ist heute abend in der Oper in der Arena.‹ Dann ist er weggegangen, um sich mit ihm zu treffen.«

Alles nicht so hilfreich, wie es zuerst klingt, dachte Peroni. Etliche tausend Menschen hatten an jenem Abend die Arena besucht, und da es ein Ereignis war, bei dem man gesehen werden mußte, dürften auch die meisten Piantaleones und Pillipopolis anwesend gewesen sein.

»Sagte er etwas darüber, wann er sich wieder mit Ihnen treffen wollte?«

»Am selben Abend noch. Er sagte, er würde zurückkommen, wenn er alles erledigt hätte. Um zu feiern.«

Wenn Peroni Patti nicht für so knallhart gehalten hätte, hätte er vermutet, ein Schluchzen in ihrer Stimme gehört zu haben. Er ging die ganze Geschichte noch einmal mit ihr durch, wobei er sich nach jeder Einzelheit erkundigte. Schließlich schüttelte er ihr zum Abschied die Hand. »Ich werde alles tun, was ich kann, um ihn zu finden«, versprach er.

»Sie halten mich auf dem laufenden?«

»Sobald ich etwas Neues weiß, werde ich Sie umgehend anrufen.«

Aber trotz seines optimistischen Tonfalls bestand für Peroni kein Zweifel: Gabriele war tot.

Peroni berichtete über sein Gespräch mit Patti auf der morgendlichen Dienstbesprechung mit *Dott.* Guerra.

»Dieser Gabriele scheint ein höchst unerfreulicher Zeitgenosse zu sein, meinen Sie nicht, *Dottore*?« sagte Guerra.

»In der Tat, das scheint er, *Dottore*.«

»Wie auch immer, wenn er wirklich die Identität dieses sogenannten Drahtziehers kennt«, sagte Guerra, wobei er das melodramatische Wort sorgfältig betonte, »befindet er sich in größter Gefahr. Wir müssen ihn um jeden Preis ausfindig machen, bevor uns ein anderer zuvorkommt.«

»Ich glaube, er ist bereits tot«, sagte Peroni.

»Schon möglich«, sagte Guerra, »aber solange die Chance besteht, daß er noch lebt, müssen wir zusehen, daß er am Leben bleibt. Ist das eine neapolitanische Krawatte, *Dottore*?«

»Ja, *Dottore*.«

»Äußerst farbenfreudig.«

Patti hatte gesagt, daß Gabriele an jenem Abend leicht angetrunken gewesen sei. Das und seine allgemeine Hochstimmung, so glaubte Peroni, hatten ihn zu einem taktisch tödlichen Fehler verleitet. Es stimmte, daß er in keiner unmittelbaren Gefahr schwebte, solange er auf dem Platz vor der Arena mit dem großen Hintermann von mehreren tausend Leuten umgeben war. Gefährlich wurde es erst auf dem Weg dorthin oder auf dem Rückweg.

Peroni saß auf einer Leiter vor einem großformatigen Stadtplan von Verona, der eine Wand in der *Questura* einnahm. Er starrte direkt auf die römische Arena. Von dort wanderte sein Blick hinüber zu der Straße, in der Pattis Wohnung lag. Zu Fuß war das, schätzte er, ein Weg von fünf Minuten, bei dem man einem mehr oder weniger festgelegten Weg folgen mußte. Er zeichnete ihn sorgsam mit dem Finger nach und sah, daß es sich um ein Geflecht ineinander verzweigter, enger Gassen handelte, die nach Einbruch der Dunkelheit immer ziemlich menschenleer waren. Gabriele, der an jenem Abend ohne Auto unterwegs war, weil seine Batterie aufgeladen werden mußte, hatte diesen Weg sowohl auf dem Weg zur Arena als auch auf dem Rückweg genommen. Vorausgesetzt, daß er den Rückweg überhaupt angetreten hatte.

Und dann erkannte Peroni, daß er es getan haben mußte, denn gleichgültig, wie superschlau der große Drahtzieher auch sein mochte, so konnte er doch nicht wissen, aus welcher Richtung Gabriele kommen würde. Aber er konnte sehr wohl sehen, in welche er davonging, und ihm folgen oder ihn verfolgen lassen.

Peroni rief bei der Arena an und erkundigte sich, wann die Pause am letzten Dienstag abend begonnen hatte. Um Viertel vor elf, sagte man ihm.

»Und wie lang dauerte sie?«

»Eine halbe Stunde.«

Womit es ganz danach aussah, daß man Gabriele am vergangenen Dienstag zwischen elf und halb zwölf nachts in dieser Gegend aus dem Weg geschafft hatte.

»Dann verraten Sie mir doch mal«, sagte der zu Späßen aufgelegte Alte, der einst als Unteroffizier bei den berühmten italienischen Gebirgsjägern gedient hatte, »was es bei Ihnen gestern zum Mittagessen gab.«

»Ich fürchte, das ist mir entfallen«, sagte der Beamte geduldig, der sich an die Dienstanweisung erinnerte, im Umgang mit der Öffentlichkeit immer höflich zu bleiben – vor allem mit älteren Menschen.

»Also dann«, sagte der alte Soldat triumphierend, »frage ich mich, wie Sie erwarten können, daß ich heute noch weiß, was letzten Dienstag abend passiert ist. Eh?«

»Ich meinte, ob irgendwas Ungewöhnliches passiert ist«, sagte der Beamte.

»Ungewöhnliche Dinge geschehen nicht mehr, wenn man erst einmal mein Alter erreicht hat. Ja, als ich noch so jung war wie Sie! Da war das was anderes. Bei jedem Mädchen, das ich kennenlernte, konnten sich die ungewöhnlichsten Dinge ereignen, wenn Sie verstehen, was ich meine. Aber für diese Art von Dingen bin ich jetzt zu alt.«

»Was du wieder redest«, sagte seine Frau und fügte an den Beamten gewandt hinzu:

»Sie müssen ihn entschuldigen, es ist schrecklich, wie er immer übertreibt.«

Der Beamte lächelte nachsichtig. »Natürlich«, sagte er. »Können S i e sich an irgend etwas Außergewöhnliches erinnern, das am Dienstag abend vorgefallen ist?«

»Nun, lassen Sie mich mal nachdenken«, sagte sie. »Wenn wir uns mal das Fernsehprogramm angucken, das könnte mir einen Hinweis geben. Dienstag . . . Dienstag. Um welche Zeit haben Sie gesagt?«

»Nach elf Uhr.«

»Ja, richtig«, sagte sie, »wir waren dabei, uns den Schluß von diesem amerikanischen Gangsterfilm anzusehen, oder nicht, Attilio?«

»Peng, peng, peng!« sagte der alte Soldat und lachte, als er sah, daß der Beamte zusammenzuckte. »Also, was anderes passierte doch nicht«, fuhr er fort. »Abgeknallt haben sie sich alle, am laufenden Band.«

»Das stimmt«, sagte die Alte, »denn wir hörten dann den Knall draußen auf der Straße, nicht wahr, Attilio?«

»Aha, das ist es, wo Sie drauf aus sind, ja?« sagte der Alte. »Geknalle auf der Straße?«

»Gab es das denn?« fragte der Beamte, der seine Ohren gespitzt hatte.

»Das ist schon richtig, das hat's gegeben. Aber das ist kein Grund zur Aufregung, junger Freund. Es war nur eine Fehlzündung.«

»Sind Sie sicher?«

»Also, was hätte es sonst sein können, möchte ich mal wissen? Wir haben hier in der Gegend keine Schießereien. Außerdem ging Marta kurz danach runter, um die Katze rauszulassen, und da lagen keine Leichen draußen rum, oder hast du welche gesehen, Marta?«

»Aber hätte es nicht doch eine Schußwaffe sein können?« hakte der Beamte nochmal nach.

»Falls es Sie dann glücklich macht, junger Mann«, sagte der alte Soldat, »ich denke, es kann schon sein, daß es eine Waffe war.«

Ein, zwei andere Leute in der unmittelbaren Umgebung glaubten auch, sich an so etwas wie eine Fehlzündung eines Autos am vorausgegangenen Dienstag erinnern zu können, und ein oder zwei andere meinten, es müsse wohl die Schießerei in dem Film gewesen sein. Niemand konnte genauere Angaben machen. Eine Frau sagte, sie habe aus dem Fenster geschaut und einen dunkelfarbenen Transporter um die Ecke verschwinden sehen. Außer ihr hatte niemand etwas beobachtet.

Lenotti war einer der Männer, die die Gegend, die Peroni für einen möglichen Anschlag auf Gabriele abgesteckt hatte, nach Spuren durchkämmten. Seine Nachforschungen hatten bislang, ganz so, wie er es erwartet hatte, nichts erbracht. Nun klingelte er an einer Wohnung im zweiten Stock. Geöffnet wurde die Tür von einer ältlichen, sehr kleinen und verbittert wirkenden Frau, die aussah wie eine im Ruhestand lebende Schullehrerin und sich tatsächlich auch als eine solche entpuppte. Während Lenotti sich auswies, prüfte sie ihn mit einem gereizten Blick, als wäre er ein besonders begriffsstutziger Schüler aus ihrer Klasse.

»Es ist natürlich jedermanns Bürgerpflicht, den Staatsorganen behilflich zu sein, aber ich muß Sie davor warnen, den guten Willen, den die Bevölkerung zeigt, über Gebühr zu strapazieren«, sagte sie bissig.

»Wie meinen Sie bitte, *Signora*?« sagte Lenotti, der keine Ahnung hatte, wovon sie sprach.

»*Signorina*«, verbesserte sie ihn; sie legte offenbar Wert auf ihren unverheirateten Status.

»*Signorina*«, sagte Lenotti, »ich war mir nicht bewußt, daß ich Ihren guten Willen strapaziert hätte.«

»Sie kommen her, um mich zu fragen, ob ich irgend etwas Ungewöhnliches am Dienstag abend gehört oder gesehen hätte, wo doch bereits einer Ihrer Kollegen hier gewesen ist, um dieselben Fragen zu stellen. Ich nenne das im höchsten Maß unorganisiert.«

»Oh«, sagte Lenotti und setzte seine Trauermiene auf. Das war genau die Art von Dingen, die ihm immer wieder passierten, und jetzt würde sie darüber wahrscheinlich einen Beschwerdebrief schreiben. »Wann ist er denn zu Ihnen gekommen, *Signora* ... ich meine, *Signorina*?« fragte er.

»Vorgestern«, sagte die pensionierte Schullehrerin.

»Aber da wußten wir doch noch gar nicht –«, begann er. Und dann kam ihm schlagartig die Bedeutung des Ganzen zu Bewußtsein. »Ich wäre Ihnen zu Dank verpflichtet, *Signorina*«, sagte er jetzt etwas zuversichtlicher, »wenn Sie mir denjenigen, der Sie da aufgesucht hat, etwas genauer beschreiben würden.«

»Wollen Sie damit sagen, Sie kennen Ihre eigenen Arbeitskollegen nicht?« kläffte sie.

»Wer immer dies auch gewesen sein mag«, sagte Lenotti mit kummervoller Miene, »einer von meinen Kollegen war es jedenfalls nicht.«

Ungefähr zur selben Zeit gelang auch Peroni der Durchbruch, auf den er gehofft hatte.

Inge Rottersheim war in Verona aufgewachsen, und nichts weiter erinnerte an ihren deutschen Ursprung als ein leichter Akzent, der ihr nach allgemeiner Auffassung eine Spur von Schick verlieh und dem Geschäft förderlich war. Das fragliche Geschäft war ein Kuriositätenladen, eine Branche, die im Grunde erst durch Inge in Verona eingeführt worden war. Sie verkaufte alle möglichen Sachen wie winzige Holzmodelle mit Genitalien, ausgefallenen Schmuck aus gebogenem Draht, Aschenbecher mit albernen Bebilderungen und ähnliche Kindereien. Daneben gab es Poster mit Motiven wie eine Kloschüssel, aus deren Tiefe eine schwarze Gorillapfote winkte.

Sie verlangte absolut lachhafte Preise für diese Objekte, aber da es in Verona viele Leute mit mehr Geld als Verstand gab, bekam sie, was sie dafür forderte.

Sie war im Begriff, zu Tisch zu gehen und den Laden zu schließen, als die Türschelle – eine Vorrichtung, die in die Miniaturversion eines viktorianischen Nachttopfes eingefaßt war – klingelte und ein dunkler, umwerfend gutaussehender Mann eintrat. Inge hatte einen wahren Heißhunger auf Männer praktisch jeden Typs, und dieser sah nach etwas Besonderem aus.

»*Buon giorno*«, sagte sie höflich, und nur das ›*r*‹ in *giorno* verriet ihre Herkunft.

»*Questura*«, sagte der Mann.

Inges Magen krampfte sich vor lauter Vorahnungen zusammen. Hatte sie irgendeine Gesetzesvorschrift übersehen? Ein Geschäft zu führen, konnte in Italien eine sehr komplizierte Angelegenheit sein. »Womit kann ich Ihnen dienen?« fragte sie und blinzelte mit zartgetönten Augenlidern.

»Wohnen Sie hier?«

Das ließ sich schon mal vielversprechend an. »Nein«, sagte sie, »ich habe eine Wohnung in Borgo Trento.«

Er schien davon enttäuscht. »Und Sie waren nicht zufällig am Dienstag abend hier?«

»Dienstag abend? Ja, doch, ich war tatsächlich hier, ich blieb ziemlich lange, weil ich Inventur machen mußte.«

»Bis wann?«

»Oh, bis nach elf.«

»Und haben Sie an dem Abend in der Gegend hier irgend etwas gesehen oder gehört, das auch nur irgendwie anders war als normal?«

Der Beamte, der sie innerlich nur so dahinschmelzen ließ, nahm einen großen Filzschreiber zur Hand, legte ihn aber hastig zurück, als er merkte, welche Form der Stift aufwies.

»Anders als normal?« sagte sie.

»Ungewöhnlich.«

Eine höchst ungewöhnliche Sache war ihr an jenem Abend zugestoßen, und obgleich sie bereits einigen Leuten aus ihrem Bekanntenkreis davon erzählt hatte, so war sie doch wenig gewillt, der Polizei darüber zu berichten. Sie zögerte, und er schien ihr Zögern bemerkt zu haben.

»Es gab also etwas?« sagte er.

»Naja.« Sie konnte es kaum abstreiten, und außerdem – so überlegte sie sich – schaden konnte es auch nicht. »Es war ungefähr gegen halb zwölf«, sagte sie, »und ich hatte bereits den Laden abgesperrt. Ich war auf dem Weg hinüber zu meinem Wagen, als ein junger Mann auf mich zukam. Ein sehr gutaussehender junger Mann mit goldblondem Haar.« Plötzlich hatte sie das Gefühl, als ob sie den Beamten mit ihren letzten Worten regelrecht elektrisiert hätte. »Ist irgend etwas nicht in Ordnung?« fragte sie.

»Nein, nein«, sagte er, »bitte fahren Sie fort.«

»Also, wie gesagt, er kam auf mich zu und fragte mich, ob ich ihn mitnehmen könnte. Ich sagte ihm, er solle einsteigen.«

»Waren Sie nicht besorgt, er könnte – Ihnen was antun?«

»Männer machen mir keine Angst. Ich hab' den schwarzen Gürtel in Karate.« Kaum gesagt, kam es ihr schon so vor, als ob es ein Fehler war, das erwähnt zu haben. Die italienischen Männer mochten gewöhnlich keine Frauen von der rauhen Sorte.

»Hat er gesagt, warum er mitgenommen werden wollte?«

»Ja, er sagte, jemand habe auf ihn geschossen, aber ich habe nicht so sehr darauf geachtet.«

»Warum nicht?«

»Männer kommen auf die merkwürdigsten Einfälle, wenn sie die Bekanntschaft einer Frau machen wollen.«

Seine Blicke unterzogen sie einer wohlwollenden Begutachtung. »Ja«, sagte er, »das tun sie wohl wirklich. Also, was passierte dann?«

»Nun, er bat mich, ihn aufs Land hinaus zu fahren, sagte, er würde mir den Weg schon zeigen, wenn wir unterwegs wären. Ich war ziemlich angetan von der Idee, und es war eine herrliche Nacht, also wollte ich kein Spielverderber sein. Wir fuhren ungefähr eine halbe Stunde, und dann sagte er, ich solle anhalten. Also fuhr ich an die Seite und hielt am Straßenrand.«

»Und dann?«

»Wir blieben eine Weile im Auto – Sie wissen schon, man plaudert ein bißchen und so weiter.« Die Erinnerung daran machte sie ganz nostalgisch, und das ›und so weiter‹ hing bedeutungsschwer im Raum. Sie schwieg einen Moment, seufzte tief und fuhr dann fort. »Nach einer Weile sagte ich: ›Sollen wir jetzt nach Verona umkehren?‹, und er sagte ›Nein‹. Er steige dort aus. Ich fragte ihn, ob er dort wohne, und er sagte: ›Eigentlich nicht‹, was mir eine komische Antwort zu sein schien. Naja, es war seine Sache, also ließ ich ihn aussteigen. Und danach hab' ich ihn nicht wiedergesehen.«

»Wo war das, wo er ausgestiegen ist?«

Sie legte die Stirn in Falten und dachte angestrengt nach. »Da gab's ein Hinweisschild ein Stück vor uns, das von der Straße wegzeigte. Ich glaube, es war der Name irgendeines Dorfes – stimmt, es hatte was zu tun mit Rosen.«

Wieder hatte sie das Gefühl, als ob sie ihn regelrecht elektrisiert hätte.

»Rosaro?« fragte der Beamte.

»Ja richtig«, sagte sie, »Rosaro – das war's.«

»Sie haben mir sehr geholfen«, sagte er und schüttelte ihr die Hand.

Sie blickte ihm voller Enttäuschung nach, als er davonging. Es gab keinen Zweifel, überlegte sie, es war ein Fehler gewesen, das mit dem Karate zu erwähnen.

Schon als er das Dorf zum ersten Mal besucht und sauren Rotwein mit dem Gemeindepfarrer getrunken hatte, hatte Peroni das unbestimmte Gefühl gehabt, dort noch etwas erledigen zu müssen. Aber sein Vergnügen über die Aussicht, den Ort wiederzusehen, wurde etwas gedämpft, als er bei seiner Rückkehr in die *Questura* von Lenottis Entdeckung hörte, die durch nachfolgende Ermittlungen bestätigt worden war. Jemand hatte unter dem Vorwand, Polizeibeamter zu sein, in dieser Gegend Erkundigungen eingeholt, noch bevor Peroni von Gabrieles Unternehmungen in der Nacht vom Dienstag erfahren hatte. Und wer auch immer das sein mochte, er hatte versucht, herauszufinden, wohin Gabriele entkommen war.

Von der Schulmeisterin und den anderen Zeugen bekamen sie eine gute Beschreibung des Gesuchten. Er war annähernd 60 Jahre alt, durchschnittlich groß, aber feingliedrig, hatte schütteres Haar, eine bleiche Gesichtsfarbe, kleine, irgendwie eingesunkene Augen und ein leicht fliehendes Kinn. Einer der Zeugen hatte ausgesagt, daß seine Umgangsformen ›zu glatt‹ gewesen seien.

In mancher Hinsicht war es eine frustrierende Beschreibung, denn sie zeigte nicht die Spur einer Ähnlichkeit mit irgendeinem der Pillipopolis oder Piantaleones und glich auch niemandem, der ihnen seit Beginn der Affäre sonstwo über den Weg gelaufen war.

»Das Wichtige«, sagte *Dott.* Guerra, »ist, ob der Betreffende an Ihre deutsche Frau herangetreten ist, *Dottore*.«

»Sie hätte es mir sicherlich erzählt, wenn das der Fall wäre; sie machte durchaus kein Geheimnis um die ganze Sache«, sagte Peroni. »Außerdem hätte er sicherlich nicht daran gedacht, in einen Laden zu gehen. Ich bin selbst nur aus purer Gewissenhaftigkeit reingegangen.«

In Wirklichkeit war er nur wegen Inge Rottersheim eingetreten, die er durch das Ladenschaufenster erspäht hatte – aber das Ergebnis blieb schließlich dasselbe.

»Allerdings«, sagte Guerra, »hat die Frau doch, wie Sie sagten, mehreren Bekannten von diesem Abenteuer erzählt. Es ist also nicht auszuschließen, daß die Geschichte demjenigen zu Ohren kommt, wer immer es auch sei, der hinter Gabriele her ist. Je rascher wir nach Rosaro raufkommen, um so besser, *Dottore*. Und wir sollten lieber ein paar Männer mitnehmen, für den Fall, daß wir genötigt sind, die Gegend nach ihm abzusuchen.«

Fünf Minuten später waren sie auf dem Weg dorthin. Peroni saß, was für ihn doch recht schmeichelhaft war, als Beifahrer neben dem Veroneser Polizeichef.

»Das gibt durchaus einen Sinn«, sagte Guerra, der schnell und gewagt fuhr. »Das Gut der Piantaleones dort oben war genau das, was Gabriele brauchte. Nach dem Zwischenfall mit der Schießerei würde er sich in Verona nicht mehr sicher fühlen, aber dort oben wäre er außer Reichweite seines Verfolgers und könnte zur gleichen Zeit auch seine erpresserischen Aktivitäten fortsetzen.«

Peroni verspürte ein zunehmendes Hochgefühl, als sie in Rosaro einfuhren. Die Dorfstraße, die zu Don Adrianos gepflegter kleiner Kirche führte, lag in der Mittagsglut verlassen da. Nur ein Hund vor der *Osteria* blickte auf, als die Karawane von Polizeifahrzeugen auftauchte, legte sich dann aber, nachdem er sie seiner Aufmerksamkeit für unwürdig befunden hatte, wieder zum Schlafen nieder.

»Wo sollen wir anfangen, *Dottore*?« fragte Peroni.

Guerra schwenkte höflich eine gepflegte, manikürte Hand. »Sie leiten die Ermittlungen, *Dottore*. Sagen Sie mir, wo ich hingehen soll, und ich werde dort hingehen.«

»In dem Fall«, sagte Peroni, »denke ich, sollten wir bei den Bauern der Piantaleones anfangen.«

»Eine ausgezeichnete Idee.«

Als sie durch die hügligen, bewaldeten Landstriche mit ihren Olivenhainen und Kirschbäumen und den wilden Rosensträuchern fuhren, die dem Dorf seinen Namen gegeben hatten, hörte Peroni irgendwo draußen den Knall einer Schußwaffe.

»Was war das?« sagte er und schreckte hoch.
»Jäger«, sagte Guerra unbeeindruckt. »Das ist ein vorzügliches Jagdgebiet, wissen Sie. Die Leute kommen sogar aus Mailand her, um hier einen Tag zu jagen.«
»Auf was schießen die denn?« fragte Peroni, dem als Neapolitaner jedes Verständnis für solche Dinge fehlte.
»Vögel, hauptsächlich.«
Sie hielten, wo Peroni bei seinem vorhergehenden Besuch gehalten hatte, und derselbe große Hund kam bellend auf sie zu; aber angesichts eines halben Dutzends Polizisten entschied er, daß er gegen eine solche Übermacht wohl den kürzeren ziehen würde, und verzog sich knurrend an den Rand des Weges.
Peroni und Guerra gingen in das Bauernhaus hinein. Der Vater der Familie – er hatte blutunterlaufene Augen und ein gerötetes Gesicht – saß zusammen mit drei stämmigen Burschen, ein jeder über seinen Teller gebeugt, in dem mit Steinfliesen ausgelegten Wohnzimmer beim Essen. Die Mutter, die damals Peroni den Wein gereicht hatte, stand nun neben dem Feuer und nahm mit der Kelle dampfende gelbe Polenta aus einem großen Topf. Sie alle gefroren zu Statuen, als Peroni und Guerra eintraten.
»Guten Tag«, versuchte es Peroni.
Der Vater brummelte etwas Unverständliches in seinen Teller.
»Wir suchen nach Gabriele Piantaleone«, sagte Peroni und hatte das Gefühl, als klinge es aus irgendeinem Grund dumm. »Hat er sich hier bei Ihnen gezeigt?«
Die Worte prallten auf eine eisige Mauer des Schweigens.
»Jetzt kommt schon«, sagte Guerra und sandte einen Blick hinüber zu Peroni, der auszudrücken schien: ›Entschuldigen Sie meine Unhöflichkeit, aber ich weiß, wie man mit diesen Leuten umgeht.‹ »Es ist zu seiner eigenen Sicherheit, daß wir ihn zu finden versuchen. Ihr habt doch gehört, was seinem Vetter Loris zugestoßen ist, oder? Na, und ungefähr dasselbe Schicksal kann auch ihn treffen, wenn wir ihn nicht rasch finden.«
Peroni mußte zugeben, daß Guerra wußte, wie man mit ihnen umzugehen hatte. Er verwendete ihren Dialekt und sprach auf eine umgängliche, väterliche Art, die ihren Effekt nicht zu verfehlen schien, denn sie rutschten alle unruhig auf ihren Sitzen hin und her und warfen sich gegenseitig Blicke zu.
»Ich weiß, wie ihr der Familie die Treue haltet«, fuhr Guerra fort, »das gereicht euch ja auch zur Ehre. Aber hier ist die Treue

fehl am Platze. Wenn ihr Gabrieles Aufenthaltsort kennt, aber jetzt darüber Stillschweigen bewahrt, dann seid ihr vielleicht für seinen Tod verantwortlich.«

Die Frau tat einen Schritt auf ihren Mann zu, öffnete den Mund, um etwas zu sagen, aber er gebot ihr mit einer Geste Einhalt und stand auf.

»Er ist oben«, sagte er und lud Peroni und Guerra mit einer Kopfbewegung ein, ihm zu folgen. Sie gingen durch eine Portiere, dann eine enge Steintreppe hinauf, während ihnen die Frau mit den Söhnen vorsichtig und neugierig folgte.

Oben am Treppenabsatz angekommen, ging der Mann auf eine Tür zu und öffnete sie. Nur langsam machte sich ein Ausdruck der Überraschung auf seinem Gesicht breit, als er hineinblickte.

»Er ist fort«, sagte er.

»Wann haben Sie ihn zuletzt gesehen?« fragte Guerra.

»Ungefähr eine halbe Stunde wird's her sein.«

»Ich war gerade dabei, ihm was zum Essen raufzubringen«, sagte die Mutter.

»Gibt es noch irgendeinen anderen Ausgang aus dem Haus?« fragte Guerra.

»Über den Heuboden«, sagte der älteste Sohn.

»Zeig ihn mir.«

Gegenüber der Tür, die sie eben geöffnet hatten, befand sich eine weitere Tür. Roh gezimmert und mit einem schweren hölzernen Riegel versehen, sah sie älter aus als das restliche Haus. Der Junge öffnete sie, und sie traten auf einen Heuboden, der bis zum Giebel mit Heu angefüllt war. Eine Leiter führte hinab in die darunterliegende Scheune, wo ein großes Tor den Blick freigab aufs offene Land, das sich hinter dem Haus erstreckte.

»Wann ist Gabriele zu euch gekommen?« fragte Guerra.

Die Familienmitglieder sahen einander an. »Vor ein paar Nächten«, sagte die Mutter.

»Dienstag?«

»Das stimmt, Dienstag nacht war es!« bestätigte der älteste Sohn.

»Und er fragte euch, ob er hier bleiben könnte?« Sie nickten.

»Hat er gesagt, warum?«

»Nun, er hat so was gesagt, daß jemand da unten in Verona hinter ihm her wäre.«

»Er hatte kein Fahrzeug dabei?«

»Nein.«

Guerra wandte sich an Peroni. »Es ist bloß gut«, sagte er, »daß wir gleich einige Männer mitgebracht haben.«

Sie gingen um das Haus herum zur Vorderseite, wo die Polizisten noch immer warteten.

»Er ist wahrscheinlich noch nicht lange fort«, sagte Guerra und holte eine Generalstabskarte der umliegenden Region hervor. »Aber es ist eine Leichtigkeit, in so einer Landschaft unterzutauchen. Die Partisanen machten sich das im Krieg damals sehr wirkungsvoll zunutze. Also, ich würde vorschlagen, wir gehen folgendermaßen vor . . .«

Guerra hielt mit den Männern und Peroni eine Lagebesprechung ab wie bei einer militärischen Operation und teilte dabei jedem einen Abschnitt des Gebiets zum Durchforsten zu. Er kannte offensichtlich die Gegend gut, und seine Unterweisungen waren knapp und sachlich, so daß bereits Minuten später Peroni und seine Kollegen fächerförmig aufs offene Land ausschwärmten.

Gnädigerweise war das Wetter hier nicht so heiß wie in Verona. Sie befanden sich in nahezu 600 Meter Höhe, und es ging ein leichter Wind, aber es war immer noch sehr warm. So dauerte es nicht lange, bis Peroni, der an Überlandmärsche nicht gewöhnt war, anfing, sich ungemütlich zu fühlen; sein Hemd klebte ihm am Rücken, der Schweiß tropfte erst, dann floß er ihm übers Gesicht. Seine Schuhe, die dazu geschaffen waren, elegant auszusehen, begannen, furchtbar zu drücken.

Die Landschaft war wunderschön, mit weitausladenden Bergansichten, ausgedehnten Wäldern und Feldern und kleinen Dörfern, die sich harmonisch einfügten. All dies bedeutete Peroni weniger als nichts, denn er war ein Städter vom Scheitel bis zur Sohle unter seinen schmerzenden Füßen. Was ihn betraf, so war das offene Land nichts weiter als der leere Raum zwischen zwei Städten. ›Wenn du mal einen Baum gesehen hast‹, hatte er einmal zu Assunta gesagt, die übrigens mit ihm konform ging, ›hast du alle gesehen.‹ Für ihn waren Straßen eine Grundbedingung der menschlichen Existenz.

Und um alles für ihn noch schlimmer zu machen, kam jetzt die Ballerei hinzu. Solange man auf offener Fläche stand, war man einigermaßen sicher, denn wie wild diese Jäger auch sein mochten, so konnte man wohl annehmen, daß sie doch nicht ausgesprochen meuchelmörderisch veranlagt waren. Aber in den bewaldeten Gegenden, da sah die Sache anders aus. Schüsse krachten aus allen Richtungen, und niemand konnte sagen, ob nicht bereits der nächste ihm gelten würde, wenn irgendein durchgedrehter Jägersmann im dichten Gestrüpp und Gehölz ein Stück von seinem Hemd erblickte und es mit einem Karnickel verwechselte. Man las schließlich von diesen Jagdunfällen, jeden Tag stand etwas in der Zeitung. Dutzende von Leuten kamen dabei ums Leben; als Sport gesehen, war die Jagd allemal so tödlich wie die italienische Politik.

Als er um einen Hügel herumlief, sah Peroni in der Entfernung das Dorf, auf das er eigentlich zugehen sollte. Es konnte nicht weiter als zwei Kilometer entfernt sein, aber natürlich handelte es sich nicht um zwei Kilometer auf einer harten, ausgebauten Straße, die man bequem in 20 Minuten bewältigen könnte, sondern um zwei Kilometer, auf denen es Berge rauf und runter ging, wo einem niederträchtige Brombeersträucher und Stacheldrahtzäune, die angelegt worden waren, um selbst einen Houdini am Weiterkommen zu hindern, zu schaffen machten. Hinzu kamen unerwartete Sumpflöcher, in die man knöcheltief einsank, noch ehe man sie überhaupt bemerkt hatte.

Und die Schlangen! Peroni fielen sie voller Schreck wieder ein. Es gab in der *Questura* ein großformatiges Plakat darüber, das die verschiedenen Arten des Geländes zeigte, in denen man mit größter Wahrscheinlichkeit über sie stolpern würde, und Peroni bemerkte, daß er querbeet durch alle Typen hindurchging. Die trokkenen steinernen Mauern, über die er zu klettern gezwungen war, boten den Schlangen ideale Nistgründe. 85 Prozent aller Natternbisse, hieß es auf dem Plakat, galten den Händen, ein Faktum, das in der natternfreien Umgebung der *Questura* kaum mehr als ein akademisches Interesse geweckt hatte. Jetzt aber, wo er genötigt war, seine Hände zu benutzen, um die Mauern zu übersteigen, wurde dieser Umstand höchst aktuell.

Während der Sommermonate waren die Zeitungen voll mit Geschichten über Leute, die von Nattern gebissen worden waren, doch man schien gewöhnlich ein Serum griffbereit zur Hand zu haben oder doch wenigstens ein Auto, das einen zu einem Arzt fahren konnte. Aber Peroni hatte weder Auto noch Serum. Man konnte, so hatte er irgendwo gelesen, ein tiefes Loch ins Fleisch schneiden und das Gift heraussaugen, andererseits hätte er genausogut versuchen können, seinerseits die Natter zu beißen.

Mit all diesen Nattern und Jägern schien die Aussicht auf einen plötzlichen Tod groß zu sein, aber er schaffte es schließlich dennoch, das angesteuerte Dorf zu erreichen. Er trank heimlich zwei Bier und brach dann auf einem anderen Weg wieder auf in Richtung auf seinen Ausgangspunkt.

Er hatte nie wirklich erwartet, auf Gabriele zu stoßen, und so war für ihn der Schreck groß, als er erschöpft durch das Unterholz schwankte und sein Blick auf ein Büschel blondes, engelsgleiches Haar fiel, das sich hell gegen die dunkle Erde abhob.

Gabriele war tot.

Ein kleines schwarzes Loch klaffte genau über seinem linken Ohr, aus dem Blut über seine Wange auf sein teures weißes Hemd herabgelaufen war, das nun dunkelrot im Licht der Nachmittagssonne glänzte.

Kapitel 9

Francesca

Die Nachricht kam gerade noch rechtzeitig für die Abendausgaben. ›Wieder ein Montagu erschossen!‹ verkündete die eine, ›Montagu-Capulet-Konflikt: Neues Opfer!‹ hieß es in der anderen.

»Das ist das einzige, woran die immer denken!« brummelte Peroni.

»Du kannst es ihnen nicht wirklich verübeln«, sagte sein Schwager Giorgio, der gedankenverloren mit einem Zahnstocher auf Fragmente von gekochtem Lammfleisch Jagd machte. »Schließlich ist das eine wunderbare Story. Und sie wissen ja nicht, daß sich die ganze Sache als Unsinn erwiesen hat.«

»Aber hat sie das?« sagte Anna Maria.

Peroni sah sie entsetzt an. »Nun, natürlich hat sie das«, sagte er. »Laß uns um Himmels willen bloß nicht wieder diesem Hasen hinterhersetzen!«

»Aber es ist doch ein Hase, den wir nie zu fassen bekommen haben, Onkel Achille!« sagte sie nachdrücklich.

»Geister von Hasen kann man eben nicht fangen«, sagte Peroni.

»Das ist noch die Frage«, meinte sie nachdenklich.

»Ich mach' mal Kaffee«, sagte Assunta. Sie sah zufrieden aus, denn sie hatte immer schon die Montagu-Capulet-Theorie unterstützt.

»Was gibt es da noch für Fragen?« erkundigte sich Peroni resigniert.

»Es ist doch so: Als du zum erstenmal davon hörtest, daß sie Montagus und Capulets waren, da warst du natürlich mißtrauisch, weil du befürchtetest, daß die harten Fakten sich in einem Nebel aus Legenden auflösen würden. Jetzt frag' ich mich, ob wir nicht genau den gegenteiligen Fehler begehen.«

»Und der wäre?«

»Die Legende neben den Fakten zu vergessen.«

»Unsinn«, sagte Stefano unbarmherzig. »Wir wissen, daß der General getötet wurde, weil er zu einem Hindernis für den Betreffenden geworden war, der wirklich die Macht hinter der neofaschistischen Organisation innehatte, und nicht, weil er ein Montagu war. Und wir wissen auch, daß Loris umgebracht wurde, weil er die Umstände des Todes seines Vaters herausgefunden hatte. Und jetzt ist Gabriele getötet worden, weil er die Identität dessen, der hinter dem Ganzen steht, kannte.«

»Die Tatsache bleibt aber bestehen«, sagte Anna Maria hartnäckig, »daß alle diese Leute zur einen oder der anderen der zwei Familien gehören. Schon richtig, die Fakten sind bis zu einem gewissen Punkt alle erklärt worden. Aber wir wissen immer noch nicht, ob die Legende nicht doch irgend etwas mit der Sache zu tun hat. Mein Instinkt sagt mir, daß wir nicht wirklich an die Wahrheit herankommen werden, solange wir nicht zu den Montagus oder Capulets zurückkehren.«

Die Familie schwieg. Auf Anna Marias Instinkt war in diesen Dingen mindestens ebensosehr Verlaß wie auf Stefanos Intellekt.

»Aber wie?« fragte Peroni hilflos.

»Wenn ich du wäre, Onkel Achille«, sagte Anna Maria, »würde ich sehr sorgfältig überprüfen, wo sich jeder einzelne der Pillipopolis in den letzten zwölf Stunden aufgehalten hat. Bloß für den Fall, daß einer von ihnen in Rosaro gewesen ist.«

Unter den gegebenen Umständen glaubte zwar niemand auch nur für einen Moment daran, aber es bestand theoretisch die Möglichkeit, daß Gabriele bei einem Jagdunfall getötet worden sein könnte. Es war angesichts der Beschaffenheit des Gebiets, in dem er gestorben war, und der Tatsache, daß ein Jagdgewehr als Waffe benutzt worden war, aber immerhin möglich. Lenotti und verschiedene andere Männer von der *Questura* und den Carabinieri waren oben in Rosaro geblieben, um den ganzen Landstrich durchzukämmen und jeden, der ihnen über den Weg lief, zu befragen.

Peroni erwartete sich davon keine sensationellen Resultate; und so kam es, daß er, obschon er auch für Anna Marias Idee keine besondere Begeisterung aufbringen konnte, dennoch eine routinemäßige Untersuchung der Aktivitäten des Pillipopoli-Clans an jenem Tag veranlaßte.

Es war eine Aufgabe, die eine Menge von verzwickten Überprüfungen erforderte, und es ergab sich aus solchen banalen und anscheinend ganz unverdächtigen Umständen, daß die sprichwörtliche Bombe entdeckt wurde.

Francesca Pillipopoli hatte einem Beamten der *Questura* erzählt, daß sie ihre Wohnung gegen drei Uhr verlassen habe – was das Dienstpersonal auch bestätigte – und ins Kino gegangen sei, um sich eine Wiederholung von IL GATTOPARDO anzusehen. Aber als eine Routineüberprüfung dieser Aussage durchgeführt wurde, stellte man fest, daß das fragliche Kino an jenem Nachmittag wegen eines unbedeutenden Feuers im Projektorraum geschlossen gewesen war.

Peroni erinnerte sich an sein erstes Zusammentreffen mit der hübschen, scheuen Siebzehnjährigen, auf die sein Charme überraschenderweise keine Wirkung gezeigt hatte, und erstmals fragte er sich nun, ob Anna Maria nicht vielleicht doch mit ihrer Intuition recht haben könnte. Er schickte nach der Akte Pillipopoli, Francesca Emilia Teodora Isabella, und als sie kam, las er sie mit lebhaftem Interesse.

Francescas ganzes Leben war darin aufgeführt, von dem Augenblick ihrer Geburt in einer Luxusklinik auf den Hügeln außerhalb von Verona bis hin zur Gegenwart, aber es gab nichts, was Anlaß zum Verdacht geboten hätte. Sie bewegte sich in den gemäßigteren Kreisen des Lyzeums – alles intelligente, freundliche, attraktive junge Menschen, fast alle aus guten Familien, die gewisse Pizzerien frequentierten, gewisse Bars, die gemeinsam auf der Via Mazzini umherspazierten, gemeinsam im Winter Skifahren und im Sommer im See schwimmen gingen. Sie hatte nichts im Sinn mit den Randgruppen, nichts mit deren Drogen, sexuellen Freizügigkeit und politischen Gewalttätigkeit. Francescas einzige rebellische Geste – klein, aber erfolgreich – war es gewesen, sich gegen ihre Familie, die sie keinen Motorroller fahren lassen wollte, durchzusetzen. Sie hatte sich einfach einen zugelegt, einen roten mit der Kennziffer VR 86233. Alles in allem war das nicht viel, um etwas damit anzufangen.

Oder wenigstens schien es so.

Denn nun begann in Peronis Gehirn eine ungeheuerliche Theorie heranzureifen. Angenommen, Francesca wäre nicht das, was sie schien? Schließlich hatten sie und ihr Bruder, Policarpo, einander sehr nahegestanden, und die Reihen der Roten Brigaden waren überlaufen mit jungen Mädchen aus guter Familie – warum also nicht sie?

In dem Moment klingelte das Telefon auf Peronis Schreibtisch. Die Polizei und die Carabinieri waren aus Rosaro zurückgekehrt und warteten darauf, Bericht zu erstatten. Peroni begab sich in den großen Raum, der einst ein Ballsaal gewesen war, um ihnen zuzuhören.

Unter vernehmlichem Geraschel von Notizbüchern und lautstarkem Geräusper wurden die Berichte vorgetragen. Die Beamten hatten jeden ausgefragt, der an diesem Tag in der besagten Gegend auf Jagd gewesen war. Einige dieser Leute waren einheimische Bauern, die in diesem Landstrich schon seit ihren Knabentagen herumballerten. Andere kamen aus Verona und aus den Städten im näheren Umkreis. Ihre Waffen wurden ballistisch untersucht, aber sie alle erklärten sich für unschuldig, auf irgend etwas geschossen zu haben, was auch nur im entferntesten einem Menschen geglichen haben könnte.

Die gesamte Bevölkerung des Dorfes Rosaro schien ebenfalls befragt worden zu sein, und Peroni mußte sich geduldig alle Berichte über diese ergebnislosen Gespräche anhören. Er erinnerte sich, daß Berlinguer, der Sekretär der kommunistischen Partei Italiens, unter seinen Parteigenossen als *cul di ferro* oder ›alter Eisenarsch‹ bekannt war, wegen seiner Fähigkeit, nicht enden wollende Versammlungen auszusitzen, und Peroni kam zu dem Schluß, daß man das gleiche auch von ihm behaupten könnte.

»Rosa Zanichelli«, leierte Lenotti gerade runter, »die Frau des Inhabers des Tabakladens im Dorf, 62 Jahre alt, berichtet, sie war gerade dabei, Abfall zu einer Müllkippe zu bringen, da bemerkte sie –«

›– einen weiteren Feriengast‹, dachte Peroni bei sich; das ganze Dorf war voll von ihnen, denn die meisten Familien vermieteten im Sommer Zimmer. Er hatte den bewußten Teil seines Geistes einen Moment abgeschaltet, um sich seinen Gedankenabschweifungen hinzugeben, als sein Unterbewußtes, das auch weiterhin Lenotti auf dem Monitor behalten hatte, ihm die Blitzmeldung zukommen ließ, daß, ganz entgegen allen Erwartungen, soeben etwas von größter Wichtigkeit gesagt worden wäre. Er spulte noch einmal zurück: ›. . . eine junge Frau, die einen roten Motorroller fuhr.‹

Peroni hörte plötzlich so gespannt und aufmerksam zu, daß Lenotti, der sofort überzeugt war, etwas Falsches gesagt zu haben, zu stammeln anfing.

»Hat sie irgend etwas über das Aussehen dieser jungen Frau gesagt?« fragte Peroni geradezu leidenschaftlich.

»Ich ... äh ... vernahm sie über diesen Punkt«, murmelte Lenotti, »aber sie sagte, daß in ihren Augen die Mädchen heute alle gleich aussähen.«

»Das Nummernschild – hat sie sich die Nummer gemerkt?« Das taten die Leute zwar nie, aber die Frage mußte gestellt werden.

»Ich erkundigte mich auch danach«, sagte der unglückliche Lenotti, den Peronis plötzliches Interesse verwirrte. »Sie sagte, es sei ein Veroneser Kennzeichen gewesen, die Nummer konnte sie nicht ausmachen, aber sie glaubte, daß die letzten beiden Ziffern Dreien gewesen seien.«

Selbst seine engsten Mitarbeiter vermuteten wohl kaum, daß den DIGOS-Chef hinter seiner rosigen Mildherzigkeit im Gesichtsausdruck eine tiefe Verärgerung so hartnäckig quälte wie der Bohrer eines Zahnarztes. Begonnen hatte es mit dem Schuß in den Mund Policarpo Pillipopolis, und seitdem hatte sein Groll nicht mehr nachgelassen. Denn mit dem Tod von Policarpo und dessen Geliebter, Monica Branca, wenige Stunden davor hatte er die zwei einzigen Kontaktpersonen eingebüßt, die er besaß, um ins Herz der Roten Brigaden in Verona vorzudringen. Und die Tatsache, daß er persönlich – wie unbeabsichtigt auch immer – für den Tod von Monica verantwortlich gewesen war, hatte nicht gerade dazu beigetragen, seine Verärgerung zu mindern.

Folglich weckte die Ankündigung, daß *Dott.* Peroni eine unerwartete Zusammenkunft einberufen hatte, keine herzlichen Gefühle in ihm. Abgesehen von allem anderen, erfüllte es ihn mit Bitterkeit, daß Peroni eine dominierende Position in der Affäre Piantaleone einnahm. Es war eine politische Angelegenheit, und als solche fiel sie ja eigentlich in den Zuständigkeitsbereich des DIGOS. Das Dazwischenfunken der Polizei trug nur zur Verwirrung bei.

Aber nichts von alledem zeigte sich auf seiner strahlenden Miene, als er *Dott.* Guerras Büro betrat, die Anzahl und Ranghöhe der Anwesenden einschätzte und zu dem Schluß kam, daß etwas Ungewöhnliches im Gange sein müsse.

»Meine Herren«, sagte Guerra, als alle Platz genommen hatten, »aufgrund der Ermittlungen, die wir über den Tod von Gabriele Piantaleone durchgeführt haben, ist heute morgen etwas ans Tageslicht gekommen, das von grundlegender Bedeutung sein könnte. Wenn Sie die Fakten kurz umreißen würden, *Dottore*?«

»Gewiß, *Dottore*.«

Der zahnärztliche Drillbohrer im Hirn des DIGOS-Chefs rotierte und quälte ihn mit erneuter Heftigkeit beim Anblick der nur schlecht verborgenen Freude, mit der Peroni jetzt dem entgegensah, was offenbar ein dramatischer Moment werden sollte. Aber als die Geschichte mit Francesca Pillipopoli dargelegt wurde, ließ die geistige Pein trotz Peronis Selbstgefälligkeit etwas nach. Es war möglich, dachte er, jedenfalls war es nicht auszuschließen. Sie könnte durchaus von ihrem Bruder indoktriniert worden sein, und das Fehlen irgendwelcher handfester Indizien und Beweise für ihre Anhängerschaft an die Sache des Terrorismus bedeutete überhaupt nichts, denn man hätte von ihr als erstes und vor allem verlangt, daß sie nach außen hin ein untadliges Kind der Bourgeoisie bleiben sollte, bis der richtige Moment gekommen wäre.

»Selbstverständlich kann es auch einen anderen Grund geben, warum sie die Lüge mit dem Kino aufgetischt hat«, sagte Peroni gerade, »aber nimmt man die Tatsache hinzu, daß eine junge Frau auf einem roten Motorroller mit Veroneser Kennzeichen, das wahrscheinlich auf eine doppelte Drei endet, zu der Zeit von Gabrieles Tod in Rosaro gesehen worden ist, scheint es doch wert, daß wir der Sache unsere Aufmerksamkeit widmen.«

»Da bin ich ganz Ihrer Meinung«, sagte Guerra.

»Wir scheinen hier die Tatsache zu vergessen«, sagte der General der Carabinieri gereizt, »daß eine Person, deren Beschreibung in keiner Weise der eines jungen Mädchens gleicht und die vorgab, ein Polizeibeamter zu sein, Erkundigungen darüber einholte, wo sich der junge Piantaleone in der Nacht seines Verschwindens aufgehalten hat.«

»Wir vergessen das keineswegs«, sagte Guerra mit aalglatter Höflichkeit, »sondern wir halten es lediglich für möglich, daß es noch eine weitere Spur gibt, die uns zum Ziel führen könnte.«

Der Carabinieri-General räusperte sich vernehmbar.

»Folglich«, fuhr Guerra fort und wandte sich wieder Peroni zu, »denke ich, daß wir als nächstes Francesca Pillipopoli zu einer sofortigen Vernehmung vorladen sollten.«

Und dabei das Risiko eines weiteren Selbstmordes oder einer verirrten Kugel eingehen, dachte der DIGOS-Chef. Zwei Kontaktpersonen, die wesentliche Anhaltspunkte hätten liefern können, waren bereits auf diese Weise verlorengegangen. Wollte man auch noch eine dritte verlieren?

»Wenn Sie mir verzeihen, *Dottore*«, sagte er noch umgänglicher als sonst, »ich glaube, daß das ein Fehler wäre. Falls sie das ist, wofür *Dottore* Peroni sie hält, dann könnte sie uns durchaus früher oder später zur Kommandozentrale der Roten Brigaden hier in Verona führen. Aber wenn wir sie jetzt hierherholen – vorausgesetzt, daß wir es schaffen, sie lebend zu bekommen –, könnten wir auf einige Zeit hinaus unsere letzte Chance verspielt haben.«

Guerra überlegte. »Was meinen Sie dazu, *Dottore*?« fragte er an Peroni gewandt.

»Natürlich würde ich sie gerne so bald wie möglich vernehmen«, sagte Peroni, »aber ich sehe durchaus auch den anderen Aspekt. Es ist möglich, daß wir mehr erfahren, wenn wir sie erst einmal frei herumlaufen lassen.«

Guerra überlegte hin und her. »24 Stunden«, sagte er schließlich. »Dann werden wir die Gesamtlage noch einmal neu überdenken. Aber bitte sorgen Sie dafür, daß sie bestmöglich observiert wird. Bedenken Sie bitte, daß wir wissentlich eine potentiell gefährliche Terroristin auf die Öffentlichkeit loslassen. Wenn irgendein Minister davon erfahren sollte, meine Herren, dann rollen hier die Köpfe.«

Toni war froh, daß seine Verlobte Barbara nicht bei ihm war. Für jeden anderen wäre es offensichtlich gewesen, daß seine ausdauernde Aufmerksamkeit, die er den Aktivitäten der hübschen, dunkelhaarigen jungen Frau widmete, rein professioneller Art war. Aber Barbara war so unheilbar eifersüchtig, daß sie durchaus fähig gewesen wäre, anzunehmen, seine unablässige Beobachtung habe auf subtile Weise einen Wandel vom Professionellen zum Emotionalen durchgemacht.

Zwei von Tonis Kollegen befanden sich mit ihm gemeinsam im Einsatz, aber keiner von ihnen verriet durch irgendein Zeichen, daß sie einander kannten. Toni selbst sah aus wie ein Student mit seinem ersten Fiat 600. Kollege Nummer zwei war eine Frau, die eine Grundschullehrerin hätte sein können, während der Dritte ein Geschäftsmann mit einem unauffälligen Fiat zu sein schien.

Für drei so hochtrainierte Mitarbeiter der Antiterrortruppe der Polizei, die einen rücksichtslosen politischen Killer zu fassen versuchten, war es kein sehr ereignisreicher Morgen. Francesca war kurz nach neun Uhr auf ihrem roten Motorroller von dem Anwesen der Pillipopolis gekommen. Sie hatte sich mit einer Gruppe anderer Jungen und Mädchen getroffen, und man war gemeinsam zum Freibad gefahren. Die weibliche DIGOS-Agentin war ihr gefolgt und sah dabei ganz wie eine Mutter aus, die ihr Kind abholen wollte. Es passierte nichts Außergewöhnlicheres, als daß Francesca schwimmen ging.

Anschließend fuhr die Gruppe zurück ins Stadtzentrum, wo alle ihre Motorroller parkten und auf der Via Mazzini flanierten. Dann gingen die Mädchen aus der Gruppe allein davon, um ein paar Kleidungsstücke zu kaufen, und trafen sich etwa eine Stunde später auf der Piazza Dante wieder mit den Jungs zum Eisessen und auf ein weiteres Schwätzchen. Anschließend gingen sie alle zusammen wieder die Via Mazzini entlang und trennten sich schließlich, um nach Hause zum Mittagessen zu gehen.

Über jede ihrer Bewegungen wurde der *Questura* per Funk aus dem Wagen des Geschäftsmannes genauestens Bericht erstattet, und die drei wurden angewiesen, Francesca auf den Fersen zu bleiben.

Sie wechselten sich ab beim Einnehmen eiliger Imbisse in einem nahegelegenen Lokal, aber sie hätten sich nicht zu beeilen brauchen, denn Francesca kam nach dem Mittagessen nicht mehr zum Vorschein.

Der lange, heiße Nachmittag ging langsam in den Abend über. Der Student, die Lehrerin und der Geschäftsmann saßen in ihren Autos und beobachteten den Wohnsitz der Pillipopolis geduldig, aber ohne Ergebnis.

Die Sonne begann allmählich zu verschwinden, die Hitze blieb.

Drüben in der *Questura* gingen alle Beamten, die nicht auf Nachtdienst waren, nach Hause und fanden dort ihre jeweiligen Ehefrauen, Geliebten, Mütter oder die Einsamkeit. Peroni und der Chef der DIGOS saßen in ihren Büros und warteten auf Neuigkeiten. *Dott.* Guerras 24 Stunden waren nahezu abgelaufen.

Und dann klingelte das Telefon in Peronis Büro. Ein Funkbericht war soeben durchgekommen, daß Francesca zum zweiten Mal an diesem Tag ihr Zuhause verlassen habe.

In seiner Eile, zum Funkraum zu gelangen, stieß Peroni um ein Haar mit dem DIGOS-Chef zusammen. Die beiden Männer zeigten lächelnd die Zähne, schüttelten sich rasch die Hände und traten ein.

»... hinter ihr«, hörte man die Stimme des Geschäftsmannes sagen. »Sie ist soeben in die Via Cavour abgebogen. Ganz ausgeschlossen, daß sie uns hier bemerkt in diesem Verkehrsgewühl. Jetzt biegt sie rechts ab. Nun hat sie eine Kehrtwende gemacht und ist in die Via Roma rüber. Sieht aus, als ob sie auf dem Weg zur Via Pallone ist ...«

Peroni und der DIGOS-Chef sahen einander an. Beiden war zugleich dieselbe Idee gekommen.

»Könnte schon sein«, sagte der DIGOS-Chef.

»Noch eine Minute, dann wissen wir's«, sagte Peroni.

Und fast genau eine Minute später hörten sie über Funk die Stimme, die jetzt ein wenig erregt klang: »Sie ist auf der Straße nach Rosaro!«

»Paßt auf, daß sie euch nur nicht zu sehen kriegt!« sagte der DIGOS-Chef und gab Anweisungen an die drei Wagen, ihre Positionen und Routen entsprechend aufzuteilen, damit sie so unauffällig wie nur möglich wirkten.

Die nächsten 20 Minuten kam nichts weiter über die Anlage, außer kurzen Bestätigungen, daß sich Francesca weiterhin auf der erwarteten Strecke befand.

»Sie fährt direkt durch das Dorf hindurch und auf der anderen Seite wieder hinaus«, meldete die Stimme, und Peroni folgte mit seinem geistigen Auge ihrem Kurs entlang der Straße, während die Dunkelheit hereinbrach.

»Wir müssen den Abstand vergrößern, sonst sieht sie uns. Ich halte jetzt knapp außerhalb des Dorfes. Wir können sie noch quer durch das Tal auf mindestens zwei Kilometer observieren.«

Es folgte eine lange Stille, unterbrochen nur von dem Knattern des Funkgeräts und dem schweren Atmen des DIGOS-Chefs. Dann erklang wieder die Stimme des Geschäftsmannes: »Moment mal – sie scheint von der Straße abgebogen zu sein. Sie bewegt sich auf eine Art alte Ruine zu. Ich glaube, sie geht rein. Ja, sie ist reingegangen.«

Plötzlich überschlug sich die Stimme beinahe vor Erregung: »Und es gibt Licht da drinnen ... jetzt ist es ausgegangen, aber es muß noch jemand anderes dort drin sein mit ihr!«

Die Ruine der Villa war natürlich schon von Anfang an dagewesen, dachte Peroni, als er gemeinsam mit dem DIGOS-Chef und einer Einheit bewaffneter Männer mit kugelsicheren Schutzschilden in Richtung Rosaro fuhr. Er erinnerte sich, wie er sie schon damals, am ersten Tag, gesehen hatte, als er hinausfuhr, um die Bauern der Piantaleones zu befragen – ein architektonisches Gerippe aus zu lang zurückliegender Zeit und schon zu weit vorgerückt im Verfall, um noch etwas mit einer Morduntersuchung im 20. Jahrhundert zu tun zu haben. Aber die Montagus und Capulets stammten aus einer Zeit, die noch weiter zurückliegt, flüsterte eine Stimme in seinem Inneren, die eine gewisse Ähnlichkeit mit Anna Marias Stimme zu haben schien. Und jetzt sah es so aus, als ob die alte Villa die Kommandozentrale der Veroneser Sektion der Roten Brigaden war.

Für diese Aufgabe war sie sorgfältig ausgewählt worden – abseits gelegen, ziemlich unzugänglich, völlig unverdächtig. Die Theorie mit dem Terroristenzentrum hatte nur einen Schönheitsfehler: Die Villa gehörte den faschistischen Piantaleones.

War es möglich, daß eine Abteilung der Roten Brigaden, zu deren Mitgliedern zwei von den Pillipopolis zählten, sich bewußt eine Piantaleone-Villa ausgesucht hätte, egal, wie verfallen sie auch sein mochte? Das entbehrte zwar nicht einer gewisser Ironie, aber sicher verschwendeten die Roten Brigaden keine Zeit darauf, ironisch zu sein?

Oder möglicherweise doch? Peroni dachte an die makabre Geste, wie man den Leichnam des christdemokratischen Präsidenten Aldo Moro im Kofferraum eines Autos verstaut hatte, das mitten im Herzen Roms exakt zwischen den Parteizentralen der Kommunisten und Christdemokraten geparkt stand. Sehr viel weiter ließ sich grausame Ironie nicht treiben. Außerdem war die Villa ein recht sicherer Unterschlupf, denn sie lag schon lange Zeit verlassen, und keiner der Piantaleones ging jemals dorthin.

Peroni, der Chef der DIGOS und das bewaffnete Spezialeinsatzkommando stiegen im Dorf aus.

Es war nun dunkel geworden, und die Bewohner waren entweder zu Bett gegangen, oder sie saßen vor dem Fernseher, so daß niemand die Gruppe von Männern bemerkte, die sich wie Katzen beim Beschleichen der Beute leise von den Häusern fortbewegte.

Sie waren bereits die Hälfte des Weges auf die Villa zugelaufen, als ein Schatten sich von einer niedrigen Mauer neben der Straße löste. Es war Toni.

»Sie ist immer noch drin«, sagte er, »sie und wer auch immer sonst noch bei ihr ist.«

»Dann ist es zwecklos, jetzt noch weiter zu warten«, sagte der DIGOS-Chef. »Je länger wir in einer Gegend wie dieser hier herumstehen, um so größer wird die Chance, daß sie unsere Anwesenheit bemerken. Wir gehen direkt rein.«

Peronis Magen zog sich krampfartig zusammen.

Durch eine Baumgruppe vor Blicken aus der Villa geschützt, arbeitete die Gruppe – einschließlich des Geschäftsmanns und der Grundschullehrerin – einen Schlachtplan aus. Der Plan war, nach Möglichkeit ohne Geräusch ins Innere des Gebäudes vorzudringen. Solange ihr Vorgehen unbemerkt blieb, würden die Befehle von Peroni und dem DIGOS-Chef gegeben werden. Aber wenn es zu Schwierigkeiten kommen sollte, würden die Männer mit den kugelsicheren Schutzschilden zum sofortigen Eingreifen bereitstehen. Wie lebendige Schatten bewegten sie sich auf die Ruine der Villa zu.

Als sie in die Nähe des Hauses kamen, sahen sie etwas, was wohl einst ein Weg gewesen war, der von einem längst verschwundenen Tor zu den flachen Stufen vor dem Eingang führte. Es waren nicht mehr als ein paar 100 Meter, aber Peroni kam die Strecke ewig lang vor. Jede Sekunde erwartete er aus einem der obengelegenen Fenster den Blitz und Knall einer Schußwaffe. Aber alles war still.

Nach einer scheinbar unendlichen Zeitspanne erreichten sie die Eingangstür. Peroni und der DIGOS-Chef standen mit schußbereiten Pistolen zur Linken und Rechten davon, die anderen gruppierten sich um sie herum.

Mit seiner linken Hand drückte Peroni den Türgriff so zart herab wie ein *Pizzaiolo,* der schwarze Oliven in den Mozzarella plaziert. Dann drückte er mit seinem linken Fuß vorsichtig, fast liebevoll, gegen die Tür. Leise quietschend schwang sie auf. Die kleine Gruppe verharrte erschrocken in tiefstem Schweigen; schon erwartete man als Antwort einen wütenden Kugelhagel – aber nichts geschah. Peroni drückte wieder gegen die Tür.

Als sie weit genug geöffnet war und sich drinnen immer noch nichts regte, trat die Gruppe leise ins Innere. In der Villa roch es muffig und feucht. Zuerst konnte Peroni nichts erkennen, aber allmählich gewöhnten sich seine Augen an die Dunkelheit, und er sah, daß sie sich in einem geräumigen Saal befanden. Das Gebäude mußte einst prachtvoll gewesen sein, aber jetzt, in seinem total verwahrlosten Zustand, war die Gefahr, von herabfallendem Mauerwerk verletzt zu werden, beinahe so groß wie die, im Kugelhagel der Terroristen getroffen zu werden.

Geräuschlos schwärmten die Männer nach links und rechts aus, trafen aber überall nur auf Dunkelheit und Stille. Es war niemand im Erdgeschoß, also bewegte sich die Gruppe auf eine riesige Wendeltreppe aus Marmor zu, die am anderen Ende des Saales nach oben führte.

Sie tasteten sich vorsichtig durch die Dunkelhcit und stiegen dann die Treppe empor, die in großem Bogen zum ersten Stock hinaufführte, wo ein weitgestreckter Korridor nach links und rechts abzweigte.

Einen Moment lang blieben sie schweigend stehen, unschlüssig, in welche Richtung sie gehen sollten.

Und dann, zum erstenmal, seit sie das Gebäude betreten hatten, vernahmen sie ein Geräusch, daß sie nicht selbst verursacht hatten. Es war ein kaum vernehmbares Gemurmel menschlicher Stimmen, und es kam von der linken Seite.

Sie bewegten sich wie ungelenke, dicke Gespenster auf Zehenspitzen auf dieses Geräusch zu, das aus einem am Korridor liegenden Zimmer kam. Als sie näher herantraten, bemerkten sie unter der geschlossenen Tür einen schwachen Lichtschein.

Mit schußbereiter Waffe versammelten sie sich vor dieser Tür. Peroni sandte noch rasch ein Bittgebet an den heiligen Januarius, der DIGOS-Chef nickte, die Tür wurde aufgestoßen, und der ganze Trupp entlud sich vulkanartig ins Innere des Zimmers.

Was sie dort sahen, war das letzte, was sie erwartet hätten: Im schwachen Schein einer Taschenlampe auf dem Fußboden lag ineinanderverschlungen auf einem niedrigen Feldbett ein Paar – vollkommen versunken im Akt der Liebe.

Die Männer starrten die beiden an, als trauten sie ihren Augen nicht. Und Peronis ungläubige Überraschung wuchs um ein Hundertfaches, als das Pärchen auseinandersprang und er sehen konnte, wer die beiden waren.

Das Mädchen war Francesca; der Mann – oder eher der Junge – war Paolo Piantaleone.

Einen Moment lang sagte niemand ein Wort. Die Antiklimax war zu groß. Francesca tastete nach Kleidern, um sich zu bedecken, Paolo fuhr hoch, setzte sich dann angesichts der Kohorte, der er gegenüberstand – oder vielleicht auch beschämt durch die eigene Nacktheit –, wieder.

»Ich denke, es ist an der Zeit für ein paar Erklärungen«, sagte Peroni, der sich bewußt war, wie ausgesprochen lahm das klang.

»Das will ich meinen!« sagte Paolo, der ärgerlich in seine Jeans zu kommen versuchte. »Was für ein Recht haben Sie, auf diese Weise in Privateigentum einzudringen?«

»Die *Signorina*«, sagte Peroni milde, »hat mich a–« Er wollte sagen ›angelogen‹, aber der Anblick der zerzausten und halbnackten Francesca hielt ihn davon ab. »Die *Signorina*«, korrigierte er sich, »gab mir eine irreführende Darstellung darüber, wo sie sich gestern aufgehalten hat. Sie sagte, sie sei im Corallo gewesen, das Kino war aber wegen eines Feuers im Projektorraum in Wirklichkeit geschlossen.

Da sie tatsächlich aber hier draußen in Rosaro war und da überdies ebenfalls hier in dieser Gegend – und um etwa dieselbe Zeit – Gabriele Piantaleone getötet wurde, werden Sie entschuldigen, wenn wir voreilig zu einer falschen Schlußfolgerung gekommen sind.«

Francesca und Paolo blickten beide betreten drein.

»Vielleicht«, sagte der DIGOS-Chef, aus dem jetzt wieder überreich die weihnachtliche Milde strömte, »würde es die Sache erleichtern, wenn wir eine nicht ganz so martialische Zurschaustellung veranstalteten.« Er gab seiner Einheit durch Kopfnicken zu verstehen, sich zurückzuziehen, hielt aber, was Peroni nicht entging, seine eigene Pistole weiterhin unauffällig griffbereit.

»Beginnen Sie doch bitte nochmal von Anfang an«, sagte Peroni, als ob er ihnen den ersten Zug in einem Spiel anböte.

»Paolo und ich lieben uns!« sagte Francesca trotzig.

»Das hatte ich mir schon gedacht«, sagte Peroni. Und tatsächlich erklärte es so manches: Paolos schuldbewußtes Verhalten bei ihrem ersten Zusammentreffen und Francescas nahezu unnatürliche Unempfänglichkeit gegenüber Peronis Charme. »Aber warum«, fragte er, »die Geheimnistuerei?«

»Wissen Sie denn nicht, wer wir sind?« sagte Francesca mit weitaufgerissenen Augen, als hätte er soeben die Existenz der Sonne in Frage gestellt.

»Wer Sie sind? Was meinen Sie damit?« fragte Peroni verblüfft.

»Er ist ein Montagu«, sagte Francesca, »und ich bin eine Capulet.«

Und auch das erklärte allerhand, dachte Peroni – vor allem die verlogenen Reaktionen der beiden Familien, wann immer man im Gespräch die jeweilige Gegenseite erwähnte. Irgendwo in ihren Hinterköpfen – aber gar nicht so sehr weit hinten – glaubten sie alle an diese Geschichte.

Und was noch mehr zählte, es sah mal wieder so aus, als ob Anna Maria doch recht behalten hätte.

»Also gut«, sagte Peroni nachsichtig, »nehmen wir einmal sozusagen als reine Denksportübung an, daß Sie die wiederauferstandenen Romeo und Julia sind. Was ist daran so schlimm?«

»Die Legende«, sagte Francesca.

»Welche Legende?«

»Das ist doch lauter Unfug!« unterbrach sie Paolo.

»Das ist gar nicht lauter Unfug!« sagte Francesca hitzig. »Sieh dir doch an, was passiert ist.«

»Das haben wir schon tausendmal durchgekaut«, brüllte Paolo sie nun seinerseits an, »und es ist immer noch reiner Unsinn!«

»Worum geht's bei dieser Legende eigentlich?« warf Peroni hastig ein, als ihm klar wurde, daß die beiden ohne sein Einschreiten bald ebenso eng aus Streit im Clinch liegen würden, wie sie es soeben noch aus Liebe getan hatten.

»Es ist eine alte Geschichte in ihrer Familie«, sagte Paolo. »Jedesmal, wenn sich zwei Familienmitglieder der Montagus und Capulets ineinander verlieben, so heißt es, wird die Familienfehde von neuem entfacht werden.«

»Ich verstehe«, sagte Peroni. »So daß Sie, als Ihr Vater getötet wurde, annahmen –«

»Sie hat es angenommen.«

»Ich glaube«, sagte der DIGOS-Chef, »ihr solltet lieber noch mal ganz von Anfang an erzählen.«

»Wir –« sagten Paolo und Francesca gleichzeitig.

»Ladies first!« sagte Peroni, der es – bei sonst gleichen Voraussetzungen – ohnehin vorzog, die Dinge von einer Frau zu hören.

»Es begann alles zu Anfang des Jahres«, sagte Francesca, »im Februar. Es war kalt und sehr neblig.«

Peroni nickte. Diesen Nebel in Verona kannte er nur allzu gut.

»Ich war mit ein paar Freunden Pizza essen gegangen. Nicht in so einem Restaurant, wo man sich hinsetzt, sondern an einem von diesen Pizzaständen, wo man Stücke in Papier gewickelt im Stehen an der Theke ißt. Sie wissen schon!«

Wieder nickte Peroni. Er kannte diese Stände gut und stellte sich vor, wie der Besitzer hinter dem Büfett mit gewaltigen Blechen voller Pizza, die er in Stücke schnitt, hin und her sauste und über die Theke an Dutzende von winkenden Händen verteilte.

»Viele Leute in unserem Alter gehen dahin«, fuhr Francesca fort, »und es gibt dort eine Jukebox, also tanzt man öfter mal, und im Handumdrehen entsteht so was wie eine improvisierte Party. Also, an diesem ganz besonderen Tag...«

Peroni entdeckte auf ihrem Gesicht jenen zärtlichen, verklärten Ausdruck, den Frauen oft haben, wenn sie sich an eine Gelegenheit erinnern, in der sie sich verliebt haben.

»An diesem speziellen Tag«, fuhr Francesca fort, »hatten mich mehrere Leute zum Tanz aufgefordert, und ich hatte abgelehnt. Ich fühlte mich so... aufgewühlt und dachte, das muß wohl das Wetter sein. Und dann sah ich einen Jungen vor mir stehen...«

Sie lächelte Paolo zu, und er lächelte zurück. Beide waren sie gefangen in der Erinnerung an den Augenblick ihres ersten Zusammentreffens in einer Stehpizzeria im nebelverhangenen Verona. Peroni fragte sich, ob Shakespeare – oder vielmehr Graf Luigi da Porto – es wohl so beschrieben hätte, wenn er seine Geschichte im 20. Jahrhundert angesiedelt hätte.

»Ich hatte ihn nie zuvor gesehen. Er forderte mich zum Tanz auf, und diesmal sagte ich nicht nein. Wir tanzten eine Zeitlang, und dann gingen wir hinaus in den Nebel und spazierten umher. Ich hatte den Nebel zuvor nie gemocht, aber an diesem Tag liebte ich ihn, mit den Leuten, die undeutlich daraus hervortraten und wieder untertauchten, und den kleinen Votivkerzen, die uns aus den Heiligenhäuschen zuflackerten, so als ob die Madonna – oder wer auch immer es war – uns ihre Zustimmung signalisierte. Es war reiner Zufall, daß wir eine Uhr sahen und merkten, daß wir schon drei Stunden lang herumgewandert waren. Erinnerst du dich noch?«

»Hm«, murmelte Paolo.

»Ich sagte also, ich müßte nach Hause gehen. Sie würden sich zu Tode sorgen, das wußte ich, Papa würde mich endlos ausfragen und mir eine schreckliche Szene machen.«

Also war Graf Gino Pillipopoli, dachte Peroni, obwohl er Kommunist war, letztendlich auch nichts weiter als ein altmodischer italienischer Vater.

»Paolo brachte mich nach Hause, und als wir dort ankamen, sagte er: ›Ist das nicht da, wo die Pillipopolis wohnen?‹ Ich bejahte, und das war dann der Moment, wo wir gemerkt haben, was los ist.«

»Was mich betrifft, hatte das gar nichts zu bedeuten!« sagte Paolo, bemüht, männliche Nüchternheit zu wahren. »Aber sie hat immer wieder von dieser Legende in ihrer Familie angefangen. Ich hielt das alles für Quatsch, aber ich habe mich bereit erklärt, niemandem was zu sagen und daß wir uns immer nur heimlich treffen. Deswegen dachte ich, wenn der Frühling käme, könnte diese alte Villa ganz nützlich sein. Ich wußte, daß kein Mensch jemals hierher kam, und ich dachte, Francesca würde mit der Zeit diese Furcht vor der Legende überwinden ...«

»Das tat ich auch«, nahm Francesca den Faden der Geschichte wieder auf, »jedenfalls zum Teil. Und obwohl wir es nicht gerade in die Welt hinausposaunten, so haben wir doch angefangen, uns mehr oder weniger normal zu treffen. Wir gingen nicht auf die Via Mazzini oder an irgendeinen dieser anderen Orte, wo uns alle gesehen hätten, aber mit der Zeit hatte ich die Angst etwas verloren. Und dann wurde Paolos Vater getötet.«

»Ich sagte ihr, es hätte nichts mit uns zu tun«, sagte Paolo, »wie konnte es das auch?«

»Und dann, eine Woche danach«, sagte Francesca, »rief mich meine Großmutter zu sich.«

»Ihre Großmutter?« sagte Peroni. »Ach ja – die altehrwürdige Gräfin Augusta. Bitte fahren Sie fort.«

»Also, sie glaubt nun wirklich an diese Legende. Sie war schon immer regelrecht besessen von dieser ganzen Capulet- und Montagu-Affäre. Sie warnte mich davor, und sie sagte, sie habe gerade am Tag zuvor mit Ihnen gesprochen. Sie sagte, es sei gefährlich und daß es zu noch mehr Toten kommen würde. Nun ja, das hat mir Angst gemacht, und ich hab' sie gefragt, was ich denn dagegen tun könne. Sie sagte mir, ich müsse Paolo verlassen, und ich erklärte ihr, daß ich das niemals tun könnte!«

Sie und Paolo nahmen einander bei den Händen, als ob sie nicht nur Peroni und dem DIGOS-Chef trotzen wollten, sondern auch allen Generationen verstorbener Montagus und Capulets und der unheilvollen Legende, die sich ihrer Liebe in den Weg stellen wollte.

»Wann«, fragte Peroni, »haben Sie Ihrer Großmutter von Paolo erzählt?«

»Wann?« fragte Francesca. »Niemals. Wir haben es niemandem erzählt.«

»Wenn das so ist, woher wußte sie dann über eure Liebe zueinander Bescheid?«

Francesca sah verblüfft aus. »Ich weiß es nicht«, sagte sie, »ich hab' irgendwie immer angenommen, daß Großmutter Augusta eben einfach über alles Bescheid wüßte.«

»Ich bin zwar Neapolitaner«, sagte Peroni, »aber Zauberei geht mir dann doch zu weit.«

Der Tod seines Sohnes hatte dem Grafen Gino Pillipopoli alle Lebenskraft genommen, und er zeigte weder Überraschung noch Verstimmung, als Peroni zu später Stunde noch einmal vor der Tür stand.

»Meine Mutter?« sagte er tonlos. »Nein, ich glaube nicht, daß sie schon zu Bett gegangen ist. Sie schläft überhaupt sehr wenig.«

Er zeigte sich auch kein bißchen neugierig darüber, warum Peroni die Gräfin Augusta noch so kurz vor Mitternacht zu sehen wünschte. Er führte ihn einfach die Stufen zum Eingang der kleinen Wohnung hinauf. Dann, nachdem er Peroni der Obhut der Gesellschafterin anvertraut hatte, verließ er ihn und stapfte mit schwerem Schritt wieder die Stufen hinunter.

Wie beim erstenmal ließ die Gesellschafterin Peroni in dem überfüllten Wohnzimmer mit der Glasvitrine voller Porzellanfiguren warten und ging dann, um die Gräfin Augusta auf ihrem Rollstuhl hereinzufahren.

»Der gutaussehende neapolitanische Polizeibeamte ist also zurückgekehrt«, sagte die alte Dame und reichte ihm ihre Hand. Noch während er mit dem Handkuß beschäftigt war, fühlte er sich schon wieder in dieser unrealen, alptraumhaften Welt gefangen, in der die alten Capulets und Montagus wirklicher waren als die lebenden Veroneser von heute. Aber dieses Mal würde er bei dem Trip einen klaren Kopf bewahren.

»Und was können wir für Sie tun?« fuhr sie fort.

»Woher wußten Sie das über Ihre Enkelin Francesca und den jungen Paolo Piantaleone?« fragte Peroni.

Wenn die Frage sie überraschte, ließ sie es sich zumindest nicht anmerken. »Woher wußte ich was über meine Enkelin und diesen jungen Mann?« entgegnete sie.

»Daß sie sich liebten?« sagte Peroni.

»Von einer solchen Sache weiß ich gar nicht!« sagte sie.

Bei jedem anderen hätte er auf solche Ausflüchte überaus rauh reagiert, aber nicht bei der ehrwürdigen Gräfin. »Ihre Enkelin hat es mir selbst gesagt«, entgegnete Peroni mit diplomatischer Höflichkeit.

»Ihnen selbst gesagt?« Sie blinzelte ihm freundlich zu.

»Daß sie in ihn verliebt sei.«

»Und?«

»Daß Sie nach ihr geschickt und sie vor den Folgen gewarnt hätten – sie solle an die Familienlegende denken.«

Die ehrwürdige Gräfin überlegte eine Sekunde und kam dann offenbar zu einem Entschluß. »Nun?« sagte sie.

»Ich brauche unbedingt nähere Angaben darüber, wie Sie von der Beziehung Ihrer Enkelin zu diesem jungen Mann erfahren haben. Es könnte sich dabei um eine Frage von Leben oder Tod handeln.«

Wieder ließ sich die alte Gräfin etwas Zeit. Dann sagte sie: »Ich wurde davon in Kenntnis gesetzt.«

»Von wem?«

»Von jemandem, der es gut meint. Ich denke, das ist der gebräuchliche Ausdruck dafür.«

»Und wer war dieser wohlwollende jemand?«

»Ich habe keine Ahnung.«

»Sie meinen, Sie erhielten einen anonymen Brief?«

»Ich erhielt ein paar Fotografien.«

»Wovon?«

»Von meiner Enkelin und dem jungen Mann, den Sie erwähnt haben – in kompromittierenden Situationen.«

»Und diese Fotos sind Ihnen anonym zugeschickt worden?«

»Wenn Sie das so ausdrücken wollen.«

Peroni dachte sich, daß man es ja wohl kaum anders ausdrükken könnte, ließ aber die Sache auf sich beruhen.

»Kamen sie mit der Post, oder wurden sie von jemandem abgeliefert?«

»Sie wurden mit Hilfe des staatlichen Postdienstes zugestellt.«

»Haben Sie sie noch?«

Die ehrwürdige Gräfin beäugte Peroni, als ob er ihr einen ungehörigen, aber nicht ganz unakzeptablen Antrag gemacht habe. Dann läutete sie mit der kleinen silbernen Glocke und wartete, bis die Gesellschafterin erschien.

»Trombetti«, sagte sie, »die Fotografien.«

Die Gesellschafterin verschwand und kehrte mit einem Umschlag zurück, den sie der alten Gräfin reichte, die ihn ihrerseits an Peroni aushändigte, als ob es sich dabei um die Überlassung eines Gnadenerweises handele.

Er öffnete den Umschlag und entnahm ihm fünf Fotos. Ein kurzer Blick zeigte ihm, daß die Gräfin Augusta mit ihrer Vorstellung davon, was kompromittierende Situationen waren, der Zeit um ein halbes Jahrhundert hinterherhinkte. Alle fünf Aufnahmen zeigten Paolo und Francesca in verschiedenen Teilen der Stadt – Hand in Hand, Arm in Arm, in einem Fall sogar bei einem flüchtigen Kuß.

Die Frage war, warum diese Aufnahmen der alten Gräfin zugeschickt worden waren, und Peroni glaubte, die Antwort darauf zu wissen. Irgend jemand, der um ihre Besessenheit mit der alten Familienlegende wußte, hatte gehofft, auf diese Weise neue Glut in der Fehde zwischen den Familien zu entfachen und somit die Aufmerksamkeit vom wirklichen Grund für den Tod General Piantaleones abzulenken.

Aber wer? Ein Gedanke Peronis tauchte in eine schwarze See, und als er wieder an die Oberfläche kam, hielt er einen Korallensplitter der Wahrheit in den Zähnen.

»Haben Sie den Umschlag noch, in dem die Bilder ankamen?« fragte er.

»Selbstverständlich nicht!« sagte die ehrwürdige Gräfin in einem Tonfall, der zu sagen schien, daß andere Leute vielleicht schmutzige alte Briefumschläge aufhöben, daß sie jedoch sicherlich nicht zu dieser Gruppe Menschen gehörte. Sie hatte den Poststempel nicht beachtet, aber sie glaubte, die Adresse sei maschinengeschrieben gewesen.

»Dürfte ich diese Fotos mit auf die *Questura* nehmen?« Das Gesetz ließ keinen Zweifel, daß er das konnte, aber Peroni hielt es für angebracht, die ehrwürdige Gräfin über die Beschränkungen des Gesetzes zu heben.

»Sie dürfen«, gestattete sie ihm königlich.

Peroni hatte bereits ihre Hand geküßt und stand nun in der geöffneten Tür, als ihm noch etwas einfiel und er sich umwandte.

»Bitte, verzeihen Sie mir, *Contessa*«, sagte er, »aber warum haben Sie angesichts unserer früheren Unterredung nicht daran gedacht, mir schon eher hiervon zu erzählen?«

Ihr Blick musterte ihn vom Scheitel bis zur Sohle. »Man wäscht seine schmutzige Wäsche eben nicht in der Öffentlichkeit, *Commissario*!« sagte sie.

Peroni überlegte sich, daß die Gräfin Capulet, die vor gut 700 Jahren gelebt hatte, die Schicksalsschläge der Familie vielleicht auch nur für nichts weiter als schmutzige Wäsche angesehen haben mochte.

Die Laborspezialisten konnten Peroni am nächsten Morgen lediglich mitteilen, daß die Bilder mit ziemlicher Sicherheit privat entwickelt worden waren, eine Schlußfolgerung, auf die er mit seinem eigenen gesunden Menschenverstand auch bereits gekommen war. War es möglich, fragte er sich entmutigt, daß fünf Fotos keinerlei Aufschlüsse über die Identität dessen geben könnten, der sie aufgenommen hatte?

Er begann, über ihnen zu brüten, sich die kleinsten Details herauszupicken. Sie waren in verschiedenen Teilen der Stadt aufgenommen worden, alle an relativ wenig besuchten Straßen und Plätzen. Und vom Kamerawinkel her schien es, als ob wenigstens drei aus einem Fahrzeug aufgenommen worden wären. Es schien zudem, als ob sich die Kameralinse auf mehr oder weniger gleicher Höhe mit Francesca und Paolo befunden hätte. Wahrscheinlich war das Fahrzeug nicht ein Personenwagen, sondern ein Lastwagen gewesen.

Als nächstes untersuchte Peroni die beiden Bilder, die so aussahen, als habe sie ein Fußgänger aufgenommen. Das erste war das mit dem Kuß. Die beiden saßen auf einer Steinbank am Flußufer, ihr Kopf lag auf seinem Arm, während er sich niederbeugte und ihre Lippen ganz leicht mit den seinen zu berühren schien. Es mußte einfach gewesen sein, dieses Bild aufzunehmen, weil es in der näheren Umgebung so viele touristische Motive gab, daß der Fotograf mühelos den Eindruck erwecken konnte, er fotografiere eins von diesen.

Peroni wandte sich der anderen Aufnahme zu, die nicht aus einem Fahrzeug aufgenommen worden war. Paolo und Francesca betrachteten sich die Auslage eines Spielzeuggeschäfts. Er mußte gerade etwas Witziges gesagt haben, denn sie hatte ihm lachend ihr Gesicht zugedreht; ihre weißen Zähne strahlten, und ihr langes schwarzes Haar fiel mit dem Schwung der Bewegung zurück über ihre Schultern.

Und dann sah Peroni, daß auf dem Bild noch etwas zu erkennen war, etwas, was er auf den ersten Blick nicht wahrgenommen hatte – dort stand ein Kleintransporter. Er war auf der gegenüberliegenden Straßenseite geparkt und spiegelte sich in dem Schaufenster des Spielzeugladens. Es war ein schwarzer VW-Kastenwagen, der so aussah, als ob er zu einem Geschäft oder einer Firma gehörte.

Eine Alarmglocke schrillte nachhaltig in Peronis Hinterkopf, und eine Sekunde lang konnte er nicht verstehen, was es war, worauf seine Aufmerksamkeit gelenkt werden sollte. Doch dann erinnerte er sich. Einer der Befragten in der Gegend, aus der Gabriele nach Rosaro verschwunden war, hatte erwähnt, er habe einen dunklen Transporter gesehen, der um die Ecke verschwunden sei.

Langsam sah es nun doch so aus, als nähme die Sache endlich feste Konturen an.

Eros Pompi, exklusiver VW-Vertragshändler in Verona, rühmte sich seiner Fähigkeit, Kunden einschätzen zu können. Sobald sie durch die Tür seines Ausstellungssalons hereintraten, konnte er sehen – so, als ob sie eine Art psychische Emanation umgab –, zu welchem Typ von Auto sie gehörten: Nutzfahrzeug, Familienauto, Wohnmobil, Limousine, Sportmodell und so weiter. Eine geringe oder fehlende Emanation ließ auf einen Fußgänger oder Radfahrer schließen.

Der Mann, der jetzt eintrat, war beispielsweise zweifellos ein teures Sportmodell. Eros Pompi schloß das Automagazin, das seine einzige Form von Lektüre darstellte, und erhob sich, um ihn mit einem Lächeln, das so strahlend wie eine glänzende neue Karosserie war, zu begrüßen.

»Kann ich Ihnen behilflich sein?«

»Ich hoffe, daß Sie das können«, sagte das teure Sportmodell und fügte völlig unerwartet hinzu: »*Questura*.«

»Oh.« Eros Pompi war bestürzt; es mußte etwas mit gestohlenen Autos zu tun haben. »Wollen Sie sich nicht setzen?«

»Danke sehr«, sagte das teure Sportmodell und setzte sich auf den weichen schwarzen Ledersessel, in dem sich Kunden so wohl fühlen sollten, daß sie das Gefühl bekamen, sie könnten sich alles leisten. »Ich möchte den Besitzer dieses Kombis ausfindig machen.«

Er streckte ihm ein Foto entgegen, wobei er auf ein Fahrzeug zeigte, das sich in einem Ladenfenster spiegelte.

»Das wäre unser 78er Modell«, sagte Eros Pompi mit beflissener Sachkenntnis. »Das könnte überall gekauft worden sein.«

»Das ist mir schon klar«, sagte das teure Sportmodell, »aber ehe ich anfange, überall nachzufragen, was eine ziemlich lange Zeit dauern würde, möchte ich sehen, ob es nicht vielleicht in Verona gekauft worden ist.«

»Wenn es Ihnen nichts ausmacht, einen Moment zu warten, sehe ich mal in unseren Büchern nach.«

»Ich bitte darum.«

Eros Pompi verschwand in einem Hinterzimmer, aus dem er etliche Minuten später mit einem Blatt Papier in der Hand wieder hervorkam.

»Nur drei schwarze Modelle dieses Typs sind verkauft worden«, sagte er. »Die Kunden verlangen normalerweise hellere Farben. Einer ging an ein Blumengeschäft in Villafranca. Ein anderer ging an einen Fischverkäufer in Legnago, und der dritte wurde an einen Lieferanten für Kirchenbedarf hier in Verona verkauft.«

Eros Pompi hatte das Gefühl, als ob das teure Sportmodell plötzlich durch eine mächtige Voltladung aus seiner Batterie galvanisiert worden sei, die es sichtlich hinter seinem Tisch zusammenzucken ließ.

»Ich nehme alle drei Adressen mit, wenn es Ihnen recht ist.«

»Bitte, nehmen Sie sie nur«, sagte Eros Pompi nervös und reichte ihm das Blatt Papier hinüber.

Das teure Sportmodell setzte zurück, wechselte den Gang und fuhr mit Höchstgeschwindigkeit aus dem Ausstellungsalon hinaus.

Es war der Ausdruck ›Lieferant für Kirchenbedarf‹ gewesen, der Peroni so elektrisiert hatte, denn er hatte ihn sofort an das erinnert, was Gabriele über einen Ort gesagt hatte, der ›in seiner ganzen Art so gar nicht gepaßt habe‹. Was konnte weniger zur Geistesart aller in der Piantaleone-Affäre Beteiligten passen als ein Lieferant für kirchlichen Bedarf?

Der gesunde Menschenverstand sagte einem, daß es genausogut der Blumenladen oder das Fischgeschäft sein könnte – oder keiner von den dreien. Aber in diesem Fall war selbst der *Commissario* bereit, einmal den gesunden Menschenverstand zu ignorieren. Was hatte er schließlich auch schon zu verlieren? Und so würde sich nun der ganze Peroni den Lieferanten für Kirchenbedarf zuerst vorknöpfen.

Quirico Ricordi war sein Name, und sein Geschäft lag in einem alten, stillen Teil der Stadt, nur wenige Minuten mit dem Auto entfernt. Peroni fuhr in seinem roten Alfa dorthin.

Der Laden war in einem alten Gebäude an einer engen, wenig befahrenen Straße untergebracht. In den Auslagen der Schaufenster lag eine Vielfalt von Kruzifixen, Soutanen, Rochetten, Kaseln, Alben, weißen Leisten, Weihwasserbecken und Kerzenleuchtern. Alles war still.

Er parkte seinen Wagen ein Stück weiter und ging dann zu Fuß zu dem Laden zurück. Als er sich ihm näherte, überquerten eben zwei Nonnen die Straße und gingen in den Laden hinein. Eine altertümliche Ladenklingel bimmelte an der Tür. Peroni stellte sich vor das Schaufenster und sah, daß man über die Fülle liturgischer Geräte hinweg, die wie exotische Süßigkeiten in einer Luxuskonditorei ausgelegt waren, in den Laden hineinspähen konnte. Er sah die beiden Nonnen still vor der Ladentheke stehen, wo sie ausdruckslos darauf harrten, bedient zu werden. Dann öffnete sich eine Tür an der rückwärtigen Seite des Ladens hinter der Theke, und ein Mann kam herein, der sich die Hände rieb und die Nonnen untertänig anlächelte. Peroni sah seinen Mund eine unhörbare Frage äußern und beobachtete dann den Mund der einen Nonne, der sich nun längere Zeit bewegte. Es war anzunehmen, daß sie den Gegenstand beschrieb, den sie zu kaufen wünschte.

Der Mund des Mannes formulierte eine weitere, präzisierende Frage, und plötzlich hatte Peroni das Gefühl, daß er diesen Mann irgendwo schon einmal gesehen hatte, aber er wußte einfach nicht mehr, wo. Es war nichts an ihm, was entfernt an die Piantaleones oder Pillipopolis erinnerte, und doch hatten die Gesichtszüge etwas vage Bekanntes.

Jetzt hielt der Mann seine Hände vor sich ausgestreckt, eine über der anderen, wie um eine Größe anzuzeigen. Und die Nonne, die die Verhandlungen führte, wiederholte die gleiche

Geste, wobei sie allerdings die eine Hand in etwas größerer Höhe über die andere hielt. Peroni wunderte sich, worum es bei dieser Pantomime wohl ging, aber das Problem, das ihm wirklich Kopfzerbrechen bereitete, war, wo er diesen Mann vorher schon einmal gesehen hatte.

Er wirkte ganz so, wie man sich wohl einen Lieferanten für kirchliche Gerätschaften vorstellen mochte. Nicht mehr jung, mit einer Glatze, die so aussah, als wäre sie mit einem Produkt poliert worden, das speziell dazu diente, Kirchenmöbel auf Hochglanz zu bringen. Dazu hatte er kleine, schlaue Äuglein und ein fliehendes Kinn.

Nachdem er nun offenbar begriffen hatte, was die Nonnen benötigten, wandte er sich um und verschwand aus Peronis Blickfeld. Als er einige Sekunden später zurückkehrte, war das kleinere Rätsel, was die Einkaufswünsche betraf, gelöst, denn er brachte drei oder vier verschiedene Sorten von Kerzenständern herbei. Während die Nonnen diese sorgfältig begutachteten, grübelte Peroni weiterhin über die Identität des Mannes nach, rief sich sogar die Vielzahl von Phantombildern in Erinnerung, die ihm in Verona untergekommen waren, aber keines von ihnen ähnelte dem Kirchenbedarfslieferanten.

Die Nonnen ließen sich Zeit, beratschlagten – das nahm Peroni zumindest an – flüsternd, befühlten die Kerzenhalter vorsichtig, hoben sie hoch gegen das Licht und veranlaßten den Ladeninhaber zu mehreren weiteren Expeditionen in die Peronis Blicken verborgenen Gebiete, aus denen er jedesmal mit neuen Kerzenhaltern zurückkehrte. Aber nach zehn Minuten war die Wahl getroffen. Der Mann packte geschickt ein Päckchen, während die Nonnen gemeinsam in einer Börse nach dem Geld suchten.

Erst als sie ihm die Scheine reichten, erkannte Peroni schlagartig die Wahrheit. Der Punkt war nicht, daß er den Mann schon mal gesehen hatte.

Er hatte von ihm gehört.

Die Erscheinung des Kirchenbedarfslieferanten paßte genau auf die Beschreibung des Mannes, der sich nach Gabrieles Verbleib erkundigt hatte, nachdem der nach Rosaro verschwunden war.

Die Nonnen kamen auf die Ladentür zu, und Peroni ging rasch zu seinem Wagen. Er wußte zwar nicht, wie der Mann ihn erkennen sollte, aber er zog es vor, das Risiko erst gar nicht einzugehen.

Getragen von einer Woge der Begeisterung fuhr er los. Die wahrscheinliche Übereinstimmung des Kirchenbedarfsgeschäfts mit dem Ort, den Gabriele als ›in seiner ganzen Art so gar nicht passend‹ beschrieben hatte, und die vermutliche Identität des Ladeninhabers mit dem Mann, der sich nach Gabrieles Verbleiben erkundigt hatte – beides zusammen ließ ihn hoffen, der Wahrheit endlich nahe zu sein.

Aber zwei Minuten später, als er vor einer Ampel halten mußte, wurde ihm bewußt, daß sich hinter seiner Hochstimmung ein Gefühl der Verunsicherung verbarg. Gewiß, der Kirchenartikellieferant entsprach recht genau der Beschreibung des Mannes, der sich nach Gabrieles Verbleib erkundigt hatte, aber es war noch etwas anderes an ihm. Etwas sehr viel Näherliegendes, Vertrauteres. Aber so sehr Peroni sein Gehirn auch strapazierte, er hatte nicht die leiseste Idee, was das wohl sein könnte.

Kapitel 10

Der ganz große Fisch?

Ricordi, Quirico, wurde im Telefonbuch unter zwei Adressen geführt. Die eine trug den Zusatz ›Kirchenbedarf‹, die andere war seine Privatadresse. Um Punkt 19.30 Uhr schloß er an diesem Abend sein Geschäft ab und ging zu seiner Wohnung, die in einem Mietshaus im dritten Stock lag.

Peroni schienen sich an diesem Punkt zwei Möglichkeiten anzubieten. Er konnte entweder Ricordi zu Hause aufsuchen und ihn verhören, oder er konnte einen Durchsuchungsbefehl für das Geschäft beantragen. Eine innere Stimme sagte ihm, daß bei der ersten Alternative nichts herauskommen würde, und er war sich sicher, daß die Beweise, die er beisammen hatte, für nicht ausreichend angesehen würden, um die zweite durchzuführen.

Und so wurde wieder einmal der protestierende *Commissario* verschnürt und in eine Ecke verfrachtet, wo er sich nicht einmischen konnte. Sein Protestgeschrei verhallte kaum hörbar im endlosen Labyrinth in Peronis tiefster Seele und verstummte schließlich völlig.

Als er später in derselben Nacht an dem Laden vorbeifuhr, sah Peroni sofort, daß die Vorderseite nicht in Frage kam. Zum einen war sie mit schweren Schlössern gesichert, und zum anderen stand direkt davor eine Straßenlaterne. Also fuhr er bis ans Ende der Straße weiter, bog links ein und an der nächsten Ecke wieder links. Diese Straße lag zu weit entfernt, um direkt hinter dem Geschäft des Lieferanten für Kirchenbedarf entlangzuführen. Aber als Peroni die Straße zur Hälfte hinuntergefahren war, sah er eine Gasse, die vielversprechend aussah. Er parkte und ging hinein, um sich umzusehen.

Die Gasse lag dunkel und ausgestorben da und führte zu einem sehr kleinen, ungewöhnlich aussehenden gepflasterten Hof, der von den Rückseiten verschiedener Gebäude begrenzt wurde, ein schäbiges Plätzchen, verdreckt und übersät mit Altpapier. Ein paar Müllcontainer aus Plastik waren voll mit Essensüberresten, bei deren Anblick sich einem der Magen umdrehen konnte. Auf eine der Wände hatte jemand ›Zwingt mich nicht, mit der Revolution anzufangen‹ gesprayt, während auf einer anderen eine unbelehrbar militante Feministin unter der Parole ›Die Hexen kommen!‹ das Symbol ihrer Bewegung – ein Kreis und ein Kreuz darunter – angebracht hatte. Wer sollte das hier schon lesen? fragte sich Peroni.

Er rechnete sich rasch aus, welches der Gebäude das des Kirchenbedarfhändlers war, und stellte fest, daß es auf dem ersten Stock einen Balkon besaß, den man unter Zuhilfenahme einer Regenrinne und einiger Abflußrohre über das darunterliegende Fenster erreichen konnte. In knapp zwölf Sekunden befand er sich oben und untersuchte den Verschluß der hölzernen Läden, die im Gegensatz zu den Rolläden auf der Vorderseite alt und verwittert waren. Leise machte er sich an die Arbeit. Noch in der *Questura* hatte er sich vergewissert, daß das Gebäude bis auf Quirico Ricordis Geschäftsräume unbewohnt war. Das Unternehmen schien also nicht besonders gefährlich zu sein.

Mit einem leisen Geräusch, so, als hätte man eine Nuß geknackt, öffneten sich die Verschlüsse, und die verglasten Türen dahinter boten noch weniger Gegenwehr. Peroni trat ins Innere, und einen furchtbaren Moment lang glaubte er, daß das große, dunkle Zimmer von einer kleinen Armee von Gespenstern bevölkert sei, die ihn alle still und unbeweglich anstarrten. Dann sah er, daß es sich bei den Geistern um geistliche Gewänder handelte, die Reihe um Reihe auf langen, durchgehenden Kleiderstangen aufgehängt waren. Er zog die Türläden hinter sich zu und knipste dann seine Taschenlampe an. Die Gewänder sahen in deren Lichtkegel noch gespenstischer aus – ganz wie menschliche Gestalten, denen die Köpfe und Arme fehlten.

Am anderen Ende des Raumes gab es eine Tür, und Peroni mußte zwischen den imaginären Priestern hindurchgehen, um zu ihr zu gelangen. Er bewegte sich wie ein Seiltänzer über einem Abgrund.

Auf halbem Weg durch das Zimmer war es ihm, als höre er eine Bewegung. Panik ergriff ihn, und Schreckensbilder geisterten durch seinen Kopf wie ein neapolitanisches Feuerwerk. Er stellte sich schon einen Schußwechsel inmitten all der Priestergewänder vor und wie er von einem steifen, reichlich bestickten Schutzschild zum nächsten hin- und herspringen würde. Er hörte ein zweites Geräusch, näher diesmal und indirekt sichtbar, und er konnte in der Dunkelheit gerade noch erkennen, daß sich eine Soutane oder Stola auf ihrem Kleiderbügel bewegt hatte.

Er wartete in der pechschwarzen Dunkelheit, denn die kleine Lampe hatte er bei der ersten Andeutung eines Geräusches ausgemacht. Noch wagte er es nicht, selbst die Initiative zu ergreifen. Dann drückte sich plötzlich etwas gegen sein Bein, und die neapolitanische Pyrotechnik erlebte eine Galavorführung, bis Peroni seine Lampe wieder anschaltete und sich ihr Licht strahlend hell in zwei ungeheuren grünen Augen reflektierte; dabei vernahm er ein zutrauliches Miau.

Ein paar Sekunden lang atmete er dankbar tief durch, dann ging er weiter auf die Tür zu. Als er sie erreichte, stellte er fest, daß sie sich, wenn auch etwas knarrend, öffnen ließ und den Blick auf einen Flur freigab, an dessen gegenüberliegendem Ende sich eine Tür und Treppenstufen befanden, die hinauf- und hinabführten.

Er beschloß, unten anzufangen, und schlich die Stufen mindestens so leise hinab, wie es die Katze auch getan hätte. Das Erdgeschoß war in zwei Hälften unterteilt. Nach vorne hin lag der eigentliche Laden, in dem eine Gruppe von Heiligenfiguren in Lebensgröße stand, die sich außerhalb seines Blickfelds befunden hatte, als er zu einer früheren Stunde an diesem Tag durch das Fenster gespäht hatte. Nach hinten hinaus lag die Tür, durch die Quirico Ricordi händereibend hereingekommen war, um die Nonnen zu bedienen.

Peroni stand einen Moment lang vor der Tür und lauschte, dann drehte er langsam den Griff. Die Tür war nicht zugesperrt. Seine Taschenlampe tastete sich durch ein Büro, das so aussah, wie man es in älteren Geschäften der Stadt erwartete. Es war möbliert mit einem Schreibtisch, zwei Stühlen und einem Schrank. Dazu gab es einen großen und würdevollen Kalender eines Großlieferanten liturgischer Gerätschaften, eine gerahmte Kopie der Orationes, die Priester während des Ankleidens aufsagen sollten, und eine armselige Reproduktion von da Vincis LETZTEM ABENDMAHL.

Des weiteren gab es auch einen Tresor, und schon ein rascher Blick verriet Peroni, daß er nur einen Mann auf der Welt kannte, der es auch nur versuchen würde, ihn aufzubrechen, und dieser Mann lebte jetzt – nach einer brillanten Karriere als die Nummer

Eins der Mafiaexperten im Panzerknacken – in luxuriöser Zurückgezogenheit auf den Kanarischen Inseln. Der Safe war in der Schweiz hergestellt und kostete eine größere Summe, als die meisten Geldschränke je enthielten. Für seinen Preis war er überraschend klein.

Peroni war noch in diese Überlegungen versunken, als er das Geräusch eines Schlüssels an der Ladenvorderseite vernahm. Er knipste seine Taschenlampe aus und glitt aus dem Büro, wobei er die Tür hinter sich zuzog.

Es gab nur einen einzigen Ort, der als Versteck in Frage kam. Rasch schlüpfte er zwischen dem heiligen Franziskus und Sankt Antonius hindurch, drückte unter sanftem Ellbogeneinsatz die Jungfrauen, Märtyrer und Bekenner beiseite und stand schließlich in der letzten Reihe – dem einzigen Ort, so hätte er sich unter weniger dramatischen Umständen überlegt, der ihm im Himmel zustünde, wenn er überhaupt jemals dorthin gelangen würde –, als er hörte, wie der Rolladen hochgezogen wurde. Es war nicht einer dieser rasselnden, knarrenden, quietschenden Rolläden, sondern er ging mit einem diskreten, surrenden Geräusch in die Höhe, was bei einem solchen Geschäft merkwürdig war.

Derjenige, der ihn geöffnet hatte – wer auch immer das war –, trat ein und ging durch den Laden. In der Dunkelheit und bei dem Durcheinander der ganzen Heiligenfiguren vor sich konnte Peroni nicht erkennen, wer es war, doch nahm er an, daß es sich um Herrn Quirico Ricordi handele.

Der Unbekannte tastete sich leise und langsam, aber gleichmäßig und ohne anzuecken, durch den dunklen Raum. Nachdem er den rückwärtigen Teil des Ladens erreicht hatte, öffnete der Eindringling die Tür und betrat das Büro, wo er das Licht anmachte.

Immer noch konnte Peroni außer dem Widerschein des Lichts wenig ausmachen, aber er wußte, daß die Person im Büro dieselbe war, deren psychische Präsenz er so stark in der Villa in Garda gespürt hatte.

Von seiner Stellung in der letzten Reihe im Himmel aus konnte er hören, wie die Person umherging, etwas niederlegte oder abstellte und sich dann hinsetzte. Peroni wartete eine Minute, dann begann er leise, sich wieder durch die Heiligen hindurchzuwinden. Als er aus dem Gewühl hervorgekommen war, konnte er die halb geöffnete Tür sehen, nicht aber, wer im Zimmer war. Er bewegte sich mit schußbereiter Pistole geräuschlos darauf zu.

Draußen vor der Tür verharrte er einen Augenblick und schob sie dann mit der Linken auf.

Vor dem Safe, ihre Augen zu ihm erhoben, kniete Regina.

Es war noch nicht einmal eine so sehr große Überraschung. Es fiel ihm ein, wie sie ihn schon beim erstenmal, als er sie sah, an eine Schauspielerin aus einem Stück von Goldoni erinnert hatte. Es hätte ihn warnen sollen.

Dann fand er das Beweisstück, das er suchte. Es lag auf dem Tisch neben ihrer offenen Handtasche. Er richtete immer noch die Pistole auf sie, während er es in die Hand nahm und untersuchte. Es war ein teurer Taschenkalender. Auf der Innenseite des Einbands war der Name Pierre Ronceau & Cie eingeprägt – und der Bleistift fehlte.

»Du hast die Bombe in Loris' Auto gelegt«, sagte er. »Du.«

Sie erhob sich und zuckte mit den Achseln. »Es blieb mir nichts anderes übrig.«

»Und der General?«

»Auch ihn haben wir umgebracht. Wir mußten es tun.«

»Wir?«

»Ach, du wirst schon noch bald genug alles erfahren, jetzt, wo du bis ins Zentrum des Labyrinths vorgedrungen bist. Ich wußte, daß du früher oder später hierherkommen würdest. Ich habe auf dich gewartet, Achille.«

Das Gespräch schien nicht so abzulaufen, wie er es beabsichtigte. »Was meinst du damit?« fragte er.

»Nun ja, wir konnten doch nicht immer auf entgegengesetzten Seiten weitermachen, oder?«

»Das klingt ganz so, als ob du meinst, ich würde mich deiner Seite anschließen.«

»Aber das wirst du tun, Achille, wir haben dir doch alles zu bieten, was du dir wünschst.«

Peroni stieß einen Fluch im neapolitanischen Dialekt aus. »Alles, was du mir zu bieten hattest, wurde für mich bedeutungslos, als ich die Villa in Garda entdeckte«, sagte er.

»Wenn du das denkst, bist du reichlich naiv«, sagte sie. »Die Villa in Garda und die Leute, die du danach verhaftet hast, waren die Spitze des Eisbergs – und noch dazu eine sehr kleine Spitze. Die Bewegung erfreut sich immer noch bester Gesundheit und wird die Macht in ganz Italien übernehmen.

Ich will nur, daß du mit von der Partie bist, wenn der Tag kommt.«

Ob sie nun eine Schauspielerin war oder nicht, Peroni erkannte, daß sie glaubte, was sie da sagte. »Und was bringt dich dazu, zu meinen, die Bewegung würde ganz Italien beherrschen können?«

»Wir haben uns seit Jahren darauf vorbereitet. Unsere Leute sind überall. Der Staat ist zu offensichtlich im Verfall begriffen – welchen Widerstand kann er uns noch leisten?«

»Vielleicht nicht gerade der Staat, aber was ist mit den Kommunisten?«

»Da haben die Roten Brigaden uns in die Hände gespielt. Die Kommunisten sind so ängstlich bemüht, sich von all diesen undemokratischen Gewalttätigkeiten zu distanzieren, daß sie es schon wieder übertreiben. Sie heucheln schon seit so langer Zeit, daß sie genau wie die anderen Parteien wären, daß sie genau wie die anderen Parteien geworden sind. Und außerdem –« Sie hielt inne, als ob sie unsicher wäre, ob sie ihm trauen sollte.

»Was?«

»Nicht alle italienischen Kommunisten sind die guten Genossen, die sie zu sein vorgeben. Einige von ihnen gehören zu uns.« Sie erwähnte drei Namen, die bekannt genug waren, daß Peroni sich fragte, ob an dem, was sie sagte, nicht vielleicht doch etwas dran wäre. »Meinst du immer noch, wir hätten dir nichts zu bieten, Achille?«

Er konnte nicht anders, seine Neugierde war stärker. »Was habt ihr mir denn zu bieten?«

Weggesperrt in einer Zelle am Ende eines Korridors weit im Innern von Peronis Seele ließ der *Commissario* sein Protestgeheul ertönen, doch es verhallte unbeachtet.

»Erst einmal eine leitende Stellung in der Gesamtorganisation. Du hast gezeigt, was du leisten kannst, wenn du gegen uns bist, um wieviel besser wirst du dann erst sein, wenn du für uns arbeitest? In ein paar Monaten könntest du einer der mächtigsten Männer Italiens sein.«

In dem fast fieberhaften Zustand, den Regina in ihm erzeugte, fragte sich Peroni, ob er endlich das Bestechungsangebot serviert bekam, das er unmöglich ausschlagen konnte.

»Was hast du schon zu verlieren?« fuhr sie fort. »Man erwartet von dir, daß du täglich dein Leben aufs Spiel setzt, und dann behandelt man dich wie einen kleinen Beamten. So brillant du auch bist, der Staat würde dich schon im nächsten Augenblick opfern, wenn er einen Sündenbock brauchte. Du weißt doch selbst, daß es so ist, oder nicht?«

Er nickte wie hypnotisiert.

»Wir machen solche Fehler nicht. Wir wissen den Wert unserer Leute zu schätzen. Wenn du dich uns anschließt, bekämst du zusätzlich zu deinem üblichen Gehalt drei Millionen Lire im Monat.«

Drei Millionen Lire! Seine Gedanken überschlugen sich. Etwas wie eine innere Stimme sagte ihm, daß Assunta ihre Zustimmung versagen würde, aber er ignorierte es.

»Und das wäre noch nicht alles, was du bekommen würdest . . .«

Sie trat auf ihn zu, ohne auf die Pistole zu achten, die er auf sie gerichtet hielt, und küßte ihn auf den Mund. Ihr Mund öffnete sich über seinem wie eine Rose, die sich entfaltet, und Peroni kam zu dem Schluß, daß dies wohl das Angebot sein müßte, das er nicht zurückweisen können würde.

Der Kuß wurde zu einem bodenlosen Abgrund, in den er hineinfiel. Er erkannte, daß sich ein Höllenschlund aufgetan hatte, verspürte aber kein Begehren, daraus zu entkommen.

Und dann schien es so, als sähe er vor seinem geistigen Auge – zunächst noch verschwommen – ein Gesicht. Nach und nach wurde das Bild deutlicher, und dann wußte er, es war das Gesicht Don Pietros, des Priesters in Neapel, der ihn aus der Gosse aufgelesen und in ihm den ungeheuerlichen Wunsch geweckt hatte, Polizist zu werden. Don Pietro schien auf etwas hinzudeuten. Peroni folgte mit seinem Blick der Richtung, in die er zeigte, und sah die Szene auf der Straße kurz vor Bardolino, als Loris' Auto von einer Bombe in die Luft gejagt worden war. Er sah die Fragmente eines menschlichen Körpers, die von der Explosion in alle Richtungen geschleudert wurden, und roch den schrecklichen Gestank verbrannten Menschenfleischs. Dieser Anblick und dieser Geruch beendeten seinen torkelnden Absturz und zogen ihn, wenn auch unter größten Schmerzen, wieder aus dem bodenlosen Höllenpfuhl. Peroni löste sich von Regina

Er hielt sie immer noch mit seiner Pistole in Schach, während er die *Questura* anrief.

Dott. Guerra war nicht da, aber Peroni organisierte Männer und einen Wagen, um Regina ins Präsidium zu bringen.

Sie warteten zusammen, schweigend und ohne einander anzusehen. Peroni dachte daran, daß sie, wenn er sie das nächste Mal wiedersähe, im Gewahrsam einer Gefängnisnonne sein würde, einer Frau, so mächtig wie ein Panzer und wahrscheinlich auch kaum kleiner. Es war besser so.

Nach nur wenigen Minuten, die ihm wie eine Ewigkeit vorkamen, hörte man das Geräusch eines anhaltenden Autos auf der Straße und dann das Türenschlagen von Männern, die ausstiegen.

Als sie fort war, blieb Peroni noch eine Weile allein in dem kleinen Büro sitzen und fühlte dessen ganze Trostlosigkeit. Dann stand er auf und ging langsam hinaus zu seinem Wagen.

Quirico Ricordi war ein Puzzlefanatiker. Aber nicht einer, der sich viel aus Bildern von menschenüberlaufenen Plätzen in Amsterdam mit ihren verschachtelten Fassaden und verspielten Dachvorsprüngen, Erkern und Gesimsen machte. Auch Szenen vom Canale Grande mit in der Sonne glitzerndem Wasser und Gondeln, die zwischen ihren Ankerpfählen hin- und herschaukeln, waren nicht seine Sache – geschweige denn Reproduktionen der Gemälde von Constable mit ihren ungreifbaren Himmeln. Das war ihm alles viel zu leicht. Was er mochte, waren rein abstrakte Formen, bei denen es keinerlei Hilfestellung durch wiedererkennbare Gestalten gab. Und an diesem Abend hatte er vor sich das perfekte Problem, das seine Fähigkeiten wirklich herausfordern würde. Zunächst einmal war das Puzzle rund, was bedeutet, daß man keinen Rahmen aus Ecken und Kanten legen konnte. Und dann war es eine Komposition aus nichts als Farben, kompliziert, seelenlos und ein Alptraum für jeden, der nicht das Genie besaß, das Quirico Ricordi zu eigen war.

Er setzte sich an seinen speziellen Puzzletisch und richtete das grelle Licht der starken, mit einem Gelenkarm versehenen Schreibtischlampe auf die anarchische Ansammlung von 5 000 verstreuten Teilen, die er vor dem Zubettgehen in perfekte Ordnung gebracht zu haben hoffte.

Seine dicken weißen Finger bewegten sich wie wahnsinnig gewordene Weinbergschnecken zwischen den Stücken herum, als die Klingel an der Eingangstür läutete. Er fragte sich, wer das um alles in der Welt zu dieser Stunde noch sein könnte. Der einzige persönliche Freund, den er hatte – auch ein Puzzleenthusiast –, obwohl er mit der politischen Sache nichts zu tun hatte, war ein Leichenbestatter namens Caruso. Aber der befand sich zur Zeit auswärts bei einer Tagung seiner Berufsgenossen in Turin.

Er erhob sich mit einem Seufzer und ging die Tür öffnen. Aber als er sah, wer es war, wich er instinktiv einen halben Schritt zurück. Er hatte den Mann nie zuvor getroffen, aber er hatte viel von ihm gehört und Bilder von ihm gesehen. Es war der neapolitanische *Commissario*, der die Ermittlungen im Fall Piantaleone leitete.

Er spürte, wie die Panik in ihm wuchs. Wenn der *Commissario* so weit vorgedrungen war, standen die Dinge mit Sicherheit schlecht – aber so schlecht wiederum auch nicht. Die Situation war immer noch unter Kontrolle; sie bedurfte einfach einer kleinen Korrektur.

»Womit kann ich Ihnen dienen?« fragte er beflissen mit seiner hohen, etwas näselnden Stimme, als ob Peroni gekommen wäre, um ein Meßbuch zu erstehen. Dann sah er, wie der *Commissario* ihn eine Sekunde lang eigenartig anschaute, und er vermutete, daß ihm sein Akzent aufgefallen sei.

»Ich komme gerade aus Ihrem Laden.«

»Und Sie fanden ihn natürlich geschlossen«, sagte Quirico Ricordi. »Wollten Sie etwas für den kirchlichen Bedarf erstehen? Ich fürchte, Sie werden sich bis morgen früh in Geduld fassen müssen.«

Peroni trat in das Zimmer ein und sah sich um. »Ich möchte«, sagte er, »mit Ihnen über den Tod von General Orazio Piantaleone sowie den seines Sohnes Loris und seines Neffen Gabriele reden.«

»Ich fürchte, ich kann Ihnen nicht folgen«, sagte Quirico Ricordi. »Wer sind Sie?«

»*Questura*«, sagte Peroni. »Können wir uns setzen?«

Quirico Ricordi zuckte mit den Achseln und deutete hinüber zu einem Sessel. Der *Commissario* schien sich seiner Sache sehr sicher, aber er würde bald erkennen, daß die Dinge nicht so glasklar waren, wie er annahm. In der Zwischenzeit würde es wohl nichts schaden, ihn ein wenig bei Laune zu halten.

Sie nahmen beide Platz. Quirico Ricordi schlug seine feisten Schenkel übereinander und sah Peroni mit einem Ausdruck höflicher Neugierde auf seinem wabbeligen, bartlosen Gesicht an. Er wartete geduldig auf die Fragen. Aber es kamen keine Fragen. Statt dessen fühlte er, wie er mit fast chirurgischer Präzision betrachtet wurde, und er erriet, was der Zweck dieser Untersuchung war.

»Sie sind Neapolitaner?« sagte Peroni.

»Was ist denn daran so überraschend? Viele von uns ziehen in den Norden hinauf. Sie selbst –«

Ein Ausdruck aufkeimender Erkenntnis – vermischt mit Zorn und Widerwillen – auf Peronis Gesicht zeigte Quirico Ricordi, daß er richtig geraten hatte. Ein weiteres kleines Geheimnis war gelüftet worden.

»In welcher verwandtschaftlichen Beziehung stehen Sie zu ihr?«

»Ich bin ihr Vater.«

Sie schwiegen eine Weile.

»Ich hätte wissen müssen, daß sie auf einem Misthaufen groß geworden ist«, sagte Peroni schließlich. »Wie es die schönsten Blumen Neapels alle tun.«

Quirico Ricordi nahm die Beleidigung widerspruchslos hin. Er würde es dem Polizisten schon heimzahlen, wenn die Zeit dazu gekommen wäre.

»Was hat Sie beide nach Verona gebracht? Was war der Anfang von allem?«

Genau das war es, was man ihm nicht sagen durfte. Noch nicht. Später vielleicht, wenn er in der einen oder anderen Weise entschärft worden wäre. Aber in der Zwischenzeit ergab sich die Notwendigkeit für eine kleine Improvisation. Quirico Ricordi öffnete mit dieser Absicht gerade den Mund, als im selben Moment das Telefon läutete. Er stand auf, um den Hörer abzunehmen, sah aber zu seiner Überraschung und seinem Entsetzen, daß Peroni sich beeilt hatte, ihm zuvorzukommen.

Noch mehr entsetzte es ihn, hören zu müssen, wie der Anruf mit einer perfekten Imitation seiner eigenen nasalen Fistelstimme beantwortet wurde.

»*Pronto*?« hörte er sich selber durch den Mund des neapolitanischen Polizeibeamten sagen. Dann war es mit Ausnahme des unverständlichen Gequakes am anderen Ende der Telefonleitung wieder still. Quirico Ricordi wußte, daß er eigentlich irgend etwas unternehmen sollte, aber er war zu sehr aus dem Gleichgewicht gebracht, und das lähmte ihn und machte ihn unsicher.

Dann hörte er seine eigene Stimme wieder. Diesmal sagte sie: »Ich geh' rüber und seh' gleich mal nach, was dort passiert ist.« Dann wurde der Hörer auf die Gabel gelegt.

Der *Commissario* sah hinüber zu Quirico Ricordi, und der entnahm seinem Blick, daß Peroni die Stimme am anderen Ende der Leitung erkannt hatte.

Zum erstenmal hatte Quirico Ricordi das Gefühl, daß die Dinge vielleicht doch viel schlimmer standen, als er glaubte.

Gewalttätigkeit gehörte nicht zu Peronis Stil, aber der schmerzliche Umschwung von Liebe zu Abscheu hatte in ihm Emotionen geweckt, die er mit Vergnügen an Quirico Ricordi ausgelassen hätte, um ihn unter Gewaltanwendung zu zwingen, mit der Wahrheit herauszurücken. Und er hätte es auch getan. Aber genau in diesem Moment hatte das Telefon geklingelt, und als Peroni die Stimme am anderen Ende hörte, wurde ihm klar, daß er dafür sorgen mußte, den Lieferanten für Kirchenbedarf und seine Tochter zwecks einer späteren Vernehmung in Gewahrsam zu nehmen. Wie die Dinge jetzt standen, war es unbedingt erforderlich, daß er sich mit allem an *Dott.* Guerra wandte.

Nachdem er Ricordis Inhaftierung veranlaßt hatte, erkundigte er sich nach Guerra und erfuhr, daß dieser bereits nach Hause gegangen sei. Die Affäre hatte nun einen Punkt erreicht, an dem der nächste Schritt notwendigerweise vom Polizeichef abhängig gemacht werden mußte. Also beschloß Peroni, zu ihm zu gehen und ihn in seiner Wohnung aufzusuchen. Aber vorher galt es, noch ein oder zwei Telefonanrufe zu erledigen. Peroni tätigte sie und ging dann hinaus zu seinem Wagen.

Dott. Guerra lebte in einem Haus in den Toricelle, den Hügeln, die Verona unmittelbar umgeben. Die Gegend war ein Ausflugsziel für die Veroneser, die im Frühling und zu verschiedenen Gelegenheiten während des ganzen Jahres hinauspilgerten, um dort zu essen, zu trinken, zu tanzen, Minigolf zu spielen und sich der Liebe hinzugeben, aber die Gegend war auch übersät mit privaten Wohnsitzen, die ihren früheren Ruf als ein mehr oder weniger exklusives Reservat der Bessergestellten unter den Bürgern bestätigten.

Die Sternbilder leuchteten wie in einem Planetarium, als Peroni aus seinem Wagen stieg, und während er zu dem Haus hinaufschritt, überlegte er sich, daß sein Leben so stadtgebunden gewesen war, daß er nicht ein einziges davon mit Namen kannte.

Guerra selbst öffnete die Tür mit einem höflichen, fragenden Ausdruck im Gesicht, der stumm zu wissen verlangte, was geschehen war, das so wichtig sein könnte, um das Eindringen in seine Privatsphäre zu rechtfertigen.

»Ich hoffe, Sie werden mir verzeihen, daß ich Sie um diese Stunde noch störe, *Dottore*«, sagte Peroni, »aber es haben sich Entwicklungen ergeben, von denen, wie ich meine, Sie in Kenntnis gesetzt werden müssen.«

»Natürlich, *Dottore*. Bitte entschuldigen Sie sich nicht. Kommen Sie herein.«

Peroni trat ein in die alte, ein wenig schmucklose Empfangshalle. Es gab keine Rüschen, keine Verzierungen, keine Blumen; es war eindeutig ein Haus, dem die weibliche Hand fehlte.

»Ich verbringe wenig Zeit hier«, sagte Guerra, als ob er Peronis Gedanken gelesen hätte. »Es kommt jemand zum Saubermachen, abgesehen davon steht die Wohnung ungenutzt. Gehen wir in mein Arbeitszimmer?«

Das Arbeitszimmer wirkte wegen seines Mangels an allem Überflüssigen wie eine Mönchsklause.

»Setzen Sie sich, *Dottore*, ich besorge Ihnen einen Drink. Chivas Regal, wenn ich mich recht entsinne?«

Er verließ den Raum und hinterließ einen verwunderten Peroni, der sich fragte, wie sein Vorgesetzter das mit dem Chivas Regal wissen konnte. Es war eine von diesen Kleinigkeiten, die Guerras Ruf, allmächtig zu sein, bestärkten.

Der Polizeichef kam mit einer Flasche und zwei Gläsern zurück. Er schenkte ihnen beiden ein, und sie prosteten sich schweigend zu.

»Also, *Dottore*«, sagte Guerra und lehnte sich in seinem Stuhl zurück, was er im Büro nie getan hätte. »Ich bin ganz Ohr.«

»Der Durchbruch, auf den wir gewartet haben, kam gestern nacht«, sagte Peroni, »oder um genau zu sein, heute morgen in der Frühe. Ich erfuhr, daß jemand der ehrwürdigen Gräfin Augusta Fotos von Paolo Piantaleone und Francesca Pillipopoli geschickt hatte, und ich nahm an, daß derjenige, der das tat, von der Besessenheit der alten Dame mit der Legende wußte und sich ausrechnete, daß sie, sobald sie von der Liebesgeschichte zwischen Paolo und Francesca etwas erführe, auf die eine oder andere Weise die Geschichte wieder unter die Leute brächte und damit ein willkommenes Motiv für den Tod von General Piantaleone liefern würde. Das Ganze schien auch schon allein deshalb plausibel, weil die eine Familie faschistisch und die andere kommunistisch ist. Zudem gab es in der kommunistischen Familie ein fanatisches Mitglied der Roten Brigaden, dem es wahrlich zuzutrauen war, eine führende Gestalt der extremen Rechten wie den General zu exekutieren.«

»Sie unterstellen«, unterbrach ihn Guerra, »daß diese Person wußte, daß die Roten Brigaden sich selbst der Tat bezichtigen würden.«

»Nicht ganz«, sagte Peroni. »Ich nehme an, daß der Betreffende bereits beabsichtigte, die Ermordung des Generals als Werk der Roten Brigaden auszugeben.«

»Ich verstehe. Bitte reden Sie weiter.«

»An diesem Punkt macht die Geschichte einen kleinen Umweg«, sagte Peroni entschuldigend.

»Ich werde mein Bestes tun, um Ihnen zu folgen, *Dottore*«, sagte Guerra sarkastisch, was Peroni das Gefühl gab, etwas Dummes gesagt zu haben.

»Als ich mir die Fotos heute morgen etwas genauer ansah«, fuhr er fort, »bemerkte ich, daß sich auf dem einen ein schwarzer VW-Transporter, der auf der gegenüberliegenden Straßenseite geparkt stand, im Schaufenster eines Spielzeugladens spiegelte. Nun war so ein schwarzer – oder jedenfalls dunkelfarbener – Transporter schon früher in der Geschichte aufgetaucht, und zwar unmittelbar in der Gegend, wo jemand auf Gabriele Piantaleone geschossen hatte, bevor er sich da oben nach Rosaro absetzte. Das schien ein hinreichender Grund zu sein, uns einmal um solche schwarzen VW-Transporter zu kümmern.«

»In der Tat«, pflichtete Guerra bei.

»Ich erfuhr durch meine Nachforschungen, daß genau solch ein Transporter von einem Kirchenbedarfsgeschäft gekauft worden war, dessen Besitzer ein gewisser Quirico Ricordi ist. Deshalb verschaffte ich mir heute am frühen Abend Zugang zu diesem Geschäft.«

»Ohne offizielle Ermächtigung?« sagte Guerra ruhig, die Augenbrauen höflich fragend erhoben. »Ich fürchte, daß *Dott.* Spinelli –«

»Unter den Umständen«, sagte Peroni, »glaube ich nicht, daß *Dott.* Spinelli Grund zum Protestieren haben wird.«

»Ich bin erleichtert, das zu hören. Bitte fahren Sie fort.«

»Ich stieß in dem Geschäft auf eine junge Frau, von der ich geglaubt hatte, daß sie ein Mitglied der Familie Piantaleone sei. Ich habe Beweise dafür, daß sie in der Villa in Garda war, und sie hat zugegeben, daß sie diejenige war, die die Bombe in Loris' Wagen angebracht hat.«

»Sabrina, heißt sie nicht so?«

»Regina«, korrigierte Peroni.

»Ja, ja, Regina Piantaleone. Ich habe von ihr gehört. Aber wollen Sie damit andeuten, daß sie nicht eine Piantaleone ist?«

»Ja.«

»Aber um Himmels willen, *Dottore*, Sie haben wahrlich eine Vielzahl an Enthüllungen parat! Wer also ist sie?«

»Die Tochter des Lieferanten für Kirchenbedarf, Quirico Ricordi. Das hat er mir wenigstens gesagt.«

»Aber wie war eine solche Hochstapelei möglich?«

»Ich habe auch das herausgefunden. Bevor ich hierher kam, habe ich mit der Witwe von General Piantaleone telefoniert, und sie hat mir erzählt, daß ihr Mann einige Monate vor Reginas Eintreffen in Verona einen herzlichen Brief vom Vater des Mädchens aus Neapel bekommen habe, in dem er sich als einen Piantaleone der neapolitanischen Linie auswies und erklärte, daß er begierig sei, für eine genealogische Studie, die er erstelle, mehr über den Veroneser Zweig der Familie zu erfahren. Da die Piantaleones eine so große und weitverbreitete Familie sind, machte sich niemand die Arbeit, zu überprüfen, ob diese speziellen Piantaleones nun echt waren oder nicht. Warum sollte sich irgend jemand die Mühe machen, so eine Geschichte zu erfinden? Es waren dann nur wenige Monate vergangen, da traf die Tochter mit der Nachricht vom Tod ihrer Eltern in Verona ein. Immer noch dachte niemand an eine Überprüfung. Sie war ein liebenswürdiges, freundliches Mädchen und stellte keine Ansprüche. Tatsache ist, daß der General anbot, ihr zu helfen, indem er eine Wohnung für sie fand und sie veranlaßte, einen Dolmetscherkurs zu belegen. Erst heute abend, als ich nach Neapel telefonierte, habe ich herausbekommen, daß dieser Zweig der Familie Piantaleone überhaupt nicht existiert.«

»Sehr raffiniert«, sagte Guerra. »Sie vermuten also, daß Quirico Ricordi und seine Tochter nach Verona gekommen sind, wo sie sich als eine Piantaleone ausgab, um den General, nachdem sie dessen Vertrauen gewonnen hatte, zu überreden, bei dieser neofaschistischen Organisation den Vorsitz zu übernehmen.«

»So ist es.«

»Mit anderen Worten, diese beiden sind es also gewesen, die hinter der ganzen Sache gesteckt haben?«

»Nicht ganz«, sagte Peroni. »Sie hätten nicht die Kenntnisse und auch nicht die Mittel gehabt, um das Ganze in solchen Dimensionen zu organisieren. Nein, es gab noch jemand anderen, der hinter ihnen stand. Und ich weiß auch, wer es war.«

»Ach?« sagte Guerra und zog seine Augenbrauen fragend nach oben. »Wer denn?«

»Sie, *Dottore*.«

Es folgte ein langes Schweigen in dem dunklen Arbeitszimmer, in dem die beiden Männer saßen, allein auf einer Insel aus Licht, das von einer Lampe ausgestrahlt wurde.

»Noch ein Glas Whisky, *Dottore*?« sagte Guerra schließlich.

»Danke, ja, *Dottore*.«

»Darf ich fragen«, sagte Guerra, während er ihnen beiden nachschenkte, »ob Sie irgendwelche Beweise für solch eine Anschuldigung haben?«

»Als Sie Quirico Ricordi zu einem früheren Zeitpunkt an diesem Abend anriefen, um sich zu erkundigen, warum in dem Laden für Kirchenbedarf, wo Regina hätte sein sollen, kein Mensch den Hörer abnahm, war ich es, der Ihnen antwortete.«

Guerras Brauen formten wiederum eine Frage.

»Stimmenimitation«, sagte Peroni, »wird in norditalienischen Polizeikreisen nicht gefördert, aber in Neapel erreichte ich darin eine große Kunstfertigkeit.«

»Der Ruf, den Sie bei den Medien genießen, ist offenbar wohl verdient.«

»Vielen Dank, *Dottore*.«

»Allerdings darf ich Sie darauf hinweisen, daß die Identifizierung einer Stimme über das Telefon als Beweismittel nicht nur unzulässig ist, sie ist sogar als reine Meinungsbekundung fragwürdig.«

»Ich habe noch andere Hinweise«, sagte Peroni bescheiden.

»Vielleicht könnte ich sie hören?«

»Zum einen waren Sie in Neapel stationiert, *Dottore*, und zwar genau zu der Zeit, als der erste Brief von dieser fiktiven Piantaleone-Familie in Verona eintraf.«

»In Neapel waren auch noch viele andere Leute. Haben Sie sich bei diesem Paar erkundigt, ob sie – in meinen Diensten standen?«

»Noch nicht.«

»Ich glaube, Sie werden feststellen, daß die beiden abstreiten werden, mich überhaupt zu kennen.«

»Ich bin sicher, daß sie das tun werden, das würde ich an ihrer Stelle auch tun.«

Guerras Augen funkelten mit der Befriedigung eines Schachspielers, der bei seinem Gegner einen guten Zug würdigt. »Bitte, reden Sie weiter«, sagte er.

»Der nächste Punkt sind die Fotos. Ich kann mir gut vorstellen, daß sie von Quirico Ricordi in Ihrem Auftrag gemacht wurden. Wer außer Ihnen, mit Ihrer enzyklopädischen Kenntnis der Vorgänge in Verona –« – *Dottore* Guerra registrierte das Kompliment mit einem kleinen Kopfnicken –, »wer außer Ihnen hätte schon etwas über die Legende von den zwei Familien und über die potentiell explosive Natur der Beziehung zwischen Paolo und Francesca wissen können?«

»Vielleicht ein Mitglied der Familien selbst?«

»Ich glaube nicht, daß irgendeiner von denen überhaupt ein Kandidat ist für die Position, um die es hier geht.«

Guerra ließ diese Bemerkung mit einem Achselzucken im Raum stehen.

»Dann war da das Verschwinden und der Tod des Generals. Ich war überrascht, als Sie mich mit dem Fall beauftragten und dann meine Position gegenüber der DIGOS und den Carabinieri auch noch stärkten. Ich hatte immer angenommen, daß Sie mich für einen neapolitanischen Selbstdarsteller mit einer hohen Profilneurose hielten, und ich fühlte mich geschmeichelt, daß Sie mich für fähig genug erachteten, so einen Fall aufzuklären. Aber da lag ich falsch – Sie hielten mich wirklich für einen neapolitanischen Selbstdarsteller mit Profilierungszwang, und das war genau der Grund, weswegen Sie mir den Job gegeben haben.«

»*Dottore*«, sagte Guerra, dessen angeborene Höflichkeit schwer getroffen war, »Sie tuen sich selbst ein großes Unrecht an.«

Peroni lächelte ihm seinen Dank zu. »Wir sind uns mittlerweile alle einig«, fuhr er fort, »daß das Kommuniqué der Roten Brigaden gefälscht war. Aber es ist nicht ganz so einfach, solch eine Sache zu fälschen, und wieder einmal sind Sie einer der wenigen Leute mit der Kenntnis und den Möglichkeiten, um so etwas zu tun.«

Guerra nickte anerkennend.

»Und dann war da der Kostümball des Veroneser Adels. Sie gaben mir die Erlaubnis, dorthin zu gehen, und ich traf Regina, die mich überhaupt erst auf die ehrwürdige Gräfin und diese ganze Montagu-Capulet-Geschichte brachte, mit der ich nur abgelenkt werden sollte. Von Anfang an hegte ich den Verdacht, daß jemand Regina auf mich angesetzt hatte, aber damals nahm ich noch an, es sei einer von den Piantaleones oder von den Pillipopolis gewesen. Und da ist noch etwas – Sie, der vollkommene Rationalist, der kühle Nüchterne aus dem Norden, hielten immer an der Montagu-Capulet-Theorie fest und bestärkten mich darin, ihr zu folgen.«

»Vielleicht bin ich nicht ganz der Rationalist, für den Sie mich hielten.«

»Dann ist da noch was anderes«, fuhr Peroni fort, »die ganze Angelegenheit mit Gabriele Piantaleone. In gewisser Weise ist es ein Gnadenakt, daß Sie ihn getötet haben, *Dottore*, weil er die meisten Polizeibeamten überflügelt hat mit seiner Fähigkeit, die Wahrheit aufzudecken, und wir können es uns nicht leisten, daß es zu viele solcher Leute gibt. Habe ich recht?«

»Die Polizeigewerkschaft würde es nie zulassen«, pflichtete ihm Guerra bei.

»Denn Gabriele«, sprach Peroni weiter, »entdeckte, daß Sie an der Sache beteiligt waren. Wie er das im einzelnen gemacht hat, weiß ich nicht, aber daß es so war, geht aus dem hervor, was mir seine Freundin Patti erzählte. Er telefonierte mit Ihnen, und Sie erkannten, daß er eine wirkliche Bedrohung für Sie und Ihre Bewegung darstellte. Sie müssen einem Übereinkommen zugestimmt und ihm vorgeschlagen haben, sich mit Ihnen auf der *Piazza* außerhalb der Arena während der Opernpause zu treffen, wo er wußte, daß er vollkommen sicher sein würde. Aber zur selben Zeit befahlen Sie Quirico Ricordi, mit seinem Transporter bereit zu stehen und Gabriele zu töten, nachdem er Sie verlassen hatte; wahrscheinlich war er vor lauter Überschwang, daß Sie in alle seine Bedingungen eingewilligt hatten, völlig sorglos. Aber er konnte entwischen, und es schien so, als ob er sich in Luft aufgelöst hätte. Ich fand später heraus, daß er von der jungen Deutschen aufgegabelt worden war, aber zu dem Zeitpunkt muß es so ausgesehen haben, als sei er wie vom Erdboden verschluckt. Er wählte sein Versteck gut. Es war nahe genug, um seine Erpressungen fortzusetzen, und doch weit genug entfernt, um in Sicherheit zu sein. Das muß er wenigstens geglaubt haben. Hat er sich mit Ihnen aus Rosaro in Verbindung gesetzt?«

»Sie können kaum erwarten, daß ich Ihnen das beantworten werde, *Dottore*.«

»Nein, natürlich nicht. Aber auf alle Fälle fand ich heraus, wohin er gegangen war, und natürlich berichtete ich es Ihnen. Das versetzte Sie in eine heikle Lage. Wenn wir vor Ihnen zu ihm gelangten, dann wäre alles aus. Also gingen Sie ein kalkulierbares Risiko ein. Sie organisierten die Suchaktion in Rosaro und schickten uns alle weg, um nach ihm zu fahnden. Aber Sie waren derjenige, der den Landstrich wirklich gut kannte, Sie waren dort zuvor schon auf Jagd gewesen, und nachdem wir alle gegangen waren, machten Sie sich selbst wieder auf zur Jagd – aber diesmal auf menschliche Beute. Sie müssen im Kofferraum Ihr eigenes Jagdgewehr dabeigehabt haben, als wir zusammen hinauffuhren. Sie gingen ein großes Risiko ein, aber das haben Sie ja während Ihrer ganzen Karriere getan. Nicht ohne Grund haben Sie den Ruf, eiskalt und wagemutig zu sein. Und es funktionierte wieder einmal. Sie fanden Gabriele vor uns und erschossen ihn.«

Wieder schwiegen sie.

»Also, was beabsichtigen Sie jetzt zu tun?« fragte Guerra schließlich.

»Was kann ich tun? *Dott.* Spinelli einen kompletten Bericht abliefern.«

»Der zweifellos höchst erfreut sein wird, einmal einen Polizeibeamten anklagen zu können. Nun gut, ich kann Sie nicht aufhalten, aber ich würde die Sache zuerst nochmal sorgfältig überdenken.«

»Warum?« sagte Peroni mit einem unguten Gefühl im Magen.

Guerra zuckte mit den Achseln. »Ihre Beweise sind doch überaus dünn. Sie werden sie wesentlich stichhaltiger machen müssen, ehe Sie selbst einen *Dottore* Spinelli davon überzeugen können, Anklage gegen mich zu erheben.«

»Das sollte nicht unmöglich sein.«

»Meinetwegen mögen Sie recht haben. Lassen Sie uns annehmen, daß es Ihnen gelingt, stichhaltige Beweise gegen mich vorzubringen. Wir sind in Italien, und Sie wissen so gut wie ich, *Dottore*, was in Italien geschieht, wenn Anklage gegen irgendwelche Autoritätspersonen erhoben wird. Es zieht sich endlos hin, Zeugen verschwinden oder sterben unerwartet, das Wasser wird so nachhaltig getrübt, daß jeglicher Einblick in die Wahrheit, der am Anfang noch erkennbar zu sein schien, vollkommen aus den Augen gerät. Und schließlich vergißt man die ganze Sache, *Dottore*.«

Peroni wußte, daß das wahr war.

»Und weiter, wenn es denn wirklich stimmen sollte, was Sie vorbringen, dann werden die Anhänger dessen, was wir wieder einmal rein hypothetisch ›meine‹ Bewegung nennen wollen, überall sein – einer oder mehrere der Richter, vor denen der Fall verhandelt wird, die Geschworenen, die Staatsanwaltschaft. Sogar *Dottore* Spinelli selbst, wer weiß? Sie können doch nicht erwarten, daß die Strafsache gegen mich unter diesen Umständen sehr weit kommen würde. Oder?«

Und auch das stimmte, dachte Peroni.

»Das Seltsame ist in solchen Fällen, daß der einzige, der zum Schluß wirklich zu leiden hat, der Polizeibeamte ist, der die Sache ins Rollen gebracht hat. Er hat den Status quo durcheinandergebracht. Er hat eine Reihe wichtiger Leute brüskiert. Er hat in einem Hornissennest gestochert. Es ist seine Karriere, die am Ende darunter zu leiden hat, oft auf nicht wiedergutzumachende Weise. Wohingegen Schweigen oft eine Beförderung mit sich bringen kann. Noch ein Glas Whisky, *Dottore*?«

»Nein, danke«, sagte Peroni.

»Persönlich«, sagte *Dottore* Guerra und schenkte sich selbst ein, »habe ich die Montagu-Capulet-Geschichte immer gemocht. Und sie könnte tatsächlich bei einigen der Ereignisse eine Rolle gespielt haben. Vielleicht sind mit dieser Lösung nicht alle Fakten in Einklang zu bringen, aber die große Mehrheit aller Leute hat sie als Erklärung gleich von Anfang an akzeptiert.«

Peroni erhob sich. »Ich muß in die Stadt zurück.«

»Ja, natürlich. Lassen Sie mich Sie zur Tür geleiten.«

Die beiden Männer gingen schweigend zum Ausgang.

»Ich glaube, ich habe die Fakten objektiv vor Ihnen ausgebreitet«, sagte Guerra und schüttelte Peroni die Hand. »Jetzt liegt die Entscheidung bei Ihnen. Gute Nacht, *Dottore*.«

»Gute Nacht, *Dottore*.«

Die Lichter von Verona flimmerten unter ihm wie die einer Märchenstadt, und Peroni konnte die dunkle Flußbiegung der Etsch erkennen, die sich im Bogen um die Kirche Sankt Anastasia zur alten römischen Brücke hinschlängelte. Alles machte den Eindruck einer friedlichen, glücklichen Stadt mit einer Oper und einem alten Steintrog, der als Julias Grab herhalten mußte. Sie war nicht wie Mailand oder Rom oder Turin – hätte man sagen mögen. Eine Stadt, die sich an die Gesetze hält. Eine rechtschaffene Stadt.

Peroni fühlte ein schmerzhaftes Verlangen nach dem Süden, wo die Korruption den Vorzug hatte, so offensichtlich zu sein wie eine eiternde Wunde. Er mußte wieder an den Brief denken, den er gerade schreiben wollte, als diese ganze Geschichte anfing. Vielleicht würde er ihn jetzt schreiben.

Aber zuerst galt es noch, eine Entscheidung zu treffen.

Dott. Guerra trat hinaus in den gleißenden Morgensonnenschein und stieg in seinen Wagen. Wie an jedem anderen Morgen war es genau 15 Minuten vor acht. Das erlaubte ihm zwölf Minuten für die Fahrt und drei Minuten zum Parken seines Wagens und den Gang zu Fuß hinauf in sein Büro. Er ließ den Motor anspringen, und der große dunkelblaue Fiat setzte sich auf dem knirschenden Kies in Bewegung.

Guerra war ein wenig beunruhigt an diesem Morgen. Er hatte einen schweren Fehler in seinen Berechnungen gemacht, wie ihn sich ein Mann in seiner Position nicht leisten konnte. Er hatte Peroni unterschätzt.

Am vorausgegangenen Abend hatte er natürlich den Vorwurf zurückgewiesen, daß er Peroni als einen neapolitanischen Selbstdarsteller mit hohem Profilierungsdrang betrachtete; die allerelementarsten Gesetze der Gastfreundschaft verlangten ein Dementi. Aber sich selbst gegenüber mußte er notgedrungen eingestehen, daß ein Gedanke dieser Art ihm durch den Kopf gegangen war, als er Peroni die Ermittlung der Mordsache Piantaleone anvertraute. Er hatte sich, wie er rückblickend erkannte, von den überschäumenden Berichten über Peronis Aktivitäten, wie sie durch die Medien gegangen waren, täuschen lassen.

Der dunkelblaue Fiat nahm die Kurve auf der Straße kurz vor Castel San Pietro, wo sie zur Stadt hinunterführt. Es war genau zwölf Minuten vor acht.

Die Frage war, wie man die Sache jetzt angehen sollte. Er glaubte, die Situation Peroni gegenüber deutlich genug dargelegt und seine Argumente äußerst schlüssig vorgetragen zu haben. Es lag ganz klar in Peronis Interesse, Diskretion zu wahren, und dann, nachdem ein wenig Zeit verstrichen wäre, könnten Regina und ihr Vater freigelassen und die ganze Affäre unter den Teppich gekehrt werden.

Aber konnte er sich darauf verlassen, daß Peroni korrupt war? Bis gestern noch hätte er die Frage ohne zu zögern bejaht. Jetzt konnte er sich dessen nicht mehr so sicher sein. In der Tat war es sogar möglich, daß ein Bericht bereits zu *Dott.* Spinelli unterwegs war. In diesem Fall wäre die Situation zwar nicht unrettbar verloren, würde sich jedoch ausgesprochen schwierig gestalten. Aber alles in allem hatte er doch das Gefühl, daß Peroni ein ziemlich sicherer Kandidat war. Die Anreize zu schweigen waren unwiderstehlich.

Der dunkelblaue Fiat reihte sich ins städtische Verkehrsgewühl ein. Es war neun Minuten vor acht.

Guerra beschloß, ein Memorandum an Peroni zu schicken, in dem er ihm mitteilen würde, daß er ihn dem Minister zur Beförderung vorgeschlagen habe. Mit etwas Glück wäre das Schlimmste in 24 Stunden überstanden. In einem Monat würde die ganze Krise vergessen sein.

Der dunkelblaue Fiat fuhr auf die Kreuzung Via Marsala und Via Madonna del Terraglio zu. Es war genau achteinhalb Minuten vor acht.

Eine Hängeampel schwebte über der Kreuzung, sie zeigte grün, also fuhr Guerra ohne anzuhalten weiter. Genau in diesem Moment trat ein Student mit Gipsbein und Krücken auf den Zebrastreifen. Während er anhielt, um den Studenten vorbeizulassen, überlegte sich Guerra für einen Moment, wie der Junge zu seinem Gipsbein gekommen sein konnte. Es war zu früh für die Skisaison, in der normalerweise die gebrochenen Beine unter der Studentenbevölkerung zunahmen.

Der junge Mann schien eine endlos lange Zeit zu benötigen, um die Straße zu überqueren. Während er ihm zusah, dachte Guerra, daß vielleicht ein Festessen mit dem Minister als Gast zu Peronis Ehren angebracht wäre. Neapolitaner fanden solche Sachen immer unwiderstehlich.

Im Geiste mit diesem Projekt beschäftigt, hämmerte er aus Verärgerung über den Studenten mit einem manikürten Fingernagel gegen das Steuerrad. So entging *Dott.* Guerras Aufmerksamkeit der cremeweiße verschmierte Fiat 128 mit Turiner Nummernschild, der an der Esso-Station vorbei aus der Via Marsala auf die Kreuzung zufuhr.

Ihm entging ebenfalls, daß der Wagen nach rechts abbog und auf gleicher Höhe mit ihm zu stehen kam, da er sich auf den Studenten konzentrierte, der plötzlich mit einer unvorstellbaren Geschwindigkeit den gegenüberliegenden Bürgersteig erreichte. Guerra brauchte weniger als den Bruchteil einer Sekunde, um den Grund hierfür zu verstehen, aber da war es bereits zu spät.

Ihm blieb gerade noch die Zeit, einen jungen Mann zu sehen, der ihn mit einem triumphierenden, haßerfüllten Lächeln anblickte und eine Maschinenpistole in Händen hielt. Und ihm blieb gerade noch die Zeit, um den Anfang eines Kugelhagels zu hören, der sich in die glänzende dunkelblaue Karosserie seines Wagens bohrte und seine Fenster zersplitterte.

Dann spürte er eine unglaublich starke Explosion, die zugleich das Zentrum und die Randgebiete seines Seins erschütterte, es eine Nanosekunde lang in eine unerträgliche Helligkeit hineinschleuderte, der eine quintessentielle Dunkelheit folgte, die, wie ihm klar wurde, ewig dauern würde.

Es war genau acht Minuten und 20 Sekunden vor acht.

Die Verantwortung für das Attentat übernahmen um elf Uhr vormittags die Roten Brigaden in einem Anruf an die Zeitung Arena. Der Sprecher war ein Mann mit tonloser Stimme, die nicht den geringsten Anflug eines regionalen Akzents verriet.

»Der käufliche Faschistenknecht Guerra«, sagte die Stimme, »wurde heute morgen wegen seiner Verbrechen gegen das Volk hingerichtet.«

Die wußten ja gar nicht, wie nahe sie der Wahrheit damit gekommen waren, dachte Peroni, als er davon hörte.

Oder wußten sie es doch?

Nachwort

Seit Horace Walpole in *The Castle of Otranto* 1765 der Literatur die Provinz des geheimnisvollen Verbrechens erschloß, ist das katholische Italien gerade für britische Protestanten ein beliebter Projektionsraum für ihre offensichtlichen Ängste und ihre geheimen Sehnsüchte. Während Walpole mit der Wahl des mittelalterlichen katholischen Südens seinen Schauplatz gleich dreifach verfremdete, genügte seiner Nachfolgerin Ann Radcliffe vollauf die Fremdheit des mediterranen katholischen Milieus. *The Italian or The Confessional of the Black Penitents (Der Italiener oder Der Beichtstuhl der Schwarzen Büßermönche)* faßt die faszinierenden Elemente 1797 wie ein Programm zusammen: Schwarze Sünden, die in düsteren Beichtstühlen ins Ohr einer allwissenden und allmächtigen Kirche geflüstert und von ihr mit schweren Bußen belegt werden, schurkische Priester als Werkzeuge eines mächtigen, ebenso alten wie korrupten Adels, Klöster, in denen jedermann – und vor allem jedefrau – jederzeit auf Nimmerwiedersehen verschwinden kann, die Bedrohung durch Gifte und die Schrecken der Inquisition – das ist das Italienbild des Schauer- und Geheimnisromans, wie er als Reaktion auf die ernüchternde, die Welt – zumindest in ihrer nördlichen Hemisphäre – geheimnislos machende Aufklärung Ende des 18. Jahrhunderts entstand.

Die historischen Entwicklungen unseres Jahrhunderts haben diesem Italienbild weitere faszinierende Züge hinzugefügt, die von den Nachrichtenmedien wie von der Unterhaltungsindustrie dankbar aufgenommen werden: die Mafia, bestechliche Politiker, eine korrupte Verwaltung, eine mächtige Kommunistische Partei, eine neofaschistische Bewegung und der Terror der Roten Brigaden.

Der britische Journalist Timothy Holme (1928–1987) sah sich durch biographische Umstände plötzlich mit diesem für einen Detektivroman geradezu idealen Hintergrund konfrontiert. Bei einem Italienurlaub verliebte er sich in die Schwester seines Italienischlehrers, die selbst Lehrerin war, und heiratete sie später. Bis zu seinem Tode lebte er in Verona und kehrte nur noch im Urlaub nach England zurück.

Außer einer Goldoni-Biographie (*A Servant of Many Masters*) und englischen Lehrbüchern für italienische Schüler waren vor allem die Detektivromane um Kommissar Peroni die Frucht dieser glücklichen englisch-italienischen Verbindung.

Mit Achille Peroni betritt ein neuartiger Typ des Detektivs die an auffallenden Typen wahrlich nicht arme Szene des von Variation und Innovation lebenden Genres. Timothy Holme schafft seine Neuerung durch ein dichtes Gewebe von Oppositionen, aus denen und in denen Commissario Peroni lebt.

Grundsätzlich einmal ist er der mit britischen Augen gesehene und mit britischem Stift mit viel Liebe gezeichnete Typ des Südländers.

So ist Peroni von einem halbjährigen Aufenthalt bei Scotland Yard mit einer grenzenlosen Begeisterung für alles Britische zurückgekehrt, seien es das Wetter, die Küche oder der Whisky, die Orangenmarmelade, die Zigaretten oder natürlich die Polizei.

Sein Enthusiasmus führt zu einem inneren Konflikt: Peronis Ideal ist die nahezu wissenschaftliche, rationale Polizeiarbeit von Scotland Yard. Gleichzeitig ist er katholischer Italiener – ein wirklicher Detective vom Yard würde wohl kaum die Medaille eines Heiligen um den Hals tragen. Peroni, der selbst nicht recht weiß, was er eigentlich vom Gesamt des katholischen Glaubens zu halten hat, glaubt jedenfalls unerschütterlich an Neapels Ortsheiligen, den heiligen Januarius. In einer äußerst heiklen Situation, die deutlich an die Eingangsszene von Ann Radcliffes *The Italian* erinnert, findet er sich jedenfalls urplötzlich zu Füßen einer Statue seines privaten Patrons wieder, und gegen das Gelübde der größten Kerze, die es gibt, ist der Heilige auch durchaus bereit, eine Art Wunder für den Commissario zu wirken. Generell gilt: Wenn der den Neapolitanern nachgesagte sechste Sinn mit der rationalen Polizeiarbeit à la Scotland Yard in Konflikt gerät, täte Peroni besser daran, seinen Eingebungen zu folgen. Meist aber siegt der rationale Part – zum Schaden einer raschen Aufklärung des Falles.

Zum britisch-italienischen Gegensatz tritt der inneritalienische von Süden und Norden. Seiner Herkunft nach ist Peroni wie gesagt Neapolitaner, was sein Aussehen und seine Aussprache des Italienischen jedem bei der ersten Begegnung deutlich machen. Er arbeitet aber in Norditalien, umgeben von ›Landsleuten‹, die am liebsten südlich von Rom eine Mauer durch das Land zögen. Auch diejenigen, die nicht soweit gehen würden, betrachten ihn mit allen nördlichen Vorurteilen gegenüber dem temperamentvollen, unzuverlässigen und bestechlichen Neapolitaner – wobei sie die letztere Eigenschaft durchaus zu schätzen wüßten, falls Peroni sie besäße.

Das führt zum dritten Gegensatzpaar, das den Commissario kennzeichnet: Als Neapolitaner müßte er traditionell eher auf der Seite der Gesetzesbrecher als der Gesetzeshüter stehen. Und in der Tat war das auch in seiner Vergangenheit der Fall. Achille Peroni und seine Schwester sind aufgewachsen wie der Sänger und die Heldin in Peter Sarstedts *Inside your Head.* Als Kinder einer Prostituierten lebten sie in der Gosse und fristeten ihr Dasein mit Schwarzmarktgeschäften, Diebstählen und Zuhälterei. Noch als Commissario kann sich Peroni durchaus eine Karriere auf diesem Gebiet vorstellen, die ihn bei seinen Fähigkeiten sicher bis an die Spitze einer Mafia-Familie geführt hätte.

Doch das wurde durch einen Priester verhindert, wie es ihn vielleicht auch nur in romanischen Ländern und Südamerika gibt: In einem verfallenen neapolitanischen Haus bot Don Pietro Straßenkindern wie Achille und seiner Schwester zunächst nur Unterkunft und regelmäßige Mahlzeiten, um sie eines Tages behutsam an einen sie verlockenden Beruf heranzuführen. Über hervorragende Kontakte zu hochkarätigen Vertretern aller Berufszweige vermittelte er dann eine Ausbildung. Achilles spezielle Neigung war dem Jungen selbst unbewußt, bis Don Pietro sie erkannte und ihm auf den Kopf zusagte: eine unbändige Lust, die Wahrheit herauszufinden. Dieses Verlangen, zu wissen, wie etwas sich in Wahrheit verhält, wie etwas wirklich gewesen ist, zeichnet alle großen Detektive der Literatur weitaus stärker aus als die Liebe zu Recht und Ordnung.

Dies Verlangen führte Achille Peroni zur Kriminalpolizei, und ihm verdankt er seine Erfolge. Die Liebe zu Recht und Ordnung ist bei ihm dagegen nach wie vor stark unterentwickelt. Als Commissario kennt er den für ihn gültigen Verhaltenscodex und handelt danach. Daneben aber gibt es noch den ›alten Peroni‹ mit den Wertvorstellungen des neapolitanischen Straßenjungen. Wie Martin Luthers »alter Adam« in jedem von uns müssen sie »durch tägliche Reue und Buße« – im Sinne von ›Umdenken‹ – »ersäuft werden«. Aber, wie Luther drastisch hinzusetzte, »das Aas kann schwimmen«. Beim Anblick wertvoller Bilder fällt dem ›alten‹ Peroni stets als erstes ein, wie diese gestohlen, in die Schweiz geschafft und vermarktet werden können, bevor der Commissario in ihm die Kontrolle übernehmen kann. Ähnliches gilt für die Vernehmung hübscher Zeuginnen, bei denen Peroni sich ein höchst polizeiwidriges Ende vorstellt, noch bevor er mit dem vorschriftsmäßigen Verhör beginnt. Natürlich ist ihm bewußt, daß er unbestechlich zu sein hat – ob er es wirklich ist, weiß er jedoch selbst nicht: Vielleicht besitzt er die Unbestechlichkeit Talleyrands, der sich bis zwei Millionen Louisdors seiner Integrität sicher war.

Daß er zeit seines Lebens der als Polizist verkleidete Straßenjunge bleiben wird, ist natürlich für seine Arbeit von Wichtigkeit. Stets kann er sich, wie einst Chestertons Father Brown, ohne Anstrengung in die kriminellen Gedanken seiner Gegenspieler hineinversetzen. Der erste wie der dritte Gegensatz in seinem Innern, die englisch-italienische Spaltung wie die gesetzestreu-kriminelle, konkretisieren sich in seiner Zigarettenmarke: britische Ware, die er sich auf dem Schwarzmarkt besorgt.

Der vierte Gegensatz ist der zwischen Sein und Schein, zwischen dem wahren Peroni – der ja als solcher schon ein höchst komplexes Bündel von Gegensätzen ist – und der Rolle, die er in der Öffentlichkeit spielt. Die Medien haben unbewußt etwas Richtiges erfaßt, als sie ihn aufgrund seines blendenden Äußeren und seiner spektakulären Erfolge den »Rudolfo Valentino der italienischen Polizei« nannten. Ist der innerste Kern seiner Berufung der Drang, die Wahrheit herauszufinden, so ist die Essenz seines Auftretens die Schauspielerei. Bei der Gestaltung dieses wesentlichen Zuges seines Helden mag Timothy Holme die Tatsache hilfreich und anregend gewesen sein, daß er zu Anfang seiner Laufbahn sieben Jahre als Schauspieler gearbeitet hat. Holme kannte daher die berufsbedingte Eitelkeit dessen, der Abend für Abend mit seiner Person, ohne er selbst sein zu dürfen, um den Erfolg, meßbar als Applaus, buhlen muß.

So braucht auch sein Geschöpf Peroni das ›Spektakuläre‹ im Wortsinn und den Applaus der Zuschauer, den es mit sich bringt.

Nur – in dem Metier, dem sich Achille Peroni verschrieben hat, gibt es keine Doubles und keine Stuntmen. So sieht er sich von seinem Image – und seiner grenzenlosen Eitelkeit! – immer wieder zu Aktionen verpflichtet, die er aus Feigheit und Selbsterhaltungstrieb gerne vermieden hätte und die er doch sucht, um sich am selben Abend noch im Fernsehen bewundern und am nächsten Morgen von sich in der Presse lesen zu können.

Diese komplexe Persönlichkeit wird bei ihrem ersten Auftreten 1980 in *Tod in Verona (The Neapolitan Streak)* von ihrem Schöpfer Timothy Holme mit einem Fall konfrontiert, der in seiner Mischung nicht italienischer sein könnte: Die Roten Brigaden, die in der Wirklichkeit 1978 mit der Entführung und Ermordung Aldo Moros ihr spektakulärstes Verbrechen begangen haben, werden kurz darauf – diesmal im Roman – in Verona aktiv. Sie scheinen daher auch für die Entführung und spätere Ermordung des ehemaligen faschistischen Generals Piantaleone, der Haupt einer uralten Adelsfamilie ist, verantwortlich zu sein, zumal sie sich in einem ihrer typischen Schreiben zu der Tat ›bekennen‹. Piantaleone hat sich zwar längst aus der Öffentlichkeit zurückgezogen, aber nicht nur in einem Kreis von Ewig-Gestrigen steht er für ›die besten italienischen Traditionen‹ – was auch immer das sein mag.

Eine Spur führt jedoch über die Roten Brigaden zu einer Adelsfamilie Pillipopoli – und damit gewinnt die Untersuchung einen ganz eigenen Reiz. Die Fehde zwischen den beiden Familien ist so alt, daß sie schon in Dantes *Göttlicher Komödie* erwähnt wird, ja, im Grunde handelt es sich nicht nur um die bekannteste Familienfehde Italiens, sondern der ganzen Welt, und das nicht nur in englischen Augen.

Ein gewisser William Shakespeare hat sie, zum Leidwesen zumindest einer der Nachfahren, an die große Glocke gehängt: Die Pillipopolis führen ihren Ursprung auf die Capulets zurück und die Piantaleones auf die Montagus. Die Ereignisse um Romeo und Julia sind nur die pikante Spitze eines Eisbergs. In allen politischen Spaltungen Italiens seit der Zeit Dantes standen beide Familien auf entgegengesetzten Seiten, die Piantaleones auf der konservativen, die Pillipopolis auf der revolutionären. Waren die einen Ghibellinen, waren die anderen Guelfen, stützten die einen die österreichische Partei, waren die andern Anhänger Garibaldis, waren die Piantaleones Schwarzhemden, kämpften die Pillipopolis als Partisanen. Und so steht heute das eine Familienoberhaupt den Neofaschisten nahe, und das andere ist Mitglied der KPI. Keiner der Konflikte der Vergangenheit wurde gewaltfrei ausgetragen – sollten hier die aktuellen Verbrechen ihre Ursachen haben?

Unbestechlich in seinem Drang nach der Wahrheit findet Peroni den wahren Schuldigen. Erfolgreich ist er durch den letzten Gegensatz, den er verkörpert. Er ist, wie viele seiner Vorgänger seit Gaboriaus Monsieur Lecoq, beamteter Berufsdetektiv und weiß durchaus zeitgemäß den modernen Apparat, den ihm diese Stellung zur Verfügung stellt, zu nutzen. Gleichzeitig aber ist er auch, wie sein französischer Kollege Jules Maigret, ein Einzelgänger, dessen Metier der Alleingang, die direkte Konfrontation mit möglichst allen Zeugen und mit dem gesamten Milieu ist. Hinzu kommt noch die spezifisch amerikanische Tradition des Privatdetektivs, das Aktionistische, das Kämpferische, zu dem ihn gegen seine Natur das Etikett des ›Rudolfo Valentino der italienischen Polizei‹ verpflichtet.

Und noch etwas weiteres macht den Charakter Peronis aus: ein überzeugendes Privatleben. Gemeint ist hier nicht die Freiheit des Junggesellen, erotischen Attraktionen unbekümmert nachzugehen, sondern die feste Einbindung in den Haushalt seiner Schwester, die wie er den Aufstieg aus der Gosse Neapels geschafft hat. In diesem Kreis diskutiert er, unter Mißachtung jeder Verpflichtung zur Amtsverschwiegenheit, seine Fälle; hier findet er seine glühendsten Bewunderer und seine erbarmungslos-mitleidigen Kritiker.

Mit der Schöpfung des altklugen Neffen Stefano und der eher intuitiv veranlagten Nichte Anna Maria ist Timothy Holme eine weitere Innovation gelungen. Wo ihr Onkel eher aktionistisch, allerdings in steter Inanspruchnahme des routinemäßig arbeitenden Polizeiapparates, in den der Commissario ganz realistisch eingebunden bleibt, vorgeht, spielen sie die ›Armchair Detectives‹ nach Art von Rex Stouts Nero Wolfe, die sich von ihrem Archie-Goodwin-Onkel Peroni die ermittelten Fakten vorlegen lassen, um dann zu ihren eigenen überraschenden und mehr als hilfreichen Schlußfolgerungen zu kommen.

Der erste Detektivroman mit Achille Peroni legt das Szenario fest, in dem die weiteren Romane spielen: das Italien der Gegenwart, dessen Wurzeln auf jeden Fall in die Mussolini-Zeit (*The Lake of Sudden Death*), bisweilen aber auch in die Epoche des heiligen Franziskus zurückreichen (*The Assisi Murders*) und das durchaus auf diesem Hintergrund mit aktuellen Problemen konfrontiert ist (*The Devil and the Dolce Vita*).

Timothy Holmes früher Tod 1987 beendete auch die Karriere Achille Peronis, des ›Rudolfo Valentino der italienischen Polizei‹. Wenn die weiteren Detektivromane Holmes, die ihn zum Helden haben, in der »DuMont's Kriminal-Bibliothek« erschienen sind, werden hoffentlich auch deutsche Leser diesen doppelten frühen Tod bedauern.

Volker Neuhaus

DuMont's Kriminal-Bibliothek

»Knarrende Geheimtüren, verwirrende Mordserien, schaurige Familienlegenden und, nicht zu vergessen, beherzte Helden (und bemerkenswert viele Heldinnen) sind die Zutaten, die die Lektüre der ersten vier Bände aus DuMont's neuer ›Kriminal-Bibliothek‹ zu einem Lese- und Schmökervergnügen machen – auch, wenn man sich knisterndes Kaminfeuer, die Karaffe uralten Portweins und den echten Londoner Nebel dazudenken muß.

Der besondere Reiz dieser Krimi-Serie liegt in der Präsentation von hierzulande meist noch unbekannten anglo-amerikanischen Autoren, die mit repräsentativen Werken (in ausgezeichneter Übersetzung) vorgelegt werden.

Die ansprechend ausgestatteten Paperbacks sind mit kurzen Nachbemerkungen von Herausgeber Volker Neuhaus versehen, die auch auf neugierige Krimi-Fans Rücksicht nehmen, die gerne mal kiebitzen: Der Mörder wird nicht verraten. Kombiniere – zum Verschenken fast zu schade.« *Neue Presse/Hannover*

Band 1001	Charlotte MacLeod	**»Schlaf in himmlischer Ruh'«**
Band 1002	John Dickson Carr	**Tod im Hexenwinkel**
Band 1003	Phoebe Atwood Taylor	**Kraft seines Wortes**
Band 1004	Mary Roberts Rinehart	**Die Wendeltreppe**
Band 1005	Hampton Stone	**Tod am Ententeich**
Band 1006	S. S. van Dine	**Der Mordfall Bischof**
Band 1007	Charlotte MacLeod	**»... freu dich des Lebens«**
Band 1008	Ellery Queen	**Der mysteriöse Zylinder**
Band 1009	Henry Fitzgerald Heard	**Die Honigfalle**
Band 1010	Phoebe Atwood Taylor	**Ein Jegliches hat seine Zeit**

Band 1011	Mary Roberts Rinehart	**Der große Fehler**
Band 1012	Charlotte MacLeod	**Die Familiengruft**
Band 1013	Josephine Tey	**Der singende Sand**
Band 1014	John Dickson Carr	**Der Tote im Tower**
Band 1015	Gypsy Rose Lee	**Der Varieté-Mörder**
Band 1016	Anne Perry	**Der Würger von der Cater Street**
Band 1017	Ellery Queen	**Sherlock Holmes und Jack the Ripper**
Band 1018	John Dickson Carr	**Die schottische Selbstmord-Serie**
Band 1019	Charlotte MacLeod	**»Über Stock und Runenstein«**
Band 1020	Mary Roberts Rinehart	**Das Album**
Band 1021	Phoebe Atwood Taylor	**Wie ein Stich durchs Herz**
Band 1022	Charlotte MacLeod	**Der Rauchsalon**
Band 1023	Henry Fitzgerald Heard	**Anlage: Freiumschlag**
Band 1024	C. W. Grafton	**Das Wasser löscht das Feuer nicht**
Band 1025	Anne Perry	**Callander Square**
Band 1026	Josephine Tey	**Die verfolgte Unschuld**
Band 1027	John Dickson Carr	**Die Schädelburg**
Band 1028	Leslie Thomas	**Dangerous Davies, der letzte Detektiv**
Band 1029	S. S. van Dine	**Der Mordfall Greene**
Band 1030	Timothy Holme	**Tod in Verona**
Band 1031	Charlotte MacLeod	**»Der Kater läßt das Mausen nicht«**
Band 1032	Phoebe Atwood Taylor	**Wer gern in Freuden lebt . . .**

Band 1031
Charlotte MacLeod
»Der Kater läßt das Mausen nicht«

Für Betsy Lomax, die erprobte Haushaltshilfe von Professor Peter Shandy, fängt der Tag wahrlich nicht gut an. Bestürzt muß sie feststellen, daß ihr Kater Edmund ihrem Untermieter Professor Herbert Ungley das Toupet geraubt hat. Ihre Bestürzung wandelt sich in Entsetzen, als sie Ungley tot hinter dem Clubhaus der noblen Balaclava Society findet... Da der Chef der Polizei sich weigert, den Tod Ungleys als Mord anzuerkennen, gibt es für Betsy Lomax nur einen, von dem sie Hilfe erwarten kann – Peter Shandy, seines Zeichens Professor für Botanik am Balaclava Agricultural College. Dieser stößt bei seinen Ermittlungen in ein Wespennest – einflußreiche Persönlichkeiten in Balaclava Junction schrecken offenbar auch nicht vor Mord zurück, wenn es um Geld und Politik geht.

Band 1032

Phoebe Atwood Taylor

Wer gern in Freuden lebt . . .

Victoria Alexandra Ballard, liebevoll Vic genannt, ist aufgebracht: Hat ihr Adoptivsohn George doch einfach ein Häuschen auf Cape Cod für sie gemietet, ohne sie zu fragen – zu ihrem eigenen Besten selbstverständlich, ist sie doch sehr krank gewesen . . . Mrs. Ballards Entschluß, ihren Zwangsurlaub trotz allem zu genießen, läßt sich jedoch leider nicht umsetzen. Gleich am ersten Abend ihres Aufenthaltes wird ein Mitglied einer Schauspielertruppe, die sich im Nebel verirrt hatte und bei ihr Unterschlupf fand, umgebracht. Schon bald ist eines klar: Der Ermordete, der Varieté-Künstler John Gilpin, zauberte nicht nur Kaninchen aus seinem Hut, sondern übte auch eine ganz besonders magische Wirkung auf Frauen aus . . .